LIVROS & CHÁ ❦ VOLUME UM

TODA CHANCE TEM CHÁ

REBECCA THORNE

TODA CHANCE TEM CHÁ

TRADUÇÃO FERNANDA LIZARDO

astral
cultural

Copyright © 2024 Rebecca Thorne
Direitos de tradução cedidos por Taryn Fagerness Agency e Sandra Bruna Agencia Literaria, SL. Todos os direitos reservados.
Tradução para Língua Portuguesa © 2024 Fernanda Lizardo
Todos os direitos reservados à Astral Cultural e protegidos pela Lei 9.610, de 19.2.1998. É proibida a reprodução total ou parcial sem a expressa anuência da editora.

Editora
Natália Ortega

Editora de arte
Tâmizi Ribeiro

Produção editorial
Andressa Ciniciato, Brendha Rodrigues e Thais Taldivo

Preparação de texto
Letícia Nakamura

Revisão de texto
Dayhara Martins, Fernanda Costa e Wélida Muniz

Arte da capa
Irene Huang

Foto da autora
2 Comforts Photography

Dados Internacionais de Catalogação na Publicação (CIP)
Angélica Ilacqua CRB-8/7057

T413t

Thorne, Rebecca
Toda chance tem chá / Rebecca Thorne; tradução de Fernanda Lizardo. — Bauru, SP : Astral Cultural, 2024.
320 p. (Série Livros & Chá)

ISBN 978-65-5566-530-7
Título original: Can't spell treason without tea

1. Ficção norte-americana 2. Literatura fantástica I. Título II. Lizardo, Fernanda III. Série

24-2797   CDD 813

Índice para catálogo sistemático:
1. Ficção norte-americana

BAURU
Rua Joaquim Anacleto
Bueno 1-42
Jardim Contorno
CEP: 17047-281
Telefone: (14) 3879-3877

SÃO PAULO
Rua Augusta, 101
Sala 1812, 18º andar
Consolação
CEP: 01305-000
Telefone: (11) 3048-2900

E-mail: contato@astralcultural.com.br

Dedico a todo mundo que anda precisando
de uma xícara de chá e de um bom livro.
Tire uma folguinha. Você merece.

1

REYNA

Reyna contornava a multidão de endinheirados, observando enquanto o assassino se aproximava cada vez mais da rainha Tilaine.

A festa era pura animação, a Orquestra Real se empenhava para preencher o salão de baile cavernoso com as músicas favoritas de sua soberana. Mesmo com as janelas abertas, o ar fresco noturno cheirava a suor e perfume. A população da corte, ornada com trajes de seda coloridos, dançava junto à nobreza de todos os cantos do Reino. Criados com bandejas douradas e sorrisos ensaiados passavam oferecendo camarões, chocolates, champanhe — tudo devidamente importado de Shepara para agradar à Arcandor do reino, a convidada de honra ausente.

Era uma ousadia tentar um assassinato naquele ambiente.

Reyna não enfrentava um tolo desses há uns... sete meses? Foi durante o baile no meio do inverno. Um assassino tentou decapitar a rainha enquanto ela fazia seu discurso anual. Reyna *jamais* se esqueceria dos arquejos gorgolejantes do sujeito ou do olhar impassível da rainha à medida que o sangue dele manchava seus sapatos de seda. Reyna certamente não se esqueceria de como Sua Excelência empurrara o corpo da sacada alta e então prosseguira o discurso como se não houvesse um cadáver estatelado dez metros abaixo.

Kianthe dizia que a rainha Tilaine era sociopata.

E Reyna vinha concordando cada vez mais com essa premissa.

— Pedi especificamente uma dança mais agitada. — A voz da rainha Tilaine era melodiosa, porém com um toque peçonhento. Todo mundo sabia o motivo para ela estar irada: Kianthe, a Arcandor do reino, a Maga das Eras, a estrangeira que seria a convidada de honra daquela noite, e que, por acaso, também era a namorada muito secreta de Reyna, não tinha aparecido para o baile. Muito embora a expressão alegre da rainha jamais vacilasse, era evidente que a ausência da Arcandor lhe causava o mesmo repúdio que uma criança com sarna. — Divirtam-me, meus amores — trinava a rainha Tilaine. — Dancem!

Ao comando da soberana, a música mudou para algo mais frenético, e os palacianos passaram a conduzir os parceiros em um rodopio acelerado. Seus rostos brilhavam com o suor, mas ninguém se atrevia a reduzir o ritmo dos pés.

Sinceramente, talvez fosse bom Kianthe não ter comparecido à festa. Inclusive, era bem provável que sua ausência fosse deliberada, pois toda vez que a Arcandor ficava perto da rainha Tilaine, era uma luta para segurar a língua. Bastaria a ela ver a reação de Sua Excelência ao assassino, e as palavras brotariam prontinhas em sua boca.

Reyna, por outro lado, evitava se manifestar. A ela só restava um cansaço constante em relação à sua função de guarda da rainha, e o cansaço estava ficando cada dia mais profundo.

O pretenso assassino atravessou o salão de baile, evitando com destreza ser pisoteado pelos dançarinos. Embora o traje do sujeito fosse um arremedo tosco dos uniformes dos empregados, ele se deslocava com uma graça perigosa. Sem dúvida, era uma ameaça; mesmo fingindo servir aos convivas, seus olhos jamais abandonavam a figura da rainha.

A postura do assassino atraiu os guardas do palácio como mariposas para a luz.

De pronto, Venne, o parceiro de Reyna na guarda, se pôs a acompanhar a movimentação da colega no lado oposto do salão. Os mantos carmesim e os detalhes dourados nas armaduras — o uniforme da guarda pessoal da rainha — os destacavam dos outros nobres cidadãos, mas ninguém ousava se aproximar. Atrás de Venne, dois outros soldados já cercavam as saídas. Quatro guardas mais experientes, aqueles que se mostraram dignos o suficiente para ficar perto da rainha, começaram a fechar sutilmente o círculo em volta dela.

Mais uma dança cuidadosamente orquestrada.

A espada curta de Reyna deslizou da bainha com um sussurro.

Dê meia-volta. Vá embora, pensou ela. *Você não tem que morrer esta noite.*

Mas, obviamente, já era tarde demais para isso. O sujeito foi identificado como uma ameaça — e as ameaças eram abordadas veloz e impiedosamente.

A oferta de Kianthe ressurgiu do fundinho da mente de Reyna. *Fuja comigo*, sugerira a maga, com os olhos brilhantes. *Você gosta de chá. Eu gosto de livros. Vamos abrir uma loja em algum lugar remoto e esquecer que o mundo existe.*

Na hora, Reyna revirou os olhos, e inclinou os lábios em um sorriso proibido. Antigamente, aquilo tudo soara como loucura. Ela vinha de uma longa linhagem de guardas do palácio, muito embora a maioria já fosse falecida. Seu dever havia sido inscrito com sangue no momento em que ela nascera.

E, ainda assim, parte dela fantasiava com a possibilidade de relaxar em uma cidade tranquila qualquer, bebericando uma xícara de chá perto da lareira enquanto Kianthe casualmente folheava um livro bem grosso. Era um sonho distante, mas que acendia um calorzinho aconchegante no fundo de sua alma.

A música findou e quase imediatamente migrou para uma melodia mais alegre, se é que isso era possível. No entanto, a breve pausa entre elas permitiu um sopro de silêncio no qual os comandos coordenados dos guardas chegaram aos ouvidos do assassino.

Ele ficou ciente de que tinha sido flagrado.

Seus olhos, então, refletiram o desespero, a boca enrijeceu, e ele começou a abrir caminho até a rainha. As pessoas protestavam ao serem empurradas pelo sujeito, houve um arfar coletivo quando ele sacou duas facas afiadas das bainhas escondidas sob a camisa larga.

A rainha Tilaine ficou admirando toda aquela cena com desinteresse evidente, mastigando um pedacinho delicado de camarão. Seus olhos se voltaram para Reyna, a guarda mais próxima, e esboçou um "Está esperando o quê? Vá em frente!".

Ai, santíssimas desgraças. Reyna odiava essa parte.

Depois de respirar fundo brevemente e de fortalecer sua determinação, Reyna avançou. Com tanta facilidade quanto uma faca na manteiga, sua espada foi cravada nas costas do homem. A lâmina atingiu algumas costelas, encontrando resistência, e, então, ela foi mais fundo. O rosto dele se tornou uma máscara dispersa enquanto a ponta ensanguentada se projetava do peito, pouco abaixo do coração.

Reyna havia sido criada para matar, para dar "proteção"; no entanto, jamais conseguiria se acostumar com aquela sensação. Colada às costas de um homem moribundo, o sangue lhe ensopando o uniforme e gotejando do punho da espada, o aroma cúprico pairando no ambiente... aquilo revirava seu estômago.

O assassino sem dúvida tinha feito sua escolha ao invadir aquele baile, mas, tal como Kianthe candidamente costumava lembrá-la, sempre havia outros métodos para se deter alguém. No entanto, aquele em particular fez a rainha Tilaine inclinar levemente a cabeça e abrir um sorriso cruel em meio à gritaria geral.

— Bem. Agora, sim, é uma festa — comentou Sua Excelência por cima da orquestra vacilante.

O sangue escorria da boca do sujeito e, tão logo Reyna retirou a espada, o corpo dele teve uma série de espasmos. Ele então se pôs a cambalear, enfim encarando-a, e arquejou:

— Ela m-m-merece morrer.

Reyna, que sequer deveria ter uma opinião no que dizia respeito a tal assunto, não mexeu um músculo.

— Acabe com ele — ordenou a rainha Tilaine.

Reyna então reergueu a espada — e sentiu a fadiga quadruplicar dentro do peito. Estava tão, tão cansada daquilo: de sua soberana, dos protocolos do palácio. Tudo o que queria era uma bela xícara de chá quente.

Pensar uma coisa daquelas era uma traição.

Mas ela pensou mesmo assim.

Foi quando Venne gritou, alarmado, e uma adaga encontrou o pescoço de Reyna, cortando a pele, e uma gota de sangue escorreu por sua garganta antes de mergulhar entre as clavículas. Ela enrijeceu, congelando instantaneamente, ofegante. Embora o coração estivesse acelerado, a mente foi capaz de entrar no modo de sobrevivência e analisar a pessoa que a agarrara.

Provavelmente um homem, a julgar pelo tamanho da mão que lhe envolvia o braço; de estatura elevada, a julgar pela posição da faca... e cheirava a álcool. Ele agora estava perto demais, apoiado nas costas de Reyna, na expectativa de que ela se rendesse.

— Deixem a gente ir embora — gritou ele, o medo se prolongando na voz. — Ou eu vou matá-la!

Em todo caso, o parceiro dele já estava condenado à morte mesmo — as lâminas do palácio eram embebidas em veneno, só para o caso de as estocadas não darem conta do recado. O primeiro assassino já estava cambaleando, na tentativa de conter o sangue que jorrava do peito.

Todos os olhares miravam a rainha Tilaine.

Sua Excelência analisou a situação. Os olhos azuis cálidos como o oceano pousaram em Reyna sem muito interesse, como se ela fosse um cão de rua. Suas bochechas alvas e empoadas se enrugaram de divertimento.

— Querido, se acha que fazer uma guardinha de refém garantirá sua sobrevivência esta noite, está redondamente enganado. Não vou demonstrar clemência para alguém que se intromete na minha festa assim.

"Clemência" era a palavra favorita de Tilaine. Tendo em vista que ela fora abençoada pelo Deus da Misericórdia no dia de sua coroação. O leve sorriso nos lábios pintados da soberana comprovava seu orgulho ante a própria perspicácia na escolha de palavras.

A lâmina agora tocava o pescoço de Reyna com mais firmeza. A dor, intensa e lancinante, percorreu seu corpo. Um filete mais denso de sangue escorreu. Que fofo da parte de Tilaine se refestelar em tiradinhas inteligentes à custa da segurança de Reyna.

Kianthe ia ficar furiosa quando soubesse.

Que inferno, *Reyna* estava furiosa. Sentiu um arrepio na espinha. Sabia que era dispensável, sabia disso desde os cinco anos, tão logo recebeu a primeira lâmina e a primeira missão das mãos de sua mãe. Mas a rainha Eren, que os Deuses a tivessem, pelo menos demonstrou empatia no velório de sua mãe.

— Uma boa vida foi perdida — dissera ela. — Enlutamo-nos por seu sacrifício.

Reyna, que mal tinha atingido a adolescência, assistira a tudo, impassível. Naquele dia, suas emoções foram gélidas e sombrias, e agora também se assentavam em algo gélido e sombrio.

Em uma reação direta à dor, a pedra da lua que Kianthe lhe dera de presente pulsou duas vezes junto ao seu coração. A intenção era que a joia alertasse a maga sobre quaisquer ferimentos, mas elas também a utilizavam para se comunicar — a pedra da lua esquentava ou latejava contra a pele, e assim formava-se um código. Reyna não fazia ideia de onde Kianthe estava naquele momento, mas os dois toques significavam que a Arcandor estaria a caminho logo, logo.

E provavelmente Kianthe daria um chilique daqueles. Porque muito embora a rainha Tilaine não valorizasse a vida de Reyna, Kianthe a valorizava. Ela odiava o trabalho de Reyna, e não parava de repetir que ficaria arrasada caso algo acontecesse à sua amada.

Bem, algo estava acontecendo naquela noite — só que Reyna jamais permitiria que aquele fosse o último capítulo de sua vida.

Mal havia se passado um suspiro desde a última frase da rainha Tilaine, e Reyna não esperou por mais nenhuma manifestação. Rápida como um raio, acotovelou o homem na barriga. O calcanhar também entrou em ação, a sola rígida atingindo a canela do sujeito.

Ele gemeu de dor, e então Reyna sentiu a lâmina se afastar de seu pescoço quando o sujeito cambaleou para trás. Mas foi apenas uma breve prorrogação; segundos depois, o assassino voltou ao ataque, mirando no peito de Reyna, que se desvencilhou para evitar a lâmina, e engoliu um arquejo quando sentiu um corte profundo no braço.

Ah, já bastava. Reyna avançou como se estivesse possuída, cortou a garganta do homem e depois enterrou a lâmina em seu coração.

Ele morreu de imediato, os olhos castanhos ganhando um brilho opaco.

Sangue jorrava do ferimento no braço de Reyna, e também pingava debilmente do pescoço. Pela lógica, ela sabia que nenhum dos ferimentos era fatal. Não importava; seu corpo estava entorpecido e em breve a dor de verdade chegaria.

Mas, de algum modo, a traição da rainha doía mais.

Reyna empurrou o cadáver para soltar a lâmina e encarou o primeiro assassino, só para constatar que a cabeça do homem já havia sido graciosamente separada de seu corpo e tinha rolado até os pés do trono, olhos e boca abertos em um horror infinito. Venne limpou casualmente a espada nas roupas pretas do intruso.

— Você está bem? — Seus olhos escuros se voltaram para o braço de Reyna.

Ela limpou a própria espada na capa já ensanguentada e a embainhou, depois apertou a ferida a fim de estancar o sangramento. Um tom carmesim brotava entre seus dedos. Ela estava até bamba de tanto ódio. Só que havia uma enorme plateia ao redor, então limitou-se a responder sem preocupação:

— Nada pelo que eu já não tenha passado.

O feitiço da pedra da lua pulsou de novo: Kianthe estava chamando de algum território longínquo. Reyna lutou contra um arrepio na espinha. Em uma tentativa de ignorar a namorada, fez uma reverência à soberana.

— Excelência, quais são as ordens?

O salão inteiro prendeu a respiração.

A rainha Tilaine examinou ao redor, os músicos congelados, os dançarinos ofegantes, os cortesãos tinham se afastado da cabeça decepada do primeiro assassino. Após um longo momento, ela sorriu.

— Bem estamos em uma festa... Tendo a Arcandor se dignado a comparecer ou não. Embalem os corpos e depois que o entretenimento se duplique. Divirtam-se todos!

Soou mais como uma ameaça.

De pronto, um homem alto de bigode fino se pôs a menear a cabeça para vários dos convivas à espreita na periferia da multidão. Era o espião-mestre da rainha, comandando seus subordinados. Todos eles então se dispersaram como folhas ao vento, indubitavelmente preparados para espalhar rumores sobre a opulência do baile real ao longo de todas as cidades e territórios vizinhos.

Tudo aquilo estava muito acima da remuneração de Reyna. Ela plantou os pés com firmeza no piso para não vacilar.

Venne estava ao lado dela, rasgando o tecido da própria capa para amarrar em volta do ferimento. Reyna não queria toda aquela proximidade com ele, mas as circunstâncias não lhe davam lá muita escolha. O sorrisinho do homem era irritante, mesmo enquanto murmurava:

— Você é tão feroz quanto um leopardo-das-neves, e igualmente linda.

— Essa bajulação toda não vai me fazer desgostar do que eu gosto — respondeu ela de maneira incisiva.

Ele deu de ombros.

— Não se pode culpar um homem por tentar.

Até parece.

— Felizmente, consigo encontrar defeitos em montes de outras qualidades. Por exemplo, suas habilidades com curativos precisam ser aprimoradas. — Ela sibilou quando ele amarrou o pano apertado demais, e a pontada inicial de dor logo se transformou em um latejar desconfortável. Sem pensar muito, Reyna enxugou o pescoço com a ponta da capa carmesim. O sangue se mesclou perfeitamente à cor do tecido.

Na frente deles, outra dupla de guardas palacianos recolhia os cadáveres. Um deles abriu um saco grosso, e o outro largou a cabeça decepada lá dentro. O primeiro amarrou o saco ao cinto e jogou o corpo sobre o ombro. O outro se pôs a recolher o cadáver ensanguentado do segundo assassino, repetindo todo o gestual do colega.

Os serviçais estavam postados ao redor, já armados com baldes e esfregões. Em breve, não haveria nenhum registro tangível daquela tentativa de assassinato.

Exceto, é claro, pelas argolas junto às janelas, onde os cadáveres seriam pendurados para que os presentes pudessem admirá-los conforme a noite avançava. Os palacianos já abriam espaço para o guarda preparar as argolas.

Reyna poderia muito bem estar relaxando em um sofá de veludo ao lado de uma lareira flamejante, acariciando o cabelo escuro de Kianthe ao mesmo tempo que conversavam sobre coisas bobas. Nada de cadáveres. Nada da rotina opressora do palácio. Só elas duas, existindo juntas.

E, dessa vez, algo se solidificou em sua alma.

— A rainha me deu permissão para acompanhá-la à enfermaria — disse Venne. Reyna sequer percebeu quando ele falou com a monarca, pois, ao que parecia, estivera distraída tomando decisões drásticas.

Decisões traiçoeiras.

A resposta animadinha da rainha Tilaine reverberou por sua cabeça como uma canção sufocante: "Você está redondamente enganado".

Naquele momento, ir embora já não parecia mais uma tarefa tão difícil.

— Dou conta de ir sozinha. — Reyna estava tonta, seu corpo esfriava, mas ainda conseguia andar. O curativo no braço estava começando a encharcar, e sem dúvida ela ia precisar de pontos e de repouso; no entanto, não era caso de vida ou morte.

Ainda assim, a mente rodopiava. Kianthe não demoraria a chegar, dependendo de quão longe estivesse. A pedra da lua era um consolo silencioso sobre o coração de Reyna, firme e cálida como um beijo dos lábios de sua amada maga.

Pelos Deuses, ela ia botar a ideia em prática, não ia?

Venne pousou um braço orientador sobre os ombros de Reyna e sussurrou:

— Você é meu pretexto, Rey. Salve-me de toda esta pompa e circunstância.

A vida dela inteirinha tinha sido pompa e circunstância. Ao menos daquela vez, Reyna estava pronta para algo verdadeiro.

— Reyna, espero você de volta ao serviço amanhã bem cedo — gritou a rainha Tilaine.

Ela fez uma reverência caprichada, de maneira inconsciente, e virou as costas para Sua Excelência, para o salão de baile, para o palácio... e para o Reino.

E aconteceu com tamanha discrição, que ninguém mais percebeu.

Ela deu uma passadinha no médico, sentando-se estoica enquanto ele costurava o corte em seu bíceps, e depois enquanto fazia pressão no ferimento no pescoço até parar de sangrar. A seguir, Venne a acompanhou até seus aposentos na ala leste do palácio, e ela fechou a porta na cara dele. Reyna dormiu até o salão de baile esvaziar, até as primeiras horas do alvorecer, quando a lua já estava baixa e os guardas do palácio tinham sido reduzidos a uma equipe esquelética.

Então ela arrumou os parcos pertences em dois alforjes, colocando-os sobre o um dos ombros. Com a bainha da espada atada ao cinto de couro, olhou pela última vez para sua velha casa: para a cama onde Kianthe lhe sussurrara promessas no ouvido pela primeira vez, para a escrivaninha onde escrevera dezenas de cartas secretas para a Arcandor, para a janela com arremate de pedras onde a maga às vezes surgia com um buquê de flores exóticas.

Reyna respirou fundo e seguiu porta afora.

Já havia memorizado o rodízio da guarda do palácio anos antes, então seria fácil despistar seus camaradas. Quando o aprendiz de cavalariço ergueu uma sobrancelha diante de sua aparição incomum, ela simplesmente entoou:

— A rainha me designou para uma tarefa. Sele minha montaria, por favor.

Ele obedeceu.

E, assim, Reyna entregou-se a um ato de bravura, só para si. Sem qualquer resistência, irrompeu pelo portão norte da capital do Reino.

E, desta vez, sem a intenção de voltar.

2

KIANTHE

Em um mundo perfeito, Kianthe teria ignorado Reyna, a guarda do palácio. Teria se limitado a conversar com a rainha maldosa, a zombar secretamente de seus pedidos mesquinhos por ajuda mágica, e jamais teria permitido que seus olhos passeassem pelas formas da belíssima loira de trajes vermelhos e dourados plantada ali ao lado.

Ela teria se despedido daquela rainha idiota e retornado ao Magicário — o núcleo de magia do Reino, que ficava nas montanhas de Shepara, onde os magos se reuniam e a lendária Joia da Visão havia reivindicado como sua morada. E teria passado a vida desfrutando do desdém dos velhotes que se ressentiam do fato de a Pedra ter escolhido justamente ela para suceder o último Arcandor.

Só que não aconteceu nada disso.

Bem, a última parte ainda acontecia de vez em quando, principalmente porque Kianthe se deleitava ao esfregar sua existência na cara dos magos mais antigos.

Mas, em vez disso, Kianthe acabou se rendendo aos gracejos na corte daquela rainha horrorosa — e ficou chocada ao descobrir que a belíssima guarda do palácio tinha uma língua e uma mente ferinas — e caiu de amores.

E nos dois últimos anos, ainda estava apaixonada.

Por isso que ela ficou fula da vida quando percebeu que Reyna, a linda e hábil Reyna, ficava restrita ao palácio, trabalhando para a rainha Tilaine feito uma cadelinha. E, pior, Reyna era dotada de uma veia protetora, que vinha acompanhada de um total desrespeito pela própria segurança.

Ela era uma guarda excelente, e uma péssima namorada.

Ao guiar Visk, seu grifo, pelas fronteiras de Shepara rumo às profundezas do Reino, Kianthe já estava xingando Reyna até a quinta geração. Nesse ínterim, sua montaria mágica batia as asas imponentes pelo amargo ar noturno. Kianthe se inclinou, quase tombando das costas de Visk, forçando a vista em meio à escuridão, olhando os trechos de rocha vulcânica iluminados pela lua e pontilhados pela grama esparsa, tentando acalmar as batidas frenéticas de seu coração, a dispneia nauseante que se instalara desde que sua pedra da lua — igualzinha à de Reyna — começara a pulsar na noite anterior.

Um dia inteiro se passou desde então, tempo demais para que ela conseguisse manter a tranquilidade. Kianthe agora estava em Wellia, capital de Shepara, mas, mesmo voando, a viagem era demorada. Ela simplesmente largara o conselho no meio da reunião e sequer pedira desculpas. Eles que semeassem seus campos para variar, em vez de ficarem implorando que ela se responsabilizasse magicamente pelo sucesso das colheitas!

As pedras da lua enfeitiçadas confirmaram duas coisas: Reyna estava ferida. E algo mais peculiar: ela havia abandonado o Grande Palácio do Reino. A magia atraía Kianthe para Reyna, que definitivamente se encontrava longe da capital naquele momento. Cerca de um dia de viagem para o norte, a julgar pelas coordenadas informadas pela pedra.

— Talvez ela enfim tenha criado juízo e esfaqueado a própria Tilaine — murmurou Kianthe, jogando as palavras no vento forte. O medo percorreu sua espinha dorsal e, por um instante, pensou no significado daquilo, caso tivesse se concretizado.

Se Reyna tivesse matado a rainha, ela ia ter que fugir de todo o séquito do Reino. Nem mesmo a magia de Kianthe seria capaz de salvá-la.

— Merda. Retiro o que disse — gritou Kianthe, como se a Joia da Visão propriamente dita pudesse ouvi-la. — O bom senso dela tem que servir para alguma coisa, certo?

O vento não respondeu, e Kianthe bufou de frustração, incitando Visk a voar mais baixo pelos terrenos.

Apesar de toda a pose da rainha Tilaine, sua região de domínio era um tanto improdutiva. A oeste, Shepara tinha os melhores solos agrícolas, os oceanos mais fartos e a Joia da Visão — protegida pelos limites das imensas muralhas do Magicário. Mais ao sul, uma selva exuberante oferecia aos leonolanos refúgio do sol escaldante e do suadouro dos verões. E ao norte, a terra dos dragões. Talvez o fato de tudo aquilo ser percebido por Tilaine como uma ameaça explicasse por que ela tentava com tanto desespero se posicionar como uma potência secular.

Porém, Kianthe parou de se importar tão logo viu os corpos pendurados nas ruas — e imaginou Reyna como a próxima vítima daquela exposição macabra.

Kianthe prosseguiu em seu voo, cada vez mais apavorada, enquanto o Oceano Oriental brilhava sob o luar minguado. A capital se assomava ao sul, e sua arquitetura rochosa era um aceno às muitas pedreiras que desfiguravam a região. Direcionou o grifo para o norte, seguindo a força da magia, à procura de qualquer sinal de Reyna.

E então, perto da meia-noite, Kianthe a encontrou.

Foi impressionante ter conseguido encontrar a namorada naquela vastidão; Reyna havia saído da estrada principal, parando para acampar em uma floresta de pinheiros baixos o suficiente para escondê-la de qualquer pessoa que estivesse em solo. Além disso, optara por não acender uma fogueira. O único indicativo da presença de alguém ali vinha da pedra da lua pulsante de Kianthe — e de Lilac, a égua de batalha de Reyna, amarrada a uma árvore próxima.

— Aterrisse, Rain está ali — gritou ela do flanco de Visk enquanto o grifo seguia em um círculo indolente lá no alto. — Não tente me derrubar desta vez.

Uma risada baixinha perfurou o ar, e Kianthe relaxou um pouco.

A maga saltou das costas de sua montaria, sugando a magia do ar para amortecer sua queda. A Joia da Visão a designara como uma espécie de... conduíte, permitindo que ela canalizasse sua magia gigantesca em feitiços menores, capazes de beneficiar o mundo de modo geral. Felizmente, Kianthe tinha muita liberdade para definir o conceito de "benefício" e, no momento, para ela, era benéfico verificar Reyna o mais rápido possível.

As estrelas brilhavam e a lua era quarto crescente, então houve claridade suficiente para identificar Reyna abrindo caminho sob os galhos baixos de um pinheiro.

— Surpresa em me ver? — Kianthe abriu os braços.

Reyna bufou.

— Nem um tiquinho. — Mas ela arquejou de alegria ao ver a namorada.

Kianthe estava com o peito apertado de tanta preocupação, e em segundos cruzou a distância que as separava. Estava escuro demais para discernir detalhes e, no mesmo instante, sua mente criou um pensamento intrusivo: Reyna encharcada de sangue, a segundos de apagar. Aquele era um péssimo hábito dela; Kianthe praticamente passara o dia inteiro aplacando cenários terríveis, e agora todos eles voltavam à vida, tão fervorosos que poderiam queimar.

Então, Kianthe permitiu que queimassem, canalizando a emoção em uma chama empoleirada na palma de sua mão aberta. As brasas alcançaram as agulhas de pinheiro, mas ela sibilou:

— Agora, não! — E, assim, a chama se transformou em uma bola compacta, reprimida.

A bola de fogo iluminou Reyna de imediato, fazendo-a semicerrar os olhos contra a luz.

— Key, estou bem. Não se preocupe.

Mas seu braço direito estava inerte junto ao corpo, e as roupas, manchadas de sangue. Ela havia tirado o uniforme do palácio, mas era nítido que seus trajes atuais tinham passado por uma batalha. E o pescoço... Alguém tentou cortar o pescoço dela? Kianthe respirou fundo, enxotando a dócil bola de fogo para uma árvore a fim de examinar a cena com mais atenção.

— Como assim não me preocupar? Que raios aconteceu com você?

Reyna suspirou.

— Bem, primeiro apareceu um assassino no baile de Sua Excelência.

O baile. Kianthe estremeceu com a pontada de culpa. Não era a primeira vez que Tilaine fazia uso de sua opulência e bajulação para tentar atraí-la e recorrer aos seus serviços. Normalmente, Kianthe a ignorava, e não sentia nem uma pontinha de remorso por isso.

Naquela noite, desejava ter feito diferente.

Reyna, por sua vez, prosseguia com o relato, gesticulando de modo casual para o ferimento no braço. Embora um médico provavelmente tivesse cuidado da situação em algum momento, ela havia retirado o curativo e agora o corte sangrava devagar.

— Os pontos arrebentaram, mas eu já ia refazer. Meu pescoço também deve estar meio feio, mas foi só um cortezinho.

— Só um... — Kianthe se calou. Não vinha ao caso. — Espera. Volte um pouco na história. Como assim primeiro?

Agora Reyna vacilava, como se não estivesse muito a fim de dar detalhes de um assunto tão importante.

— Ah, isto... — Com relutância, ela levantou a camisa rasgada, revelando os arranhões na pele, como se tivesse rolado no mato durante uma briga. — Foi porque um grupo de bandoleiros achou que eu fosse uma vítima em potencial.

— Bandoleiros — repetiu Kianthe, impassível.

Acima, Visk circulava nos arredores da clareira. Embora Lilac tivesse sido treinada para encarar batalhas, ela ainda era um cavalo — e, na natureza, os grifos eram predadores dos cavalos. Agora Lilac encarava o céu, suas narinas estavam dilatadas.

Kianthe ia resolver aquilo em um minuto.

Reyna fez uma careta.

— Achei que a matança já estivesse encerrada, mas... bem. Não deu para evitar. — Ela oscilou um pouco e então firmou os pés. — Quer se sentar um pouco, amor? Preciso recosturar meu braço.

Kianthe respirou fundo algumas vezes a fim de se acalmar, em busca de reprimir o pânico que florescia em seu peito. E então assentiu, meio entorpecida, meneando um dedinho para erguer magicamente uma pedra semelhante a um banco que estava por ali.

— Visk, pouse — ordenou ela, e quando o grifo desceu, o mais longe possível de Lilac, já que era um bicho educadíssimo, ela vasculhou os alforjes nos flancos dele. Após pegar seus suprimentos, deu um tapinha amistoso no bicho. — Fique à vontade para passear, amigão. Você está deixando Lilac inquieta.

O grifo trinou, um som muito fofo considerando que vinha de uma criatura incrivelmente feroz, e então alçou voo. Ele não teria dificuldade para encontrar ocupação até que todos estivessem prontos para viajar outra vez.

Lilac relaxou, mas só um pouquinho.

Kianthe se virou... e quase trombou em Reyna, que fez cara de insatisfação.

— Key, estou bem. — A voz de Reyna saiu delicada. — E desculpe por ter te preocupado.

— Fui eu que demorei demais para chegar aqui. — Kianthe, então, fez um gesto para Reyna se acomodar debaixo da árvore.

Reyna segurou o braço da namorada e, quando Kianthe olhou para trás, ganhou um beijo. Os lábios de Reyna eram cálidos e reconfortantes, e logo ela ergueu o braço que não estava machucado e enroscou as mãos no cabelo de Kianthe, do jeitinho que ela gostava. Kianthe se derreteu, ávida para abraçar Reyna, porém muito cautelosa para não esbarrar em seus ferimentos. Com delicadeza, passou um braço em torno da cintura dela, sentindo os corações baterem em uníssono enquanto a magia faiscava ao redor.

Era um alívio. Aos poucos, o nó no peito de Kianthe foi se desfazendo.

Ela ia ficar bem. E isso significava que elas teriam uma rara noite juntas. Embora já namorassem havia dois anos, suas respectivas funções as mantinham separadas na maior parte do tempo. A única coisa que elas conseguiam era roubar alguns dias aqui e ali, isso e a comunicação limitada entre as pedras da lua.

A felicidade desabrochava no peito de Kianthe. Ela resmungou quando Reyna interrompeu o beijo.

— Achei que você já estivesse conseguindo controlar as faíscas — disse Reyna, dando uma risadinha.

— Achei que você já estivesse conseguindo controlar a sua vida, mas cá estamos. — Ela então dissipou a magia, guiando Reyna até o banco improvisado sob a árvore.

Um pouco acima, sua chama encantada se dividiu para oferecer mais claridade, brilhando em meio às agulhas dos pinheiros como pequenas velas. A iluminação também trazia calor ao ambiente, e Reyna sorriu.

— Que lindo.

— Você é linda.

Como sempre, Reyna revirou os olhos, porém corou. Foi fofo, e Kianthe sorriu. Reyna, agora totalmente enrubescida, deu um empurrãozinho no ombro de Kianthe.

— Não seja presunçosa. Foi um elogio medíocre, na melhor das hipóteses.

— Ah, tenha dó. Todos os meus elogios são medíocres, na melhor das hipóteses. — Kianthe abriu os alforjes, vasculhando os suprimentos que havia trazido. Botou alguns itens sobre a pedra ao lado de Reyna, procurando agulha e linha para dar os pontos.

Nesse meio-tempo, Reyna pegava um frasquinho de vidro com uma poção azul-escura.

— Antídoto para veneno?

— Meu feitiço não foi capaz de informar a causa do seu ferimento. Até onde sei, você comeu algo destinado àquela rainha maldita e passou a noite se contorcendo no belíssimo piso de mármore dela.

— Graças aos Deuses você é bonita — comentou Reyna.

— Ai. Fique feliz por estar usando a pedra da lua, ou eu sequer ia ficar sabendo o que houve para poder vir te ver. — Kianthe criou uma chama do tamanho de um dedal na ponta do indicador e aqueceu a agulha. — Só para constar: odeio costurar. Principalmente esse tipo de costura.

— E quem não odeia?

Kianthe começou a suturar a ferida, e foi uma luta, pois suas mãos ainda tremiam um pouco. Odiava aquilo. Odiava que o cargo de Reyna fosse basicamente uma constante de situações perigosas. Odiava o pavor asfixiante de passar o tempo todo se perguntando se sua amada estaria viva no dia seguinte, todo dia a mesma coisa, eternamente.

Não era novidade que Reyna já aceitara o fato. Ela voltou o rosto para o alto, seus olhos castanhos acompanhavam a luz do fogo acima ao passo que tentava estabilizar a respiração. Kianthe precisou fazer um esforcinho para não ficar encarando os contornos bem-feitos do queixo e do nariz de Reyna, ou o caimento das mechinhas loiro-claras que se soltavam do coque frouxo.

Depois de, aos trancos e barrancos, dar pontos e fazer o curativo no primeiro ferimento, ela voltou a atenção para os arranhões na barriga de Reyna. Uma armadura básica — que inferno, até mesmo uma couraça — teria ajudado a evitar aquilo. Só que os guardas do palácio não usavam armadura, exceto para fins cerimoniais. E mesmo quando era o caso, o revestimento era esculpido com crânios de dragão decorativos e banhado a ouro, ou seja, totalmente inútil em um ataque. Reyna se queixava disso com frequência e, uma vez que Kianthe começou a prestar atenção, notou que as escolhas da rainha eram comicamente ruins.

Para a surpresa de ninguém, considerando o estilo dela.

Em algum momento, Reyna tirara a capa vermelha, ficando só de regata justa e calça; no entanto, as argolas douradas que enfeitavam suas orelhas eram indicativo de que ela estivera em uma noite de gala.

Kianthe limpou com cuidado o sangue do abdômen de Reyna, detectando arranhões mais profundos. A pele estava quente ao toque.

— Então... Depois de tudo isso, talvez hoje seja o dia de você desistir daquela mulher intragável e fugir comigo?

Era para ser uma piada. Mas quando Reyna não respondeu, Kianthe levantou a cabeça e o olhar das duas se encontrou. Os olhos de Reyna eram cristalinos a ponto de causar espanto, e sombrios a ponto de incitar mistério. E, naquele momento, exibiam uma emoção crua.

Algo profundo e impactante se passou entre ambas.

— Você está agindo de um jeito estranho — declarou Kianthe. — Estou preocupada.

Reyna respirou fundo.

— Pode perguntar de novo. Igual você fez antes.

Reyna não precisou entrar em detalhes. Kianthe sabia exatamente o que deveria perguntar. E sabia porque cada minuto que elas conseguiam roubar parecia um luxo. Recordações fugazes de beleza e felicidade acompanhadas da profunda noção de que Reyna havia se comprometido a uma carreira de uma vida inteira.

— Você também não tem como abandonar sua vida — brincara Reyna, na primeira vez que Kianthe fizera proposta semelhante. — Você é a Maga das Eras. Tem responsabilidades.

Na ocasião, Kianthe só fez revirar os olhos.

— Quem vai me impedir? A Joia da Visão? Faz um século que ela não intervém nas escolhas do Arcandor. E não é como se eu não pudesse chegar voando até um desastre natural qualquer; é isso que venho fazendo, oras. A única diferença é que a nossa casa ia ser em outro lugar.

Reyna tinha bufado e gesticulado, ignorando a ideia.

Kianthe não insistira. Afinal de contas, Reyna tinha conquistado uma posição de prestígio ao lado de uma rainha vingativa e, diferente de Kianthe, poderia sofrer consequências muito sérias caso abandonasse o posto.

Só que tais consequências não pareciam ter qualquer importância agora. Firme, Reyna sustentou o olhar de Kianthe.

— Pode perguntar de novo, Key.

A boca de Kianthe estava seca. Ela engoliu em seco e as palavras sussurradas soaram como uma promessa:

— Fuja comigo. Você gosta de chá. Eu gosto de livros. Que tal se a gente abrir uma loja em algum lugar remoto e esquecer que o mundo existe?

As palavras pairaram entre elas feito melodia. Reyna fechou os olhos, um sorriso suave se formou em seus lábios. Tudo se reduziu àquele momento: a luz do fogo brilhando no alto, o sangue escorrendo no curativo, o rosto pálido e abatido e a expressão tão, tão feliz.

Kianthe ficou hipnotizada.

— Ok. Eu fujo com você. Vamos achar uma loja, fazer dela nosso lar e esquecer o restante.

O feitiço estava quebrado. Kianthe deu um berro, abraçando os ombros de Reyna, esquecendo completamente do machucado. Elas caíram na risada, o futuro incerto se solidificava em algo tangível, real e apaixonante.

Uma livraria que servia chá, situada no canto mais remoto do mundo.

Kianthe já estava até vendo como seria o lugarzinho delas.

3

REYNA

Depois que o choque passou, depois que Kianthe cuidou dos machucados de Reyna, depois que o toque delicado em sua barriga incitou um momento de paixão, elas ficaram deitadas juntinhas sob a luz do fogo. E então a claridade diminuiu sob um simples comando de Kianthe, deixando-as sob um leve brilho aconchegante, e enfim a exaustão tomou conta da mente de Reyna.

Mas junto ao cansaço, emoção e contentamento. A ideia delas viraria realidade. Elas iam abrir uma loja em algum lugar, enchê-la de livros e chá, botar uma lareira e poltronas aconchegantes, e Reyna finalmente, finalmente, ia poder se entregar ao autoconhecimento sem a figura da rainha à espreita o tempo todo.

Ela gostava de cozinhar — tinha plena noção disso. Gostava de testar novas infusões e do calor nos músculos depois de um bom treino de luta. Nunca havia sido uma leitora nata, até conhecer Kianthe, e assim foi contagiada pelo amor que a maga nutria pelo universo da escrita. Mas, fora isso... Bem, a Guarda Real não lhe dava lá muito tempo de folga. Um trabalho que era tudo ou nada.

Que tipo de pessoa Reyna poderia se tornar?

Era intimidador ter que decidir aquilo.

Kianthe se apoiou em um braço, os dedos percorrendo a barriga de Reyna.

— Você está com cara de quem chupou limão.

— Estou só... pensando. — Ela fez uma pausa. Por mais que amasse Kianthe, não queria que lhe fossem propostas novas ambições. Era importante que Reyna não substituísse a rainha pela Arcandor. Então saiu pela tangente: — Na logística da coisa toda.

— A melhor parte de qualquer ideia intrépida — a declaração de Kianthe pingava sarcasmo.

Reyna bufou, virando-se de lado a fim de encarar Kianthe. O solo estava perfeitamente plano sob seu saco de dormir, sem seixos, pedrinhas nem torrões para perturbar seu sono. As coisas eram assim na vida da Arcandor; os elementos sempre favoreciam para que ela ficasse confortável.

— Vi uma insígnia nos bandoleiros que me atacaram. Os espiões da rainha identificaram alguns dos esconderijos deles nos últimos meses. Um deles fica ao norte daqui. — Desde que Kianthe propôs a ideia de fuga pela primeira vez, Reyna passou a manter um registro contínuo das construções desocupadas relatadas à rainha. Ela alegava estar fazendo aquilo "só por precaução", um aparte ridículo só para evitar se dispersar durante as reuniões enfadonhas da corte.

Mas depois de todo o ocorrido na noite anterior, estava muito grata por ter uma memória excelente.

Kianthe ergueu uma sobrancelha.

— Você quer roubar o esconderijo dos bandoleiros para transformar na nossa nova casa?

— Não roubar. — Reyna estremeceu, porque pretendia que sua nova vida fosse uma conquista. Tinha a intenção de pagar pela propriedade, mesmo que para isso fosse necessário usar um nome falso. No entanto, adquirir uma propriedade no Reino... que desgraça, adquirir uma propriedade em qualquer lugar... era caro demais, e as suas economias ao longo dos anos em serviço sempre pareciam irrisórias toda vez que ela verificava o saldo.

Mas Reyna não estava disposta a permitir que aquilo fosse um obstáculo, não depois que a decisão já estava tomada. Então começou a explorar outras opções.

— Sua Excelência se orgulha de oferecer uma circulação segura dentro do Reino. É uma das razões pelas quais a nobreza tolera suas... outras peculiaridades.

— "Peculiaridades" é um eufemismo para aquela bruxa.

Reyna fez uma pausa.

— Não é ofensivo chamar alguém de bruxa quando você mesma faz uso de magia?

Kianthe bufou.

— Eu tenho lugar de fala, amor. — Ela se aprumou, segurando um bocejo. — E se vai vir com esse papo de logística, então vou precisar de uma xícara de chá. O que você tem aí?

— Só uns poucos saquinhos. Chá preto, chá branco, *oolong*. Também tem chá de rosas e de hortelã na bolsa roxa. — Ela meneou a cabeça para os alforjes de Lilac, os quais haviam sido rearranjados sob a árvore antes de Kianthe chegar. A namorada se animou ante a menção de sua infusão favorita e correu para pegar os saquinhos e a chaleira de cobre, o bem mais precioso de Reyna, além da pedra da lua enfeitiçada, claro.

— Vai querer uma xícara?

Reyna também se aprumou, embora seu corpo inteirinho tivesse berrado em protesto com o movimento. Estava exausta; tinha passado a maior parte do dia cavalgando arduamente para se distanciar do palácio, e o ataque dos bandoleiros só piorou as coisas.

Por sorte, Kianthe aprendia rápido quando o assunto era chá. Nesse momento, ela já estava fazendo a filtragem da água do solo e colocando-a na chaleira com um mero aceno. Em seguida, pôs a chaleira sobre uma pequena estrutura de metal que Reyna usava nos acampamentos. Então estalou os dedos e uma bolinha de fogo se acendeu em sua palma, criando a chama para aquecer a água.

Reyna podia até estar cansada, mas jamais recusaria uma boa xícara de chá, especialmente em uma noite fria. E assim ela ajeitou o cobertor de lã sobre os ombros e deu uma leve estremecida quando ele pesou em seu ferimento.

— Acho que vou aceitar uma, sim.

— É claro que vai aceitar. — Kianthe deu uma piscadela e gesticulou para que Reyna prosseguisse com a conversa. — Então, a rainha odeia bandoleiros.

— Aham. Tanto que ela oferece uma recompensa para quem os matar. Aqueles que nocauteei hoje teriam valido pelo menos um palidrão.

— Que é... quanto em moeda normal?

Reyna detestava o jeito como o Reino era desconectado do restante do continente. Ela então pensou no câmbio corrente, baseando-se na última visita da realeza a Wellia.

— É... Hum... — No entanto, o valor total desapareceu de sua mente tão rapidamente quanto o cálculo: o cheirinho de chá na infusão e o calor do cobertor a distraíram. — É uma bela quantia. Mas não o suficiente para comprar uma casa.

— Daí o roubo. — Kianthe deu um sorriso malicioso.

Reyna hesitou.

— Se você tiver dinheiro, podemos combinar nossas economias e tentar de outro jeito. — Uma pausa. — Você tem alguma coisa? — Ela sentiu o rosto esquentar; aquilo lhe soara meio invasivo. E, ao mesmo tempo, ela deveria ter aquela informação depois de dois anos de namoro, porém, como elas viviam naquela condição de passar apenas umas poucas noites juntas a cada estação, a prioridade sempre acabava reservada a assuntos mais importantes.

Felizmente, Kianthe sequer pareceu se importar com a pergunta.

— Tenha dó. Eu sou a Arcandor desta corte. — As palavras foram acompanhadas de um peito estufado e tom de arrogância. Então ela começou a gargalhar. — O que, obviamente, significa que todos os meus fundos ficam com o Magicário. Então... não. Acha mesmo que te escolhi por causa do seu rostinho bonito?

Reyna forçou um sorriso.

— Tenho certeza de que a Arcandor, Maga das Eras, teria sido capaz de encontrar uma mulher mais rica para financiar seus empreendimentos.

Essa era uma preocupação antiga, que ficava cutucando o cérebro de Reyna tal qual um furador de gelo em uma escultura. Talhando uma cena na qual Kianthe ficava entediada, saía voando em seu grifo voador e a largava sozinha.

De repente, Reyna ficou com a sensação de falta de ar. Deuses, o que estava fazendo? Abandonou um cargo estável, desafiou a rainha Tilaine, só para fugir com sua namorada secreta? Elas já tinham viajado juntas, mas morar juntas era um sonho distante. Todo mundo sabia que a Arcandor era tão fugaz quanto o vento.

Kianthe certamente a amava, mas e se esse amor não fosse suficiente? E se a intimidade revelasse novos problemas e o relacionamento desmoronasse?

Reyna inspirou fundo, vacilante, fazendo o possível para se acalmar.

Com a água fervendo, Kianthe baixou a intensidade da chama e então acrescentou as folhas de rosa e de hortelã à água. Tudo enquanto encarava Reyna com olhos semicerrados. A voz dela saiu gentil, porém firme:

— Não faça isso.

Merda. Reyna abaixou a cabeça, fingindo verificar o curativo no braço.

— Mas eu não estou...

— Sim, está. — Kianthe deixou a chama morrer, e se aproximou de Reyna em segundos, tocando a bochecha da namorada para obrigá-la a encarar seus olhos. — Rain. Era só uma piada. Você sabe que eu jamais escolheria alguém por causa de dinheiro. Eu te amo porque você é incrível. Você valoriza a pessoa que eu sou, e não meu título ou a minha magia. — A voz de Kianthe falhou, e agora era ela quem desviava o olhar. — Ninguém mais enxerga além disso. Nunca.

Reyna ficou de coração partido. Toda vez que Kianthe lhe contava de suas viagens como Arcandor, tudo soava solitário demais.

— Eu faria tudo de novo e de novo — jurou Reyna. Ela puxou Kianthe para si, beijando-a com intensidade. Uma promessa. Quando cessaram o beijo, os olhos cor de mel encontraram o castanho profundo. — Não estou preocupada com você. Estou preocupada com a sua vida... e se você vai conseguir ou não abandonar o que tem. Se a gente tentar e descobrir que não dá, não sei bem o que vai ser de mim.

Afinal de contas, um Arcandor jamais havia estabelecido residência para além dos muros mágicos até então. Seria um feito inédito.

Certo?

Kianthe ficou olhando Reyna por um instante, que por sua vez estava grata pela parceira não ter tentado mentir.

— Os magos do Magicário não vão ficar muito felizes se eu não aparecer com certa regularidade. E a própria Joia pode ser clamada e tomar uma decisão se eu passar muito tempo ausente. — Ela respirou fundo. — Mas meu compromisso é com você. Quero explorar todas as facetas dessa nova vida juntas... mesmo que eu precise viajar às vezes. Tudo bem?

No contexto de uma promessa, era o melhor que Reyna poderia esperar. E obviamente ela não ia ficar plantada à toa enquanto aguardava o retorno de Kianthe. Aquela era uma oportunidade para ambas, na verdade.

Reyna respirou fundo e muito lentamente para acalmar os nervos e, dessa vez, seu sorriso foi genuíno.

— Opa. Você está pesando a mão nessa infusão aí.

— Bem, perdão por tentar estar totalmente presente nesta conversa importantíssima. — Kianthe mostrou a língua, mas obedientemente se pôs a filtrar a infusão em duas canecas de cerâmica. Descartou no solo as folhas usadas, lavou a chaleira com um novo jato d'água subterrânea, depois acrescentou duas colheres de açúcar ao seu chá e um fio de mel ao de Reyna.

Kianthe aproximou-se em passos decididos, deu a Reyna a caneca e também um beijo quase assertivo, então, resoluta, sentou-se ao lado dela.

— Abra um espacinho aí. Estou com frio.

Juntas, ficaram ombro a ombro sob o cobertor de lã, bem instaladas na rocha que Kianthe havia deslocado. Bufando, esta acenou para o pinheiro e seus galhos se abriram a fim de revelar uma janela de estrelas. Ela apagou o fogo com outro feitiço silencioso, abarcando as duas em uma penumbra confortável.

Durante um bom tempo, ninguém falou nada. Um pouco além, Lilac pastava. Uma matilha de lobos uivou ao longe. Grilos preenchiam o ambiente com música. Uma coruja piou nos arredores.

Reyna enfim relaxou o corpo. Ela apertava a caneca contra o peito, apoiando-se pesadamente no ombro de Kianthe.

— Vamos precisar nos distanciar mais da capital. Os espiões de Sua Excelência vão me procurar.

— Não dá para simplesmente mandar a rainha se foder, né?

— Key!

Kianthe riu, tomando um gole de chá.

— Foi só uma ideia. — Mas ambas sabiam que a rainha Tilaine reagiria à ausência de Reyna tão bem quanto o Magicário reagiria à de Kianthe. A diferença era que Reyna não tinha poderes: a única coisa que a rainha Tilaine veria seria uma traidora da Coroa.

Kianthe passou o braço ao redor dos ombros de Reyna, consciente dos machucados. Seus dedos trilharam pelo curativo, tão de leve que o toque fez cócegas.

— Então, para onde a gente vai? Por enquanto, o Magicário não necessita da minha presença, e tenho certeza de que você tem um plano para essa tal casa mágica.

— Claro que tenho. — Reyna levou a caneca aos lábios, murmurando: — Você já esteve em Tawney?

Kianthe ergueu uma sobrancelha.

— A cidade entre Shepara e o Reino? Ao sul da terra dos dragões? Essa Tawney?

— É remota, de difícil acesso, e suas rotas comerciais raras vezes cruzam com a capital. Além disso, com nossas ascendências de Shepara e do Reino, vamos nos misturar perfeitamente. — Reyna tomou um gole de sua infusão, saboreando as notas intensas de hortelã e a suavidade das pétalas de rosa. — Os bandoleiros que matei hoje eram da quadrilha que faz recrutamento lá. Só que, como os limites e também a posse da cidade são questionáveis, é do interesse da rainha Tilaine ignorar o esconderijo existente ali. A gente pode tomar posse dele antes mesmo de os bandidos perceberem.

Kianthe franziu a testa.

— Ou me escute... a gente simplesmente vai para Shepara. Deixa a rainha Tilaine dar o chilique dela; e vamos bebericar vinho às margens do rio Nacean, no oeste.

Reyna fez careta. Embora Kianthe emanasse calor ao seu lado, de repente ela começou a sentir muito frio.

— A rainha Tilaine tem uma extensa rede de espiões, Key.

— E a gente vai estar fora do alcance deles... — Kianthe parou de repente, encarando Reyna. — Ah. Merda. Sério mesmo? Até em Shepara?

— Em todos os lugares. Ela tem postos avançados em Leonol, e até mandou patrulheiros para a terra dos dragões certa vez. — Reyna balançou a cabeça. — Fugir para Shepara não vai me salvar. Mas Tawney é remota o suficiente para conseguirmos evitar os espiões dela por mais ou menos um ano, talvez até dois. É pequena o suficiente para notarmos com agilidade a presença de qualquer recém-chegado. E... bem, a construção que estou visando é tentadora, admito. E as casas em Shepara custariam significativamente mais.

Kianthe exalou. O gesto bagunçou levemente o cabelo de Reyna. Então se recostou sem reservas na namorada, tomando um gole caprichado de seu chá.

— Ah, tudo bem. Odeio o frio, mas tenho certeza de que você vai me deixar quentinha.

— Os ataques dos dragões ou eu.

— Ataques dos dragões?

— Aham. Acontece algumas vezes por ano. — Reyna esboçou um sorriso.

— Graças aos Deuses eu namoro uma maga elemental. Você sabe. Para controlar o fogo e tal.

Kianthe fitou o céu.

— Sua sorte é que eu te amo.

E, assim, elas seguiram para Tawney.

4

KIANTHE

Reyna e Kianthe encaravam a construção em ruínas.

— Bem, não é... inabitável — comentou Reyna.

Kianthe deu uma risada comedida.

Na verdade, o prédio em si não era ruim. Mas, tal como Kianthe já temia, Tawney era praticamente inabitável — espremida entre uma cordilheira perigosa e as planícies abertas e frias de uma tundra imensa. Havia florestas esparsas de pinheiros que ofereciam um cenário ameno, todavia, um olhar mais atento revelava que apenas as plantas mais brutas se davam ao trabalho de desenvolver raízes ali. Lindenback, a estrada na qual as duas se encontravam no momento, ficava bem nos limites da cidade e culminava em um trecho de terreno aberto.

A paisagem do pôr do sol era incrível, mas Kianthe já estava morrendo de frio para conseguir admirá-la devidamente.

Afora a paisagem, a melhor palavra para descrever o local era "espigado". Reyna também estava certa quando dissera que o lugar era um quartel-general de bandoleiros — ou, pelo menos, um local de recrutamento às vezes visitado pelos fora da lei. A rua era tomada por vidros quebrados e barris de cerveja vazios, muito embora o celeiro que elas vislumbravam como lar parecesse desocupado.

Os vizinhos fecharam as portas tão logo Reyna e Kianthe se aproximaram, e dois homens se puseram a observar Visk com avidez. De pronto, Kianthe notou a presença de ambos, e os enxotou com a mesma rapidez.

Reyna mantinha-se alerta, com a mão na espada enquanto encarava os sujeitos, para lhes lembrar de que não estavam sendo sorrateiros — e que ela não recuaria numa briga. Reyna sempre ficava sexy quando assumia sua postura profissional, e Kianthe já havia verbalizado isso em outras ocasiões, mas o elogio nunca surtira o efeito desejado.

Reyna murmurou bem baixinho:

— Desconfio que sua montaria esteja atraindo atenção. E não no bom sentido.

Kianthe gargalhou, agitando os dedos para os homens. Mas, à diferença de Reyna, ela fez questão de falar alto:

— Bendita Joia, seria um baita de um erro. Não é mesmo, querido? — Ela então arrulhou para o grifo, coçando-lhe as penas da cabeça. Ele piou embevecido pela atenção recebida, flexionando as garras, que eram maiores do que um dente de dragão.

Os homens estremeceram e se embrenharam em um beco ali perto.

Reyna pareceu relaxar, mas só um tiquinho. Kianthe então se perguntou se a namorada estaria tendo dúvidas quanto à escolha do lugar.

Reyna havia levantado argumentos excelentes — principalmente no que dizia respeito ao custo. As casas de Shepara eram quase inacessíveis do ponto de vista financeiro, e qualquer lugar dentro do Reino estaria perto demais de Tilaine, o que jamais deixaria Kianthe tranquila. Leonol parecia até uma boa opção, mas o clima naquela selva era tão úmido e horroroso quanto era frio e horroroso ali nas planícies.

Além disso, Kianthe nunca soube lidar bem com recompensas tardias. Havia o temor persistente de que, se Reyna ficasse pensando demais, ela poderia mudar de ideia.

Kianthe não usava a palavra "arrasada" com frequência, mas se Reyna recuasse na decisão de se jogar naquela nova vida — em todas as esperanças e sonhos que Kianthe mal podia esperar para explorar — ela não ficaria nem um pouco feliz.

Sendo assim, enquanto Reyna estava ali com a testa franzida e a boca retorcida, Kianthe resolveu entregar-se a um otimismo empolgado.

Desceu das costas de Visk e foi até as janelas da frente do celeiro velho. A tranca era de metal, mas tecnicamente o metal era do mesmo grupo mágico da terra — e questões técnicas não eram um obstáculo para a Arcandor. Ela contorceu os dedos, usando magia para retirar os pinos, e então houve um destrave com um baque pesado.

— Alguém em casa? — cantarolou ela para o espaço lá dentro.

O vazio ecoou. Reyna desceu de Lilac e entrou para acompanhar Kianthe, desembainhando com delicadeza sua espada envenenada.

Visk aproximou-se de Lilac, protegendo a montaria com sua presença. Afinal, um cavalo de batalha do Reino era um tanto valioso. A mera presença de Visk fez Lilac bater os cascos — todavia, o adestramento a impedia de ceder ao instinto de fugir.

Era um absurdo Reyna achar os grifos "cruéis". Visk era um amigo muito fofinho e um bom menino, em todos os aspectos.

As duas permaneceram ali, em silêncio, por um longo momento.

— É grande — comentou Reyna, sem muita expressividade.

Era isso. Antes, aquele lugar costumava ser um celeiro. Agora havia teias de aranha penduradas nas vigas, e o teto cavernoso era escuro e ameaçador. Tinha uma cozinha improvisada em um cantinho, dois cômodos nos fundos e... só. O piso era de terra e serragem. O ar estava impregnado pelo cheiro de fezes de rato e de algo maior — guaxinins, talvez? Havia algumas mesas de madeira alojadas em um canto, todas meladas com um líquido escuro e pegajoso.

Kianthe estava apaixonada.

— É perfeito.

— É um risco para a saúde, amor.

— Não, sua carreira era um risco para a saúde. Isto aqui tem muito potencial. — Kianthe deu uma piscadinha, caminhando para o centro do espaço. — Olhe. Ignore a poeira e os destroços. Pense em pisos de pinho feitos com árvores da floresta vizinha. Estantes até o teto nesta parede aqui. Mais algumas janelas... e tochas de chama-eterna penduradas nas vigas... — Ela rodopiou, os olhos arregalados. — E plantas! Consigo manter vivas as espécies tropicais, sabe disso.

— Você disse "tochas de chama-eterna" perto das frágeis vigas de madeira? — Reyna reembainhou a espada com relutância, embora agora ostentasse um leve sorrisinho.

Kianthe revirou os olhos.

— Você se preocupa demais. Um simples feitiço vai ser capaz de mantê-las queimando sem queimar de verdade.

— Acho que houve uma falha de comunicação quando discutimos a contenção de incêndios. — A voz de Reyna continha um toque de preocupação, e não tinha nada a ver com as tochas de chama-eterna. Ela olhou ao redor, cética, tocando a ferida em cicatrização no próprio pescoço.

Já havia arriscado muita coisa para chegar até ali; era possível que a Tawney de sua mente fosse ilusória e que a realidade se revelasse uma decepção.

Kianthe estava inundada de ideias, enxergando magia e propostas fantásticas para todos os lados. Reyna, como sempre, era mais pé no chão.

Era por isso que a amava tanto... mas também era motivo de cautela. Reyna não era afeita a grandes mudanças nem a gestos exuberantes. Ela gostava de fatos. Números. Certezas.

E isso significava que ela já estava tensa antes mesmo de terem chegado a Tawney.

— Diga para mim o que está sentindo — incentivou Kianthe, sem deixar espaço para discussões. Aliás, aquela era a tática-padrão de discussão delas, algo que desenvolveram depois da primeira briga feia que tiveram.

Reyna esfregou o braço, suspirando.

— Não sabemos se a estrutura é firme. Esta construção é um chamariz para bandidos e ladrões... Além disso, a reforma vai exigir muito esforço e dinheiro.

Aquilo tudo foi ideia de Reyna, mas Kianthe começava a achar que estava enfiando a namorada em uma dinâmica de autossabotagem com seu otimismo alegrinho e ideias grandiosas para reformas. Para ela não importava onde as duas iriam parar, contanto que estivessem juntas.

Ela poderia esperar em uma boa pelo lugar certo.

... Sério.

— Tá bem. — Kianthe forçou um sorriso. — Caso você não se sinta confortável aqui, a gente continua a procurar. Esta é a primeira região que a gente sonda; não precisamos resolver de imediato.

Ela só precisava rezar para que Reyna não mudasse de ideia enquanto aquela história se arrastasse.

Mas Reyna piscou, surpresa.

— Oh. — Então, em vez de discutir, Reyna se pôs a analisar o espaço de modo mais apurado. Como guarda da rainha, ela passara a vida em uma carreira na qual a plena atenção era capaz de salvar vidas, e isso ficou evidente na maneira cuidadosa como circulava pelo celeiro. Examinou o chão, apalpou as paredes, testou a robustez das janelas. Semicerrou os olhos para o telhado, resmungando.

Ciente de que um dia elas talvez fossem embora dali de Tawney, o lugar pareceu adquirir novo mérito.

Kianthe foi até a porta, de olho nas montarias. Visk aguardava estoicamente, seus olhos de águia encarando os homens pela rua. Já Lilac se afastara do grifo até onde sua corda permitiu, afora isso, parecia bem.

Era fato que Kianthe não tinha lá muita experiência com cavalos, mas a ausência de relinchos de pânico lhe pareceu um bom sinal.

Depois de uns bons minutos, Reyna saiu de um dos cômodos.

— Tem um pátio nos fundos, algumas árvores e ladrilhos. Poderíamos fazer uma bela área de estar para o verão.

Durante a maior parte do ano, fazia frio em Tawney, mas Kianthe tinha a esperança de que os meses de verão vindouros fossem ao menos um tiquinho mais agradáveis. E, se não, um pouco de magia ígnea ajudaria muito. Se Reyna quisesse bebericar seu chá em um jardim, bendita Joia, ela ia poder fazer isso.

— Seria excelente. — Kianthe não disse mais nada, permitindo que Reyna chegasse às próprias conclusões.

Reyna parou diante da parede oeste e inclinou a cabeça.

— Acho que esta madeira aqui vai precisar de reforço. Tem umas tábuas se soltando. Neste estado, o peso de uma parede inteira de livros seria uma prova de fogo... sem falar no vento que vem das planícies.

Kianthe sentiu-se tonta. Estava tentando manter um tom tranquilo, agir como se não fosse grande coisa.

— Claro, claro. — E de fato não era... Elas já haviam decidido que iam fazer acontecer. Fosse aqui ou em outra construção; Kianthe não tinha motivos para estar preocupada.

Mas o lugar em questão era imenso, iluminado e tinha uma bela vista. Parada ali, observando a mulher a quem amava, já conseguia imaginar as duas transformando-o em um lar.

Reyna suspirou, enfim.

— Tem um motivo pelo qual sugeri a sondagem deste lugar primeiro. Os bandoleiros não me preocupam. Temos um monte de habilidades para enfrentar mais deles, se vierem. Minha hesitação é com Tawney propriamente dita, mas... É que não imagino que este lugar vá ser muito caro.

Ela parecia constrangida, e abaixou o rosto quando as bochechas coraram.

Kianthe pigarreou, muito embora sentisse a nuca queimar.

— Se quiser explorar algum lugar mais caro, posso me dividir entre alguns empregos. Tenho algumas habilidades... devem valer de alguma coisa. — Até então, elas nunca haviam estado em posição de compartilhar renda. E o novo cenário estava deixando Kianthe muitíssimo consciente de que ela não tinha dinheiro algum.

Por um instante, ambas se entreolharam.

Então Reyna danou a rir. Uma raridade, diga-se de passagem, e que preencheu o ambiente com uma felicidade estonteante.

— Acho que nunca estive tão tensa, Key. Estou com medo do que você vai dizer, com medo de ofender, com medo de estragar nossa chance de fazer isso.

— Ofender a quem? A mim? Você me conhece mesmo?

Tendo enfim quebrado a tensão, as duas sorriram. Agora Kianthe sentia um calorzinho no peito.

— Não tenho dinheiro, Rain, mas vou fazer o que for preciso para dar certo. Tá bem?

— Não ligo para dinheiro. Passei a vida toda economizando por um sonho que jamais esperei se tornar realidade. Só peço desculpas se meus fundos não forem suficientes — respondeu Reyna.

— Não peça desculpas. — Kianthe passou um braço pelo ombro de Reyna, mas recuou quando a outra gemeu de dor. — Merda, desculpe!

— Às vezes, a gente tem que pedir desculpas — brincou Reyna, seus dedos acariciando o ferimento cujo curativo elas haviam refeito naquela manhã. Então, voltou a atenção para a rua. — Acho que podemos fazer qualquer coisa a que nos propusermos. Mas estou preocupada com esta rua em particular. Não vamos atrair a clientela certa aqui, e a localização é o primeiro passo para que uma loja seja um sucesso.

— Quem disse que vamos abrir para o público? — Kianthe fez uma careta. — Isso significa trabalho.

Reyna cruzou os braços, erguendo uma sobrancelha.

— E lucro.

Kianthe bufou, fingindo exasperação.

— Argh. Tá bom. Vamos dar uma olhada no restante da cidade, ver o que achamos. — Ela gesticulou para fora e Reyna saiu sem demora. Kianthe fechou a porta e depois soldou a fechadura com uma explosão de chamas.

Pelo menos sua magia provia os recursos para proteger o lugar enquanto elas tomavam a decisão.

Reyna riu.

— Precisava mesmo disso tudo?

Kianthe não respondeu, porque os homens que contemplavam seu grifo mais cedo ressurgiram. Estavam empoleirados em dois caixotes de madeira, cochichando entre si. Os olhos deles continuavam a se voltar para Visk, e, agora, de maneira preocupante, para Reyna. O restante da rua estava estranhamente deserto, como se as mulheres tivessem espantado todo mundo.

Aff, aqueles dois deviam ter entendido a deixa.

Kianthe rosnou:

— Um momentinho.

E foi pisoteando até os homens.

Eles se assustaram com a aproximação. Kianthe parou perto o bastante para conseguir sentir o cheiro de álcool de um deles, e ver com nitidez os dentes amarelados do outro. Eles pareciam bem alimentados, um tinha barba densa e pele descorada, e o outro era muito alto e magrelo, e tinha olhos pequenos e profundos.

— Olá, pessoal.

Eles olharam para ela. Cara Alto disse com uma voz rouca:

— O que você quer? — Tinha sotaque sheparano, carregado nas consoantes, mas falava o idioma mais comum da região, como todo mundo.

— Somos novas na cidade. Estamos meio curiosas com aquele lugar ali. — Ela apontou o polegar para o celeiro.

Reyna surgiu detrás de Kianthe como um fantasma, uma das mãos já tocando a espada. A insígnia real da rainha, estampada no cabo, chamou a atenção.

Agora os homens pareciam menos confiantes. Cara Alto hesitou.

— É só um celeiro velho. Não tem ninguém morando lá mais.

— Não mais? Quem era o ocupante original?

Eles trocaram olhares. Cara Alto riu.

— Você é nova na cidade, e aqui as pessoas pagam pra ter informação.

— Qualquer informação, na verdade. Somos os melhores nisso. — O Barbado sorriu. Ele tinha a voz mais aguda, e todas as falas eram arrematadas por um cecear devido à falta de um dente. Mesmo assim, a postura perigosa deles tinha evaporado e sido substituída por um tom de curiosidade.

Reyna ergueu uma sobrancelha.

— Informantes da cidade?

— Extraoficialmente. — Cara Alto se pôs a cutucar as unhas. — A gente observa tudo e todos. Aí chega um forasteiro na cidade, ainda mais com um grifo? As pessoas vão querer saber. Ficar do nosso lado seria bom pra vocês.

Kianthe quase revirou os olhos. Eles não eram uma ameaça, então. Todavia, era terrivelmente audacioso pedir dinheiro a estrangeiras que tinham acabado de chegar à cidade. Tinha cara de golpe.

Ao lado dela, porém, Reyna parecia contemplativa. Ela foi até Lilac, e caçou algumas moedas nos alforjes. Os homens pareceram surpresos quando ela as entregou de boa vontade.

— Eu pago pela informação.

Ambos aceitaram o dinheiro, e Cara Alto forçou a vista para analisar melhor a insígnia na espada dela.

— Você trabalha pra rainha?

Reyna cruzou os braços.

— Trabalhava. Agora pago generosamente bem por informações sobre o pessoal da rainha. Guardas, cidadãos, espiões. Qualquer recém-chegado a Tawney... quero ficar sabendo.

Ah. Kianthe odiava que aquilo fosse necessário, mas pelo menos Reyna estava tomando medidas para se proteger.

Barbado assentiu, enfiando os pentavos em uma bolsa que trazia na cintura. Em seguida, deu um tapinha no tecido, que tilintou.

— A gente consegue, desde que as moedas continuem entrando.

Reyna sorriu.

— Vão entrar.

— Com esse dinheiro, merecemos um pouco mais de informação. Parece justo. — Kianthe gesticulou para o celeiro outra vez. — Contem sobre aquele lugar ali.

Os homens trocaram outro olhar e Cara Alto deu de ombros.

— Era daquele lorde do Reino, Julan. — Ao notar a testa franzida de Kianthe, ele explicou: — Morreu faz uns anos. O ataque do dragão matou ele e a esposa.

— Então quem é o lorde que comanda Tawney agora? — Reyna quis saber, também franzindo a testa. Ficou evidente que ela reconhecia o nome e que não fazia ideia de que lorde Julan havia sido morto.

Kianthe quase gargalhou. As fronteiras de Tawney eram, na melhor das hipóteses, irregulares, por isso os dois distritos acabaram assumindo a posse do lugar. Que curioso o Reino ter colocado um lorde ali, como se tivesse direito sobre as terras.

Bem, não era exatamente surpreendente se fosse levado em conta que uma víbora era a governante, mas ainda assim.

— Bem, estamos apostando em Feo. — Barbado recostou-se no caixote de madeira, abrindo um sorriso largo. — Nasceu em Shepara. É chique. Espera fazer o nome na cidade. Só que Julan teve um filho, e Feo não está feliz por ter alguém com quem disputar o título de soberano aqui. A cidade toda anda esperando a poeira baixar. — Agora ele meneava a cabeça para o celeiro. — Teve umas baixas. No sentido figurado.

Reyna sorria. Não só um sorriso discreto e divertido, mas um sorriso ávido: ela havia acabado de descobrir um problema e estava morrendo de vontade de solucioná-lo. Kianthe bufou, bateu o ombro no de Reyna e disse:

— Bem, vamos ficar um pouco. Última coisa: vocês dois conhecem um lugar para pernoitar hoje?

— A estalagem fica logo ali — comentou Cara Alto, apontando com o polegar. — Se gostarem de cerveja, Hansen serve a melhor.

— Gratas. — Reyna fez uma pausa e depois inclinou a cabeça. — Vocês têm nome?

Cara Alto estendeu a mão e Kianthe se sentiu mal por ter ficado chamando-o mentalmente de Cara Alto o tempo todo.

— Sigmund. Este aqui é Nurt.

— É apelido — disse Nurt de modo solene.

— Podem me chamar de Kianthe — disse ela, porque apenas alguns poucos sabiam o nome da Arcandor, a Maga das Eras. — E esta é... — Ela fez uma pausa e olhou para Reyna, sem jeito. Se os espiões de Tilaine estivessem em seu encalço, seu nome verdadeiro facilitaria muito o rastreio.

Reyna estendeu a mão.

— Cya. Também é apelido.

Elas se despediram dos homens e pegaram suas respectivas montarias para explorar a cidade. Ao saírem da estrada Lindenback, Reyna comentou:

— É sempre bom conhecer os informantes da cidade. Eu não esperava que fossem achar a gente tão rápido; esses dois devem ser bons.

— Claro, claro. — Kianthe arqueou uma sobrancelha. — Então... Cya?

— Tipo em... Se a vida permitir, a gente se vê — respondeu Reyna, carregando no sotaque forte, quase incongruente, de Shepara.

Kianthe gargalhou.

— Pela Joia, já estou te contagiando com meu sotaque. Isso não é nada bom para esta cidade.

Reyna ainda estava rindo quando elas chegaram à estalagem.

5

REYNA

A única estalagem de Tawney até que era um estabelecimento bem decente. Tinha um bar no andar principal, estábulos que acomodaram Lilac (grifos não gostavam de ficar enclausurados, sendo assim, Visk desapareceu na calada da noite tão logo Kianthe lhe deu permissão) e quartos aconchegantes no andar superior. Junto ao balcão da recepção, Kianthe pediu:

— Um quarto, por favor. De preferência com uma cama só.

A estalajadeira virou-se para pegar uma chave.

Ao subir a escada, Reyna murmurou:

— Uma cama só? Você está planejando alguma devassidão, Key?

Elas haviam passado as últimas duas noites acampando na natureza, então agora qualquer indício de constrangimento pela falta de intimidade entre elas, desaparecera. Kianthe ofereceu um sorriso imoral.

— Toda noite, desde aquele nosso encontro na estação passada, tenho planejado algumas devassidões. Até agora, não deu nem para o cheiro.

Reyna sorriu com malícia e as guiou até o quarto. Era pequenino e simples e, de fato, tinha só uma cama, além de um penico no canto e uma escrivaninha ao lado de uma janela. Elas guardaram os alforjes no baú ao pé da cama e se lavaram com um balde d'água. Ao mesmo tempo que Reyna vestia uma camisa limpa, Kianthe posicionava um livro muito querido na mesa de cabeceira.

Reyna deu uma olhadinha.

— Deixa eu adivinhar. Amor proibido?

— Ei. É o meu gosto. — Kianthe deu um tapinha no livro. — Por razões óbvias.

Reyna bufou, mas fez uma anotação mental para surrupiar aquele livro em algum momento.

Tendo pouco tempo até a hora de dormir, elas desceram para beber alguma coisa.

A noite havia chegado, e o ar gélido entrava toda vez que alguém abria a porta da pousada. Reyna aguentava bem aquele clima, mas Kianthe estava desanimada, toda encurvada dentro do casaco com forro de pele. Fazia sentido; ela raras vezes vivenciava as intempéries das estações, já que havia uma imensa população de magos elementais por todos os cantos. Reyna ficou com dó e conduziu a namorada até uma mesinha ao lado da lareira acesa.

Elas se reacomodaram, pediram uma bebida — vinho para Reyna, água quente para Kianthe, já que álcool e magia nunca deviam se misturar — e um prato de alce defumado. A julgar pelo aroma proveniente da mesa ao lado delas, a iguaria era regada com molho de alecrim. Reyna ficou com água na boca e tomou um gole de vinho para se distrair. Quando a estalajadeira saiu, Reyna pegou um pergaminho da bolsa, a mente fervilhando.

— Então... o celeiro. Antes de fechar a compra, vamos fazer um plano para a reforma. Vamos precisar de alguns pedreiros, a menos que a sua magia inclua madeira tratada.

— Não inclui — disse Kianthe, segurando a caneca com as duas mãos.

— Hum. Então um carpinteiro, pelo menos. Talvez um vidraceiro para as janelas. — Ela bateu um dedo no queixo e depois fez um esboço da planta baixa. — A gente pode manter os quartos intactos. Um para nós, o outro talvez para servir como despensa. Botamos um lavatório... aqui. E um balcão nesta parede do fundo, perto da despensa, e um forno.

Ela fez uma pausa, olhando para a namorada, verificando mais uma vez se aquilo era, de fato, o que Kianthe esperava. Mas a outra tinha mais "ideias panorâmicas e generalizadas", e estava nítido que não havia pensado em um lugar para preparar o chá ou armazenar as guloseimas que elas poderiam vender. Sendo assim, Kianthe , com olhos arregalados, gesticulou para Reyna continuar.

Reyna foi tomada por uma onda de emoção. Botar tudo aquilo no papel fazia com que parecesse real, e o incentivo de Kianthe solidificava tudo.

— Vamos botar pisos de madeira. Pode ser que Tawney tenha água encanada, o que pouparia a gente de ter que pegar no poço... — E então Reyna parou, percebendo o que havia acabado de dizer.

Kianthe se aproximou para sentar-se ao lado dela, um sorriso insuportável estampado na cara.

— Como é viver sem magia?

— Vem com muito menos arrogância, para começar — respondeu Reyna com sutileza, tomando um gole caprichado do vinho. Era branco e seco, proveniente dos vinhedos do Reino, os quais ocupavam a parte sul do território. O vinho em si era decente e nada mais, mas ao menos era uma comprovação de que Tawney recebia importações, o que poderia facilitar a aquisição de folhas de chá

— Tem uma linha de ley ao longo da cidade — disse Kianthe. — Na verdade, eu já esperava isso; a Joia tende a me guiar pelos caminhos dela.

A sagrada Joia da Visão de Kianthe era — até onde Reyna sabia — uma rocha de verdade que ficava no Magicário. A ideia de que uma rocha era capaz de guiar Kianthe por determinado caminho deixava Reyna muito confusa. Ela levantou uma sobrancelha.

— O que isso tem a ver com os encanamentos, querida?

— Isso significa que a magia pode ser drenada daqui, em vez de exigir que eu use minhas reservas pessoais. Sempre tem água no solo. — Kianthe bateu a sola da bota no chão.

— Mas isso ainda vai depender da sua disponibilidade. Eu gostaria de explorar o encanamento de uma fonte mais confiável.

Kianthe pareceu ofendida.

— Não vou viajar com tanta frequência assim.

A expressão de Reyna relaxou um pouco e seus dedos acariciaram o dorso da mão da namorada. A pele de Kianthe era marrom-clara, um contraste com a de Reyna, que era branca e calejada por anos de exercícios de combate.

— Key, você tem outras obrigações. Estou ciente de que vão roubar você de Tawney em algum momento.

— Você é a minha obrigação — disse Kianthe. — Esse bando de magos ancestrais e líderes mundiais carentes podem ir se danar.

— Esse bando de magos ancestrais está aí para garantir que a magia do mundo permaneça em equilíbrio. E esses líderes em geral têm bocas para alimentar. — Reyna manteve a voz o mais paciente possível, mas, por dentro, sentiu um quentinho no coração. Havia algo de especial nessa coisa de ser a prioridade de alguém. — A gente pode começar uma vida aqui, mas não quero que percamos uma perspectiva mais ampla.

Kianthe suspirou.

— Às vezes, parece mais fácil fugir das minhas responsabilidades, e ficar fugindo para sempre.

— Ia ser uma vida bem insatisfatória — disse Reyna. — As melhores coisas vêm com responsabilidades.

Kianthe fez careta.

Elas então resolveram explorar a opção da água encanada e, a pedido de Reyna, se puseram a esboçar algumas galerias. Apesar dos fundos escassos — os quais deveriam bastar, contanto que o uso do celeiro permanecesse gratuito —, Reyna acreditava que seriam capazes de realizar todas as reformas necessárias, além de algumas aspirações secundárias. Mesmo assim, resolveu criar uma classificação, listando os indispensáveis, os desejáveis e, por fim, os supérfluos, caso sobrasse dinheiro.

No final, estavam com a barriga cheia e tinham várias folhas de pergaminho preenchidas com esperanças e sonhos. A estalagem estava movimentada no momento — era muito provável que aquele fosse o único lugar para se beber em Tawney — e o burburinho das conversas era um pano de fundo distante. Reyna não era muito fã de multidões, levando-se em conta sua antiga carreira, mas estava relaxada e aquecida pelo efeito do vinho, e estar ali empoleirada ao lado de Kianthe a fazia se sentir invencível.

Não era o melhor cenário para se tomar uma decisão importante, mas Reyna tomou mesmo assim:

— Acho que a gente devia montar nossa loja aqui.

A expressão de Kianthe se iluminou.

— Você gostou de Tawney?

Reyna gesticulou para a estalagem.

— Isto é tudo o que eu sempre quis. Atmosfera social, novas amizades e você grudadinha em mim.

— Aiiiin, você sempre fica tão romântica depois de tomar uns gorós. — Kianthe sorriu, nitidamente entretida. Reyna torceu o nariz, então a namorada tratou de mudar de assunto: — Só que a gente ainda não conheceu boa parte da cidade.

— Já sei que vou gostar das pessoas, e daquele celeiro... — Reyna suspirou, batendo no pergaminho diante delas. — Veja só isto. É um plano. Você sabe que eu adoro isso.

Elas estavam em um lugar lotado, mas tal fato não impediu Kianthe de abraçar a namorada.

— Eu estava na expectativa de você dizer isso.

O corpo de Reyna estava leve de felicidade.

— O que acha da ideia? Sei que você odeia frio.

— Também odeio a ideia de passar meses vagando pelo mundo, na esperança de encontrar um lugar melhor. — Kianthe desviou o olhar, tomando um gole d'água. — Afinal de contas, não posso te dar a oportunidade de mudar de ideia.

Aquilo atravessou a névoa de álcool e Reyna franziu a testa.

— Você está preocupada com isso?

Uma pausa.

— Um pouco — admitiu Kianthe.

Reyna gemeu. Sua mente zumbia, embotando as arestas do mundo, limitando o foco a Kianthe.

— Key, minha vida antiga já era. — Ela baixou a voz, aproximando-se para que fossem as únicas a par da conversa. — A rainha Tilaine não é uma alma misericordiosa e eu, essencialmente, traí a Coroa.

Kianthe empalideceu.

— Nem me lembre disso.

Reyna sentiu o estômago revirar, porque qualquer pessoa dotada de inteligência temia a rainha Tilaine e seu temperamento.

Para se distrair da conclusão desagradável, Reyna sorveu o resto do vinho em um gole só.

— O que quero dizer é que eu te amo, e isso não vai mudar. Mesmo que não fiquemos em Tawney, vamos ficar juntas a partir de agora. Supondo que é o que você queira...

— É a única coisa que eu quero. Tawney combina muito comigo. — Kianthe deu um suspiro satisfeito.

— Ótimo. Eu também. Devo pedir mais vinho?

Agora era Kianthe quem ria.

— Você sempre deve pedir mais vinho. A Reyna Bêbada é uma das minhas prediletas.

— Não estou bêbada — zombou Reyna. No palácio, ela não tinha permissão para beber enquanto estivesse em serviço; o problema era que sua vida se resumia a estar em serviço. Talvez, muito provavelmente, isso tivesse diminuído sua tolerância ao vinho. Kianthe expandiu o sorriso travesso, e Reyna lhe deu um empurrãozinho no ombro. — Não estou.

— Vá pegar outra taça, amor. Eu seguro nossa mesa.

— De todo esse pessoal que está querendo disputá-la?

— Nós nitidamente pegamos o melhor lugar. — Kianthe apontou para a lareira ali perto.

Reyna pegou sua taça e se aprumou, rindo quando deu um tropicão. Ela atravessou a multidão até a estalajadeira, que em algum momento tinha recrutado o marido para auxiliá-la: o sujeito corpulento estava ao lado dos barris de cerveja, servindo para qualquer um que se aproximasse com algumas moedas.

Na fila, já havia outro sujeito à sua frente. Era dono de uma densa barba ruiva e olhos escuros, ele sorriu de maneira jovial quando Reyna se postou atrás dele.

— A fila está um pouco longa, mas Hansen é rápido.

— Uma excelente característica para quem serve bebidas. — Reyna semicerrou os olhos para o sujeito. — Seu sotaque é do Reino. Eu diria que veio diretamente do palácio. — Era um risco ser ousada daquele jeito, mas o vinho afrouxou sua língua.

O vinho e também a desconfiança que pairava em sua mente. Os espiões da rainha estavam por toda parte, mas se aquele ali estivesse planejando arrastá-la de volta à Guarda, que pensasse duas vezes.

Do outro lado do salão, Kianthe observava, com o queixo apoiado na mão, relativamente tranquila porque Reyna sabia matar um homem de dezesseis maneiras diferentes sem precisar usar a espada.

Talvez naquele momento precisasse se concentrar um pouco mais, por causa do vinho, mas mesmo assim...

O sujeito esfregou a nuca.

— Cresci lá. Conheci minha esposa, e aí acabamos nos mudando para cá. — Ele fez uma pausa e completou, com muito discernimento: — Salve a rainha, e que suas terras tenham bonança... mas queríamos um pouco de distância.

Reyna entrelaçou o braço ao dele.

— Bem, não é que combinamos bem? Cadê sua esposa? Ela tem que conhecer minha namorada.

Relaxando ante o gesto ousado dela, o sujeito gargalhou. O som ribombou pelo corpo dele inteirinho, ecoando pelo ambiente. Ele não se desvencilhou de Reyna; em vez disso, ergueu a caneca vazia para uma mulher sentada a uma mesa perto da porta da frente.

— Matild, fizemos uma amiga! Traga o vinho!

— Aquela é sua esposa?! — exclamou Reyna. Ela deu uma cotovelada nele e ficou na ponta dos pés para conseguir sussurrar: — Ela é maravilhosa. Que cabelo magnífico! — Era escuro com subtons âmbar, que estava habilmente preso em tranças grossas, que depois foram enroladas formando um coque frouxo no topo da cabeça.

Reyna sentiu uma pontada de inveja: Kianthe costumava ter cabelo longo e vivaz, mas o cortou na altura dos ombros depois de queimar as pontas por acidente. O cabelo de Reyna ia até o meio das costas, era loiro-claro, com fios ralos demais para o seu gosto.

— Espere até conhecê-la. A personalidade não tem nada a ver com o visual — disse o grandalhão. Do outro lado do bar, Matild soltou um suspiro e pegou sua bebida e a garrafa de vinho. — Meu nome é Tarly. Você é nova na cidade ou só está de passagem?

Reyna pensou no pergaminho rabiscado sob o braço de Kianthe e no celeiro vazio cheio de potencial.

— Vamos ficar, na verdade. — Foi ousado confessar aquilo. — Acabamos de nos mudar pra cá. A gente quer reformar um celeiro antigo no outro lado da cidade. Me chame de Cya. E aquela é Kianthe. — Agora eles chegavam ao balcão; Tarly não perdeu tempo e reabasteceu a própria cerveja. Reyna então ergueu a taça de vinho, com um pentavo na mão, porém Matild se aproximou e dispensou o atendente.

— Não seja tola — disse ela a Reyna. Sua voz era mais grave, quase rouca, e ela deu ao marido um sorriso divertido. Parados lado a lado, pareciam o sol misturado a uma noite estrelada. — Sempre divido vinho com meus amigos. Ainda mais quando estão sentados perto da lareira. — Agora ela apoiava a garrafa no ombro. Estava cheia de vinho tinto, algo que Reyna ainda não havia experimentado.

Reyna, então, conduziu todos até Kianthe, fazendo as apresentações muito orgulhosamente.

Kianthe ficou encantada.

— Você já fez amigos?

— Sou sociável — disse Reyna. Diante da expressão divertida de Kianthe, ela cruzou os braços. — Eu sei *ser* sociável. — O irônico era que, dentre as duas, Reyna era tipicamente a extrovertida. O título de Kianthe sempre fazia com que amigos em potencial mantivessem distância.

Muitas pessoas tentaram fazer amizade com a Guarda Real a fim de chegar à Sua Excelência. Mas agora isso não fazia diferença mais. Reyna podia fazer amizade com quem quisesse. Kianthe, sem dúvida, concordava com isso, pois se apressou em arrastar as cadeiras para o lado a fim de abrir espaço para o casal.

Tarly logo providenciou mais dois assentos. Matild serviu o vinho, que tinha um sabor surpreendentemente terroso. Reyna acomodou-se ao lado de Kianthe, segurando sua taça recém-reabastecida, e ficou satisfeita quando a perna da maga colou na dela debaixo da mesa.

— Então, um celeiro antigo — refletiu Tarly. — Você está falando daquele esconderijo de bandoleiros?

Reyna mostrou o planejamento, oferecendo o pergaminho para inspeção. Matild examinou-o com curiosidade enquanto Reyna dizia:

— Os bandidos... se mudaram. E, se voltarem, estamos preparadas para lidar com eles. Bem, a gente acha que esta cidade necessita de uma livraria.

— Esta cidade aqui necessita de muitas coisas — falou Tarly com languidez.

Matild lhe deu uma cotovelada.

— Ei! Eu também moro aqui, seu besta. — Ela apontou para a lista que Reyna havia feito. — Vocês duas têm experiência com isso? Fazer uma loja nova?

Kianthe deu de ombros.

— Estamos apaixonadas. Não pode ser tão difícil assim, certo?

Matild explodiu em uma gargalhada.

Tarly revirou os olhos, mas um sorriso brincava em seus lábios.

— Bem, a gente já está aqui há tempinho. Conhecemos a maioria das pessoas boas e algumas das ruins. Se as duas forem começar amanhã, posso providenciar um carpinteiro para chegar ao meio-dia. Vão querer reformar antes das chuvas de verão, acreditem. Nós desfrutamos de uma estação chuvosa aqui.

Reyna se inclinou para a frente, ansiosa.

— Você conhece um carpinteiro? E um vidraceiro? Ou algum local para alugar um carrinho para retirar o entulho? Tawney tem água encanada?

A loja, então, virou o assunto, e Reyna dominou a cena. Tarly de fato conhecia todo tipo de empreiteiro que seria útil para elas; ele próprio era o ferreiro da cidade.

Depois de um tempo, ele pegou emprestada uma folha de pergaminho e começou a fazer anotações, coordenando com uma Reyna cada vez mais bêbada todas as pequenas coisas das quais precisariam. A parte mais empolgante era que Tawney tinha água encanada, oriunda de um lago glacial ao norte da cidade.

Kianthe, nesse ínterim, papeava com Matild. Reyna se atentava em parte à conversa delas, mesmo enquanto Tarly avaliava as ideias. A certa altura, Kianthe perguntou:

— Então... O que você faz? Trabalha na ferraria também?

Matild gargalhou ruidosamente.

— Deuses, não. Sou parteira. É a coisa mais próxima que esta cidade tem de um médico, então tenha isso em mente.

— É muita responsabilidade. — O tom de Kianthe foi empático.

A outra deu de ombros.

— Gosto de responsabilidades. Fiz o curso no Grande Palácio, mas depois prossegui com os estudos por mais seis meses em Wellia. Estou bem treinada para lidar com as emergências aqui. Ataques de dragão e tudo o mais.

Kianthe já mudava de assunto.

— Bem, que belo golpe de sorte, porque Cya está com um ferimento no ombro que está custando a cicatrizar.

O comentário desviou a atenção de Reyna dos planos de reforma. Ela estremeceu, as bochechas coram.

— Key, por favor. Está tudo bem. Não estou nem desmaiando. — Seu ombro latejava, mas ela já era versada em vigiar a cicatrização de seus ferimentos.

Kianthe franziu a testa.

Matild tomou mais um gole de sua bebida.

— Bem, passe na minha clínica assim que puder, e dou mais uma olhadinha. Fica do outro lado da praça da cidade.

— Vou dar uma passada lá, sim — garantiu Reyna, e isso pareceu apaziguar Kianthe. A conversa prosseguiu.

Por fim, o vinho bateu forte, a ponto de Reyna não conseguir mais renegar seu estado de embriaguez. Matild tampou a garrafa bem quando as pálpebras de Reyna começaram tentar fechar. Em algum momento, ela se recostou no ombro de Kianthe, e então não tinha certeza se ia conseguir se aprumar outra vez.

— Hora de encerrar a noite — declarou Kianthe, ajudando Reyna a se levantar. Conforme Tarly e Matild também se ajeitavam para ir, Kianthe cochichou ao ouvido da namorada: — Qualquer devassidão vai ter que esperar até amanhã, pelo visto.

— Estarei aqui a semana toda — brincou Reyna.

Kianthe bufou, passando um braço em volta da cintura dela, para firmá-la.

Então retornaram a atenção aos novos amigos.

— Vocês dois são muito legais. — Reyna apertou a mão de Tarly e se afastou de Kianthe para dar um abraço em Matild, que pareceu surpresa, mas abriu um sorriso satisfeito à medida que Reyna recuava. — Tipo, muito legais.

— É o benefício de uma comunidade pequena. Todos nos ajudamos. — Tarly deu uma piscadela. — Supondo que o efeito do vinho vá passar depois de uma noite de sono, chegarei ao celeiro ao meio-dia com o carpinteiro.

— E vejo você em breve para examinarmos esse ombro — comentou Matild.

Kianthe trocou apertos de mãos com ambos.

— Vou me assegurar de que Cya apareça lá em breve. — Ela sorriu, ainda se deleitando com o apelido.

Era injusto que os novos amigos não pudessem saber seu nome verdadeiro. Reyna quase o sussurrou para eles, como se estivesse em algum tipo de conspiração, mas os últimos vestígios de bom senso a detiveram. Fazendo beicinho, ela permaneceu em silêncio enquanto se despediam e seguiam escadaria acima.

No dia seguinte, o trabalho de verdade ia começar.

6

KIANTHE

Na manhã seguinte, Kianthe parou diante de uma Reyna adormecida e riu, baixinho. Não a via relaxar daquele jeito desde... Bendita Joia, quase um ano. Especificamente desde que elas fizeram uma viagem a Leonol e lhes serviram água de coco batizada com rum. Depois daquilo, Reyna ficou baqueada durante a maior parte do dia seguinte. Kianthe não esperava nada muito diferente agora. No entanto, não teria trocado aquela noite por nada. Em parte pela alegria de ver a namorada relaxar, mas em especial por causa dos novos amigos. Apesar das provocações de Kianthe, Reyna era fantástica na socialização; seu senso de humor e jeito confiante costumavam deixar a maioria das pessoas à vontade.

Depois de uma década de isolamento como Arcandor, era uma mudança bem-vinda. Ter passado a infância cercada por magos excêntricos com ideias grandiosas sobre seu propósito não foi lá de grande ajuda para Kianthe desenvolver uma vida social decente.

Ela se ajoelhou ao lado de Reyna, seus dedos vagando pelo longo cabelo loiro. Era macio, delicado como seda. Reyna nem se moveu com o toque, e começou a roncar. Levando-se em conta seu jeito silencioso, ouvir aquilo foi hilário.

Kianthe lhe deu um beijo na bochecha e deixou um copão d'água na mesa de cabeceira. Pensando melhor, depois de se lembrar do episódio em Leonol, pegou algumas folhas de erva-doce no alforje. Eram amargas, mas aliviavam a dor de cabeça quando mastigadas devagar.

— Descanse, Rain — murmurou ela para a outra, adormecida, e saiu do quarto em silêncio.

Alguns pentavos foram o suficiente para garantir um café da manhã na cama para Reyna, e a esposa de Hansen concordou, ainda que com relutância, em aguardar umas boas horas antes de bater à porta do quarto. E, assim, Kianthe vestiu sua capa forrada de pele e saiu pela manhã implacável.

Naquele dia, o sol estava intenso. As planícies recobertas de neve para além da cidade brilhavam, e o orvalho se assentava nos telhados e nos paralelepípedos do calçamento. O ar estava tão frio que Kianthe se pôs a tossir. Pensou em chamar Visk — bastaria um assobio agudo —, mas concluiu que seria bom dar uma caminhada. Por que não explorar o novo lar?

Sob a capa, ela convocou uma bola de chama-eterna, enfeitiçando-a para evitar que as roupas queimassem. Deixou a bola bem perto do peito e se curvou para se proteger do vento. Com aquele clima, talvez tivesse sido boa ideia prosseguir com a viagem; as planícies gramadas de Shepara costumavam ser verdejantes e quentes essa época do ano.

Mas quando Kianthe chegou ao celeiro, seu novo lar, a apreensão logo desapareceu. Era ainda mais bonito à luz da manhã, montando guarda ante a tundra e a floresta adiante. Era avizinhado por uma construção de cada lado, ambas casas baixas com janelas fechadas, e a rua estava deserta de novo.

Ela abriu a tranca com um toque de magia e entrou. Em cada parede, a velha madeira pulsava de saudade. Sitiado pelo tempo, pelo clima e pelos insetos, o celeiro estava cansado e ansiava em ser refeito. Kianthe apoiou a mão nele, emitindo uma leve vibração de magia.

— Você logo sentirá que a paz reina. E também terá Reyna. — Ela riu e se pôs a trabalhar.

Primeiro, convocou o vento, que veio chicoteando pelo espaço, puxando o lixo de todos os cantos. Garrafas, cacos de vidro, pergaminhos, tiras de couro seco, até mesmo uma faca torta — Kianthe espiralou tudo em um tornado e o lançou porta afora. Seguiu atrás dele, direcionando-o de modo casual até uma área de despejo no fim da rua.

Quando se aproximou do celeiro de novo, a porta de um dos vizinhos já estava aberta. Um garotinho saiu correndo de lá, encarando-a com os olhos arregalados.

— Você é maga? Uma maga de verdade?

— Sou uma entre os muitos magos, sim. — Kianthe sorriu, mas então o olhar encontrou a mãe do menino. A mulher era alta e magra, com bochechas pálidas e olhos fundos. Uma cicatriz feia percorria sua sobrancelha, dando-lhe uma aparência intimidadora. Kianthe sentiu necessidade de tranquilizá-la. — Ah, não é perigoso. Minha magia é fácil de controlar.

— O Magicário mandou você para expulsar os bandidos? — perguntou a mãe com cautela.

Kianthe franziu a testa. Seria meio rude perguntar se um bandido havia lhe causado aquela cicatriz no rosto, então desconversou.

— Está em nossos planos. Eles representam um perigo para você e seu filho?

A mãe fez o filho entrar, para que ficasse a salvo dentro de casa. Quando ela se aprumou, o tom veio entulhado de cansaço.

— Eles não são vizinhos agradáveis de se ter, mas em geral são discretos, principalmente se levarmos em conta que o xerife fica a algumas ruas de distância daqui. Mas os magos lidam com criaturas mágicas, não é? Como dragões?

Kianthe começava a desconfiar que a Joia da Visão tivera outros motivos para enviá-la a Tawney.

— Sim, lidamos. Bem, a Arcandor lida... mas posso falar com ela se necessário.

— Pode ser que você queira falar mesmo. Eles atacam algumas vezes por ano, e estamos prestes a ter mais um ataque. — A mulher cerrou os dentes.

— Anotado. Meu nome é Kianthe. — Ela estendeu a mão.

— Sasua — apresentou-se a mulher, mas não apertou a mão dela. — Boa sorte com as reformas. E com os bandidos. E com os dragões. — E assim ela voltou para dentro de casa, batendo a porta.

Eita.

Kianthe retornou ao celeiro, com a mente trabalhando ativamente enquanto examinava o chão irregular e coberto de fezes. Lidaria com os dragões... em algum momento. Por ora, queria se concentrar em Reyna e no sonho em conjunto delas, do jeitinho que foi prometido. Com um movimento giratório, forçou a terra desgastada para o subsolo, puxando uma mais fresca, e o cheiro de solo úmido dominou o ambiente. O suor escorria por suas têmporas à medida que ela apertava e nivelava o novo piso. Próximo às janelas da frente, criou uma área interna de plantio, também recorrendo à magia para arar a terra.

— Vou plantar algumas coisas maravilhosas aqui. Nada melhor do que plantas para acolher as pessoas que chegam — disse ela ao solo. — Seja bonzinho para mim.

A terra pareceu lisonjeada. Não era muito óbvio, mas com certeza entendera tudinho.

O lugar já estava mais limpo, e ela começou a procurar mais tarefas. Independentemente de qualquer coisa, Reyna ia ficar impressionada quando chegasse. Extraiu água do solo e Kianthe borrifou as paredes com uma névoa concentrada, em seguida, persuadiu o ar a secar a madeira com rapidez, e depois descascou as camadas de mofo das fendas profundas do celeiro. As mesas de madeira manchada foram lavadas também, a substância escura e grudenta sendo removida com obstinação e jatos de areia. Em uma reflexão tardia, Kianthe se dirigiu ao local que Reyna apontara como um pretenso lavatório e escavou uma vala profunda para o encanamento.

Àquela altura, Kianthe se sentia um pouco tonta, igual Reyna ficava quando bêbada. Ainda conseguia fazer uma coisa ou outra, mas seus reservatórios de magia pulsavam em alerta. Ao que parecia, a linha de ley de Tawney não era tão poderosa quanto esperava. A Joia ia mandar mais magia, mas, até isso acontecer, teria de lidar com o desconforto.

Faltando poucos minutos para Tarly chegar, ela foi até o pátio dos fundos. Era um espaço de tamanho bem decente, situado entre a casa de Sasua e a outra construção, com uma clareira gramada atrás. Nada imenso, mas privativo o suficiente para que pudessem desfrutar de uma xícara de chá pela manhã, sem grandes incômodos.

Kianthe repetiu o processo de limpeza ali também: tornado de lixo, terra revirada e compactada. Dessa vez, no entanto, inseriu magia na terra ao redor, e não esperou para enchê-la de plantas. Pegou diversas sementes de um saquinho que trazia na cintura, escolhendo-as com intenções estéticas. Duas palmeiras e algumas folhagens mais curtas para emoldurar a entrada. Uma bela camada de solo exuberante para mascarar a terra dura, ornada por diversas flores coloridas. Vermelho era a cor favorita de Reyna; o hibisco tentou protestar contra o tempo frio, mas Kianthe franziu a testa para ele, que relutantemente floresceu.

Satisfeita, finalizou o espaço com dois lindos pinheiros nos cantos dos fundos, suas cascas cheirando a açúcar. Fez uma pausa para inalar os troncos e se firmou na robustez de um deles.

Talvez tivesse exagerado. Só um tiquinho.

Mas já parecia mil vezes melhor. Ela estava preparando o feitiço para cercar os pinheiros com chamas-eternas enfeitiçadas, e encantá-lo com luzinhas para iluminar o novo oásis, quando a porta dos fundos foi aberta.

Kianthe enxugou a testa, sorrindo para Reyna.

— Bem-vinda à terra dos vivos.

— Não... fale tão alto — murmurou Reyna, espalmando a mão na testa. Parecia meio enjoada e confusa. — Você passou a manhã toda aqui? Deuses, eu não pretendia beber tanto.

— Bem, eu me diverti demais ontem à noite. Se isso te serve de consolo.

— Não serve. — Reyna franziu a testa, examinando Kianthe pela primeira vez. — Você está com uma cara péssima.

Kianthe botou a mão no peito.

— Que deselegante.

— Key, por que você não se deu um pouco de descanso?

Ela se encostou na árvore, na expectativa de que o gesto parecesse casual em vez de necessário. A perda de magia era um vazio em seu peito. Kianthe tinha a habilidade de explorar a magia de outros magos, mas evidentemente não havia nenhum em Tawney — de todo modo, ela precisaria pedir permissão antes de fazer qualquer feitiço. A linha de ley teria que bastar, ainda que fosse muito mais fraca do que Kianthe esperava.

Ela minimizou a preocupação de Reyna.

— Eu me empolguei. Olha, está tudo bem. Provavelmente é bom que a Arcandor seja lembrada de que não é tão todo-poderosa.

— Eu preferiria que você não me lembrasse disso. — Reyna deu um passo à frente, oferecendo o braço, e ajudou Kianthe a voltar para dentro do celeiro. Não havia lugar para sentar ainda, então ela saiu em busca de um dos caixotes de madeira que Sigmund e Nurt usaram no dia anterior.

Kianthe ficou muito grata por poder se sentar. Aceitando a água que Reyna ofereceu e apontou para o celeiro.

— Afora essa coisa do esgotamento da minha magia, o que você achou?

Reyna respirou fundo.

— Acho que o cheiro está bem melhor.

— Eu substituí o solo. — Kianthe não hesitou em se gabar.

Reyna beliscou a ponte do nariz.

Kianthe recostou-se no caixote, meneando a cabeça para as paredes.

— Cuidei do mofo, pulverizei a madeira e sequei. A gente pode colocar o piso depois que instalar o encanamento. — Ela mostrou a vala, então apontou o polegar para a porta dos fundos. — E você já viu o pátio lá atrás?

— Está lindo. Sei que você está animada, mas não é preciso ter pressa. Neste momento, esta construção tecnicamente ainda pertence à Coroa. A gente precisa de permissão do lorde para avançar.

Kianthe fez menção de responder, mas uma batida à porta aberta a distraiu. Tarly e Matild. Ela já esperava que ele viesse, mas a presença de Matild era uma surpresa.

Tarly trazia um cesto coberto por um pano branco.

— Vocês duas querem companhia?

— Como está se sentindo, Cya? — Matild foi direto ao assunto e se aproximou, oferecendo uma garrafa azul com uma rolha. — Gostaria do meu remédio para ressaca? É horroroso, mas funciona.

Reyna devia estar sofrendo mesmo, porque aceitou sem pestanejar.

O olhar penetrante de Matild pousou em Kianthe.

— E você! Achei que fosse Reyna quem estivesse com a lesão no ombro. Por que você está tão pálida?

— Minha magia está fraca — respondeu Kianthe, frisando que a preocupação era desnecessária. Ela já estava melhorando com o descanso; a Joia da Visão já estava estimulando a produção de mais magia. Estava se espalhando por suas veias, tão cálida e aconchegante quanto chocolate quente em um dia frio. — Tawney fica um pouco mais longe do que eu esperava com relação à bendita Joia. Pelo trajeto das linhas de ley.

Aquilo não fazia sentido para ninguém que não fosse mago ou não estivesse namorando um, então a dupla apenas assentiu.

Tarly assobiou enquanto examinava o espaço.

— Vocês têm que... ah... já fizeram muita coisa, ao que parece. O carpinteiro deve chegar em breve. Imaginei que vocês fossem querer almoçar primeiro. — Ele pôs o cesto no colo de Kianthe, puxando o pano para revelar pão fresco e queijo fatiado.

— Eu passo — resmungou Reyna, abrindo a garrafa, que cheirou e fez careta. — Isto fede...

— Como a merda dos Deuses. — Matild riu, dando tapinhas no braço dela.

Kianthe gargalhou, e todos se acomodaram para comer à mesa redonda. Reyna pôs-se a bebericar o líquido tenebroso da garrafa, sendo tomada por um festival de engulhos, mas, por fim, começou a conversar e a ter menos calafrios. Kianthe também foi recuperando as forças com a comida e a boa companhia — e com a benevolência da Joia.

O carpinteiro chegou assim que terminaram de comer. Era um sujeito de aparência bruta, com músculos salientes e rosto carrancudo. Ele grunhiu quando Tarly os apresentou, depois semicerrou os olhos para o teto e as paredes.

— Vocês duas são donas deste lugar?

Kianthe se remexeu, desconfortável. Reyna aprumou os ombros.

— Falaremos com o lorde Wylan em breve, mas de acordo com o Decreto de Desenvolvimento da rainha Eren, para assegurar a prosperidade do Reino, os lordes são incentivados por Sua Excelência a reaproveitar construções abandonadas. Não prevejo problemas para conseguir a permissão.

Soou tão oficial, vindo dela.

O carpinteiro franziu a testa.

— Com decreto ou não, vocês vão ter que liberar a propriedade com diarno Feo. — O homem era obviamente de Shepara, para ter ignorado um decreto-real com tamanha rapidez.

— Diarno? — perguntou Kianthe devagar. Até onde sabia, não havia nenhum diarno em Tawney. A reivindicação do título sem a aprovação do conselho de Shepara era um delito grave... e, felizmente, Kianthe não se rogava de fazer uma pequena chantagem para conseguir o que precisava. Um sorriso repuxou seus lábios. — Confie em mim. Vai ficar tudo bem quanto a isso.

Tarly bateu no ombro do carpinteiro.

— Eles vão entender. Nem Feo, nem Wylan têm dado muita atenção a esta parte da cidade, e estas duas empresárias estão planejando mudar isso. Que tal? Quebrar um pouco as regras para ajudar um velho amigo?

O carpinteiro soltou um suspiro caprichado.

— Consigam a permissão. — Kianthe assentiu ansiosamente. Convencido, ele se pôs a passear o olhar pelo celeiro antes de se voltar para Reyna. — Explique-me o que você quer e eu direi de que vocês precisam.

Então começaram, percorrendo o espaço, discutindo logística e, vez ou outra, fazendo referência ao esboço arquitetônico que Reyna havia desenhado.

Nesse meio-tempo, Kianthe serviu-se de mais pão. Era leve, fofo e ainda estava morninho, como se tivessem tirado do forno pouco antes de vir. À sua frente, Matild se recostou no assento e lhe lançou um olhar curioso.

— Então. Você é maga?

Kianthe deu de ombros.

— Algo assim.

— Conheci alguns em Wellia. É um grupo discreto. Você... não é como eles. — Matild jogou as longas tranças sobre o ombro e serviu-se de mais uma fatia de queijo.

— Não sou mesmo — concordou Kianthe. — O Magicário nunca foi minha preferência. Gosto do mundo. Gosto dela. — Ela meneou a cabeça para Reyna. — Sendo assim, acho um prazer quebrar a tradição.

Matild franziu a testa.

— É difícil imaginar que uma maga tão viajada vá ser feliz morando em Tawney pelo restante da vida.

O tom de Matild não foi acusatório, mas Kianthe se irritou mesmo assim.

— Estou feliz onde Cya estiver. — Direcionou o sentimento para Matild. — O que me surpreende é ver uma parteira diplomada pelo palácio ter se estabelecido nesta cidade remota. Em particular, uma profissional com motivação suficiente para ter se especializado em Wellia.

Matild limitou-se a abrir um sorriso mais largo, quase malicioso

— Meu curso foi em medicina, corpo e mente. Nos últimos tempos, tenho ficado fascinada pela interação humana. Por exemplo, teoriza-se que a maior parte da nossa comunicação aconteça através da postura corporal. — Uma pausa. — Também tendemos a nos esquivar de coisas que nos deixam desconfortáveis.

Kianthe semicerrou os olhos para ela.

Matild soltou uma gargalhada escandalosa e deu tapinhas na mão de Kianthe.

— Acho admirável a sua devoção por Cya. Mas um bom relacionamento prospera à distância, às vezes. — Agora ela se inclinava para perto. — É por isso que fui para Wellia. Beber naqueles pubs dos terraços. Dançar com desconhecidos. É libertador.

Kianthe deu risada e a conversa tomou rumos mais leves.

Depois de avaliar tudo, o carpinteiro cobrou dois palidrões pelos materiais e mão de obra, avisando que poderia subir o preço caso descobrisse problemas estruturais. Mas ele relaxou consideravelmente ao ouvir os planos de Reyna para o celeiro.

— Isso aqui vai ser bom para Tawney. Se vocês conseguirem inaugurar… — Ele fez uma pausa, dando de ombros. — Considerem-me intrigado. Minha filha gosta mais de livros do que de madeira; ela adoraria algo assim.

Tarly sorriu.

— Pelos infernos, eu adoraria algo assim.

Reyna e Kianthe trocaram olhares satisfeitos.

O carpinteiro dirigiu-se à porta.

— Falem com diarno Feo e mostrem-me sua chancela de aprovação amanhã. Virei com as ferramentas e suprimentos necessários e começaremos a trabalhar. Eu diria… duas semanas de obra, desde que vocês duas me ajudem.

— Nós podemos ajudar — respondeu Reyna com um aceno de cabeça sólido.

— Vou atrás de Feo agora mesmo — acrescentou Kianthe. — Vejo você na estalagem, querida.

Sem demora, ela acompanhou o carpinteiro até a saída.

7

REYNA

Depois de mais um tempinho se despedindo de Tarly e Matild e inspecionando o celeiro com a ansiedade a borboletear em seu estômago, Reyna finalmente trancou a porta. O sol estava baixo no horizonte e ela protegeu os olhos ao mirar a luz que refletia na neve ao longe. Quando o sol se deslocasse mais para o norte durante o verão, aquela localidade ficaria um espetáculo.

Mas, antes, as prioridades.

Kianthe tinha saído para encontrar o representante de Shepara — o que implicava que sobraria para ela mesma falar com o lorde do Reino. E, levando-se em conta a quantidade de tempo que havia convivido com a rainha Tilaine e o restante da nobreza, haveria muita coisa para se avaliar nesse tal Wylan.

Tawney ficava nas planícies, porém era cercada por formações rochosas irregulares que faziam papel de barreira contra a terra dos dragões. Subiu pelos rochedos, escalando os degraus de pedra até a casa mais ostentosa da cidade.

Lorde Julan sempre foi adepto da ostentação visual opulenta a um estilo de governo genuíno, por isso Reyna não esperava que a casa do sujeito fosse muito diferente daquilo.

À entrada, não havia ninguém para recebê-la. Então bateu com força à porta de madeira maciça. O som reverberou pelo pátio imenso e ela se pôs a contar os segundos.

Trinta e sete. Aquilo talvez significasse que o lorde carecia de empregados. Era uma vergonha deixar um convidado na varanda por mais de quinze segundos. A porta enfim foi aberta por um criado desajeitado. Ele baixou a cabeça e gaguejou:

— Ah, p-perdoe-me, senhorita, mas nosso bom lorde não vai receber ninguém hoje.

Reyna ainda não tinha decidido como lidaria com a situação — ela continuaria sendo Cya, a cidadã anônima do Reino à espera da bênção do lorde? Ou será que apresentar-se como Reyna, membro da Guarda Real da rainha, seria uma opção mais inteligente?

A primeira opção asseguraria seu anonimato, mas a deixaria com pouco poder de barganha. Já a outra garantiria que o tal lorde não causasse problemas quando elas estabelecessem a nova residência... mas a colocaria sob um risco significativamente maior.

Não estava preparada para se render às incertezas. Era melhor ir pelo caminho mais seguro até que surgisse um bom motivo para não o fazer.

— Peço desculpas. Sei que minha visita é inesperada, e que está ficando tarde. Mas sou nova na cidade e queria apenas prestar respeito a lorde Wylan.

Ele pareceu surpreso.

— Prestar respeito?

— Sou uma serva fiel da rainha em pessoa — disse ela com humildade, meio insegura. — Lorde Julan foi um benfeitor para a nossa sociedade. Espero que seu filho lhe faça jus e gostaria de oferecer minha lealdade pessoalmente.

— Ah. Entendo. — O criado não parecia entender, o que dizia muita coisa a Reyna. — Bem, tenho certeza de que nosso lorde poderia abrir uma exceção. Por aqui. — E assim permitiu a entrada dela na casa colossal.

À medida que acompanhava o sujeito, seus olhos passeavam pelo ambiente: pisos de madeira polidos — desgastados pelo abandono. Tapeçarias nas paredes — amareladas pelo tempo. As estátuas, algumas presenteadas pela própria rainha, ostentavam uma camada de poeira. Nenhum sinal de quaisquer outros servos, nenhum sinal de qualquer cuidado com o lugar.

— Ah, eu achava que o lorde tivesse uma equipe completa. — Seu tom foi inocente, mas ela notou a forma como as costas do criado se retesaram.

— Ele tem. É que todos estão... fora. Comemorando.

— Comemorando o quê?

— A l-lua cheia, é claro. Um festival antigo, aqui.

Faltavam horas para a lua cheia e Reyna tinha certeza de que não ia haver nenhum festejo na praça da cidade. Ela se limitou a assentir em silêncio e continuou a examinar a casa. Era construída em granito imponente, como tudo no Reino, o que quase era uma vantagem durante os ataques dos dragões. Ela se perguntava quanto tempo teriam levado para reconstruir o restante de Tawney após o incêndio mais recente.

Ou se Wylan ou o pai ao menos se deram ao trabalho de reconstruir alguma coisa.

Enfim chegaram ao centro da construção: um pátio externo cercado por tochas. Com o pôr do sol, o tempo estava ficando gelado, e lorde Wylan estava empoleirado perto de uma lareira imensa, bebericando de um odre.

— Milorde — disse o servo em voz alta. — Uma visitante.

— Quem é esta?

Sua voz saiu grave, irritadiça.

— U-uma visitante — repetiu o criado. Reyna quase sentiu vergonha alheia por ele.

— Meu nome é Cya — apresentou-se, e entrou no pátio sem aguardar permissão. — Sou uma humilde cidadã do Reino e estou aqui para prestar respeito. — Ela se colocou na linha de visão do lorde e se ajoelhou, intencionalmente submissa.

E, pelos Deuses, ele era jovem. Reyna quase gargalhou — o rapazote era pouco mais velho que ela. Sua reivindicação pelo título de lorde, ainda que na posição de descendente de Julan... foi uma atitude bastante corajosa. Lordes, barões, duques e tudo o mais, caso possuíssem terras, estavam sujeitos ao escrutínio total da rainha. E todos aqueles considerados inaptos eram decapitados e substituídos por uma opção mais adequada.

Um tanto corajoso, de fato. Ou, muito provavelmente, um tanto desesperado. Mas Reyna se absteria de mais julgamentos até entender melhor as circunstâncias.

Lorde Wylan passou a mão pelo cabelo curto e em tons degradê, franzindo a testa para ela. Ele era igualzinho a Julan — ou ao menos igual a como ela se lembrava dele. O mesmo queixo quadrado, o mesmo sorriso atraente, embora a pele de Wylan se assemelhasse mais ao marrom.

— Cya? Nunca ouvi falar de você. Está aqui a pedido da rainha? — Agora a desconfiança se fazia presente em sua voz.

Interessante.

Reyna baixou a cabeça, ainda ajoelhada.

— Não, milorde. Acabei de me mudar para cá. — Então, para evitar o foco naquele assunto, ela disse: — Ouvi falar do falecimento de lorde Julan. Ofereço minhas mais sinceras condolências.

Por um instante, uma dor genuína passou pelas feições dele. Devia ser solitário morar naquela casa imensa e vazia; ainda mais se cada canto o fizesse se lembrar do pai. A empatia disparou pelas veias de Reyna, embora ela ainda mantivesse expressão séria.

— Obrigado — disse ele.

Reyna inclinou a cabeça.

— Seriam os dragões uma preocupação premente aqui? — Ela infundiu pânico suficiente na voz para conquistar empatia. Afinal de contas, Cya, essa persona que vinha se desenvolvendo à medida que o fingimento se estendia, provavelmente estaria muito preocupada com dragões.

— Não — retrucou Wylan. — Não, não são.

Silêncio.

Ele suspirou, massageando a testa.

— Agora eu que peço desculpas. Os dragões são um assunto delicado para mim. Eles tendem a interferir no progresso. Sua presença será registrada, e se você precisar de alguma coisa conforme se instala, avise Ralund. — Ele gesticulou para o criado ao seu lado. — Bem-vinda a Tawney.

Uma dispensa. Reyna avaliou as informações que detinha. Permitir que Wylan tomasse conhecimento da sua verdadeira identidade seria uma tolice... principalmente porque ela poderia precisar usar essa carta mais tarde. Não haveria razão para se eriçar se ele permanecesse amigável.

Mas isso dependia de uma coisa, e só de uma coisa. O carpinteiro só ia ajudar se elas conseguissem a aprovação de uma pessoa chamada diarno Feo; no entanto, haveria cidadãos leais ao Reino que questionariam a ausência do carimbo de Wylan no documento. Reyna não iria embora sem isso.

— Tem mais uma coisa, lorde Wylan — sondou ela, hesitante. Reyna estava longe de ser hesitante, todavia... Bem, Cya era uma garota que tentava ser um pouco mais soltinha. Na verdade, estava sendo bem divertido mergulhar na personagem.

E então ele soltou um suspiro e estragou tudo:

— Sempre tem.

Reyna sentiu um lampejo de exasperação. Os lordes eram alocados nas cidades para promover o governo da rainha, e também para reforçar a economia local e administrar as propriedades. Juntamente aos terrenos, vinha o pacote completo: inclusive os problemas de seus aldeões.

Literalmente.

— Minha parceira e eu queremos abrir uma loja.

— Ótimo. Tawney precisa de mais lojas. — Ele tomou outro gole de seu odre. — O que estão planejando? Tecidos e trajes? Um armazém?

— Uma livraria que serve chá, milorde.

Ele parou de repente, com os olhos arregalados.

— Uma... uma livraria? — Por um segundo, pareceu que todos os seus sonhos estavam se tornando realidade. A irritação que Reyna estava sentindo evaporou-se, substituída agora por um leve divertimento. Ele se inclinou para a frente, a voz ávida. — Onde vão arranjar os livros?

Eis uma pergunta excelente, mas com os bons relacionamentos de Kianthe, Reyna não tinha dúvidas de que conseguiriam uma boa quantidade de exemplares.

— Minha parceira estabeleceu rotas comerciais. Só precisamos de um espaço para chamar de nosso.

Lorde Wylan refletiu.

— Bem, há uma lista de edifícios disponíveis no cartório da praça da cidade. Ultimamente, tivemos mais pessoas saindo do que chegando, então vocês terão boas opções.

— Nós já encontramos um local. E gostaríamos de adquiri-lo, não de alugá-lo. — Ainda ajoelhada, Reyna levantou a cabeça, encontrando o olhar dele. — O antigo celeiro em Lindenback.

A expressão dele ficou mais sombria.

— Receio que seja uma péssima escolha. Vocês não são de Tawney, e, historicamente, aquela região é sempre saqueada por bandidos. Nós andamos tendo dificuldades para enxotá-los.

Ela se perguntou brevemente quem mais faria parte daquele "nós". O xerife? Ou talvez seu rival, o tal Feo?

— Já cuidei dos bandidos, milorde. Tudo o que peço é permissão para retomar a posse do celeiro. Reformá-lo para que se torne algo que beneficie a cidade, em vez de manchá-lo com sangue.

Qualquer pessoa com bom senso aceitaria a oferta.

Wylan semicerrou os olhos.

— Você cuidou dos bandidos? Você?

Talvez não tivesse sido uma boa escolha se apresentar como Cya, no fim das contas. Agora Reyna ficava de pé, cruzando os braços. Seu ombro direito latejava sob a dor persistente causada pelo ferimento, uma lembrança vívida dos pontos arrebentados. Merda. Era seu intuito passar na clínica de Matild antes daquela conversa, só que se esquecera completamente.

— Minha parceira e eu somos bastante competentes.

Wylan inclinou a cabeça.

— De onde você disse que era?

Reyna pensou um pouco, então respondeu:

— Eu não disse. Venho de Mercon, ao sul. Meu pai era ferreiro e passei a vida testando os artefatos que ele fabricava. — Era simplesmente chocante a rapidez com que Cya ia tomando forma como personagem. Talvez Reyna devesse ter explorado o teatro. Tal ideia lhe causou um comichão... Talvez a atuação viesse a ser seu novo interesse. Parecia um passatempo tão divertido quanto qualquer outro.

— Hum. — Agora ele a avaliava, mas qualquer marca de alusão à rainha havia ficado na estalagem. A única coisa presente para provar sua antiga identidade era seu distintivo, uma insígnia de ferro gravada com o emblema pessoal de Sua Majestade, idêntico àquele estampado no punho de sua espada, que neste momento estava escondido nas dobras de sua camisa. Confiante em seu anonimato, Reyna permaneceu serena sob o escrutínio.

Por fim, Wylan suspirou.

— Se você enxotou os bandidos, é uma pedra a menos no meu sapato. Vou providenciar para que Ralund entregue uma escritura assinada amanhã de manhã. — Agora sua expressão se iluminava. — Estou ansioso pela livraria que você imaginou. Faz anos que não tomo uma boa xícara de chá.

Talvez ele não fosse tão ruim assim.

Reyna sorriu.

— Agradeço pela aprovação, milorde. Por favor, me informe se precisar de alguma coisa.

Com uma reverência, ela se viu deixando a casa.

8

KIANTHE

Ficou bem claro que Feo, diarno de mentirinha, estava hospedado em um complexo nos arredores da cidade.

Essa era a melhor palavra que Kianthe poderia usar: complexo. Um conjunto de pequenas cabanas, agressivamente cercadas, com guardas armados à entrada. Mais além, galinhas e gansos vagavam pelos jardins vazios, protegidos do vento por pinheiros aqui e ali. Não parecia haver um morador. Na verdade, parecia que os guardas estavam vigiando reservas de dinheiro, e não um diarno.

Quando Kianthe se aproximou, os ditos guardas apontaram lanças pontiagudas para ela.

— Pare...

Kianthe fez um movimento com a mão para que eles fossem enredados por videiras vivas. As plantas brotaram do solo seco como uma criança correndo para uma festa, enrolando-se nas pernas, torso, pescoço e rosto dos guardas antes mesmo que eles dessem conta de reagir. As lanças caíram ruidosamente sobre o calçamento e as vinhas abafaram os gritos de pavor e medo.

— Podem me dizer como encontro Feo? — perguntou Kianthe ao guarda mais próximo, abrindo um sorriso pretensamente cordial.

Ele se contorcia em meio às videiras, o rosto vermelho.

— Bruxa!

Kianthe respirou fundo.

— Com a sua licença. Eu sou uma maga, seu bufão. E como criado de diarno, você já deveria saber que os magos do Magicário sempre têm entrada livre em suas, hum, propriedades. — *Complexo*, pensou ela teimosamente.

O guarda fechou a boca.

— Hum...

Ela olhou para a outra guarda, que encarava aquela prisão viva com certa tranquilidade. A mulher então apontou um dedo, a única coisa que conseguira libertar, para uma das cabanas.

— Bem ali. Segunda cabana à esquerda.

— Obrigada — respondeu Kianthe. Com um movimento rápido, ela afrouxou as videiras do corpo da guarda, que foi ao chão, e também conseguiu recuperar sua lança. Kianthe franziu a testa para a arma. — Estão a espera de um ataque?

A guarda abaixou a cabeça.

— Estão... a postos para lutar pelo futuro de Tawney. O lorde do Reino não tem sido exatamente amigável.

— Excelente — murmurou Kianthe. E então adentrou a propriedade, permitindo que a guarda cortasse as vinhas que enredavam seu parceiro.

O complexo estava vazio, exceto pelo gado e por algumas cabeças de repolho de aparência tristonha. Dentro de uma das cabanas, alguns guardas brincavam de molem em volta de uma mesa. Pararam de embaralhar as cartas quando ela passou, mas é óbvio que não demonstraram preocupação suficiente para a interpelarem.

A segunda cabana à esquerda estava trancada, mas Kianthe usou um feitiço para retirar os pinos de metal, assim como fizera no celeiro. A tranca se abriu ao seu comando, e ela bateu uma vez — só por cortesia — antes de empurrar a porta.

E assim flagrou-se cara a cara com alguém que costumava ser aprendiz do Magicário.

Ela parou, de queixo caído.

— Fylo?

A pessoa sentada a uma longa mesa de madeira tomou um susto tão grande que derramou um pote de tinta no pergaminho à sua frente. Elu usava túnica marrom-acinzentada, que combinava com seu cabelo curtinho. A pele, de um tom acastanhado vivo, oferecia um belo contraste aos impressionantes olhos azuis, que cintilavam de horror.

— Ai, o mandamento não... — Elu puxou a página mais próxima, tentando desesperadamente limpar a tinta.

Previsível.

Kianthe cruzou os braços.

— O que raios você está fazendo aqui?

— Sabe quanto tempo levei para escrever isto? — retrucou, agitando o documento estragado. — Seis semanas. Seis semanas pesquisando disputas fronteiriças, demarcando limites, entrevistando habitantes e documentando reivindicações. Este mandamento faria aquele desgraçado se render! — Elu gemeu, afundando de volta na cadeira. — E agora está destruído. Que maldição.

Ante a pouca importância dada por Kianthe, elu apanhou uma pena, colocou de lado as páginas manchadas e pegou uma folha limpa de pergaminho.

Kianthe revirou os olhos, entrando na cabana. Não era um lugar grande, mas cada centímetro estava abarrotado de livros — alguns nitidamente surrupiados do Magicário. Ela parou diante de um exemplar muito antigo e muito raro de *Dragões e outras feras*, e bufou.

— Você está muitíssimo encrencade, Fylo.

— Meu nome agora é Feo — respondeu, já se ocupando outra vez. — O que você quer, Kianthe? O Magicário mandou você? — E enrijeceu, fazendo uma pausa no trabalho para fitá-la com exasperação. — Diga a Jezof que ele selou o próprio destino. Eu não vou voltar.

Ela já tinha ouvido os rumores de que Fylo — opa, Feo — não conseguira passar na prova final de aprendiz. Algo raríssimo, já que a maioria dos testes era mera formalidade, só para selar a conclusão dos muitos anos de pesquisa nas artes mágicas.

Mas, por outro lado, a maioria das provas para aprendizes não era um discurso retórico de cinquenta e três páginas sobre a Joia da Visão propriamente dita com o detalhamento das "falhas" em sua linha do tempo. Feo foi exilade de imediato, com extrema discriminação.

Kianthe cruzou os braços.

— Jezof não me mandou aqui.

— A Arcandor, Maga das Eras, trabalhando de maneira independente? — zombou Feo. — Que choque. — As palavras pingavam sarcasmo.

Que deselegante. Sentindo-se meio vingativa, Kianthe acomodou-se na cadeira em frente à sua mesa e acenou para limpar a tinta derramada do pergaminho — era à base de extrato de plantas, afinal de contas. A tinta resmungou ante o incômodo, mas enfim se soltou, revelando as palavras já secas escritas embaixo.

Feo arquejou de alegria.

— O mandamento...

Kianthe baixou a mão e a nuvem de tinta roçou o pergaminho de novo.

— Ótimo. Eu já estava preocupada que você não fosse me dar atenção.

— Você sempre tem que ser o centro de tudo — resmungou Feo, que ainda observava o pergaminho recém-limpo com grande atenção. Pelo menos agora não estava escrevendo mais. Vitória para Kianthe.

— Só quando eu quero respostas. Por que está aqui, Feo? E fingindo ser nada mais nada menos do que diarno? — Kianthe chegou a se dobrar de rir da estratégia descarada. — Assumindo a identidade de um nobre... é um delito grave perante o conselho. Você poderia ser preso.

Para crédito delu, Feo não se intimidou.

— Não enviaram ninguém para reivindicar Tawney como território de Shepara.

— Isso é porque Tawney é território do Reino. — Kianthe não estava acreditando em nada daquilo, mas também não ia se dar ao trabalho de disputar fronteiras com aprendizes que reprovaram.

— É uma afirmação ousada de uma falsa rainha — retrucou Feo, e não pareceu captar a ironia embutida na afirmação. Indiferente à risada de Kianthe, continuou: — Originalmente, os cidadãos sheparanos se estabeleceram em Tawney. O Reino só assumiu o controle após o Grande Despertar, trezentos anos atrás, quando a magia fez os dragões acordarem de seu torpor. Tawney estava na mira do Reino e, em meio ao caos, a rainha não perdeu tempo.

Kianthe ergueu uma sobrancelha.

— Então, por causa de um livro antigo de História, você acredita que tem direito às riquezas e ao poder de diarno. — Agora Feo enfim dava atenção a ela, e Kianthe transformou a tinta derramada em uma esfera preta e densa e a pôs de volta no tinteiro.

Feo pegou as páginas limpas dos mandamentos e as organizou em uma pilha.

— Tomei a liberdade de manter o lugar sob controle. As pessoas lá fora? Acreditam que Tawney é uma reivindicação legítima de Shepara. Estão dispostas a lutar por isso, mas estou tentando o caminho sensato antes de iniciarmos uma guerra civil.

Seja lá o que Kianthe estivesse esperando, por certo não era nada daquilo.

— Guerra civil? — zombou ela, ficando de pé. — Acha mesmo que vou permitir que você massacre cidadãos do Reino em plena rua?

— Vá sonhando! — Feo passara a demonstrar uma indignação genuína. — Eu não vou matar ninguém. Mas está cada vez mais óbvio que lorde Wylan só vai reagir se houver uma demonstração física de poder. — Feo cerrou a mandíbula. — Aquele desgraçado insuportável cheio de armamentos.

Kianthe bateu a mão na mesa.

— Se você atacar a propriedade de Wylan com civis armados, criará uma bola de neve que vai se tornar uma avalanche. Inocentes vão ser mortos. E quando a neve baixar, garanto que sua ausência de intenção não vai impedir a tempestade infernal que vou causar no seu complexo. Está entendendo? — Ela se inclinou para a frente, a magia estalando no ar, os olhos escuros como a noite.

Pela primeira vez, Feo pareceu sentir uma quantidade enorme de alarme.

— Eu... Eu não vou botar guardas armados na porta dele — disse elu.

— Você vai dispensar aquelas pessoas. Mandar todo mundo para casa. Chega de brincar de diarno.

Agora Feo se eriçava.

— Vou mandá-las para casa. Vou me livrar das armas. Mas você é tão tola quanto Jezof se acha que vou recuar nessa luta. Wylan é um impostor, assim como o pai dele. E, pior, a inépcia dele logo vai atrair o fogo do dragão sobre todos nós. — Feo aprumou os ombros, agarrando o mandamento feito um escudo. — Não vai haver uma cidade para salvar se eu não conseguir controlar as coisas por aqui. Você compreende?

Kianthe franziu a testa.

— Acha que é ele quem está causando os ataques dos dragões?

— Acho que ele é incapaz de detê-los, o que dá na mesma.

— Hum. — Por um bom momento, os dois ficaram em silêncio. Kianthe deu uns segundos para que elu se inflamasse, encarando com facilidade aquele olhar furioso antes de comentar: — Confesso, que estou gostando dessa sua nova postura abrasiva, Feo. Onde encontrou tanta paixão?

Agora Feo corava e fingia repentino desinteresse.

— Tawney me atraiu. Ninguém se importa com a cidade, mas ela tem uma história muito rica, e o povo daqui... — Pigarreou. — Ora. O povo está bem. — Houve um olhar acusatório. — O que você está fazendo aqui, então? Só veio me ameaçar?

— Que nada, eu ameaço muitas pessoas. Você não está nem perto de ter um lugar cativo na minha lista para merecer uma visita. — Feo relaxou, o que foi um pouco divertido. — Vim aqui para conseguir um carimbo de aprovação, diarno. Minha parceira e eu estamos reaproveitando aquele velho celeiro em Lindenback, mas o carpinteiro só vai começar a trabalhar depois que você me ceder o uso do local.

Feo sempre fora um poço de atrevimento. Um sorriso malicioso nasceu ali nas suas feições.

— A Arcandor, a Maga das Eras, precisa de um prédio? O Magicário jamais vai aprovar que more em outro lugar.

— O Magicário que lute. — Kianthe revirou os olhos. — Ele vai perder.

— Então, o que estou ouvindo aqui é que posso aguardar a presença dos magos mais persistentes do Magicário à minha porta daqui a alguns meses?

— Anos, se você ficar de boca fechada. Ninguém mais sabe quem eu sou. Todo mundo acha que sou apenas uma maga itinerante.

Feo soltou um suspiro, franzindo a testa. Depois de uma pausa, pegou a página em branco na qual ia refazer os mandamentos, riscou o que estava no topo e escreveu: *Dê o que ela quiser.* A letra cursiva era impecável, e Feo assinou o papel com um floreio. Depois, dobrou-o em três, pingou a cera vermelha de uma vela que estava por ali e carimbou com um sinete de aparência muito oficial.

Kianthe semicerrou os olhos para elu.

— Pela Joia, você conseguiu até botar seu nome e título falsos em um selo!

Feo jogou o papel para ela.

— É tudo uma questão de detalhes, Kianthe. — Agora elu gesticulava para a porta. — Terminamos por aqui?

— Quase. Vou levar este livro também. — Kianthe pegou na prateleira o exemplar raro de *Dragões e outras feras*, enfiando-o de maneira resoluta debaixo do braço. Feo pareceu prestes a discutir, mas o sorriso de Kianthe o calou.

Feo acenou, enxotando-a.

— Está bem. Por favor, saia.

— Que bom que chegamos a um acordo — disse Kianthe despretensiosamente. — Boa sorte em sua insurreição. Da próxima vez que eu passar por aqui, é bom que aquelas pessoas já tenham ido embora.

Feo soltou um suspiro, e Kianthe se foi.

9

REYNA

Na manhã seguinte, Kianthe e Reyna retornaram ao celeiro com seus respectivos selos de aprovação. O que era bom, porque, tal como Reyna previra, o vidraceiro recomendado por Tarly era cidadão do Reino e só tocaria nas janelas caso lorde Wylan aprovasse a obra.

A partir de então, o trabalho começou para valer. O carpinteiro cumpriu a promessa de mantê-las ocupadas, e ambas passaram dias carregando madeira, sustentando as vigas e essencialmente reconstruindo o celeiro de dentro para fora. Toda madeira podre era substituída e toda madeira em bom estado era restaurada. As paredes do quarto estavam escoradas e elas fizeram um lavatório de um bom tamanho com duas entradas — uma pelo quarto e outra pela área principal.

Também restauraram as vigas, depois saíram e cuidaram do telhado. O carpinteiro levou um assistente especializado em telhas de ardósia e eles passaram dois longos dias assegurando que tudo estivesse impermeabilizado para aguentar as chuvas vindouras.

Tudo ia bem, e Reyna começou a se irritar com o fato de seu machucado no ombro ainda não estar cicatrizado. Ela meio que esperava não precisar ir à clínica de Matild, não com tanto trabalho pendente. Mas elas já estavam em Tawney há quase uma semana, e o ferimento já tinha deixado de ser uma poça de pus e virado um inchaço vermelho. Além disso, todo aquele trabalho manual não colaborava em nada; os pontos se arrebentaram tantas vezes que ela desistiu de refazê-los.

Quando Kianthe a flagrou certa noite enxugando a ferida com uma toalha manchada de sangue, não ficou nada contente. O quarto da estalagem já estava um tanto acalorado, mas aqueceu mais alguns graus quando a maga expressou sua irritação.

— Achei que você fosse visitar Matild!

— Eu ia — respondeu Reyna, resistindo ao impulso de se agarrar a justificativas fúteis. Era um impulso que ela sempre reprimia na presença de Kianthe; sua parceira só queria o seu bem. Então ela mirou na verdade: — Com as reformas, eu simplesmente esqueci.

— Você esqueceu. É nítido que isso está infeccionado. — O tom de Kianthe era severo, embora ela tivesse mantido a delicadeza ao puxar a compressa úmida. Seus dedos tatearam muito de leve os arredores da ferida, e mesmo assim Reyna estremeceu de dor.

— Vou à clínica amanhã. — Reyna pegou a mão de Kianthe, e elas cruzaram olhares. O calor se espalhou pelas veias de Reyna. Antes de Kianthe, ninguém se preocupava com ela. Na Guarda Real, os ferimentos já eram esperados; aquela não era sua primeira infecção.

Kianthe estava inquieta, como se estivesse decidindo se deveria insistir. Mas já era tarde. O "amanhã" estava a apenas algumas horas. Com um suspiro de exasperação, ela ajudou Reyna a refazer o curativo.

— Tudo bem. Mas amanhã bem cedo, ok?

Reyna concordou.

Na manhã seguinte, conforme Kianthe seguia até o celeiro para mais um dia de labuta, Reyna localizava a clínica de Matild. Era uma casa pequena e aconchegante, com três camas junto a uma parede e uma variedade de ervas medicinais e ferramentas do lado oposto do cômodo. A forja de Tarly ficava na casa vizinha, o que era um tanto pitoresco.

— Por que não veio antes? — Matild deu um tapinha na nuca de Reyna. — Você está brincando com fogo, Cya.

— Eu queria vir. Mas eu nunca tinha me machucado assim antes — respondeu Reyna com firmeza.

Matild semicerrou os olhos.

— Você trabalhava em que mesmo?

Não podia usar o pretexto de "filha do ferreiro" que dera a lorde Wylan; porque *isso* Matild ia conseguir decifrar. E que os Deuses livrassem Tarly de aparecer e tentar entrar em detalhes sobre o ofício.

Em vez disso, Reyna foi por outro caminho.

— Eu era só uma ajudante de cozinha. Muitas facas afiadas.

— E este foi o caso? — O humor de Matild não estava nem um pouco divertido.

— Não. Fomos atacadas por bandoleiros na viagem até aqui. — Uma pausa, uma mentira: — A magia de Kianthe salvou a gente.

Era convincente. Matild soltou um suspiro e foi até a mesa dos fundos, misturando uma porção de ervas em um pedacinho de pedra. Macerou até formar uma densa pasta verde e depois passou na ferida. Ao terminar o curativo e limpar os dedos, pôs a mão na testa de Reyna.

— Febre — disse com reprovação.

Reyna passou alguns dias meio indisposta, mas atribuíra à labuta no celeiro.

— Bem. É normal ficar quente depois de carregar madeira e ardósia.

— E pode parar com isso. Você vai descansar até melhorar. — Ela entregou uma garrafa transparente para Reyna e cobriu a tigela com um pedaço de linho e barbante. — Beba isto de manhã e à noite, passe o unguento no local e venha me ver daqui a dois dias.

Reyna deu um suspiro e acatou as orientações. Pelo menos Kianthe ia ficar um pouco mais calma sabendo que ela estava medicada.

— Isto aqui é tipo aquele seu tônico para ressaca?

— Deu certo, não deu?

— Acho que sim. Mas o sabor era horroroso.

Matild apontou um dedo para ela.

— A medicina é assim. Manhã e noite. Unguento. E nada de carregar madeira. Vou mandar Tarly dar uma olhada em você amanhã.

Reyna deu um sorriso sem graça.

— Ótimo. E aí ele pode carregar a madeira pesada.

Matild danou a gargalhar.

— Justo.

Reyna então se foi. Em casa, tomou o remédio e foi para a cama cedo e, por fim, o ferimento desapareceu do seu pensamento — como sempre. Os anos de trabalho no Grande Palácio facilitavam o retorno aos velhos hábitos, e ainda havia muito trabalho a ser feito.

Quando o assistente do carpinteiro pediu para darem uma olhadinha no telhado, Reyna se ofereceu de pronto.

Kianthe, que estava curvada sobre um pedaço de madeira particularmente resistente, enxugou a testa.

— Rain, espera aí. Você ainda está se recuperando. Deixe que eu vou...

— Sem a ajuda de um mago, este trabalho vai levar quatro dias — interrompeu o carpinteiro.

Ambos estavam construindo armários para a cozinha, com cubículos para chás e prateleiras para garrafas de temperos e ervas. Os armários eram em formato de "U", o que acabaria por lhes dar uma bela bancada para expor as guloseimas assadas, a estação de maceração de ervas e outras coisas necessárias para administrar uma casa de chás.

Mas, naquele momento, ainda era apenas uma casca de madeira, e cada centímetro dela vinha exigindo a atenção total de Kianthe. Reyna deu um beijo na testa dela.

— Vou ficar bem. Estou tomando meus remédios direitinho e tem trabalho a ser feito.

— Sempre tem trabalho a ser feito. — Kianthe semicerrou os olhos para ela. — Matild mandou você descansar.

— Kianthe. Por favor.

Um impasse.

Depois de um bom tempo, Kianthe baixou a cabeça.

— Está bem. Mas seja breve.

Só que aquele trabalho não era breve. Ao longo do dia, a temperatura começava a subir, mas isso também significava que as chuvas de primavera logo se fariam presentes. A "olhadinha" do assistente acabou se revelando um processo completo — as telhas de ardósia eram enormes e pesadas, e uma pessoa sozinha não seria capaz de levantá-las. Cada uma das placas precisava ser meticulosamente posicionada a fim de garantir que não escorregasse do telhado.

— Elas são úteis contra ataques de dragão — resmungou o assistente a certa altura. — Trocamos a palha por isto antes de eu nascer, e foi o que fez a parte mais nova da cidade resistir ao fogo.

— Estou surpresa que as paredes de madeira aguentem o peso — respondeu Reyna. — No Reino a gente usa pedra.

— A maioria das construções aqui têm pilares de pedra para suportar o peso. Mas a floresta fica muito mais perto do que a pedreira, então é mais barato usar madeira. As árvores são fortes. — O aprendiz sorriu. — Em particular com uma maga elemental lá embaixo.

A sorte deu uma virada quando as nuvens escuras que se acumulavam no céu enfim explodiram. A chuva veio, encharcando Reyna em instantes. O aprendiz reagiu no mesmo instante, ficando de gatinhas.

— Agache-se — ordenou-lhe ele. — Agarre a madeira. Fica menos escorregadio.

Reyna obedeceu, sentindo-se tonta. Passou-se um bom tempo enquanto aguardavam que a tempestade diminuísse.

A porta do celeiro se abriu com um baque e, lá de baixo, Kianthe gritou:

— Cya! Eu posso segurar a chuva...

A linha de ley já estava um tanto fraca, e ela já havia recorrido à sua magia para fazer os armários do andar inferior. A última coisa de que precisavam era de Kianthe sofrendo de estafa, porque além de tudo ainda tinha a tontura de Reyna.

— Não se preocupe — gritou Reyna. — Está tudo bem. Apenas deixe a tempestade passar.

Kianthe bufou.

— Desça para almoçar quando for seguro. Vou secar suas roupas.

— Tá bom — concordou Reyna.

Agora que havia tirado um momentinho para descansar, sentia a exaustão tomar conta de seus ossos. A chuva a deixara disparatada, com frio, e, para completar, encharcara o curativo, lavando a pomada que tinha sido aplicada com tanto cuidado naquela manhã. E então, com a mesma rapidez com que veio, a chuva se foi. Os ladrilhos de ardósia brilhavam com a água, e Reyna estremeceu com o frio repentino.

— Ela consegue mesmo secar nossas roupas?

— Magia — respondeu Reyna, e ambos foram avançando com lentidão pelo telhado encharcado, e, em seguida, desceram a escada. A nuvem de tempestade foi para além e todos se acomodaram no celeiro ao passo que a luz do sol entrava pelas janelas, intensa e alegre. Kianthe drenou a água do corpo deles com um leve movimento da mão.

— Tudo pronto lá em cima? — Com um olhar penetrante, ela arrumou o almoço na mesa perto da janela: fatias de pão e presunto frio coberto com queijo derretido. Provavelmente ela mesma aquecera o queijo com magia.

O assistente e o carpinteiro se sentaram para comer, ávidos de fome. O mestre do telhador estava trabalhando em outra obra naquele momento, e seu assistente se interessava por todo e qualquer trabalho que lhe fosse ofertado. Eles conversaram sobre carpintaria enquanto Kianthe sentava-se ao lado de Reyna.

— Está quase pronto. Não deve demorar muito. — Reyna sorriu. Estava se sentindo um pouco tonta, mas nada que já não tivesse superado em ocasiões anteriores. Ela dava mordiscadas em sua refeição à medida que Kianthe se juntava à conversa dos empreiteiros, ouvindo aqui e ali.

A comida lhe deu novo ânimo, e enquanto Kianthe estava distraída com a instalação dos armários, Reyna acompanhou o assistente telhado acima de novo. Mais algumas horas, e ela poderia relaxar na estalagem. Só mais alguns dias, e a maior parte da reforma estaria concluída.

A sensação de realização se instalou em seus ossos.

Exceto que a tontura não diminuiu conforme esperava. Fazia sentido, de maneira meio bêbada e desconectada. O unguento tinha sido lavado pela chuva. Metade de um dia havia se passado desde que ela tomara o remédio de Matild. Ela tocou a testa, mas as mãos estavam tão frias que estavam dormentes. Sua pele parecia normal. Fria o suficiente, considerando a temperatura.

Então ela foi tomada por uma onda de náusea, seguida por um período de absoluta instabilidade. Ah. Então ela não estava bem — e tinha cometido um enorme erro ao subir naquele telhado pela segunda vez. Reyna agarrou-se às vigas de madeira, vagamente consciente da conversa despretensiosa do assistente.

— ... fazer desse jeito. O que você acha?

O aprendiz estava falando de política. Ou talvez de atualidades. Qual era a diferença? Reyna olhou para ele, mas sua visão levou um segundo para focar... e então o mundo continuou girando. Ela apertou os olhos, sua concentração indo de *Merda, Kianthe vai ficar fula comigo* para o muito útil *Não solte o telhado.*

Mãos ásperas agarraram seus ombros.

— Ei, você está bem?

Só que ele acabara tocando em cheio na ferida.

Uma dor lancinante subiu pelo braço, cravando profundamente em seu peito. Reyna ofegou, desvencilhando-se dele por puro instinto — e então se viu caindo, escapulindo das mãos apavoradas do assistente e escorregando pelo telhado de ardósia recém-instalado. Ela ouviu o berro dele, um berro sincero e apavorado, mas tudo estava confuso, e seu mundo estava reduzido a dor e escuridão.

Outro grito, este um tanto alarmado.

A sensação de ausência de peso quando ela deixou o telhado.

Vento.

Chicoteava seu cabelo, cegava sua visão já embotada, resfriava suas bochechas e congelava seus membros. Reyna estava estática, pairando a cinquenta pedras do chão, e sua mente vagava como uma tartaruga no oceano acre. Ela teve um vislumbre do celeiro, do assistente apavorado, do solo, de Kianthe...

E então nada mais teve importância.

Quando acordou, estava deitada de costas. Kianthe estava ao seu lado, segurando suas bochechas. Demorou preciosos segundos para perceber que a namorada estava falando, gritando, e outros segundos mais para entender o que tinha acontecido.

Ah. Reyna tinha escorregado.

Pelos Deuses, ela estava se sentindo um lixo.

Kianthe pôs a mão na testa dela, os clamores em pânico indo e vindo. Reyna estava perdendo sua eterna batalha contra a consciência, mas ficou presente por tempo suficiente para resmungar:

— Pode ser que eu tenha superestimado... minha capacidade.

— Pode ser? — Kianthe riu, um som desesperado. — Qual foi a sua primeira pista dessa porra, Rain? Quando você caiu do telhado?

Reyna precisou se concentrar para compreendê-la, e o esforço fez sua cabeça latejar violentamente. Um arrepio percorreu seu corpo. Não era para ela ter desmaiado daquele jeito — não com o remédio...

Merda. Até seus pensamentos estavam distorcidos.

A partir daí, ela mal assimilou o assobio brusco de Kianthe, mal assimilou as asas emplumadas aparecendo no alto. Visk.

Reyna abriu a boca para tranquilizar a todos ao informar que estava bem, mas só saiu um gemido. Sua visão periférica estava prejudicada, os ouvidos rugiam e, quando Kianthe a botou na montaria mágica, o mundo inteirinho escureceu.

10

KIANTHE

O vento açoitava Visk enquanto o grifo voava até o centro da cidade, em direção à ferraria de Tarly e à clínica de Matild bem ao lado. Em suas costas, Kianthe se curvava de modo protetor sobre o corpo frouxo de Reyna. A brisa forte estava cortante e dificultava a respiração. Seu peito estava apertado, a mente girava.

Matild ia ajudá-las. Matild precisava ajudá-las.

Colada ao peito de Kianthe, Reyna queimava de febre. Seu corpo irradiava calor — algo que a própria Reyna deveria ter notado durante as horas em que estivera empoleirada naquela porcaria de telhado amaldiçoado pela Joia. Por que ela não desceu antes? Por que Kianthe permitiu que ela voltasse a subir?

Bem. Ela confiara que Reyna seria capaz de avaliar as próprias condições. Imaginara que, depois do episódio mais recente, quando acabara ferida em uma luta de espadas e passara um dia inteiro atrás do trono da rainha Tilaine, a postos durante uma reunião, quase desmaiando devido à perda de sangue, Reyna teria aprendido a lição.

Reyna disse que estava bem, e Kianthe acreditou nela.

Era evidente que tinha sido um erro.

Queria chorar. Ou berrar. Ou lançar um tornado pelas planícies e destruir todas as árvores da floresta. Em vez disso, ela saltou de Visk tão logo ele pousou — mal notando quando o solo encontrou seus pés — e saiu arrastando Reyna em direção à clínica.

— Matild — berrou Kianthe. — Matild! Tarly! Preciso de ajuda!

O ferreiro veio correndo da forja, quase na mesma hora que sua esposa. Arregalou os olhos quando viu Reyna e se adiantou para aliviar o peso dos braços de Kianthe — porém, de maneira inconsciente, Kianthe queimava por dentro, criando ondulações no ar, e ao sentir aquele calor, ele recuou de imediato, as mãos levantadas.

Visk guinchou em resposta à emoção de sua tutora. No momento, uma pequena multidão se reunia ali; eles estavam fazendo uma cena danada. E, ainda assim, Kianthe não conseguia fazer o grifo levantar voo de volta aos céus.

Já Matild não se mostrou tão intimidada. Pegou Kianthe pelo braço — e Reyna —, entrando rapidamente na clínica enquanto proferia xingamentos:

— Caramba! Pelos Deuses, eu falei para ela descansar.

Tarly fechou a porta com suavidade, as sobrancelhas grossas franzidas de preocupação enquanto Kianthe acomodava Reyna em uma das camas. Ele permaneceu ali, estoicamente, apenas um par extra de mãos à espera de orientação.

Kianthe, no entanto, lutava para controlar a onda de raiva. Não podia ficar fula com Reyna — pelo menos não naquele momento —, só que pânico a incitava a canalizar a sensação. Ela então se voltou para Matild, o alvo mais fácil.

— Você disse que ia ajudá-la. Ela veio ver você, certo? Por que ela ainda está doente? — A voz de Kianthe estava fervilhando de ódio.

Matild ergueu uma sobrancelha, mesmo enquanto circulava pela clínica coletando suprimentos.

— Você quer mesmo discutir isso agora?

Foi um comentário abrasivo que botou as poucas palavras de Kianthe sob nova perspectiva.

— N-Não. Não quero.

— Ótimo — respondeu Matild, e continuou trabalhando.

Kianthe então ajoelhou-se para ficar no nível dos olhos de Reyna, desfalecida na cama. Com os dedos trêmulos, ela afastou o cabelo molhado de suor da testa da namorada, que estava queimando. Ela não estava tão quente assim na hora do almoço, estava? Sem dúvida Kianthe teria notado.

As pálpebras de Reyna tremelicaram e ela gemeu.

Kianthe foi tomada pelo medo, que por sua vez voltou a cutucar o pânico que ela tanto se esforçava para controlar. Sentia o próprio corpo esfriar, sentia os pensamentos saindo do controle. Estava completamente trêmula, não só as mãos. Tinha salvado Reyna de uma queda perigosa, mas sua preocupação era a febre; febres matavam com muito mais frequência.

E, à diferença de uma queda de telhado de um celeiro, uma infecção não era algo que Kianthe seria capaz de impedir.

Quando os pensamentos de um mago começavam a espiralar, quando perdia o controle, coisas perigosas podiam acontecer. Coisas capazes de impactar os elementos ao seu redor — no caso, a terra debaixo da clínica, a água nos unguentos e tônicos de Matild, o ar nos pulmões de todos ali.

O fogo já ondulava nas pontas de seus dedos, as brasas em suas veias aguardavam para acender com a magia da Joia.

Ela poderia incinerar a clínica inteirinha caso não se controlasse — só que o testemunho do colapso de Reyna a deixara à beira de um precipício, e ela não parecia conseguir retardar a queda brusca.

Kianthe cambaleou para trás, olhando para Reyna outra vez.

— Eu... sinto muito. Pelas Estrelas e pela Joia, me desculpe. Não consigo ficar aqui.

— Você também está doente? — perguntou Matild, a preocupação afetando seu tom.

Kianthe estava se sentindo mal... mas não era de infecção.

— N-não — balbuciou ela, tropeçando em direção à saída. Tarly fez menção de acompanhá-la, mas ela parou ali, tremendo tanto que mal conseguia segurar a maçaneta da porta. — Ela vai ficar bem?

Matild semicerrou os olhos para a maga em uma reprimenda. Parecia que Kianthe era quem estava na cama, sendo examinada por um médico. Felizmente, Matild se deu conta de que aquele não era um bom momento para discutir.

Infelizmente, ela também não era de medir suas palavras.

— As febres precisam ser monitoradas. Se ela ficar quente demais, seus órgãos podem vir a falhar. — Diante do suspiro de Kianthe, Matild foi até Reyna e tocou sua bochecha. — Porém... ela ainda não me parece tão mal. Pessoalmente, espero que ela só esteja fatigada pelos excessos.

"Excesso" era trabalhar com vigor suficiente a ponto de distender um músculo. "Excesso" era reformar um celeiro inteiro e precisar de um almoço para se recuperar da exaustão por uso de magia. Cair de um telhado com febre alta e uma ferida infeccionada não era "excesso".

As paredes pareciam se fechar ao redor. Ninguém conseguia sentir, mas sob os pés de Kianthe, a terra ondulava, desesperada para se abrir.

Ela precisava sair dali.

— Eu... Eu já volto. Só preciso de um instantinho — disse, arfante, lançando um último olhar para uma Reyna inconsciente e ofegante, com rosto vermelho de febre e suor escorrendo pelas têmporas.

Merda.

Kianthe disparou rumo à luz do sol, na esperança de virar a esquina e se recompor sob o ar fresco vespertino. Só que o povaréu da cidade estava amontoado ali, espiando com curiosidade pelas janelas da clínica, as sobrancelhas franzidas enquanto resmungavam palavras compassivas para Reyna.

Kianthe e Reyna sequer conheciam aquelas pessoas.

Sobrecarregada, Kianthe fechou os olhos e assobiou bruscamente para Visk. O grifo não tinha ido muito longe e, em segundos, ela subiu nas costas robustas, agarrando as penas do bicho que praticamente decolou sem pousar.

Estava mais frio lá em cima, e o vento trouxe um frescor. Não ajudou a aliviar os tremores que assolavam o corpo de Kianthe, mas ajudou a desanuviar a mente. A corrente de ar também foi suplantando o bafafá lá embaixo conforme ela se distanciava da cidade. Pelo menos ali em cima era possível respirar.

Ajudou, mas só um tiquinho.

Então Kianthe incitou Visk a passar pela saliência nas fronteiras, para além de Tawney, direto para a terra dos dragões. Era imprudente viajar naquela direção, mas os dragões eram criaturas imensamente mágicas. Ficar perto de magia forte — mesmo que esta não fosse compatível com a dos magos e mal pudesse ser digerida pela Arcandor — poderia ajudar a aliviar o mal-estar. Embora só um milagre seria capaz de desacelerar sua mente embotada.

O que aconteceria se Reyna... não resistisse? De maneira vívida, Kianthe se recordou da solidão dolorosa que permeara sua vida na Era Anterior. Longos dias em terras estrangeiras, cercada por desconhecidos que só queriam saber do que ela poderia fazer por eles. Noites escuras pousando nos telhados e conversando com Visk, porque ela não tinha mais ninguém. Batalhas intensas contra inimigos e desastres naturais, sabendo que, se ela perecesse, haveria luto — mas somente no meio-tempo que a Joia da Visão levaria para escolher seu substituto.

Sem Reyna, Kianthe ficaria diante de um mundo de pessoas que se curvaram majoritariamente à Arcandor e que eram incapazes de enxergar a angústia detrás de seus olhos.

Claro, a Joia, os Deuses, as Estrelas... eles não seriam tão cruéis a ponto de a anularem.

Kianthe se engasgou com um soluço, aninhando-se na plumagem almiscarada de Visk. Ele era uma presença cálida e sólida sob seu tato, e gorjeava de maneira tranquilizadora. Ao movimento sutil dela, o grifo pousou — em especial porque não dava para ficarem ali voando para o norte indefinidamente, sem em algum momento encararem resistência pesada.

Agora estavam mergulhados por completo na terra dos dragões; a tundra se estendia ampla ao redor, com montanhas pontiagudas assomando-se a oeste. A tempestade que maculara a região instalara-se ali nas últimas horas — mas em vez de chuva torrencial, agora era uma nevasca violenta. Kianthe sorveu a magia estrangeira que, pela sua percepção, era tingida de um azul intenso. Mas, nem mesmo o fato de estar ali era suficiente; seu coração ainda estrondeava de maneira dolorosa. Pensamentos implacáveis e desconectados bombardeavam sua cabeça com todos os cenários possíveis e terríveis.

Ao longe, um rugido grave sacudiu a terra.

Ah, os dragões.

Kianthe então se deitou no solo, respirando com cuidado, passando os dedos sobre a rocha gelada. Tentando sentir algo ali, naquele exato instante. Sensações físicas para lembrá-la de que o mundo não era um pesadelo puro. O problema era que sua magia estava reagindo àquela angústia; a neve chicoteava ao redor tempestuosamente, e as pontas de seus dedos derretiam o gelo. A terra rosnava seu desgosto.

Kianthe não costumava ter aquele tipo de crise mental — só passara a acontecer depois de ela receber a magia de Arcandor... e suas responsabilidades. Ali, um estresse avassalador se instalara em seus ombros e só fizera piorar com a idade. Apenas a tranquilidade e a visão lógica de vida de Reyna eram capazes de abrandar o emaranhado de emoções. Por algumas estações abençoadas, Kianthe foi capaz de relaxar.

E então, no ano anterior, durante um debate sobre política e diplomacia entre Kianthe e a rainha Tilaine, Reyna desmaiou na sala do trono, sangrando devido a um ferimento escondido, apresentando mais um problema que Kianthe não conseguia controlar. No momento em que o outro guarda presente pegou Reyna no colo e seguiu para a enfermaria do Grande Palácio, Kianthe inventou um pretexto qualquer e fugiu.

Dias se passaram antes de ela ressurgir com a compostura intacta.

E foi assim que Kianthe providenciou as pedras da lua enfeitiçadas, para que aquele tipo de surpresa nunca mais acontecesse.

Agora, ela gelava ante a certeza de que, se tivesse saído daquele celeiro um átimo depois, se não tivesse reagido rápido o suficiente para amparar sua namorada com a rajada de vento, Reyna não estaria mais ali.

Nunca mais.

Visk chocou seu traseiro contra Kianthe, quase fazendo-a cair de cara no chão. Uma interrupção atrevida, que aliás comprovava o quanto Kianthe era péssima em meditação. Ela olhou para a criatura, que gorjeou e enterrou a cabeça em seu peito, sua presença um calor constante. A magia do dragão havia se instalado ao redor como uma névoa.

— Estou com medo — admitiu Kianthe ao grifo.

Visk assobiou baixinho, bicando as roupas dela com carinho.

Reyna está bem. Ela vai ficar bem. Tudo está bem.

A repetição mental daquelas frases e os carinhos de Visk foram ajudando-a a melhorar, muito lentamente. O nó em seu peito afrouxou. Seu estômago, antes revirado, agora estava mais calmo. Sua respiração, mais tranquila. Os elementos da natureza também se acalmaram, a neve enfim transformou-se em algo quase agradável.

"Você sempre tem escolha" Reyna costumava dizer repetidas vezes. "Mesmo que no momento de dor pareça impossível se dar conta disso".

Agora Kianthe tentava identificar qual era a escolha dela. Poderia ficar ali, arrasada, ou voltar para Tawney, para Reyna, e se fazer presente quando a namorada despertasse.

Ao longe, dragões prateados batiam asas tão avantajadas quanto a sombra de uma montanha, seus rugidos guturais alertando contra a intrusão. Eles não iam aceitar a presença de Kianthe pacificamente por muito tempo mais. A neve se acumulava ao redor; as asas estendidas de Visk já não bastavam para protegê-los do vento.

Era hora de ir para casa.

Extenuada, a maga subiu nas costas do grifo, que se elevou aos céus sem que ela precisasse dizer nada, afastando-se da terra dos dragões e retornando para Tawney. Uma presença firme, um apoio moral enquanto voavam.

E, assim, as lágrimas de Kianthe secaram ao vento cortante.

11

REYNA

A primeira coisa que Reyna notou foi um latejar intenso na cabeça. A segunda, foi que o corpo inteiro doía, como se alguém tivesse martelado suas articulações. As bochechas queimavam, a febre ardia na pele. O estômago revirava. As pessoas murmuravam ao redor, um homem e uma mulher, mas não era Kianthe, então Reyna não quis nem saber quem eram.

— ... ser perigoso. Espero que ela esteja bem.

— Quero dizer, é melhor que...

Reyna se deixou levar mais uma vez, afundando no entorpecimento. Tinha expectativa de que Kianthe viria. Sua mente a cutucava, era preocupante a namorada não estar presente... mas isso também acabou desvanecendo.

Ela só voltou a acordar bem mais tarde, dessa vez na total escuridão. O cômodo estava silencioso, e Reyna piscou devagar, encarando o teto. A sua mente estava um pouco mais límpida; o rosto, morno, e não mais ardente. Sentia como se tivesse descido correndo todos os lances de escada do Grande Palácio.

Uma pressão constante repousava em sua barriga. Reyna ergueu a mão para sentir o que era, e um sorriso espontâneo tomou seus lábios tão logo seus dedos se enredaram no cabelo curto e volumoso. Lá estava Kianthe. As horas de sofrimento se foram assim que ela se pôs a acarinhar suavemente o couro cabeludo da namorada.

Ela começava a apagar de novo quando Kianthe se remexeu sob o toque.

— Rain? — sussurrou Kianthe, erguendo-se da barriga de Reyna. Sua voz estava rouca de sono, mas sob o luar prateado que se infiltrava pelas janelas, era possível ver seu rosto tingido pelo alívio. Ela se ajeitou, colocando um livro na mesinha ao lado: um livro que Reyna nunca tinha visto. Era provável que Kianthe tivesse pegado no sono durante a leitura, como sempre.

— Sou eu — murmurou Reyna, meio incoerente.

Kianthe riu, acariciando a bochecha da outra. E sob aquele toque, o mundo se tornou algo só delas duas de novo. As dores físicas se foram. Reyna flutuava, ancorada por um único ponto de contato.

Só que não queria dormir de novo, então, em vez disso, sussurrou:

— Você está bem?

Kianthe recuou a mão, uma perda tangível. Reyna abriu os olhos — quando foi que os fechara? — e notou a expressão de Kianthe ficando sombria de raiva. Ou talvez de medo. A magia cintilava no ar ao redor, vaga-lumes em campo aberto.

A intenção de Reyna era soar reconfortante, mas era evidente que não surtira efeito. Ela se ergueu na cama, engolindo um gemido quando o mundo começou a rodopiar com violência. Seu braço bom buscou Kianthe.

— Key?

— Eu estou... — Kianthe sufocou suas palavras. — Bendita Joia, é claro que eu estou bem. É você quem... — Ela se calou, a irritação se embrenhando em seu tom. Bufando, ela se afastou da cama, pisando até a porta e então voltando. Aí refez o trajeto mais duas vezes. — Você sabe como a gente teria evitado tudo isso? Era só você... ter descido pela escada. Não se fica em um telhado durante uma tempestade. Você não sobe de novo.

Bem, pelo menos aquilo era melhor do que o olhar assombrado que ela estava ostentando antes. Reyna se permitiu desabar no travesseiro de plumas de ganso.

— Você tem razão.

— Claro que tenho. Sempre tenho... — A audácia da declaração fez Kianthe se lançar em mais um de seus discursos inflamados.

O braço de Reyna doía. Um tanto confiante de que a namorada estava apreensiva e de que ia se sentir melhor depois de desabafar, Reyna olhou para o curativo em seu bíceps. Havia pedaços de pomada seca na pele, o que lhe dizia que a ferida estava com uma boa camada de unguento cicatrizante.

E provavelmente era a razão de a febre ter cedido. Ela teve sorte por terem conhecido Matild logo ao chegar à cidade. E teria sido mais sorte ainda se o remédio tivesse surtido efeito no dia anterior, no entanto...

As lembranças retornaram, e Reyna estremeceu. Tudo estava turvo, como água manchada de tinta, mas conseguiu se lembrar do suficiente para perguntar:

— Por acaso eu... caí de um telhado?

— Sim. Sim, Reyna, caiu. — Kianthe desabou na cadeira ao lado da cama, soltando um suspiro pesado, esfregando as têmporas à medida que a magia ondulava ao redor. Era óbvio que ela carecia de um esforço consciente para manter a tranquilidade.

— Hum. — Reyna provavelmente deveria se preocupar com o estado de Kianthe. Ou com a queda do telhado. Ou... Bem, com qualquer coisa. Mas ela só conseguia pensar no quanto estava frio lá fora, e no quanto sua cama estava quentinha, e por isso desejava fortemente que Kianthe se aconchegasse ao seu lado outra vez.

Kianthe lhe lançou um olhar exasperado. Sua voz estava estranhamente severa.

— Isso é tudo que você tem para dizer?

Reyna a encarou com olhos turvos. A mente não conseguia processar a discussão, a fadiga profunda lhe cutucava a alma.

Ao mesmo tempo, Kianthe parecia pronta para sacudi-la loucamente... ou beijá-la loucamente. Reyna teria preferido esta última, caso tivesse poder de escolha. Mas antes que pudesse expressar qualquer coisa, Kianthe gemeu.

— Agora não é a hora. Eu só... — Houve uma pausa. — Deixa para lá. Durma um pouco, amor.

Ela se aproximou para afofar o travesseiro às costas de Reyna, que pegou sua mão. A mente de Reyna ainda estava confusa, desvanecendo, mas aquilo era importante. Mesmo durante o estado febril, identificara a preocupação de Kianthe, e isso lhe causava uma dor mais intensa no coração do que aquela sentida nos músculos.

— Diga para mim o que você está sentindo — murmurou Reyna.

Kianthe então desmoronou, apertando a mão da outra com força.

— Vou dizer. É só que... você precisa descansar. A gente vai ter tempo para conversar. — Ela fechou os olhos por um instante e depois forçou um sorriso. — A gente tem tempo. Concentre-se em melhorar, ok?

Reyna assentiu, afundando ainda mais no travesseiro. Ela não estava se sentindo bem de verdade... e um pedacinho da sua mente, aquele bem pueril, necessitava de conforto físico.

— Pode deitar aqui comigo?

A cama era pequena, mas Kianthe não precisou de nenhum incentivo extra. Acomodou-se debaixo do cobertor de lã grosso, puxando Reyna contra o peito para um abraço quase agressivo. Mas tomou cuidado para não encostar no ombro machucado.

No silêncio que se seguiu, Reyna soltou um suspiro, fechando os olhos.

— Acho que te amo.

— Uau. Que alívio — respondeu Kianthe, com sarcasmo, e ajeitou a cabeça de Reyna sob seu queixo, a respiração sólida e estável. Estava meio calorento debaixo do cobertor, mas Reyna ainda tremia um pouco, então ela permaneceu ali sem se incomodar. O silêncio foi se estendendo, longos momentos de conforto, até que Kianthe sussurrou: — Eu também te amo, Rain.

Reyna sorriu e permitiu-se apagar de novo.

»»»«««

— Três vezes ao dia — instruiu Matild para Kianthe, entregando-lhe uma garrafa com líquido transparente.

Abotoando a camisa, sentada na beirada do colchão, Reyna franziu a testa.

— Três vezes? Você me disse duas.

Matild lhe deu um olhar bravo.

— Isso foi antes de você cair do telhado e quase se matar. Agora, por causa da sua teimosia, é três vezes ao dia, e Kianthe vai garantir que você permaneça na cama até eu mandar sair.

Kianthe estava metida à beça com a nova autoridade.

— Ordens médicas.

— Isso mesmo.

Reyna presumia merecer a penitência. Na verdade, a exaustão ainda a incomodava. O corpo vislumbrara uma rara chance de dormir e agarrara a oportunidade com grande prazer. Estava complicado até mesmo para permanecer sentada.

Claro, só haviam se passado dois dias. A febre tinha cedido na véspera, e Matild queria continuar acompanhando o caso por mais um tempo. Ninguém ousou questionar.

— Enfim. — Matild voltou-se para Kianthe, oferecendo uma tigela coberta com um pedaço de linho molhado. — Mantenha essa ferida coberta com unguento o tempo todo. Se ela disser que está se sentindo melhor, é mentira. Infecções como essa levam dias, talvez até uma semana, para desaparecer por completo.

— Ciente — respondeu Kianthe, lançando a Reyna um olhar penetrante.

Reyna suspirou. Ela merecia tudo aquilo.

Ao se dirigirem à porta, Kianthe fez uma pausa e sussurrou:

— Obrigada pela ajuda, Matild.

— Respire fundo — instruiu Matild, segurando seus ombros. — Você vai dar conta de controlar isso.

O "isso" jamais foi especificado, mas Kianthe assentiu, taciturna.

Matild deu um tchauzinho para ambas e, ao saírem da clínica, Kianthe passou o braço em volta da cintura de Reyna, segurando a maior parte do peso. Estava um dia frio e chuvoso em Tawney — o sol tão onipresente antes tinha ido embora, e Reyna estremeceu quando foi atingida pelas primeiras gotas geladas. Puxou o capuz da capa sobre a cabeça, engolindo um suspiro quando o movimento fez seu ombro ferido doer.

— Vou levar um tempinho para me acostumar — resmungou ela, nada satisfeita. — E agora estamos perdendo tempo com a reforma.

Kianthe não se comoveu.

— O carpinteiro está lá hoje, trabalhando na parte de dentro. O telhado estava quase pronto antes de toda essa confusão. Foi você quem disse que podemos levar o tempo que for necessário. — Kianthe a envolveu com mais afinco. — Tem coisas mais importantes para lidarmos.

Reyna se lembrou da conversa meio nebulosa entre elas na primeira noite e ficou envergonhada por ter soado incoerente. No dia anterior, elas não tinham conseguido privacidade alguma para conversar. Agora, ali, sendo ancorada, ela notava as rugas de tensão no rosto da namorada, a mandíbula cerrada, os músculos tensos. Kianthe não estava contente, ainda que se esforçasse ao máximo para esconder a insatisfação.

As duas seguiram caladas durante todo o trajeto pela cidade, embora várias pessoas tivessem parado para desejar melhoras à Reyna. Ela se limitara a agradecer, com tom confuso, até que Kianthe explicou:

— Ah, a gente... atraiu uma multidão. Bem, na verdade, Visk atraiu. E é provável que a minha gritaria não tenha ajudado.

— Key...

— Está tudo bem.

Mas não estava tudo bem. Reyna franziu a testa.

Ao se aproximarem da estalagem, Reyna teve um vislumbre de Lilac — mastigando alegremente uma cenoura enquanto Hansen a escovava — antes de Kianthe conduzi-la para dentro. O imenso salão do bar estava quase vazio, ocupado só por um casal que comia perto da lareira e pela estalajadeira empoleirada atrás do balcão.

A mulher as avaliou, franzindo as sobrancelhas.

— Está se sentindo melhor, querida?

Reyna ficou surpresa com a hospitalidade. Tinha sofrido inúmeros ferimentos no palácio da rainha Tilaine e ninguém — exceto talvez Venne — jamais se preocupara em perguntar como ela estava.

— Ah, sim. Muito melhor.

— E vai ficar melhor ainda com um pouco de comida e repouso — acrescentou Kianthe, e rebocou Reyna para o andar de cima.

Um buquê de flores exuberantes amarradas com guita estava sobre o baú. As duas pararam de repente, fitando-o com desconfiança. Parecia um tanto inocente, mas... Reyna se adiantou para pegá-lo.

Kianthe a deteve.

— Na-na-ni-na-não. Se for veneno daquela rainha maligna, é melhor eu cuidar disso, obrigada. — Ela acomodou Reyna na cama, esperou até que ela se deitasse sob as cobertas e então pegou as flores.

Um cartão bem simples caiu no piso arranhado. Kianthe o pegou e fez uma careta ao entregá-lo a Reyna.

— Eca. Você tem um pretendente.

Que exagero. O quadrado de pergaminho dizia simplesmente: *Fique bem logo* e estava assinado como *lorde Wylan de Tawney*. O provável era que o lorde estivesse tentando arrebanhar o máximo de apoio possível em sua contenda contra Feo.

Reyna quase gargalhou.

— Seu diarno deixou o lorde preocupado, acho.

— Ê diarno em questão não é digne de preocupar ninguém — respondeu Kianthe. — Em especial depois da minha visita. — Ela começou a circular pelo quarto sem muita convicção, pendurando as capas e pegando um pano para secar o cabelo. Tudo foi feito sob um silêncio incomum.

Por fim, Reyna não aguentou. Aprumou-se, botando um travesseiro às costas para poder relaxar e conversar.

— Diga para mim o que você está sentindo. — Não houve espaço para discussão.

E, daquela vez, Kianthe virou-se para encará-la, como se já esperasse o confronto.

— Muito bem, estou sentindo que você é uma idiota completa e incor-rigível. Que tudo isto era evitável e que você é teimosa demais para admitir. Eu achava que você sabia se cuidar, mas agora que estamos morando juntas, me pergunto com que frequência você deixa seus ferimentos chegarem a esse ponto. Ainda estou com raiva e odeio isso, porque a única coisa que eu queria agora era ficar feliz pela sua recuperação.

A voz de Kianthe crescera em tom e intensidade, ela praticamente cuspia.

Reyna continuou quieta, esperando. Tinham demorado um pouco para aperfeiçoar a técnica, mas agora era infalível: toda vez que uma delas fazia aquele pedido de falar sobre os sentimentos, deveria aguardar calada pela resposta, até a outra terminar. Às vezes, era só uma questão de verbalizar os próprios sentimentos para que se entendessem.

Às vezes, a primeira coisa dita não era o problema de fato.

Pelos deuses, Reyna esperava que a primeira frase de Kianthe não fosse o verdadeiro problema ali. Seu peito formigou de desespero só de pensar nela.

Agora Kianthe andava de um lado a outro, esfregando o rosto.

— E o pior, Reyna, é que não consegui lidar com a coisa toda. O Arcandor precisa ser uma pessoa calma e equilibrada. Caso contrário, a magia pode se tornar perigosa, e passei horas na neve só tentando respirar direito. Eu de fato achei que a gente estivesse progredindo, mas... ver você daquele jeito me fez voltar ao ponto de partida. — Ela olhou para a toalha em sua mão, entorpecida, e depois a pendurou no cabide, para secar ao lado das capas. Sua frase derradeira saiu baixinha, em um tom de derrota: — Não me admira que o Magicário me odeie.

Kianthe então desabou em uma cadeira perto da janela, as nuvens escuras lá fora lhe sombrearam o rosto. Seu corpo inteiro estava molenga feito um barbante, como se ela fosse escorrer para o chão, tamanha a vergonha.

Reyna engoliu em seco, mas ainda assim continuou calada, à espera.

Kianthe gesticulou uma das mãos, abatida.

— Já terminei. E lamento muito, muito mesmo.

— Você lamenta muito? — Reyna queria dar um tapa nela. — Key, eu ferrei tudo. Se eu soubesse que ia ficar tão mal e tão depressa, teria permanecido aqui e dormido até melhorar. Eu realmente achei que o remédio de Matild fosse resolver.

Kianthe esfregou o rosto, mas não falou nada.

O olhar de Reyna então pousou na manta sobre a cama. Era de crochê, cada ponto trabalhado com meticulosidade, o fio macio e tingido de um azul bem escuro. Estava um pouco desgastada pelo tempo e pelo uso, mas era quentinha e reconfortante. Ela beliscou um pedacinho, a voz contemplativa:

— Não é assim que eu quero levar a nossa vida juntas: eu me machucando, você se preocupando. Eu só... não estou acostumada a ter alguém se preocupando comigo. E era bem fácil me recuperar dos ferimentos entre as suas visitas no palácio.

— Você se machucava com frequência? — sussurrou Kianthe. Seus olhos agora passeavam pelos braços nus de Reyna e pelas cicatrizes que lhe marcavam a pele. Elas contavam toda a história que Kianthe fora capaz de ignorar ou esquecer até então.

Reyna estremeceu, passando o dedo em uma cicatriz particularmente irregular causada por um ataque durante a visita mais recente de Sua Excelência a Leonol.

— Meu trabalho era perigoso. Não é mais. — Ela ergueu o olhar, a determinação se assentando em suas feições. — Você está melhorando, Key. O fato de você estar presente enquanto eu me recuperava é um sinal de que está controlando a ansiedade.

— Não foi a sensação que eu tive. — A voz de Kianthe continuava derrotada.

— Não acho que seja um caminho linear, minha querida. — Reyna se levantou da cama, cambaleando até o colo de Kianthe. Então passou o braço bom ao redor do ombro dela e descansou a cabeça na curva de seu pescoço. — Sou eu quem lamenta por essa confusão toda. E se aqueles magos do Magicário te odeiam, então são uns velhotes cegos que podem murchar no quinto dos infernos.

Aquilo fez Kianthe rir.

— Tenho quase certeza de que isso é blasfêmia.

— Não dou a mínima. — A voz de Reyna estava abafada, porém audaz.

Kianthe a puxou para um abraço carinhoso, com cuidado para não tocar o ferimento que cicatrizava. Era como estar no aconchego do lar, e Reyna se refestelou com toda aquela afeição.

— Você é a pessoa mais incrível que já conheci. — Reyna deu um beijo em seus lábios.

Kianthe abriu a boca — para fazer uma piada, para rir, qualquer coisa para não levar aquilo a sério —, mas Reyna a interrompeu, recuando apenas o suficiente para encontrar seu olhar.

— Não. Estou falando sério. Você é dedicada, carinhosa e atenciosa, e tenho sorte de ter conhecido você. Não porque você é a Arcandor, mas porque você me ama, e isso é tudo para mim.

— Acho que é o contrário. — Um rubor tomou de assalto as bochechas de Kianthe. Ela não afrouxou o abraço.

Reyna sorriu, sem graça.

— Errado. O que prova que a todo-poderosa Maga das Eras não sabe tudo de fato.

— Tá bom. — Agora Kianthe lhe dava um empurrãozinho, brincalhona, e Reyna ria. — Eu já disse o que precisava dizer. Diga para mim o que você está sentindo.

— Vontade de dormir por um ano. — Reyna fez uma pausa, pensando, e cambaleou de volta para a cama. — Talvez mais.

Kianthe fechou as cortinas.

— Acho um plano excelente. — Quando Reyna ficou confortável, Kianthe se pôs a admirá-la por um momento, depois se acomodou juntinho dela. — Eu ia ler, mas... isto aqui me parece mais gostoso. — Seu corpo se encaixava perfeitamente ao de Reyna, e Kianthe repousou a cabeça no ombro dela.

Reyna não protestou; afinal, elas mereciam um dia de preguiça. Aconchegou-se mais.

Kianthe respirou fundo e depois fez uma careta.

— Você precisa de um banho.

— Eu estava inconsciente.

E a vida continuava.

12

KIANTHE

E então Kianthe concentrou-se na reforma do celeiro. Com a ajuda dela, o assistente do telhador concluiu o trabalho, e o carpinteiro emoldurou a parede oeste com estantes de livros altas, exatamente do jeitinho que ela queria. Como Kianthe odiava o frio, também pedira ao carpinteiro para fazer uma lareira no centro da parede de livros. Era grande e funda, emoldurada em pedra, com uma cornija de madeira maciça, de modo que pudesse tornar os invernos de Tawney mais suportáveis.

Um serralheiro viera para instalar a tubulação. Ele se autodenominava "bombeiro hidráulico", o que parecia muito suspeito, mas nem Kianthe fora capaz de negar a conveniência de uma bomba que levava a água diretamente ao lavatório. Também teve a ideia, e que seria uma surpresa para Reyna, de pedir a ele para instalar canos extras na despensa, assim elas também poderiam pegar água para o chá com mais facilidade.

Quando ele se foi, Kianthe e o carpinteiro instalaram o piso juntos — madeira de pinho bem lisa, que deixou o espaço imensamente iluminado. Depois, Kianthe começou a pintar as paredes — atividade que a ocupou até o retorno de Reyna.

O carpinteiro foi o primeiro a notá-la, pigarreando.

— Você tem visita.

— Não sou bem uma visita — brincou Reyna.

Empoleirada em uma escada, Kianthe ergueu uma sobrancelha.

— O que está fazendo fora da cama?

Poucos dias haviam se passado, prazo insuficiente para os padrões de Kianthe. Porém, ela não estava nem um pouco surpresa; Reyna não tinha sido feita para ficar parada, era inclinada ao dever, e não para relaxar em férias forçadas.

— Matild aprovou. A infecção está quase indo embora. — Reyna ergueu o braço direito como prova, e Kianthe teve de admitir que sua destreza parecia ter retornado. Isso porque no dia anterior ela não estava conseguindo executar um mero exercício com a espada; aliás, uma atividade não autorizada que Reyna implorara para fazer, "só para testar". Por fim, ela passara o restante da tarde na cama, fervilhando em silêncio com seu fracasso.

Agora, Kianthe acenava sem pretensão alguma.

— Se você cair de outro telhado, a gente vai ter um problema sério.

— Já tivemos. Aprendi a lição. — Reyna semicerrou os olhos para o balde amarrado à escada de Kianthe, as paredes brancas atrás dela. A cor não cobria perfeitamente a madeira escura, mas deixava as paredes mais elegantes. — O que... você está fazendo?

Ah, sim. Kianthe tinha se esquecido de que o Reino não gostava de pintura, nem de qualquer tipo de diversão.

Ela mergulhou a brocha — feita por ela mesma com tufos de pelos de Visk — no balde.

— Pintura. À base de água, pigmentada com flor de sabugueiro. Fácil de lavar se você não gostar. — Houve um breve silêncio. — Gostou?

— Se eu disser que não, vai ser uma semana de trabalho perdida? — Reyna se aproximou da base da escada. Agora ela conseguia andar sem cambalear, os movimentos fluidos de novo. Era pura poesia e deixava Kianthe imensamente feliz.

Kianthe olhou para as paredes que já havia pintado... a maioria delas. Na verdade, seu plano era terminar antes de Reyna chegar, era para ser mais uma surpresa.

— Dois dias, talvez.

— Este é um costume sheparano?

— É um costume de "todos os lugares, menos do Reino" — respondeu ela, embora não tivesse ideia se aquilo era verdade. Em Shepara, os murais eram comuns. Os leonolanos construíam suas cidades em meio às árvores imponentes da floresta tropical, e a maioria de suas paredes eram vazadas para a circulação de calor. Ela reconhecia que pintar o celeiro com uma cor lisa não era tão inspirador assim.

Mas, na visão de Kianthe, as paredes eram só um cenário que ficaria em segundo plano — as plantas seriam o foco. E o verde contrastava lindamente com a tinta branca.

— Então? Sim ou não? — Kianthe não estava preocupada com a resposta.

Reyna sorriu e disse exatamente o esperado:

— Gosto de tudo o que você faz. Até mesmo das suas escolhas loucas de decoração. — Ela se afastou da escada, deixando Kianthe terminar. Nesse ínterim, ficou admirando o telhado, as janelas, o piso, aí se concentrou nas estantes. Seus olhos pousaram na lareira. — Ah, graças aos Deuses. Eu ia mesmo sugerir uma lareira.

Kianthe esperava um pouco mais de estardalhaço, talvez alguns comentários tipo *Oh, Kianthe, você é tão esperta, querida*. O carpinteiro, ciente da expectativa, abaixou-se para esconder um sorriso. Kianthe suspirou, gesticulando e espalhando respingos de tinta pelo piso novo.

— Isso é porque você é tão esperta, querida.

Reyna já estava com saudade daquele sarcasmo. E agora examinava com mais minúcia a parede de estantes, inclinando a cabeça para avaliar a altura.

— Vamos botar uma escada para que os clientes possam pegar os livros que quiserem?

O carpinteiro e Kianthe trocaram olhares. O sujeito respondeu:

— Não tínhamos planejado isso, mas dá para fazer, claro.

— Fizemos um local para um forno. — O pincel espalhava a tinta de maneira uniforme e rápida, mas ainda era minúsculo comparado à parede imensa. Se Kianthe não agilizasse, a tinta ia secar e ela ia precisar preparar uma nova demão. De novo. — E pedi ao nosso... bombeiro hidráulico... para puxar a água para a despensa também. Para o chá.

Reyna deu um gritinho, um som adoravelmente raro, e foi correndo para lá. Quando saiu, alguns minutos depois, suas bochechas estavam coradas de empolgação.

— Funciona! Estou tão impressionada por Tawney ter esse tipo de coisa. Você provou a água? É deliciosa.

— Prefiro a minha própria água — disse Kianthe. — Você sabe. Aquela que brota do solo, e não de canos de metal esquisitos.

Reyna acenou para dispensar o comentário e foi inspecionar a área onde seria a cozinha.

Acima dos armários de Kianthe, eles tinham lixado uma mesa longa, perfeita para separar os clientes dos funcionários. A madeira estava tingida de marrom-escuro, assim como vários outros detalhes no interior do celeiro. Nas bancadas dos fundos, o carpinteiro criara um sistema de prateleiras inteligentes para uma futura variedade de chás e ervas, e até fizera um cardápio dobrável de madeira, que poderia ser colocado do lado de fora.

Reyna estava maravilhada.

— Como vocês fizeram tudo isso em poucos dias?

— Bem. — O carpinteiro esfregou a nuca, debruçado sobre um esboço. — Os moradores da cidade ficaram penalizados com seu estado. Alguns apareceram aqui ontem, enquanto vocês duas descansavam, e ajudaram.

Reyna hesitou, franzindo as sobrancelhas.

— Vamos ter que... pagar alguém?

O carpinteiro lançou um olhar exasperado.

— Ninguém veio por dinheiro, menina. Nós, aqui em Tawney, tentamos ajudar sempre que possível.

Era evidente que aquele era um conceito estranho para Reyna.

Até Kianthe tinha de admitir que ficava desconfortável. Em sua experiência, estar em dívida com as pessoas significava estar ciente de que em algum momento elas viriam pedir um favor mágico. Só que quando as pessoas apareceram para ajudar, ela nem viu, porque estava ocupada cuidando de Reyna e, enfim... ninguém voltou depois para pedir qualquer tipo de pagamento, então ela deixou para lá.

Agora Kianthe acenava a brocha úmida para Reyna.

— Nós vamos compensar as pessoas, amor. A maior preocupação agora é onde vamos conseguir os livros e os chás. Não podemos abrir a loja sem eles.

— Hum. — Reyna franziu a testa. — Tenho certeza de que vamos arranjar uma boa seleção. Mas pode ser que seja necessário fazer uma viagem rápida a Wellia para garantirmos a qualidade dos produtos.

Wellia ficava a uma distância de voo de grifo com duração mínima de dois dias dali, e exigia uma viagem ainda mais longa por terra. Elas estavam em Tawney havia tão pouco tempo, e distanciar-se daquele jeito seria como abandonar um sonho já tênue. Kianthe não queria ir.

Felizmente, Feo tinha uma excelente coleção literária em seu complexo, e Kianthe tinha certeza de que elas poderiam conseguir outros títulos de um jeito mais fácil. De repente Feo poderia lhes emprestar alguns de seus volumes mais raros — o problema era que teria de devolver os livros depois.

Hum. Devolver os livros.

O pensamento se ramificou em sua mente.

— E se abrirmos o espaço ao público e deixarmos que levem os livros para casa?

— É assim que funciona uma livraria — disse Reyna de modo calmo.

Kianthe balançou a cabeça, ficando mais animada. O movimento chacoalhou a escada e ela se agarrou com mais força para não cair.

— Não. Não, é assim que fazem nas bibliotecas do Magicário às vezes. As pessoas aqui devem ter livros que não leem mais. A gente poderia pedir doações. E como forma de agradecimento, podemos deixar que leiam... ou, se quiserem, levar um livro para casa gratuitamente. Aí elas podem trazer de volta depois que terminarem.

— Parece-me um empreendimento interessante e tudo o mais. — Reyna fez uma pausa, como se tentasse se expressar da maneira correta. — Mas os meus fundos têm limite. E emprestar livros significa que não poderemos vendê-los.

Hum. Kianthe fez beicinho, em sinal de desânimo.

O carpinteiro se manifestou.

— E se vocês fizerem as duas coisas? — Quando se viu alvo da curiosidade de ambas, deu de ombros, apontando para as prateleiras. — Vocês têm muito espaço. Reservem uma prateleira como uma central de empréstimos. Preencham o restante com livros para venda. Aí as pessoas vão decidir se querem devolver o livro ou comprá-lo.

Kianthe abriu um sorriso largo, olhando para Reyna, que suspirou, massageando a testa.

— Creio que a gente possa testar, ver a reação do público. Ainda assim, a gente vai precisar ir a Wellia...

E, então, um choque de magia cortou o peito de Kianthe.

Foi um susto — e tão doloroso, bendita Joia — que ela quase caiu da escada. Agarrou-se com tal força que os nós dos dedos ficaram brancos. O balde de tinta oscilou perigosamente e, em um átimo, Reyna estava aos pés da escada, segurando-a com firmeza.

Seu olhar estava tomado de preocupação.

— O que aconteceu?

— Uma convocação — arquejou Kianthe, sentindo a magia pulsando na linhazinha de ley mirrada. Era como se a Joia quase berrasse com ela. — Tem algo errado. Um desastre natural, ou... ou uma batalha que posso impedir. — Ela desceu com agilidade da escada, plantando os pés no piso de pinho. Tudo parecia distante, desarranjado.

Reyna tomou o rosto dela nas mãos e a encarou:

— Você precisa ir.

Kianthe refletiu durante o tempo exato de uma respiração.

Então ignorou o chamado, reprimiu a magia e se desvencilhou de Reyna.

— Não sou escrava dos caprichos da Joia. Ela pode me alertar sobre uma desgraça iminente... e eu posso escolher ignorá-la.

Atrás delas, o carpinteiro ergueu uma sobrancelha.

— Isso aí é coisa dos magos?

— Tipo isso — respondeu Reyna. — Key. Você não é o tipo de pessoa que ignora uma "desgraça iminente". — Seus olhos castanho-claros procuraram os de Kianthe. — Pessoas podem se machucar.

Era coisa demais. Cedo demais.

— Você acabou se machucando — Kianthe não conseguiu evitar a réplica. A sensação era de que ela estava de volta à tundra aberta da terra dos dragões, curvada à sombra de Visk, a mente um tornado com os piores cenários.

Reyna fez pose, inclinando o quadril.

— Estou bem agora e prometo que não vai acontecer de novo. Só porque embainhei minha espada, não significa que não posso guardá-la, se necessário. — Ela contraiu os lábios em um gesto de desafio. — Eu amo você, mas estou nessa como sua parceira, não como alguém que precisa da sua proteção.

O desequilíbrio de poder entre elas era nítido — algo que Kianthe resolvera ignorar com veemência, afinal de contas sua namorada era fantástica e incrível, e alguém que não precisava da magia da todo-poderosa para ter valor. Mas ela sabia que Reyna não via as coisas do mesmo jeito. Ela sentia que Kianthe estava pau a pau com a realeza.

E Reyna costumava servir à realeza.

Então, quando a namorada falou aquilo, doeu... mas fazia sentido.

Kianthe exalou.

— Depois dessa última semana, acho que você está precisando de uma babá.

— Vou falar com Matild. — Reyna arrancou o pincel da mão de Kianthe. — Enquanto isso, você não vai desafiar uma ordem direta da sua divindade.

Como se fosse uma deixa, a Joia pulsou de novo, lançando sua urgência ao longo da linha de ley. Kianthe engoliu outro arquejo, sentindo o peito apertar. Reyna estava certa, como sempre. E, para ser sincera, Kianthe não fazia ideia do que aconteceria com ela — física, mental ou magicamente — caso desobedecesse a uma convocação daquela magnitude.

Assim como os dragões ou Feo, aquele era mais um lembrete de que sua vidinha pitoresca e comum era uma bela de uma fachada. Mesmo em Tawney, ela não ia ter paz. Kianthe sempre teria um dever para com a magia do mundo.

Amargura e exaustão pesaram em seus ombros. A única coisa que ela queria fazer naquele dia era pintar uma parede, e talvez sentar-se com Reyna na estalagem e papear com os habitantes locais.

Reyna percebeu a frustração. Suspirou, apertando a mão de Kianthe.

— Além do mais, agora é que estou começando a aprender quem sou eu, sem... hum... a influência da minha antiga vida. Vai ser bom se eu puder ter essa perspectiva sozinha. Descobrir meu lugar em Tawney enquanto você estiver fora.

Bem, Kianthe não poderia culpar Reyna. Todo mundo precisava de uma vida independente do parceiro.

E, verdade fosse dita, Reyna era uma preciosidade por tolerar aquele apego de Kianthe: um efeito colateral desagradável de anos de viagens solitárias, com poucas amizades aqui e ali. Se aquele hiato pudesse dar a Reyna o espaço tão necessário, então Kianthe aproveitaria de bom grado a oportunidade de oferecê-lo.

Mas antes que ela pudesse dizer qualquer coisa, Visk pousou na estrada de terra lá fora com um baque, assobiando para ela pela porta aberta. O grifo também tinha sentido a magia e estava ávido para atender ao chamado. Devia estar bem entediante para ele ficar sobrevoando uma cidade como aquela, aguardando uma convocação que vinha sendo cada vez mais rara nos últimos tempos.

— Já te ouvi, amigo. Estamos indo. — Kianthe voltou-se para a namorada. — Não plante nada sem mim.

— Qualquer coisa que eu plantar vai morrer em poucas horas, então, não tema. — Reyna a puxou para um abraço forte, depois lhe deu um beijinho, com lábios calorosos e firmes.

A felicidade tremulou no peito de Kianthe. Queria continuar o beijo, queria ficar ali para sempre... mas talvez a saudade fosse uma coisa boa; tornaria seu retorno mais doce.

Quando se afastaram, os olhos de Reyna brilhavam com uma empolgação tenra. Ela jamais ia admitir, mas adorava uma fofoca; era empolgante ouvir as histórias de triunfo da Arcandor depois de cada missão. E Kianthe sentia-se o máximo com aquilo tudo, um quentinho no peito que chegava a emanar.

— Por favor, não morra em um tsunami. E passe em Wellia no caminho de volta. Vamos precisar de alguns chás e livros exóticos para chamar a atenção da clientela.

Uma tarefa. Kianthe já devia saber.

Ela gargalhou, deu mais um beijo em Reyna e correu na direção de Visk. Maga e montaria tomaram os céus, mas, antes de atingirem altitude, Kianthe se virou sobre as asas enormes para acenar para a amada, para a nova moradia delas, para toda a cidade de Tawney.

Aquilo tudo era emoção pura. Kianthe adorava saber que tinha uma pessoa ansiosa pelo seu retorno, mas o que sentia era ainda mais grandioso. Ela não ia voltar apenas para Reyna... e sim para o lar que estavam construindo juntas.

Só esperava que Reyna conseguisse acabar de pintar o celeiro antes que a tinta no balde endurecesse.

13

REYNA

Os dias sem Kianthe passaram em um átimo, cheios de atividades. Havia tantas coisinhas para fazer na loja, e Reyna estava determinada a acertar cada detalhe.

Ela também tinha voltado a usar a pedra da lua — principalmente para deixar Kianthe mais tranquila, mas em parte também porque a namorada enviaria pulsações de magia do outro lado do continente, como batidas do coração. Elas haviam criado um código de comunicação, e era bom saber que, mesmo quando estava fisicamente sozinha, havia alguém que se importava com ela.

Em uma tarde primaveril, Matild deu uma passada no celeiro para ver como Reyna estava, e ao notar o progresso na reforma, assobiou de satisfação.

— Agora, sim, este lugar é uma moradia aceitável! Vocês vão se mudar em breve?

— Só depois que Kianthe voltar. Não vou me mudar sem ela.

— Mas eu soube que vocês já compraram uma cama — respondeu Matild com um sorriso astuto.

Reyna ergueu uma sobrancelha.

— Todo mundo nesta cidade fofoca sobre *tudo*, ou por acaso é uma ocorrência especial só porque é a gente?

Matild deu de ombros e deixou uma cesta de pães no balcão, para mais tarde.

— Vocês duas são as pessoas mais interessantes daqui desde o "domador de dragões" que apareceu no ano passado. Ele se achava capaz de deter os ataques. Mas só conseguiu algumas queimaduras e um período de recuperação forçada em Wellia.

— Eita. Mas isso não responde à minha pergunta: por que a aquisição da minha cama é de conhecimento público?

Agora Matild espiava pela porta aberta o quarto novo. O colchão era um luxo só, pois Reyna achava que era algo digno de um ou dois palidrões de investimento. O carpinteiro havia construído um estrado belíssimo para completar, e ela mobiliara o restante do espaço com um baú e mesinhas de cabeceira. A janela oferecia uma vista idílica do pátio dos fundos.

Matild sorriu, dando de ombros.

— Colchões de plumas são muito raros fora do Grande Palácio. — Reyna corou, mas Matild já estava mudando de assunto. Seus olhos percorreram a loja. — E tem tudo isto aqui também. Você precisa de ajuda?

— Na verdade, não. Abastecemos a despensa com sacos de farinha, açúcar e outras coisas. Um comerciante leonolano no mercado adoçou cacau para a gente, então pode ser que eu teste uma receita com ele em breve. — Reyna foi para detrás do balcão, apontando para os compartimentos de chá. — Consegui fazer um estoque de chás também. Só preciso dos livros agora, mas Kianthe vai se encarregar disso.

Matild sentou-se pesadamente em uma das pequenas baias instaladas junto à parede oposta às estantes de livros e pulou nas almofadas que Reyna tinha confeccionado — ela era mais hábil na costura de ferimentos do que de tecido, mas o processo era bastante semelhante — e abriu um sorriso largo.

— Estou impressionada. Que tipo de chá você tem aí?

Reyna torceu o nariz.

— Tisane... ah, é uma mistura de ervas... parece ser o mais comum aqui. Tenho alguns com capim-limão e pinheiros da fauna local, mas também tenho um chá preto maravilhoso da capital, caso esteja interessada.

Matild pegou um pentavo e deslizou a moeda teatralmente sobre a mesa.

Reyna se pôs a rir.

— Eu não estaria aqui sem você, Matild. Pode ficar com a sua moeda. — Reyna se esgueirou atrás do balcão para encher com água a chaleira pesada de cobre. Acendeu a chama com uma faísca do atrito de duas pedras e soprou suavemente, depois vasculhou seu estoque particular de chás.

Matild guardou a moeda no bolso, tamborilando os dedos no tampo da mesa.

— Hum. Chá preto da capital. É o favorito da rainha?

— Segundo favorito, na verdade. Seu primeiro favorito é a Mistura Listrada de Leonol, que é feita de fezes de tigre.

— Está brincando.

— Juro que não estou. — Reyna riu diante do olhar horrorizado de Matild. — Eu não confiaria no gosto dela, mas é gostoso, tem notas de cacau e combina bem com açúcar e leite.

Ela pôs as folhas em uma xícara e derramou água quente em cima. Seria bom adquirir uma ampulheta para controlar o tempo de infusão, mas, por ora, ia confiar na própria percepção, acompanhando o aroma e a cor da água.

Matild, entretanto, ergueu as sobrancelhas.

— Tá, agora estou confusa. Como você sabe quais são os chás preferidos da rainha, Cya? Trabalhei juntinho dela no palácio e nem eu sabia quais eram.

Reyna fez uma breve pausa.

— Sou uma entusiasta da realeza — mentiu.

Matild não acreditou. Hesitou, aí se recostou na cadeira.

— Eu também fugi, sabe. Uma década atrás. Uma prima de terceiro grau da rainha deu à luz um menino, mas... não conseguimos salvar a mãe.

Reyna se lembrava vagamente da história. Era adolescente na época e treinava sob a tutela do tio. A mãe havia sido assassinada em um ataque, mas ficaria para sempre imortalizada na herança de suas funções no castelo.

"Essa é a melhor perspectiva que você tem", dissera o tio, erguendo a espada de treino e dando chutezinhos nos pés de Reyna para posicioná-la. "Uma morte honrosa, depois de uma vida leal servidão."

Reyna jamais questionara sua missão de vida, até que Kianthe o fizesse.

Reyna foi tomada por um calafrio.

— Lamento muito.

— Meu mentor foi morto na hora... aí a culpa recaiu em cima de mim. Eu me reportei à rainha Eren. — O olhar de Matild ficou distante, sombrio. — Ela ficou bem fula. Aí ordenou que eu fizesse penitência no pátio do palácio durante uma semana. Sem comida. Sem água. Bem, eu reconhecia uma sentença de morte quando via uma.

— Aí você fugiu — concluiu Reyna, cautelosa.

Matild beliscou a ponte do nariz.

— Contei tudo para Tarly e ele atacou o guarda que estava me vigiando. Aí tivemos que sair correndo. Dá para dizer que estávamos errados?

O chá ficou pronto. Reyna serviu em uma caneca e temperou com uma colher de açúcar. Seus passos foram calculados quando ela entregou a bebida a Matild, que a fitou como se ela fosse uma carrasca.

Reyna sentiu uma pontada no coração.

— Meu nome verdadeiro é Reyna — respondeu ela, com calma. — Eu era da guarda da rainha. Dediquei tudo para servir ao trono. Kianthe... me convenceu de que a vida é mais do que uma morte honrosa a serviço da realeza.

Era como se a verdade ganhasse textura. Matild relaxou no mesmo momento, bebericando o chá com cuidado.

— Está muito gostoso. — Lançou um olhar aguçado para Reyna. — E Kianthe está certa. Você pode ajudar mais pessoas para além dos muros do palácio... Reyna.

Ouvir seu nome verdadeiro nos lábios de Matild lhe incitou um leve sorriso.

— Eu sei. É o que pretendo fazer.

E então a conversa rumou para outros assuntos, e assim o dia passou.

➤➤➤◄◄◄

O celeiro estava concluído.

Reyna hesitou em reconhecer o fato, já que Kianthe estava ausente, mas... bem, era óbvio. Ela e Matild decoraram as paredes, colocaram tapetes no chão e Reyna recebeu remessas de poltronas macias do fabricante de móveis da cidade.

O lado oeste da loja era o refúgio de Kianthe: estantes para livros, tapetes pesados, poltronas confortáveis. Um oásis da leitura. Já a ala leste era o domínio de Reyna, com três nichos com mesas e cadeiras, quatro mesas pequenas e uma mesa redonda maior, que já estava na estrutura original do celeiro. O local perfeito para beber chá e papear.

Imaginava que o pessoal da cidade iria eleger seu espaço favorito tão logo elas fizessem a inauguração. No entanto, as portas do celeiro iam permanecer fechadas até Kianthe retornar.

Mais alguns dias se passaram enquanto Reyna continuava a se ocupar. Ela ajudou na clínica de Matild durante um tempo, organizando ervas e separando curativos. Tarly também a botou para trabalhar na forja, ensinando-a de bom grado a moldar lâminas na brasa. Reyna também visitou alguns comerciantes menos cotados, como um exterminador que se orgulhava de seu método para envenenar ratos, e uma mulher especializada em "figurinhas colecionáveis", que, segundo a própria, "um dia" seriam raras e valiosas.

Por fim, ficou entediada o suficiente para arrancar Lilac dos mimos no estábulo da estalagem. A montaria relinchou de desgosto quando a selou, montou e seguiu para sudoeste. Havia uma cidade sheparana pitoresca ali nos arredores, a uma viagem de mais ou menos metade de um dia, e Reyna precisava de mais chás.

Seu nome era Kyaron, e era pelo menos cinco vezes maior do que Tawney. As construções ostentavam a arquitetura tradicional de Shepara: pilares de pedra emoldurando estruturas feitas principalmente de madeira e vidro. Reyna nunca vira muito sentido naquele estilo arquitetônico — senão o fato de que a pedra era um símbolo de status e difícil de se conseguir naquela região. Como o Reino tinha pedreiras bem ao lado, aquilo ali era risível.

Mas os habitantes eram sheparanos da cabeça aos pés, e vários ficaram ressabiados com o sotaque dela. Um comerciante zombou quando ela perguntou sobre misturas especiais de chá.

— Ouvi dizer que sua preciosa rainha adora um bom chá. Contudo, conhecendo-a, é possível que esteja infundido em sangue. — Ele revirou os olhos e continuou seu caminho.

Reyna fez careta, tocou a espada, mas o sujeito a largou ali em sua insurreição solitária.

Perto da hora do crepúsculo, sentou-se na praça da cidade, com o humor taciturno. Sentiu o contato duro da pedra da lua entre os dedos e esfregou a superfície lisa. O feitiço esculpido em um lado pulsou à sua saudade, e ela se perguntou se Kianthe também a conseguia sentir.

Mas, se a Arcandor tinha notado alguma coisa, não o demonstrou enviando suas pulsações mágicas.

Por alguma razão, aquilo fez Reyna sentir-se ainda mais solitária.

Passaria a noite em uma estalagem local e não tinha conseguido fazer amizade com ninguém. A cerveja estava aguada, as cadeiras eram desconfortáveis e qualquer um que se aproximasse passava a ignorá-la tão logo ouvia seu sotaque. Em um admirável momento de lucidez, Reyna sentiu saudade de Tawney. Era óbvio que ninguém se importava com os cidadãos do Reino fora do próprio Reino.

Ela deixou a cerveja pela metade e foi dormir cedo.

No dia seguinte, começou a procurar seus chás com vigor renovado e enfim descobriu uma loja de iguarias raras. Estava repleta de dardos de corda leonolanos, bugigangas esculpidas em chifres de dragão e roupas estranhas das ilhas ocidentais de Shepara. Ela garimpou pela loja e riu quando descobriu a seleção de chás.

— Quem é o seu fornecedor? — perguntou ela à proprietária, pegando vários pacotes com as ervas.

A mulher semicerrou os olhos para ela.

— Por que quer saber? É concorrente?

Reyna estava com saudade de Tawney. Ela estreitou os olhos também.

— Está com medo de que sua loja se esvaia tão logo surja um concorrente?

Foi um erro dizer aquilo. A mulher bufou, sacando um rolo de pergaminho de detrás do balcão e abrindo-o com um floreio. Ignorando-a por completo. Reyna pegou mais chás e algumas misturas de ervas, lenta e contemplativamente.

Talvez devesse dar uma trégua.

Ela engoliu o orgulho, aproximando-se do balcão.

— Não sou concorrente. Minha sócia e eu estamos abrindo uma livraria.

— E onde o chá se encaixa nisso?

Reyna gesticulou para as quinquilharias singulares ao seu redor.

— Onde o chá se encaixa nisto?

A mulher franziu a testa.

— Eu só... — Reyna suspirou, escolhendo o caminho da humildade. — Eu nunca fiz algo assim. Eu moro em Tawney e eles não têm muitas opções de comércio. Estou perdida no que diz respeito ao estoque.

A mulher relaxou.

— Você é do Reino?

Reyna assentiu com relutância. Sua confissão não ia tornar a mulher mais amigável, mas não era como se ela conseguisse esconder o sotaque. Tudo aquilo foi um lembrete para que treinasse o sotaque de Shepara em seu tempo livre; decerto seria uma habilidade útil, dado que não trabalhava mais para a rainha.

A mulher pegou os chás da mão de Reyna, embrulhando os saquinhos em um pedaço de pergaminho.

— Minha irmã mora em Tawney. Não consigo imaginar por quê, com aqueles dragões. — A lojista revirou os olhos. — Mas não vou culpar um cidadão do Reino que está tentando resolver sua vida. Meu fornecedor visita Leonol quatro vezes por ano e passa o restante do tempo em Shepara. Posso pedir a ele para trazer chás extras para sua loja, se você fizer seu pedido aqui.

— Isso seria incrível — disse Reyna.

Um brilho tomou conta dos olhos da lojista.

— Cinco por cento me parece justo.

Claro. Agora era Reyna quem franzia a testa.

— Só para fazer o pedido? Acredito que três por cento é perfeitamente adequado... e garantirei que estarei aqui no primeiro dia do prazo de entrega, para que não roube seu espaço nas prateleiras.

A lojista apoiou as mãos nos chás embrulhados.

Reyna sustentou o olhar dela, à espera.

— Muito bem — respondeu a outra, que empurrou o pacotão para Reyna, aceitou quatro silões por ele e passou um tempinho folheando pergaminhos sob o balcão. Quando ela se ergueu, mostrou uma longa lista de chás disponíveis.

Reyna escolheu seus favoritos, além de alguns dos quais Kianthe também poderia gostar.

— Volte em vinte e cinco dias — disse a mulher. — Ele vem em toda lua cheia, mais ou menos.

Reyna agradeceu e saiu, quase zonza. Pesquisaria os próprios fornecedores à medida que elas se estabelecessem, mas, por ora, aquela era uma troca justa. Ao guardar os chás nos alforjes de Lilac e montar, teve a sensação de enfim vislumbrar um futuro.

⟫⟩⟨⟪

Mas é claro, ela mal tinha pisado em Tawney e foi interceptada por Nurt. Ele acenou assim que ela se aproximou do celeiro a fim de deixar os chás.

— Senhorita! Aqui.

Perplexa, Reyna guiou Lilac até o beco, gesto que deixou a montaria meio insatisfeita. A égua bufou, agitando-se, quando Reyna desceu da sela.

Nurt estava sozinho, e de olhos arregalados; se de pânico ou ansiedade, Reyna não soube determinar. E, para ser sincera, ela não se importava. Mas aí sentiu um desconforto; aquele não era um mero encontro social.

— O que está acontecendo?

Ele esfregou a cabeça calva.

— Vieram umas visitas durante a sua ausência. Três homens. Bisbilhotaram seu celeiro, foram na estalagem. Sigmund foi lá ver, sorrateiro, mas eles não quiseram dizer o que queriam. — Nurt hesitou. — Para ser sincero, estavam vestidos de um jeito que nunca vi. Mantos vermelhos e espadas caras. Acho que você atraiu o tipo errado de atenção.

Mantos vermelhos. Espadas caras.

O tipo errado de atenção, de fato. Reyna cerrou o queixo. Que desgraça dos Deuses, achava que elas teriam mais tempo antes de o séquito da rainha Tilaine fechar o cerco. Muito embora tivesse esperado espiões batendo à sua porta, e não a Guarda Real propriamente dita.

Era possível que estivessem fazendo uma varredura nas cidades vizinhas... mas o fato de terem localizado o celeiro era preocupante. O único ponto positivo era que não havia nada nas reformas que pudesse ser associado a Reyna. Se o pessoal de Sua Excelência espiasse pelas vitrines, veria apenas uma bela loja — nada mais.

Ela não conseguia sequer imaginar o que aconteceria caso estivesse em casa em uma próxima vez.

Aquela informação valia mais do que alguns pentavos. Reyna pegou um silão e o entregou a Nurt.

— É pelo aviso. Eles já saíram da cidade?

Ele arregalou os olhos ao ver a moeda de prata, e a guardou no bolso sem questionar.

— Sim, de manhã. — Suas palavras foram convictas. — Cya, seria bom você ficar de olho. Não me pareceram pessoas bem-intencionadas.

Reyna suspirou.

— Não tenho planos de interceptá-los. Agradeço pela informação, Nurt. Se ouvir mais alguma coisa, por favor, me avise. — Ela não esperava que Nurt e Sigmund fossem tão bons na função, mas com certeza não ia desperdiçar os olhos aguçados e senso de curiosidade dos dois.

— Claro, senhorita. — Houve uma pausa e um sorriso amigável. — Sigmund e eu demos uma passada no celeiro para ajudar enquanto você esteve... ah, acamada. Tingimos a bancada. Você notou?

Que fofo. Reyna estava comovida e deu um apertozinho no braço dele.

— Notei. Ficou incrível, Nurt. Obrigada. Venham tomar uma xícara de chá assim que abrirmos.

— Iremos. Uma loja dessas? É um bom lugar para ouvir as conversas do povo. — Com um sorriso travesso e um aceno, ele desapareceu nas sombras, assobiando conforme navegava pelos becos da cidade.

Já o sorriso de Reyna desapareceu. Em vez de parar no celeiro, que de repente lhe pareceu perigoso e vulnerável, ela seguiu marchando até a estalagem, os chás esquecidos no alforje de Lilac.

14

KIANTHE

—Unicórnios são uns babacas! — exclamou Kianthe, abrindo as portas do celeiro dois dias depois.

Lá fora, Visk guinchou em concordância, sacudindo as penas e decolando rumo ao céu noturno. O fato de ele nem ter esperado a ordem de Kianthe dizia muita coisa.

Não que Kianthe pudesse culpá-lo, afinal, ele já tinha terminado completa e cordialmente todos os seus deveres mágicos. O fato de Visk quase ter sido estripado pelo chifre afiado de um unicórnio sem dúvida deixaria qualquer grifo tenso.

E qualquer mago também, para dizer a verdade.

Atrás de um balcão recém-polido, Reyna parou de sovar uma bola de massa. Ela usava uma camisa sem mangas que exibia seus braços musculosos, ainda que cobertos de farinha. Tinha também uma mancha de farinha na bochecha e trazia um ar tão doméstico que Kianthe não conseguiu evitar e lhe deu um beijo todo teatral. Para aumentar os floreios, tombou Reyna para trás como um arremate de dança, ávida para arrancar da namorada uma bela risada de surpresa.

Era bom estar em casa.

E ali não tinha unicórnios. Excelente.

Quando elas se aprumaram, as bochechas de Reyna estavam coradas, mas seus olhos estavam penetrantes e passearam pelo corpo de Kianthe. Era fofo o jeito como ela procurava ferimentos de modo casual.

— O negócio não foi bem, então? — Ela enxugou a testa com o ombro, que aparentemente tinha cicatrizado muito bem durante o tempo em que Kianthe estivera fora. Agora havia uma cicatriz grossa e rugosa ao longo do braço, mas muito longe da inflamação avermelhada de outrora.

Kianthe resmungou, a exaustão se embrenhava em seus ossos.

— Os cavalos já não são lá essas coisas. Sério, Rain, não sei por que você escolheria um deles como montaria. Ou eles são estúpidos feito uma pedra, ou mordazes como a língua de um rei, não tem meio-termo.

— Infelizmente não me foi dada a opção de escolher um grifo no palácio da rainha. — Mas, na verdade, Reyna não achava isso ruim. Foi só vontade de ser sarcástica mesmo. A namorada secou as mãos no avental, tingido de azul-escuro. No peito, estava bordada com linha branca a frase *Eu cozinho, você limpa.*

Kianthe não fazia ideia de onde Reyna conseguira aquele avental.

Todos os músculos de seu corpo doíam. Ela saiu da cozinha de mau humor, espiando as poltronas confortáveis no lado ocidental da loja, todas instaladas enquanto ela estivera em missão. Eram perfeitas, macias, maravilhosas e aveludadas, mas agora pareciam ainda mais confortáveis. Tinha duas delas se encarando perto das janelas da frente, com uma mesinha no meio, e Kianthe logo afundou em uma e botou os pés na mesa.

Merda. Talvez nunca mais saísse dali.

— Pelo visto você se ocupou bem aqui — murmurou Kianthe, fechando os olhos. Estava com cheiro de cavalo e magia azeda, e por isso estava levemente enjoada.

Momentos se passaram e Reyna surgiu ao seu lado, oferecendo uma iguaria. Era pão doce com cacau leonolano derretido por cima.

— Depois de todo o progresso durante a minha recuperação, não foi difícil. Agora só faltam os livros.

Ela colocou o pão na mesa e afastou a franja desgrenhada de Kianthe do rosto. Kianthe estava suja de terra, mas Reyna não pareceu se importar. Sua expressão ficou mais afável.

— Você parece cansada, amor. Estou surpresa por você não ter ido para a estalagem.

— Eu queria ver você primeiro — admitiu Kianthe. — Posso beber um pouco de chá? — Seu tom era suplicante, quase infantil em sua impertinência, e Reyna sorriu.

— Hortelã com rosas?

— Pelas Estrelas e pela Joia, é como se você estivesse lendo a minha mente.

Reyna riu de novo e voltou para a cozinha. O som da água sendo vertida na chaleira e o suave tilintar do cobre na chama bruxuleante formavam uma trilha sonora pacata, pontuada apenas pelo cantarolar suave de Reyna. Ela até acendeu a lareira, preenchendo o ambiente com um delicioso aroma defumado. Levando-se em conta o clima frio de Tawney, era provável que aquela lareira ficasse acesa o ano inteiro.

Kianthe fechou os olhos à medida que mergulhava nesse sonho. Responsabilidades cumpridas, a parceira saudável de novo... O estresse em sua vida se desfazia com vagarosidade. Aquilo, sim, era meditação.

Depois que se conheceram, demorou um ano inteirinho para Kianthe enfim ouvir Reyna cantar. Quando Kianthe a confrontou, ela balbuciou algumas besteiras sobre não ser profissional, dizendo que era melhor deixar a função para os músicos do palácio.

Kianthe, ao contrário dela, costumava cantar a plenos pulmões toda vez que sobrevoava as terras nas costas de Visk — e a escolha da altitude era uma cortesia para os possíveis transeuntes, pois sua cantoria mais parecia os trinados de uma banshee. Já Reyna tinha uma voz maravilhosa... E o mais maravilhoso de tudo era que aquele cantarolar comprovava que Reyna estava feliz ali.

O pensamento aqueceu a alma de Kianthe. Ela se deixou levar, assentando-se em um total relaxamento naquele lugarzinho que elas haviam transformado em lar.

Por isso, foi totalmente pega de surpresa quando a porta do celeiro foi aberta de repente.

— O que é que está havendo aqui?

Kianthe se levantou de repente, quase derrubando o pão no chão. Sem sombra de dúvida, o sujeito à porta estava fulo da vida, o bigode se contorcia ao passo que examinava as duas mulheres, as estantes de livros, os pisos novos, a pintura.

Reyna saiu de detrás do balcão, os dedos polvilhados de farinha, ajeitando seu coque bagunçado. Seu sorriso era tão mordaz quanto as presas de um dragão.

— Estamos fechados, senhor. Mas vai ser um prazer ajudá-lo quando abrirmos oficialmente.

— Abrirem para... Vocês duas estão prestes a morrer. — Ele sacou uma espada vil manchada de sangue.

Reyna avaliou a lâmina, nada impressionada. Considerando que sua espada estava sempre imaculada, polida a ponto de brilhar, o estado da arma do sujeito lhe dizia muita coisa.

— Você não vai querer fazer isso... — retrucou Kianthe, incomodada com a interrupção. Mas era só pose; sua magia tinha se esgotado em uma luta contra um rebanho de unicórnios teimosos, e a Joia ainda não havia se dignado a reabastecer seu reservatório. E o retorno a Tawney, a cidade das linhas de ley mais fracas da nação, não era de grande ajuda.

Reyna ao perceber aquele detalhe, logo se postou na frente de Kianthe, tornando-se o foco central.

— Vejo que você está confuso. — Ela ergueu as mãos, as palmas voltadas para fora. — Abaixe a espada. Vamos conversar.

Ele hesitou, embora a raiva ainda se enredasse em seus músculos. Um movimento errado e haveria sangue por todo o piso novo.

Considerando que estava desarmada, Reyna não teve problemas para fazê-lo baixar a espada. Na verdade, ela se aproximou sem reservas, como se discutissem um segredo.

— Isto aqui é uma fachada, querido. Os habitantes da região estavam ficando frustrados e lorde Wylan procurou a rainha em pessoa para coordenar uma intervenção.

À menção de Tilaine, o sujeito estremeceu.

Era toda a confirmação de que Kianthe precisava: elas estavam lidando com um bandido. Sabiam que outros membros da quadrilha poderiam aparecer em algum momento, mas não dava para negar a capacidade impressionante de Reyna para identificar tão depressa a estirpe do sujeito.

Claro, era provável que a espada tosca dele tivesse ajudado na solução do mistério.

Bendita Joia, Kianthe estava morta de cansaço para lidar com aquilo.

— Não é aconselhável testar a paciência da rainha. Um dos membros da Guarda Real massacrou uma tropa de nossos homens cinco semanas atrás. — Reyna fez careta, como se tivesse sido uma perda trágica.

— Fiquei sabendo — resmungou o homem, abaixando ainda mais a espada. — Que os Deuses os tenham.

Bem, era óbvio que Reyna tinha tudo sob controle. Kianthe então recostou-se na poltrona, os dedos tateando o pãozinho. Estava crocante e delicioso. Quando criança, Reyna costumava escapar para aprender a cozinhar com os chefs do palácio, e pelo visto não tinha perdido o jeito. Kianthe não se deu nem ao trabalho disfarçar o seu gemido de satisfação.

A exasperação brilhou nas feições de Reyna, mas sumiu com mais rapidez do que um raio. Quase fez Kianthe querer gemer de novo, de maneira muito mais irritante, só para ver a reação da outra.

Ela se conteve, mas foi por pouco.

A expressão de Reyna agora estava perfeitamente neutra, quase empática, enquanto o homem a encarava. Ela acenou para que ele entrasse na loja.

— Guarde esta espada; se alguém a vir pela janela, é o nosso fim.

Ele resmungou, mas obedeceu a contragosto. Ao gesto incisivo de Reyna, ele se sentou a uma mesa de dois lugares perto dos fundos do celeiro.

— E lá vamos nós. Você gosta de chá? Posso pegar uma xícara para você. — Ela foi para trás do balcão, falando ao mesmo tempo que trabalhava: — Fomos contratadas para manter a fachada funcionando. Mas para mascarar nossa verdadeira operação, temos de ser convincentes. Preciso que você espalhe a notícia. Nada de agitar espadas ao entrar aqui. Não vamos mais poder hospedar planos maléficos e colegas conspiradores neste local. Agora servimos chá e vendemos livros.

— A parte dos livros ainda está em andamento — emendou Kianthe, cansada. Tinha comido o pãozinho em dois tempos; de buchinho cheio, olhou as canecas de chá atrás do balcão.

Reyna acenou.

— O seu já está chegando, amor.

— Então... onde é que nos encontramos, então? — perguntou o bandido, aceitando a caneca de cerâmica entregue por Reyna. Ele cheirou, fez careta e tomou um gole cuidadoso. Quando ela botou um frasquinho com cristais de açúcar e uma colher minúscula na frente dele, ele não hesitou em despejar várias colheradas na caneca.

— Estamos mudando para um método de missão por contrato. Eu determino as tarefas, e você as cumpre. Tudo o que você ganhar é seu... exceto por uma pequena taxa de intermediação. Duas moedas para receber uma tarefa.

O bandido hesitou.

— Eu não vou pagar você por isso.

— Não a mim. — Reyna estremeceu, como se tivesse falado uma blasfêmia. — Sou só um soldado na linha de frente desta guerra. — Ela levou a segunda caneca para Kianthe, dando-lhe uma piscadinha discreta. Kianthe estava com muita dificuldade para manter a cara séria, em especial depois que Reyna acrescentou ameaçadoramente: — Tropas que se adaptam sobrevivem. Tropas que não se adaptam... bem... — Ela levou o punho ao peito.

O bandido cerrou a mandíbula, bebericando em silêncio.

— O chá tá gostoso — ele enfim resmungou.

— Sou excelente na minha função. — Reyna retornou para detrás do balcão, limpando o excesso de farinha. — Você é excelente na sua?

Ele soltou um suspiro.

— Dois pentavos? — E então, tendo as Estrelas e a Joia como testemunhas, ele deslizou as moedas pela mesa.

Kianthe bufou em seu chá. Inacreditável.

Reyna as pegou e guardou no bolso do avental.

— Um instante. — Ela entrou da despensa. Longos e desconfortáveis segundos se passaram, e, nesse meio-tempo, o bandido e Kianthe tomavam o chá em um silêncio frio. Quando Reyna reapareceu, estava com um envelope dobrado.

— Os despojos são seus. Espalhe a notícia, por favor. Não preciso de bandidos estragando nosso disfarce quando inaugurarmos os negócios.

Ele resmungou alguma coisa, guardou o envelope no bolso e saiu.

Reyna trancou a porta logo a seguir e esperou o sujeito desaparecer rua afora antes de desatar a gargalhar.

— Bem. Foi uma cena e tanto. — Ela se voltou para a massa que havia deixado na bancada, enfarinhou as mãos e recomeçou a sovagem.

Alguns momentos se passaram antes de Kianthe falar vagarosamente:

— O que você teria feito se ele tivesse usado a espada?

Reyna deu de ombros.

— Considerando que tenho várias facas aqui, não me preocupei. E pode ser que ele faça algo de bom para nós se concluir a "tarefa"... Mercon andou tendo problemas com javalis este ano. Ele vai conseguir uma bela recompensa por um. — Reyna inclinou a cabeça e Kianthe tentou ignorar a mechinha de cabelo que caiu sobre os olhos castanho-acinzentados. — É claro, partindo do pressuposto de que ele não vá se assumir como bandido para ninguém. Só para ter uma referência, qual costuma ser a reação de Shepara às tropas de bandidos?

— Montes de facas? — Kianthe semicerrou os olhos, estudando cada peça da roupa de Reyna. — Onde?

— Querida, por favor, foco.

Kianthe bufou de exasperação. Ela raras vezes conseguia se concentrar quando estava perto de Reyna.

— A lei sheparana reage na mesma moeda. Se um bandido atacar, é preso. Se mata indiscriminadamente, é morto.

Reyna fez um "hummm" satisfeito.

— Bom saber. Fique atenta a qualquer problema que surgir nos arredores do Reino. Pode ser interessante mandar esses bandidos para ajudar várias cidades. — Ela apertou os lábios. — Qualquer coisa para evitar uma luta aqui... Vamos levar séculos para tirar o sangue do piso de pinho, acredite.

— Claro, claro.

Reyna sovou a massa, moldou uma bola e depois a deixou para repousar em uma chapa de metal. Em seguida, pegou a chapa e desapareceu na despensa, onde haviam instalado o forno. Voltou instantes depois, sem a massa, e se pôs a limpar a farinha da bancada.

— Nosso quarto está pronto, a propósito. Podemos nos mudar a qualquer momento — disse Reyna, dando outro rumo ao assunto.

Em resposta, Kianthe semicerrou os olhos com mais convicção.

— Sério. Onde estão as facas?

Reyna gargalhou.

15

REYNA

Poucos dias depois, a livraria foi inaugurada, e foi bem anticlimático. Isso porque, embora Kianthe tivesse de fato parado em Wellia para encomendar uma infinidade de livros, não conseguiu trazê-los. O que significava que um comerciante teve de enviar os volumes em uma carroça, a qual só chegaria a Tawney dali a uma semana. O que, por sua vez, significava que teriam de ganhar tempo ou inaugurar aos pouquinhos.

Enquanto decidiam, Reyna permitiu que Kianthe acrescentasse as plantas à decoração — o que se provou um grande erro. Em poucas horas, o celeiro estava lotado de mudas: figueiras enormes e palmeiras baixinhas perto da porta da frente, glicínias serpenteando pelas estantes vazias, pequenos arbustos verdes em todas as mesas, hera nas vigas e mais uma dezena de outras espécies que Reyna sequer tinha esperança de conseguir distinguir.

— Ah, querida? Não está meio exagerado? — questionou Reyna.

Kianthe girou os braços, os olhos ardentes.

— Não, é perfeito! — Ela parecia totalmente despreocupada.

Já Reyna estava muito preocupada — em particular porque não sabia como ela seria capaz de mantê-las vivas quando Kianthe viajasse de novo. Mas se aquilo era parte do sonho da namorada, então Reyna não ia interferir, sendo assim, forçou um sorriso e deixou tudo como estava.

O toque final foi dado pela preciosa chama-eterna de Kianthe, bolas de magia espalhadas pelas vigas feito estrelinhas. Reyna começou a encher um balde, achando que a nova casa ia pegar fogo — mas a Arcandor provou-se habilidosa em sua magia. A chama-eterna não queimava, ficava só ali tranquila nas vigas, brilhando como velas acesas. Nada queimava, o que era um alívio.

Por fim, saíram da estalagem de Tawney e se mudaram para o celeiro, seu novo lar. Lilac vinha se divertindo muito nos estábulos da pousada, então Reyna relutantemente topara pagar alguns silões de sua pilha cada vez menor a fim de manter sua montaria alojada lá por mais um período.

Depois de ser obrigado a lidar com Visk durante anos, Lilac merecia férias.

Na primeira manhã em que acordaram juntas, emboladas na cama comprada por Reyna, com os pássaros cantando no pátio e uma xícara de chá quente à espera na cozinha, Reyna se viu tomada de felicidade. Ao começarem o dia, ela admitiu:

— Acho que estamos prontas para a inauguração.

— Os livros ainda não chegaram. — Kianthe sacudiu o cabelo escuro na altura dos ombros, gesto que deixou os cachos mais volumosos, e aí assentiu para o espelho, satisfeita.

Reyna prendeu seus fios em um coque. Algumas mechas loiras se soltaram, emoldurando-lhe o rosto. Ela as ajeitou atrás da orelha com um movimento habilidoso e vestiu uma camisa larguinha.

— Bem, podemos servir chá. Ir abrindo aos poucos.

Ela esperou.

— Hum. Se abrir é aos poucos, então é só uma brechá.

Reyna soltou um suspiro resignado.

Kianthe, por sua vez, só estava começando:

— Desculpe. Isso te pareceu meio chá-to? Captou? Chato... Chá... To.

Reyna quis morrer. Mas se absteve de revirar os olhos e, em vez disso, deu um beijo nos lábios de Kianthe antes de sair do quarto.

— Brilhante, minha querida. Você é tão espirituosa quanto habilidosa com a espada.

— Ah, que merda. — Uma pausa. — Isso foi muito... debo-chá-do.... da sua parte.

Reyna fechou a porta na cara dela.

⟫⟫⟩⟨⟨⟨

E, assim, elas inauguraram a livraria. Quando Kianthe abriu as portas e elas colocaram o cavalete à entrada para anunciar o novo negócio, Reyna percebeu — tarde demais — que elas não tinham conversado sobre o nome do estabelecimento, nem uma vez sequer.

Conforme aguardavam os clientes, Reyna tamborilava no balcão, contemplativa.

— Acho que vamos precisar de um nome para fazer propaganda direito.

— Acho que vamos precisar de livros para fazer propaganda direito — zombou Kianthe, arrulhando amorosamente para uma planta de aparência rígida em uma das mesas. Ao olhar exasperado de Reyna, ela deu de ombros.

— Tá bom. Olha. O nome da loja é Folha Nova Livros e Chás.

Reyna piscou.

— "Folha Nova"? Que rápido.

— Não, é hilário. Folha Nova? Folhas de chá? Virando a folha? Uma folha de livro? — Kianthe deu um sorriso maroto. — Por favor, Rain. Tem dois anos que escolhi esse nome. Eu só estava esperando você topar esse meu caos.

Com delicadeza, Reyna pegou um doce de uma pequena pilha. Mais cedo, havia assado bolinhos de cacau e mirtilo, e completado o suprimento com croissants polvilhados com açúcar. Estes últimos eram amanteigados e crocantes, adoçados com uma fina camada de açúcar de confeiteiro. Nada mal, sem querer se gabar.

— Você dificilmente é um caos, se comparada à rainha Tilaine.

Kianthe bufou.

— Bem, espero não ser esse tipo de caos.

A conversa mudou de rumo, mas o nome ficou. Para passar o tempo, Reyna pegou uma placa nos fundos e tomou emprestado o pincel de Kianthe, escrevendo em letra cursiva perfeita: *Bem-vindos ao Folha Nova Livros e Chás.*

Ambas ficaram admirando a placa por um momento. Reyna olhou ao redor da loja que haviam construído, decorado e aperfeiçoado, e foi invadida por um caloroso senso de realização. Era iluminada, convidativa e maravilhosa. Mesmo que o lugar estivesse vazio por ora, transbordava possibilidades.

E o mais importante: era delas. Reyna tinha emoldurado ambas as escrituras — uma de lorde Wylan, outra de diarno Feo — com madeira escura e pendurado atrás do balcão da cozinha. Prova absoluta de que eram proprietárias.

Aquilo a fez sentir-se absurdamente satisfeita, quase eufórica.

— Vou colocar esta aqui na praça da cidade. — Reyna anotou a localização logo abaixo. — Talvez convidar Matild e Tarly para uma xícara de chá. Eles queriam saber quando a gente ia abrir.

— Vou ficar por aqui, cuidando das minhas plantinhas, tal como a maga elemental doidinha que sou.

— Você não é doidinha. — Seus olhos percorreram a folhagem da loja. — Um pouco obcecada, talvez.

— Obcecada por você.

— Tão romântica. — Reyna apoiou a placa no ombro, mandando um beijo para Kianthe. Ao sair para a rua, percebeu algumas janelas abertas para receber a brisa fresca da primavera. Uma criança brincava na varanda da casa ao lado, e acenou quando Reyna se aproximou.

A mãe da criança inclinou a cabeça, os braços estavam cruzados. Kianthe mencionara que tinha conhecido os vizinhos — aquela mulher devia ser Sasua.

— Então, enfim vamos ver o que vocês andaram fazendo? — A desconfiança se fez presente na voz da mulher. — Eu vi aquele bandido visitando ontem. Os dragões já são problema suficiente; achei que vocês estivessem aqui para limpar a rua.

Uma cicatriz feia marcava a sobrancelha de Sasua, e Reyna reconheceu o medo em seu olhar. Só os Deuses sabiam quais provações aquela mulher já tinha enfrentado. Reyna parou, encarando-a sem hesitação.

— Meu nome é Reyna.

O gesto surpreendeu a mulher.

— Ah, Sasua.

— Vamos assegurar que sua casa fique a salvo, Sasua. — Reyna ofereceu um sorriso afável. — Aquele homem confundiu nossa loja com outra coisa, então o mandamos embora. Agora este é o nosso lar também. Se alguém lhe causar problemas, é só me avisar, certo?

Sasua hesitou, olhando de novo para o celeiro. Sua expressão duvidosa perdeu o vigor.

— Está bonito. As plantas deram um belo toque.

— Também achamos. — Reyna ergueu a placa mais alto no ombro. — Venha a qualquer hora para tomar uma xícara de chá, ok?

Sasua ficou observando enquanto o filho colava o nariz nas vidraças do celeiro, semicerrando os olhos para espiar. Afofando as folhas da figueira perto da porta, Kianthe acenou com os dedos. Com um giro de mão, fez um fio de hera se projetar das vigas, formando um coração sobre a vidraça principal.

O filho de Sasua riu com alegria, correndo os dedos pela planta.

— Mamãe, olha!

— Estou olhando. — Aquiesceu Sasua, esfregando a nuca. Agora seu tom era constrangido. — Eu não quis presumir nada, Reyna. É que tem sido... complicado. Vai ser bom ter vocês duas aqui. Vamos fazer uma visita para tomar um chá quando vocês abrirem.

— Estamos ansiosas para isso. — De coração quentinho, Reyna se despediu e seguiu para o centro de Tawney.

Tão logo Reyna botou o cavalete na praça da cidade, Tarly saiu de sua ferraria. Ele assobiou ao ler o nome da loja.

— Sua loja já está aberta para receber clientes? — O grandalhão pôs-se a saltitar de expectativa.

Reyna riu.

— Finalmente, sim.

Aproveitando a deixa, Tarly botou a mão em concha ao redor da boca e berrou:

— Ei, pessoal! A livraria está aberta. Lá em Lindenback... Almocem cedo e passem lá para apoiar nossas recém-chegadas!

— Ah, Tarly, ainda não temos livros.

Ele piscou.

— Ah. — Aí, em um volume muito mais alto, emendou: — Ainda não tem livros, mas tem um chá bom. Um ponto de encontro para pessoas curiosas e de mente aberta!

Bem, ele era bom de improvisos.

Algumas pessoas riram, mas muitas outras se aproximaram da placa e semicerraram os olhos ao ler o nome. Reyna sentiu o estômago revirar. Não se importava se a loja ia ser um sucesso logo de cara, mas tinha alguma coisa de muito estressante naquele ato de apresentar seu sonho em uma placa de madeira e esperar acolhimento.

O fato era que seus fundos já estavam pela metade e não seria possível sobreviver em Tawney para sempre sem um fluxo de receita relevante.

Sendo assim, abriu um sorriso amigável e aceitou as parabenizações de desconhecidos que aos poucos iam se avizinhando. Tarly se aproximou, braços cruzados, satisfeito com a recepção modesta.

Matild veio ao som dos berros do marido, limpando o emplastro das mãos com um pano velho.

— Tarly, acho que seria mais útil se você mandasse todo mundo para a loja, não para a placa de propaganda.

Reyna corou.

— Provavelmente.

— Bem, então vão. — Tarly gesticulou para enxotar a multidão, interrompendo os comentários curiosos. — Vão tomar uma xícara de chá quente. Está muito frio para ficar aqui.

E para a alegria de Reyna, alguns de fato concordaram, descendo a rua em direção a Lindenback.

Ela articulou um obrigada para Tarly, acenou para Matild e seguiu o grupinho de volta ao celeiro. Lá dentro, Kianthe já preparava chá como uma especialista — já tinha convivido o suficiente com Reyna para servir uma xícara com excelência. Duas canecas já estavam em infusão e, à medida que a multidão entrava, ela ia arregalando os olhos de surpresa.

— Você... é muito boa nisso — disse Kianthe.

Reyna se enfiou atrás do balcão e levou a chaleira de cobre para encher na despensa. Os clientes soltavam elogios e observações casuais enquanto passeavam pelo celeiro reformado. Ela estava doida para bisbilhotá-los, mas tentava se conter.

Era óbvio que se tratava de uma batalha perdida.

— Tarly fez a maior parte. Não posso culpá-los por quererem uma deliciosa xícara de chá quente. — Reyna levantou ligeiramente a voz. — Obrigada a todos por terem vindo! Por favor, fiquem e aproveitem o espaço. Não é necessário comprar nada, embora seja um prazer lhes oferecer chás e misturas de ervas do extremo sul, como Leonol, e do extremo oeste, até as Ilhas Roiling de Shepara.

Murmúrios entusiasmados tomaram conta do lugar. Alguns fizeram fila para fazer um pedido, e o dia passou acelerado em meio a muita conversa agradável e boas companhias.

O sol começava a se pôr quando lorde Wylan apareceu no celeiro.

A multidão já havia rareado consideravelmente e os poucos retardatários davam um jeito de beber seu chá às pressas. Reyna ficou observando, exasperada, conforme todos escapuliam da presença do jovem lorde. Qualquer que fosse a lealdade que ele pensava deter em Tawney, era evidente que só vinha servindo para deixar os súditos mais intimidados do que propriamente inspirados.

Mas, bem, ela não esperava nada menos de um lorde do Reino.

Ele examinou a loja, notou a escritura pendurada na parede — e o papel abaixo dela rabiscado com a nota informal dê diarno. Sua expressão se transformou em irritação.

— A assinatura nesta fraude dificilmente tem peso...

— Cuidado com o que fala — disse Kianthe, seca, à medida que recolhia as canecas das mesas vazias. — Esta fraude é nosse amigue.

Reyna franziu a testa.

— Kianthe, este é *lorde* Wylan. — Enfatizou o título. Kianthe teve a decência de parecer desconcertada. — Milorde, bem-vindo à nossa loja. Aceita um chá?

— Verde, por favor — respondeu ele, com rigidez.

Ela apontou para uma mesa ali perto, e ele se acomodou, tão agitado que poderia ter formigas subindo por sua perna. E então, de repente, como se tivesse sido combinado, o que era, verdadeiramente fortuito, diarno Feo entrou na loja.

— Ah. Isso vai ser interessante — murmurou Kianthe, entregando as canecas para Reyna.

— Infernos. Eu sabia que você tinha me seguido — retrucou Wylan, levantando-se.

Feo — magricela, com cabelo curto e expressão severa — soltou um suspiro.

— Que sugestão ridícula. Mas quando meu concorrente toma conhecimento de um novo estabelecimento, é justo que eu também demonstre meu apoio.

Reyna baixou a cabeça.

— Diarno Feo. Ouvi muito a seu respeito.

— Ah, a namorada. — Feo a avaliou, recebendo uma encarada de volta. O que quer que ele tivesse visto, devia ter gostado, porque assentiu uma vez. — Não precisa fazer reverência. Dou-lhe minha sanção.

— Você não precisa da sanção de Feo, amor — berrou Kianthe lá da despensa.

Feo acenou em desdém, daí escolheu uma mistura de ginseng, raiz de dente-de-leão e framboesa; a seguir, sentou-se na cadeira em frente a lorde Wylan. Reyna se ocupou preparando os chás, mesmo enquanto os dois líderes se encaravam com animosidade.

Lorde Wylan falou primeiro.

— Li o seu mandamento. — Sua voz soprou fria como um vento invernal.

— Uma argumentação convincente, espero? — Feo fez uma pausa. — Foi uma pergunta retórica. É a proposta mais rígida para controle municipal já escrita. E eu sei disso, li a maioria delas.

— Meu pai, e a mãe dele antes, viveram e morreram aqui. Você não passou nem um ano inteiro neste lugar. — Wylan parecia pronto para esticar os braços e estrangular Feo. — O povo de Tawney merece um senhor que não vai fugir ao primeiro ataque devastador de um dragão.

Feo zombou.

— Eu já enfrentei ataques de dragão. Talvez, em vez de usar esses ataques como medalha de honra, você devesse voltar sua atenção ao porquê de eles ocorrerem.

— Ah, sim. O mítico ovo roubado. — O tom de Wylan gotejava sarcasmo.

Kianthe espiou acima do ombro de Reyna. Pôs-se a observar os líderes com entusiasmo, era como se as festividades de inverno tivessem chegado mais cedo. Sua voz era um sussurro, destinada apenas aos ouvidos de Reyna:

— A conversa está chá-mejante!

Reyna quase deu uma risada de porquinho.

— Estava guardando esse trocadilho?

— Talvez.

Ela despejou água quente em duas canecas e depois colocou as folhas de chá em saquinhos de linho, os quais amarrou com barbante e mergulhou em cada caneca. A atmosfera tensa contrastava de modo vibrante com o tom casual do restante da clientela. Não era o ambiente que Reyna queria fomentar — mas estava bem divertido. Aquilo a lembrou de sua antiga vida, sempre de longe, observando o momento em que a conversa entre poderosos desandava.

Ela adorava uma fofoca. Talvez Reyna se encaixasse melhor em Tawney do que tinha imaginado.

Como não havia muito o que fazer enquanto as folhas ficavam em infusão, Reyna pegou um pano para limpar as bancadas. Nesse ínterim, Kianthe estava debruçada sobre o balcão polido, sem nem disfarçar que ouvia a conversa.

Mas nenhum dos líderes notava as duas. Ou talvez até notassem, mas simplesmente não davam a mínima.

Wylan bateu com agressividade o dedo na mesa de madeira.

— Dragões eclodem em ninhadas de dezenas. Se um ovo desaparecesse, eles provavelmente sequer perceberiam.

Kianthe e Feo seguraram o riso ao mesmo tempo.

— Dragões acasalam uma vez por século e a gestação dura uma década. Seus ovos levam metade da nossa vida para eclodir. — Feo revirou os olhos. — O maior problema da sua avó foi convencer Shepara de que eles não tinham nenhum direito sobre esta cidade. Os ataques de dragão só começaram quando o seu pai permitiu o roubo de um ovo.

— Isso é mentira — sibilou Wylan. — Tenho anotações no diário da minha avó provando que os ataques acontecem desde o despertar dos dragões.

— E tenho diários de dezenas de cidadãos de Shepara provando o contrário.

Reyna retirou os saquinhos das canecas e as levou para cada líder. Eles sequer tomaram conhecimento de sua presença, muito ocupados brigando um com o outro. Wylan pegou a caneca que lhe era designada como se fosse possível estrangular a cerâmica em vez de seu rival. Feo acariciou a sua como se fosse um amante, os olhos brilhando de malícia.

— Tem açúcar aqui — disse Reyna, em parte para atiçar o fogo, em parte para cumprir seu papel de anfitriã. E colocou o pote na mesa, ao lado da colherzinha de metal.

— Para um diarno, você sabe muito sobre dragões. — Wylan ignorou o açúcar.

Feo, por outro lado, colocou uma bela porção em seu chá.

— Todos os diarnos são obrigados a saber das ameaças aos seus municípios.

Lorde Wylan tomou um gole caprichado. Seu chá era mais amargo que o de Feo, mas ele parecia apreciar o sabor ousado.

— Ah. E o que aconteceria se eu visitasse o conselho de Shepara e perguntasse a seu respeito? Eles apoiariam sua reivindicação ao cargo?

— E se eu disser à sua preciosa rainha que você está perdendo o controle para um cidadão sheparano? Eu teria muita cautela ao trazer nossos governos para esta disputa.

— Nossos governos são a razão desta disputa.

— Tenho uma pergunta. — Kianthe ergueu a mão como um aluno em sala de aula.

Ambos levaram um susto com a interrupção, e Reyna quase gargalhou. Era como se os líderes estivessem existindo só em um mundinho isolado que era... muito interessante, na verdade. Ela se ocupou com a lavagem da chaleira de cobre para que secasse durante a noite, mas manteve um ouvido atento à discussão.

Enquanto isso, Kianthe sorriu.

— Se os dragões estão atacando por causa de um ovo perdido, por que não vêm aqui com mais frequência?

Lorde Wylan sorriu, recostando-se na cadeira.

— Sim, diarno Feo. Os dragões atacam apenas algumas vezes por ano. Com certeza você é capaz de nos explicar o motivo, certo?

Feo lançou um olhar exasperado a Kianthe.

— Minha teoria é que a magia do ovo emana de modo ocasional. Está escondido em algum lugar de Tawney e, quando pulsa, evoca os dragões.

Lorde Wylan não respondeu de imediato, mas revirou os olhos.

Kianthe, entretanto, levantou a mão de novo.

— O que causa os pulsos?

Reyna desconfiava que Kianthe só estivesse brincando com Feo agora. Elu se atrapalhou tentando achar uma resposta.

— Eu... eu ainda não descobri isso. — Quando o sorriso malicioso de Wylan se transformou em arrogância pura, Feo mostrou os dentes. — Essa é uma questão indiferente. Se você deseja mesmo fazer o certo nesta cidade, lorde Wylan, vai ter de explorar a história da sua família. E vai perceber que eu tenho razão.

Wylan bebeu o chá de um só gole, o que deve ter queimado. Mas, pelo visto, ele preferia sentir dor na garganta a ficar sentado ali por mais um segundo. Jogou algumas moedas no balcão, lançou um olhar ácido a Feo e saiu.

Feo ainda tentou fazer um pouco mais de graça.

— Bem. Acho que venci a rodada.

... relativamente falando.

Kianthe danou a rir alto.

— Como você sabe?

— Ainda estou aqui, não estou? — respondeu Feo. — Loja bonita esta. Bom conhecer você, namorada.

Feo se foi antes que Reyna pudesse dizer seu nome falso.

Só restou o silêncio, e Reyna trancou com cuidado a porta da frente. Seus olhos então encontraram os de Kianthe e ambas caíram na gargalhada. Reyna sentou-se no lugar vago deixado por Feo, esfregando os olhos.

— Que conversinha carregada. Romanticamente falando.

— O flerte mais furioso que já vi.

Considerando o saldo final, foi uma inauguração bem-sucedida.

16

KIANTHE

Os livros chegaram vários dias depois, em duas carroças puxadas por uma dupla de burros cansados.

Kianthe deu um gritinho, abandonando descaradamente um cliente para cumprimentar os mercadores. Chovia, bom, estava mais para um chuvisco, e a água grudava em seu cabelo como se saudasse um velho amigo. Ela espantou o líquido magicamente, jogando-o na lama.

E sua voz até falhou ao falar:

— São os livros?

— Não sei — respondeu o primeiro mercador. — Você é Kianthe?

— Sim!

Ele grunhiu e desceu da carroça, gesticulando para que o parceiro fizesse o mesmo. Juntos, começaram a descarregar caixotes: havia pelo menos dezesseis deles, e pareciam tão pesados quanto o olhar de um mago do Magicário. Como Kianthe estava por ali, o comerciante entregou um para ela.

Ela ofegou com o peso, lutando para não desabar.

O homem revirou os olhos.

— Não está tão pesado assim.

— Eu cuido disso — ofereceu-se Reyna, surgindo de repente. Ela pegou a caixa com facilidade, porque, à diferença de Kianthe, Reyna tinha passado anos garantindo a melhor condição física possível. — Lembre-me de conversarmos sobre os protocolos comerciais adequados, querida. É melhor para a loja se você não abandonar um cliente no meio do pedido.

— Rain, jamais vou te lembrar de me dar um sermão sobre protocolos comerciais.

Um brilho raro tomou conta dos olhos de Reyna, e ela baixou a voz ao passar por Kianthe.

— Que pena. Tenho certeza de que posso deixar o castigo interessante.

Kianthe sorriu.

— É mesmo?

— Só se você voltar lá para dentro e terminar o que começou.

— Bem, agora prefiro terminar isto aqui. — Kianthe assobiou, circundando a namorada, avaliando. Havia algo de espetacular no sorriso devasso de Reyna, na maneira como ela jogava o longo cabelo sobre o ombro com um toque gracioso. Seus músculos estavam tensos sob o peso dos livros, mas ela sequer vacilou.

— Isto já acabou, amor. Temos clientes. — Reyna entrou.

Kianthe foi logo atrás, admirando a namorada. Bendita Joia pela magia que tinha feito Kianthe cruzar seu caminho dois anos antes.

Com a ajuda de Reyna, as carroças foram descarregadas com rapidez. Então, a namorada os convidou para uma xícara de chá, apresentando-os a alguns clientes ao passo que eles se acomodavam a uma das mesas.

Para a surpresa de ninguém e constrangimento de muitos, Reyna já tinha aprendido os nomes de seus comensais, enquanto Kianthe estava só começando a reconhecer alguns rostos. Mesmo na infância, Kianthe precisara se esforçar para se lembrar dos nomes de todos os magos excêntricos aos quais se reportava — e tão logo ela deixou o Magicário, eles escapuliram de sua memória tão rápido quanto água descendo pela encosta de uma montanha.

Reyna devia ter uma lista dos habitantes da cidade de Tawney escondida em algum lugar. Ela devia classificá-los por família ou sobrenome. Talvez até já tivesse começado a identificar seus passatempos, amigos, interesses amorosos, destinos, tudo discernido mediante socialização amigável e registro meticuloso.

Na verdade, Reyna e Feo iam se dar muito bem se passassem algum tempo juntos. Kianthe fez uma nota mental para mantê-los separados o máximo possível.

Os mercadores saborearam o chá, comentaram como a loja era bonita e perguntaram sobre os livros nas caixas. Desenrolou então uma conversa sobre as origens da livraria, durante a qual Reyna acabou se esquecendo de Kianthe porque se distraiu destacando os atributos da Folha Nova.

E, assim, Kianthe acabou ignorando todo mundo, abrindo as caixas de madeira com um pé de cabra e uma alegria agressiva. Arrancou as tampas, vasculhou a serragem e encontrou volumes pesados ali dentro.

Eram perfeitos.

— Cya, veja só! *Uma dúzia de padeiros: receitas para os amantes da culinária.* — Ela acenou o livro para Reyna, que ergueu uma sobrancelha sobre a chaleira de cobre.

— É uma indireta?

— Nããão. — Kianthe pegou outro livro. *Guia do sexo e sensualidade para pessoas elegantes.* E não se deu ao trabalho de reprimir o sorriso sugestivo enquanto reservava aquele para mais tarde.

Era sempre bom ter uns manuais de referência.

Levou boa parte do dia para abrir todas as caixas e classificá-las. E demorou tanto principalmente porque Kianthe fez montes de pausas para leitura exploratória. Era empolgante se perder nas páginas de uma nova história, e já fazia um tempo que não via uma seleção tão ampla. O livro em sua mesinha de cabeceira havia sido relido quatro vezes e, embora ela não se importasse com a familiaridade, era bom ter a expectativa do novo.

— Ah. Cheiro de livro novo, estou chá-pada. — Ela quase gritou o trocadilho, mas Reyna já estava lá na despensa de novo, então voltou a se distrair em dois segundos.

Os mercadores saíram ostentando barrigas cheias e sorrisos radiantes, e depois que os clientes restantes se foram, ao cair da noite, Reyna trancou a porta e se juntou a Kianthe perto da lareira, no tapete lindamente tecido. Os joelhos de ambas se tocaram quando ela pegou um livro de mistério e folheou as páginas amarelas e pesadas.

— Isto aqui não foi escrito à mão. — Seus olhos castanho-acinzentados se arregalaram.

Kianthe quase riu.

— É uma observação sagaz.

Reyna passou os dedos pelas letras maciças.

— Ouvi dizer que Shepara desenvolveu um jeito de produzir as palavras em massa. Mas nunca tinha visto como era.

Ah, pelas Estrelas e pela Joia, ela estava falando sério. Kianthe baixou seu livro, incapaz de esconder o sarcasmo.

— Ah sim. Esqueci que o Reino despreza o progresso, a inovação e o entretenimento de qualquer tipo. Para ser sincera, estou chocada que Tilaine não tenha adotado a tecnologia para espalhar suas preciosas ideias para as massas.

— Minha querida, pode me explicar como é, ou prefere se gabar da modernização de Shepara?

Bem, Kianthe mereceu a patada, e ela pigarreou, devidamente repreendida.

— Chama-se prensa. Um tipógrafo define as letras e a prensa faz várias páginas de uma só vez. Tudo feito com bloquinhos de madeira e um maquinário de metal.

Reyna examinou a formatação.

— Quantos anos tem essa tecnologia?

— É recente o bastante para ser empolgante para um cidadão do Reino, pelo visto. Mas antiga o suficiente para que os livros impressos em Shepara sejam mais baratos do que os manuscritos.

À menção de dinheiro, Reyna estremeceu. Seus olhos percorreram as caixas abertas, os livros começando a encher as prateleiras. Seriam necessárias mais algumas remessas para encherem todas aquelas as estantes imensas, mas, por ora, Kianthe planejava disfarçar os espaços vazios com plantas e excentricidades.

— Mesmo assim, estes volumes não devem ter sido baratos. Quanto custou?

Kianthe temia aquela pergunta. Esfregou a nuca.

— Não nos custou nada. O Magicário, por outro lado, vai receber uma fatura muito vultosa... e provavelmente não vai ficar feliz. — Ao olhar exasperado de Reyna, Kianthe deu de ombros. — O quê? Eu cuidei daqueles unicórnios horríveis. É justo que eu seja remunerada.

— Isso não é... — Reyna franziu a testa. — Key, a gente devia estar fazendo isso de maneira desatrelada das nossas vidas antigas.

— Você me mandou para Wellia a fim de comprar livros.

— Eu sei, mas isso me parece um atalho. Se a gente quiser fazer por merecer a Folha Nova — Reyna apontou para a loja —, temos que fazer o trabalho e pagar por ele aos poucos. — Suas bochechas enrubesceram. — Enfim, foi assim que imaginei a nossa vida juntas.

Kianthe sentiu suas veias inundadas pela vergonha, e logo a seguir veio a irritação.

— Que irônico, considerando que basicamente roubamos este prédio por recomendação sua. — Suas palavras saíram duras, talvez um pouco mordazes. Ela ficou de pé e colocou o livro que segurava em uma prateleira próxima, em meio a outros dez.

Reyna apertou os lábios.

— Estamos lidando com o problema dos bandidos de Tawney, então pensei neste lugar como uma espécie de pagamento pelos serviços prestados. Mas concordo que foi por meios menos tradicionais e já comecei a guardar dinheiro para comprá-lo formalmente.

— Por que a gente compraria isto aqui? Já é nosso! — O silêncio pairou entre elas, tenso como uma espada no pescoço. E quanto mais durava, mais estúpida Kianthe se sentia. — Desculpe — murmurou ela, embora não estivesse muito arrependida. — Eu só... você conseguiu seus chás. Os livros foram minha contribuição e eu já fiz tudo errado. — Ao que parece.

A dúvida brilhou no rosto de Reyna, que fitou de novo os livros, então resmungou um xingamento e ficou de pé. Levou só um segundo para diminuir a distância entre elas.

Kianthe enrijeceu quando Reyna pegou seus antebraços, gentil e reconfortante.

— Não, eu que peço desculpas. Não era minha intenção insinuar que você errou. Depois que você viajou, percebi que esqueci de lhe dar moedas para comprar os livros. É claro que você precisou ser criativa.

Exatamente, pensou Kianthe, cheia de teimosia, mas a tensão já diminuía. A proximidade de Reyna tinha esse efeito.

Mas agora Reyna se afastava, olhando para o chão.

— Eu não quis ser hostil. É só que... Quando minha mãe era viva, ela dizia que tudo tinha que ser conquistado. Minhas aulas de culinária eram pagas lavando pratos. Meu treinamento de combate veio da dívida dela para com a Coroa. Alcancei meu posto ao lado da rainha Tilaine depois de matar um assassino que ninguém mais conseguiu rastrear.

— Isso é admirável. — Foi a única coisa que Kianthe conseguiu dizer sem perder sua expressão neutra... porque, por dentro, estava exausta daquele conceito. Uma pessoa poderia trabalhar, trabalhar e trabalhar, e ainda assim nunca "conquistar" o que lhe era devido.

Às vezes, sucesso significava determinação... e, em outras, era apenas sorte.

Kianthe era o exemplo perfeito disso. Ela não tinha feito nada para conquistar seu lugar como a escolhida da Joia da Visão. Ela simplesmente existia, e teve a oportunidade de estudar ao lado de outras vinte crianças... e, quando o antigo Arcandor faleceu, foi-lhe dado o poder sem qualquer explicação. Ainda havia magos no Magicário que a detestavam por causa disso.

Em determinados dias, ela se detestava também.

Reyna massageou a testa.

— É assim que somos criados no Reino. Se trabalharmos com afinco, coisas boas virão. É possível que eu ainda esteja tentando descobrir como conquistar você, Key.

Agora Kianthe a encarava. Porque ela devia ter ouvido errado.

Não havia outra explicação.

— Reyna, você não precisa me "conquistar". Eu já sou sua.

— Sim, e isso é desnorteante — Reyna falou como se fosse uma verdade qualquer. Seus olhos percorreram a livraria, admirando os pequenos toques que Kianthe acrescentara ao longo das semanas. As plantas. A pintura. A chama-eterna. Ela sorriu ao pegar outro livro e acariciar a capa de couro. — Não tenho certeza se mereço tudo isto... mas, se eu pagar por estas coisas, aí terei algo tangível. Uma prova, se alguém no Reino vier questionar. Se eu me questionar.

Fazia sentido. Era confuso e totalmente equivocado, mas fazia sentido. Kianthe queria sacudir a namorada até a lógica se assentar naqueles lindos olhos.

— Você merece isto. Pelas Estrelas e pela Joia, você merece tudo.

Reyna abraçou o livro junto ao peito, parecendo pequenina e tristonha naquele lar espaçoso.

— Eu te amo por ter dito isso. Não estou tentando conseguir empatia, só quero me explicar, acho. Se eu pagar pelo celeiro, pelo chá, pelos livros... talvez eu me sinta o suficiente para ser digna de namorar a Arcandor, a Maga das Eras, a mulher mais incrível viva. Que me ama, mesmo que às vezes eu não saiba com exatidão por quê.

Kianthe poderia cair mortinha ali mesmo.

— Porra, Rain.

Sem mais nenhuma palavra, puxou Reyna para um abraço esmagador. O livro caiu no chão. Reyna gemeu um pouco, mas Kianthe não afrouxou, era como se pudesse transmitir sua completa adoração pelo contato físico.

— Quero que você se sinta amada sem achar que precisa conquistar isso. Porque é assim que você faz eu me sentir todos os dias dessa Joia bendita — murmurou Kianthe no pescoço de Reyna, seus lábios roçando o ponto sensível logo abaixo da orelha. Foi delicioso constatar o tremor da namorada, então se afastou para enfim beijá-la na boca. As palavras a seguir foram uma promessa apaixonada: — Você vale cada momento do meu tempo. Entende?

Reyna acariciou as costas de Kianthe, rindo um tiquinho.

— Entendo.

— E acredita em mim?

Agora seu silêncio era revelador.

Kianthe pensou por um instante, ainda segurando Reyna como se ela fosse tão preciosa quanto a Joia da Visão. A insegurança de Reyna era mais profunda do que ela jamais imaginara. Então Kianthe teve um vislumbre da noite sob o pinheiro iluminado, e já deveria saber que aquilo... não tinha ido embora assim.

O tom de Kianthe agora era feroz.

— Ok. Se não acredita, vou te venerar até você acreditar. Provar na prática.

— Começando com aquele seu livro novo? *Sexo e sensualidade*? Vi você botá-lo no nosso quarto de maneira furtiva.

— Não estou brincando.

Reyna riu.

— Você brinca o tempo todo.

Era a tendência de se desvencilhar de coisas que causavam desconforto, assim como dissera Matild semanas antes. A pulsação de Kianthe vibrava como se ela estivesse participando de uma luta de vida ou morte — como se um movimento errado fosse capaz de lhe tirar aquela mulher incrível para sempre.

Ela prosseguiu com cautela.

— Reyna. Isto é importante: você não precisa me conquistar. Não sou um "pagamento pelos serviços prestados". — Uma pausa para respirar, quase dolorosa. — Por favor, não me reduza a isso.

Aquilo, enfim, fez Reyna estremecer. A diversão sumiu de seus olhos, seus lábios franziram ligeiramente.

— Ah, Key, me desculpe. Não era minha intenção te chatear... — Ela fez uma pausa e forçou um sorriso. — Sei que você me ama.

— Eu amo mesmo. Mais do que qualquer coisa.

Reyna olhou para baixo.

— Então preciso que você entenda que o problema é comigo. Não com você. Você é tão maravilhosa que me faz sentir como se estivesse... trapaceando na vida... sei lá. Mas eu quero ser sua igual. E talvez, com esta loja, eu possa ser.

— Como você não é minha igual? — perguntou Kianthe, a voz estrangulada. — Isso é tão doido, Reyna, porque toda vez que olho para a gente, me pergunto como consegui fisgar você. Essa mulher deslumbrante, capaz e confiante que é leal o suficiente para proteger aquela rainha babaca com a própria vida. E, de algum jeito, hoje você é leal a mim, e isso... isso é tudo para mim. É mais do que qualquer coisa que já tive.

O rosto de Reyna ficou vermelho.

— Você é a Arcandor...

De novo o título. A raiva começou a latejar nas veias de Kianthe, repentina e enfurecedora, mas daí se transformou em desolação quase que de imediato. Ao redor delas, as plantas começaram a murchar. Kianthe riu sem achar graça nenhuma.

— Ah, sim. O título que me foi dado só por eu existir. Já que estamos falando de conquistas...

— Não foi minha intenção...

— Sei qual foi sua intenção.

Por um bom tempo, Reyna encarou Kianthe. Então, bufando de frustração, foi até o regador ali perto, mergulhou os dedos nele e jogou a água no rosto da namorada.

Aquilo quebrou a tensão no mesmo instante.

Limpando as gotas, Kianthe balbuciou:

— Q-que raios foi isso?

— Você está interpretando tudo errado. Eu só quis dizer que o seu título coloca você no patamar das rainhas e dos conselhos reais. É intimidador, Kianthe, mas não é por isso que amo você. Então tire isso da sua cabeça.

Kianthe semicerrou os olhos para ela.

Então fez um gesto e, com sua magia, pegou o restinho de água no regador.

Manteve contato visual com Reyna enquanto brincava com a água, fazendo o líquido se enredar em volta dos tornozelos dela.

Reyna se retesou, já recuando um pouco.

— O que você vai... Não se atreva, Key...

— Se vai usar água para me corrigir, esteja ciente de que vou retaliar. — E assim, Kianthe juntou a água em uma explosão semelhante a um gêiser. Reyna foi encharcada instantaneamente.

Reyna soltou um gritinho, afastando os braços das roupas molhadas. Um brilho assassino tomou conta de seus olhos.

— Você vai pagar por isso, querida.

Quando ambas estavam pingando, molhando todo o piso, elas se olharam... e caíram na gargalhada. As canecas que Reyna usara na luta ficaram sobre a mesa, esquecidas, e elas desabaram abraçadas, gargalhando até sentir dor na barriga, até chorar de tanto rir.

— Acho que nós duas somos muito ridículas — disse Reyna por fim.

— Você é ridícula. Eu sou perfeita.

— E modesta também. Mais uma coisa que amo em você.

Kianthe a beijou.

17

REYNA

Foi tranquilizador ter concluído as obras da livraria. A Folha Nova Livros e Chás estava sendo o sucesso que Reyna esperava, agora que já estava tudo nos trinques e os livros alinhadinhos nas prateleiras. Quase todo mundo em Tawney tinha passado por ali em dado momento, e muitos se tornaram assíduos. Em certos momentos do dia, havia pelo menos quatro ou cinco pessoas ocupando a livraria, bebericando chá e folheando páginas manuscritas ou feitas na prensa.

Kianthe e Reyna trabalhavam lado a lado e, vira e mexe, Kianthe fazia comentários com referência à DR delas:

"Só para sua informação, Rain, aquele beijo que você me deu mais cedo foi digno do meu carinho."

"Se você quer ser digna do meu amor esta tarde, é bom lavar as canecas que estão se acumulando na despensa."

"Seu esforço de hoje é uma prova de que você merece um bom jantar esta noite."

Mas foi ficando tão insistente, tão sarcástico, que Reyna ficou em vias de dar uns tapas na namorada. Sinceramente, aquilo só servia para reforçar quanto ela havia sido boba, e aí Reyna se viu mais atenta às próprias emoções. Suas tarefas eram em benefício próprio, para beneficiar a livraria... ou eram um meio de provar seu amor por Kianthe?

Ela enfim concluiu que eram uma mistura de tudo — mas era bom saber que a namorada não parecia ligar se a louça estava lavada ou se o banheiro estava limpo. Mesmo assim, ela providenciava uns jantares requintados e, se Reyna hesitava, Kianthe punha-se a beijá-la até a deixar desnorteada.

Aquilo era tão fofo, e Reyna ficava com o peito quentinho de amor.

Só que a notícia da livraria também começou a se espalhar entre as tropas de bandoleiros. Alguns até chegaram a dar uma passadinha lá — a maioria era identificável por seus trajes sujos e armamento malcuidado — para tomar uma xícara de chá. Eles botavam duas moedas extras sobre a mesa, lançavam um olhar astuto para Reyna, e ela sorria e lhes entregava uma caneca e um envelope lacrado.

Era impossível saber se eles completavam as tarefas, mas, certa vez, alguém chegou a comentar que os javalis não eram mais um problema em Mercon. E assim os bandoleiros continuavam a frequentar a loja, continuavam a pagar em dia, então Reyna não teve muito problema para manter o ardil.

Certo dia, Kianthe a procurou na despensa, enquanto ela misturava ervas, e já chegou fazendo careta.

— Ah... Rain? A gente tem um problema.

Reyna franziu a testa.

— Um problema digno da realeza?

À medida que as semanas se passavam sem percalços, era difícil dizer o que parecia mais ameaçador: o silêncio da rainha Tilaine ou a ausência dos ataques de dragão a Tawney.

Kianthe brincou que talvez os dragões pressentissem sua magia e por isso estariam deixando a cidade em paz — porém, nunca pareceu convencida pelas próprias palavras.

Reyna procurava não se preocupar. Ou os problemas chegariam à sua porta ou não, e, de um modo ou de outro, a preocupação seria improdutiva.

Agora Kianthe gesticulava, deixando evidente que não havia motivos para se preocupar.

— Nada da realeza. É só que Sigmund veio mais cedo para tomar uma xícara de chá e disse que Tawney tem andado muito tranquila. É um problema ligado a bandidos. Ah, um potencial problema com bandidos.

Reyna então pegou seus envelopes já preparados. O primo do xerife, na cidade de Jallin, extremo sul de Shepara, estava tendo problemas com o contrabando de ilícitos em seus portos. Bem, os bandidos resolveriam a questão com muito mais competência do que as autoridades.

Mas tão logo Kianthe reiterou sua afirmativa, Reyna fez uma pausa.

— Como assim "potencial"?

— Acho que você vai querer cuidar desse pessoalmente. — Kianthe saiu da despensa, fazendo sinal para que Reyna a acompanhasse.

Quando Reyna viu o "bandido" em questão, quase caiu na gargalhada.

Era um meninote magricela e desleixado, com pele marrom e olhos de um azul tempestuoso. Trazia uma espada larga em uma bainha de aspecto nitidamente caseiro presa às costas; ele sequer conseguiria sacar aquela espada, com aquela bainha tosca e a lâmina tão grande, mas parecia satisfeito em exibi-la. Ele bateu nas quatro moedas que estavam sobre o balcão — talvez metade das economias de sua vida, considerando que ele era um adolescente — e disse:

— Estou pronto para minha missão, senhora.

Senhora, articulou Kianthe para Reyna, quase tendo um ataque.

Reyna fez cara de piedade, ignorando as moedas.

— Acho que você cometeu um engano, querido. Não estamos distribuindo missões. — *Para crianças*, corrigiu ela mentalmente.

Ele enrijeceu.

— Estou pagando. Você tem que me dar a missão.

— Ah, eu tenho? — O sorriso de Reyna se alargou. — Isto aqui é uma livraria. Servimos chá. Eu ficaria feliz em confirmar o sabor de sua preferência, mas cobramos apenas dois pentavos por caneca. — Ela deslizou duas moedas de volta para ele, em um gesto convicto.

O menino olhou para ela, furioso, ajeitando os suspensórios. Ele não chegava nem perto de ter os músculos que ela mesma ostentara naquela idade. E aquilo confirmava que ele jamais saberia como usar a espada.

— Eu sou um *bandido* — sussurrou ele, com rispidez, e lançou um olhar furtivo para os outros clientes. Nenhum deles prestava atenção no balcão, e Reyna ficou grata por isso.

Ela, então, se inclinou sobre a madeira lustrosa, apoiando-se nos cotovelos. Por um bom tempo, os dois ficaram se encarando, e Reyna enfim riu.

— Querido, você acha que aceitamos qualquer um?

Kianthe deu um riso de porquinho, desculpando-se a seguir. Era quase como se percebesse que aquele estratagema estava prestes a ficar complicado, e ela não confiava em si mesma para manter a cara séria. Seus passos, *pá-pá-pá*, no piso de pinho foram um indicativo de que ela estava voltando à despensa, talvez para terminar de misturar as ervas que Reyna havia começado a preparar. Kianthe fechou a porta com muito cuidado para não fazer barulho — uma peculiaridade fofa que Reyna só veio a conhecer depois que elas passaram a morar juntas.

O menino franziu a testa.

— Disseram que eu podia receber uma missão aqui; ele não falou de requisito nenhum. Só de dois pentavos. — O garoto bateu nas moedas de novo, mas agora parecia menos seguro.

— E quem é ele?

O menino se calou. Sabia guardar segredo, uma qualidade bastante louvável.

Reyna arqueou uma sobrancelha.

— Ele está certo, mas provavelmente é alguém com experiência.

— Não, não é! Ele não é bandido. Mas preciso me juntar a uma tropa; é por isso que estou aqui.

Hum. Reyna guardou aquela informação.

— Entendo. Receio que você esteja sem sorte; não sou cupido de bandido. E não vou desperdiçar uma missão com alguém que provavelmente vai acabar morto. Isso não reflete bem entre nossos superiores.

— Não vou acabar morto! — exclamou ele, agora indignado. — Sei usar esta espada.

Reyna sorriu ainda mais, quase com crueldade. Ela mesma não pegava em sua espada há semanas e sentia falta da atividade. Tinha lá suas intenções quando falou bem devagar:

— E vai saber usar agora? Que tal se a gente duelar e você provar isso?

Ele estufou o peito.

— Muito bem.

Reyna gesticulou para o pátio dos fundos, e permitiu que o garoto saísse primeiro. As temperaturas estavam aumentando com a proximidade do verão, o que significava que ela enfim poderia utilizar aquele espaço aconchegante. Era amplo o suficiente para uma rápida sessão de luta, e indevassável o suficiente para evitar olhares curiosos.

Kianthe espiou da despensa, o corpo até chacoalhando de tanto rir.

— Que raios? Você vai mesmo lutar contra ele?

— Às vezes, uma surra é uma boa lição. E ou ele me encara... ou encara alguém muito menos indulgente. — Reyna foi até o quarto em busca de sua espada. Olhou a insígnia da rainha estampada no punho, xingando. — Preciso de uma arma nova, acho. Será que Tarly sabe forjar espadas?

— É melhor você perguntar a Matild. Enquanto isso... aqui. — Kianthe pegou um pouco de terra do beco lateral, transformando-a em uma argila densa e pegajosa, fez um disquinho e o grudou sobre a insígnia. Murmurou um feitiço e a argila endureceu, firme como rocha.

O peso atrapalhava um pouco o equilíbrio, mas Reyna daria seu jeito.

— Divirta-se lutando contra a criança, querida. — Kianthe balançou a cabeça. — E, por favor, não espete o coitadinho.

Reyna revirou os olhos e saiu para o pátio. O menino tinha arrastado a mesa central para um espaço livre e, sabe-se lá como, desembainhado a própria espada. Ela lamentou não ter visto a cena, porque devia ter sido hilária: as bainhas traseiras só eram práticas quando a espada era significativamente mais curta.

O garoto se endireitou com ar petulante quando Reyna se aproximou.

— Estou pronto, se você estiver. — Só mesmo um adolescente poderia ostentar tanta arrogância.

Reyna ia se divertir com aquela bazófia.

— Quem tocar o outro primeiro vence — declarou ela. Ao contrário das regras de Shepara que exigiam que em treinamentos se usasse espadas de madeira, salvo houvesse certificação para uso de materiais melhores, o Reino seguia a implacável regra de que: *se não consegue sobreviver a um simples treino, você não está apto para servir.* Kianthe costumava contabilizar as cicatrizes de Reyna tarde da noite ao mesmo tempo que xingava Sua Excelência, o palácio e o Reino.

Reyna, por outro lado, achava que aquelas marcas eram uma prova do dever cumprido. Assim que tirou o casaquinho e aprumou os ombros, os olhos do garoto pousaram nas cicatrizes em seus braços, e ele empalideceu.

Apesar da postura, Reyna não tinha a intenção de transpassar o pescoço do adolescente com a espada, então usariam lâminas de verdade, mas com regras mais brandas.

O menino agarrou a própria espada usando as duas mãos, brandindo-a como um bastão.

Ela se colocou em posição defensiva, uma das mãos segurando a espada e a outra servindo de contrapeso.

— Assim que você estiver pronto — disse ela com gentileza.

Ele soltou um berro e avançou, erguendo a espada acima da cabeça. Definitivamente era pesada demais. No momento em que a lâmina dele pairou sobre seu crânio, Reyna golpeou, e sua espada deu um talho na camisa dele. Não cortou a pele, mas abriu um rasgo perfeito no tecido.

Ele gritou de surpresa, tropeçando para trás, para longe dela, mas Reyna já havia retomado a posição de guarda.

A luta terminou em segundos.

Ela ficou esperando para ver como ele reagiria.

A espada do garoto caiu com força no chão, e seus dedos tocaram o tecido rasgado.

— Pelos Deuses, que desgraça — resmungou ele, fechando os olhos com força.

Reyna foi tomada pela empatia. Satisfeita por ele não ter tentado um golpe barato, ela reembainhou sua arma.

— Como eu disse, não vou dar uma missão a alguém que não me parece apto. — Sua vontade mesmo era de confessar a patacoada toda, admitir que era tudo uma farsa... mas primeiro precisava descobrir quem era o tal "ele", para se assegurar de que o menino não ia voltar correndo para seu informante e revelar tudo.

Então ela jogou a mentira.

— Mas acredito que você tem potencial. De quantas moedas precisa?

— Determinado daquele jeito, o moleque com certeza devia alguma coisa a alguém. Ninguém com dinheiro recorria àquele tipo de vida.

— Quatro palidrões — sussurrou ele.

Ela estremeceu.

— Uma quantia considerável para alguém da sua idade.

— Era uma dívida do meu pai. Não tenho escolha. — Agora o menino gesticulava de modo vago. — O trabalho dos bandidos parecia fidedigno. E rápido. E... Bem, ia ser bom não precisar trabalhar sozinho.

Merda. Se ela o liberasse, ele acabaria morto de qualquer jeito. Reyna deu um suspiro.

— Qual é o seu nome?

— Gossley.

Ah, Kianthe ia inventar tantos trocadilhos. Gossley gospe-gospe. Apesar de magricelo, ele até era meio barrigudinho, igual ao peixinho. Reyna estava até nervosa, já prevendo a empolgação dela na hora de fazer piada.

— Me chame de Cya. — Ela pensou um pouquinho e aí tomou uma decisão: — E acontece que temos uma vaga em nossa loja. Limpar mesas, lavar canecas, preparar chá. E, mais sutilmente, redirecionar pessoas como você para as missões. — Reyna colocou a mão no punho da espada, passando o dedo sobre a argila que escondia o emblema da rainha. — Pagamos um silão por semana.

Gossley arregalou os olhos. Decerto era um valor alto para aquele tipo de trabalho, mas Reyna não jogaria o garoto aos lobos.

E Kianthe não cansava de repetir o quanto odiava lavar os pratos.

— A dívida tem que ser paga até o verão, ou ele vai vir atrás de mim. — Gossley baixou o olhar. — Seria mais fácil você me dar uma missão. Deixa eu resolver isso logo.

— Tenho bastante confiança de que os agiotas não vão conseguir entrar no nosso estabelecimento. — Reyna sorriu, um vislumbre de sua antiga vida brilhando ali. — O ferreiro da cidade tem um palheiro onde você pode dormir; de repente ele pode até lhe ensinar um ofício honesto, se você for prendado. E nos dias em que tivermos menos movimento, ficarei feliz em lhe ensinar a usar a espada.

Gossley se animou.

— Mesmo?

— Só se você fizer um bom trabalho aqui. O que acha?

Ele hesitou.

— Vou levar um tempão pra ganhar quatro palidrões!

De fato, mas Reyna já planejava identificar o sujeito que instruíra o garoto e daria cabo a ele. Não ia tolerar ninguém incentivando crianças a se meterem em um ramo tão terrível.

— Tenho certeza de que você vai ver mais benefícios no trabalho honesto, em vez de arriscar tudo por uma missão lucrativa.

— Foi isso que minha mãe disse antes de morrer. — Ele soltou um suspiro frustrado. — Tá bom. Mas quando eu conseguir vencer você numa luta, você vai ter que me dar uma missão.

Bem, só no dia em que a neve esquentasse. Reyna sorriu.

— Combinado.

Ela puxou Kianthe de lado e soltou Gossley pela loja, instruindo-o a limpar as mesas enquanto ela ia dar as boas-novas à namorada. Kianthe a acompanhou alegremente até o quarto, então pareceu desanimada quando Reyna se manteve vestida.

E ficou mais azeda ainda quando Reyna explicou a situação.

— Então você pegou um cãozinho abandonado? — Kianthe espiou pela porta do quarto, vendo Gossley andando pela loja. Ele havia trocado a espada por um avental, e a belicosidade por sorrisos educados.

Pelo tom de Reyna, Kianthe estava achando aquilo suspeito à beça.

Reyna limpava a espada com meticulosidade ao fazer uso de um pano encharcado de óleo. Ele perfumava o ar com cravo, o aroma era tão familiar que ela respirou fundo antes de responder:

— Ele está em uma situação de vida ou morte. A gente vai poder ajudar.

— A gente vai ajudar todo mundo que chega à nossa casa?

Reyna bufou.

— Querida, uma vez você resgatou uma ninhada de gatinhos, aí percebeu que não tinha meios para criá-los e entregou todos para mim. Não acho que você seja capaz de ir contra algo assim.

Kianthe já tinha salvado alguns animais ao longo dos anos, mas raras vezes tinha pique para acordar de madrugada a fim de alimentá-los, limpar a bagunça e dispensar os cuidados gerais que um ser vivo exigia. Ela só foi bem-sucedida uma vez — com Visk — e, segundo a própria, já foi o suficiente.

Kianthe cruzou os braços, fazendo beicinho.

— Quando a gente planejou administrar uma livraria juntas, não era isso que eu tinha em mente.

— Bem, e eu não esperava ter que catar suas roupas no chão do lavatório todas as manhãs. Achei que a Arcandor fosse mais organizada.

— Reyna sorriu ao ver Kianthe corar. — Ele vai dormir na loja de Tarly. Tenho certeza de que Matild vai aprovar. — Seguiu-se uma pausa. — E ele vai lavar a louça. Todas elas.

Kianthe levou exatamente meio segundo para processar aquela informação.

— Combinado.

E assim Gossley ficou, sempre presumindo que Reyna e Kianthe eram intermediárias de uma enorme quadrilha de bandidos, e que ele próprio estava ali como aprendiz para se tornar um. E elas jamais se deram ao trabalho de corrigi-lo.

18

KIANTHE

Feo, ê todo-poderose diarno, estava agindo com cada vez mais ousadia. Kianthe semicerrou os olhos diante do pergaminho com a convocação, entregue pela esposa do segundo melhor padeiro da cidade (e não a segunda melhor esposa do padeiro, pois isso causaria uma tremenda confusão). A mulher aceitara uma caneca de chá como pagamento pela entrega e estava empoleirada à mesa ao ar livre, admirando as flores que Kianthe plantara para alegrar a fachada do celeiro. A vizinha do lado, Sasua, tinha vindo conversar com ela e agora ambas riam.

Kianthe não estava rindo. Kianthe estava incomodada.

— Você acredita numa coisa dessas?! — exclamou ela, agitando o pergaminho para Reyna.

Gossley estava na feira comprando farinha, e Reyna atrás do balcão, contando as moedas da semana e calculando os custos para compra de insumos para preparar os pãezinhos e os chás.

O programa de empréstimo de livros era um sucesso, e a venda dos livros que cobriam as enormes prateleiras também estava indo bem, mas a maior atração mesmo era o chá.

Graças à Joia, Reyna era fã de toda aquela baboseira contábil. Kianthe não tinha a menor paciência para isso.

Reyna ergueu os olhos castanhos de seu trabalho. Seu tom era brando.

— Acredito em quê, querida?

Kianthe baixou a voz.

— Isto! Feo quer que eu "compareça ao local de um distúrbio", blá-blá-
-blá, "devo chegar o mais rápido possível" — zombou Kianthe, jogando o
pergaminho sobre o balcão lustroso. — O mais rápido possível o escambau.
Como se eu fosse uma lacaia só aguardando as ordens delu.

Reyna pegou a carta, lendo-a com agilidade.

— Parece importante.

— Tudo é importante quando precisam da Arcandor. — A voz dela
estava quase inaudível agora, então os clientes não conseguiam ouvir. Que
bom, pois assim não poderiam acusá-la de traição por ignorar a convocação
direta por parte de uma autoridade.

Imagine só que ultrajante: diarno falseta não recebe o devido respeito!

Reyna deu um sorrisinho ao fitar Kianthe, que por sua vez a olhou e
indagou:

— O quê?

— Você está tagarelando. Mas só na sua cabeça. Você faz uma caretazinha. — Reyna a imitou, retorcendo os lábios para fingir desgosto, franzindo a testa, e então riu de novo, achando tudo muito engraçado. — Sabe
o que acho?

Kianthe ainda estava se doendo por causa do comentário sobre a
caretazinha. Ela fungou.

— Depois dessa, não sei se quero saber.

— Ah, calma. É uma coisa fofa. — Reyna a beijou, só uma bitoquinha
carinhosa, o que melhorou o clima de modo considerável. — Você é poderosa,
respeitada... e acho que já está acostumada com isso. Ser tratada como um
cidadão normal, receber ordens de alguém com menos status... te irrita.

— Não irrita, não — balbuciou Kianthe.

Reyna sorriu, seus olhos se voltaram para os clientes. Ninguém estava
prestava atenção a elas. Ela tamborilou no balcão.

— Aqui, em Tawney, você é só uma maga que abriu uma livraria. Quer
continuar assim ou prefere que a cidade descubra sua identidade verdadeira?

Kianthe estremeceu.

— A notícia chegaria ao Magicário. Já ficaram furiosos quando fui
embora depois do desastre com os unicórnios. Eu jamais teria paz. — Breve
silêncio. — Isso sem falar em quanto o anonimato é bom.

— Isso mesmo. Então já que você adora provar que estou enganada...

— Eu não... — Kianthe começou a dizer, mas calou-se quando a risada
de Reyna provou que ela havia caído feito uma patinha.

Reyna concluiu, cheia de graça:

— ... você vai se apresentar para Feo. E o jantar vai estar esperando
quando você voltar.

Kianthe resmungou qualquer coisa, pegou o pergaminho e saiu da loja espezinhando.

Feo queria que ela fosse ao lado oposto da cidade, é claro. Até pensou em ir a pé, mas Visk dera para ficar enfiado em uma vida nômade na floresta a sudoeste de Tawney, e seria bom lembrá-lo de seu treinamento. Assim, ela se afastou da loja para não assustar os clientes e, depois de uma distância segura, levou o polegar e o dedo mínimo à boca. O assobio foi agudo e curto, penetrando o ar fresco.

Visk demorou mais do que o esperado para vir. E, ao chegar, eriçou as penas e acariciou o peito de sua tutora com o bico; no entanto, ele parecia ligeiramente irritado com a interrupção — pelo menos até onde era possível notar a irritação de um grifo.

Kianthe deu um tapinha no bico dele.

— Desculpe, garoto. Alguns de nós precisam trabalhar para viver.

Considerando que Visk não precisava de ajuda para encontrar comida ou sobreviver na natureza, a olhadinha de soslaio dele a fez rir.

E assim Kianthe montou, incitando-o para o alto. Eles circularam Tawney algumas vezes, Kianthe estava contente com a sensação de liberdade e expectativa enquanto enfrentavam os ventos.

Pelas Estrelas e pela Joia, como sentira falta daquilo!

Por fim, encontrou o local indicado por Feo. Era uma construção carbonizada em um mar de construções carbonizadas: a parte da cidade tostada pelos dragões. Ninguém morava mais lá — aparentemente se tornara uma espécie de cidade-fantasma, um lugar para onde direcionar os dragões e mitigar os danos às casas ainda habitadas.

Diarno Feo estava parado no meio de uma estrada de chão, semicerrando os olhos por causa da luz do sol. Com a proximidade do verão, os dias se tornavam mais longos, e as temperaturas enfim migraram de frias ao extremo para razoavelmente frias. Feo estava tode emperiquitade, com uma capa pesada e um xale, ornado por um broche majestoso, que lhe cobria os ombros.

Parecia mesmo alguém com a função de líder, o que era impressionante. Kianthe não tinha percebido o tamanho de sua vigarice quando ambos ficavam vadiando no Magicário.

Adorou ver o susto de Feo quando Visk pousou. E por isso não desmontou de imediato; apenas se inclinou sobre o corpanzil de Visk do grifo, que recolhia as asas.

— E então? Fui convocada. E a gente *vai* ter uma conversinha por causa disso, acredite.

— Foi necessário — retrucou Feo.

— Isso é discutível.

Bufando, Feo saiu pela rua, acenando para que Kianthe fosse atrás. Visk guinchou, insatisfeito, e Kianthe enfim desceu das costas dele, resmungando:

— Tá bom, tá bom. Pode ir. — Afinal de contas, os grifos não eram feitos para caminhar; desde o momento em que chocavam do ovo, passavam a existir nos céus. Com um chilrear satisfeito, o bicho decolou outra vez, em direção à floresta.

Kianthe ficou vendo-o partir, perguntando-se o que tanto ele fazia em meio àquelas árvores. Talvez tivesse encontrado uma companheira grifo selvagem; era uma localidade favorável para isso. *Ah, seria tão fofo. Um monte de bebezinhos grifos voando por aí...*

Feo estalou os dedos.

— *Arcandor*. Foco. Eu trouxe você aqui para sentir a magia.

Havia magia em todos os seres vivos, e em vários não vivos também — como ex-aprendiz do Magicário, Feo já deveria estar muito ciente disso. Kianthe arqueou as sobrancelhas.

— Você vai ter que ser mais específico.

Feo beliscou a ponta do nariz, e estancou.

— Não é esquisito que os ataques de dragão sejam sempre concentrados aqui? O povo continua a construir mais ao sul e ao oeste, e as casas mais recentes estão em muito melhor estado. Por que os dragões não arrasariam a aldeia inteira? Capacidade para isso eles têm.

Kianthe já havia pensado naquele assunto, porém estivera ocupada demais aproveitando sua nova vida para pensar nos dragões. Não que ela fosse admitir aquilo para Feo.

— Presumo que seja o fato de as construções serem mais novas. Ainda não houve tempo para serem alvo dos ataques.

— Acho exatamente o contrário. — Feo sacudiu dois dedos, gesticulando para Kianthe acompanhar sua ida até uma ruína que parecia uma... igreja? Um mercado? Não estava muito óbvio o que aquele local costumava ser, mas, para Kianthe, no momento era só uma armadilha mortal.

Ela parou à entrada, pousando a mão na madeira. Era duro de se olhar, décadas de história carbonizadas, a magia débil do lugar pulsando nos vestígios de dor. E havia algo mais vibrando abaixo — algo no solo propriamente dito. Kianthe fixou o olhar no chão, que agora era um amontoado de metal enegrecido e cinzas.

— Arcandor — chamou Feo, impaciente. — Venha comigo.

O tom a irritava. E era surpreendente como Feo incorporava bem a personalidade vaidosa de diarno.

Ela não se mexeu.

— Veja, o problema é que minha namorada vai ficar muito brava se eu morrer no desabamento de uma construção velha. — Feo parou, uma expressão de descrença total que só serviu para estimular Kianthe a cutucar ainda mais: — Ela é meio dramática. Se eu acabar morta por causa da queda de um telhado, ela vai ficar histérica. Aí vai sair espreitando pelas sombras, afiando suas facas na escuridão, buscando vingança em todos os lugares errados. Seria um pesadelo para você.

Se Reyna estivesse ali, ela estaria revirando os olhos.... Mas havia um fundo de verdade naquilo: certa vez, um culto antimagia usou flechas de fogo e canhões para atirar em Visk lá no céu e, como consequência, Kianthe acabou ferida e encurralada em território inimigo. Tão logo soube do ocorrido, Reyna juntou as forças armadas da rainha para invadir o local. Resolveu tudo em menos de dois dias.

Foi lisonjeiro.

E também assustador.

Kianthe sorriu, começando a gostar daquela história.

— É melhor você me dizer o que viemos fazendo aqui, para que eu avalie se... — ela apontou para a porta em ruínas, que rangeu com o vento suave — ... vale o risco.

— Isto aqui por si só já é um pesadelo — murmurou Feo.

Kianthe lhe ofereceu um sorriso vencedor.

— Aí, pronto. Agora você entende. Já vou indo...

— Não consegue sentir a magia? — perguntou Feo com brusquidão. Quando Kianthe se voltou para elu de novo, Feo deu um pisão no solo. — Lá embaixo. Infiltrada no barro como veneno. Não é uma linha de ley, Kianthe; tem algo maior abaixo deste lugar.

Bem, ela adorava um bom mistério. Ameaças à parte — porque, sendo realista, se a construção desmoronasse, ela poderia simplesmente ordenar que a madeira permanecesse em pé por alguns segundos e se salvar com Feo —, Kianthe entrou.

De fato, o local havia sido uma igreja. Para além do saguão à entrada, havia uma longa sala forrada com restos de vitral e alguns bancos com genuflexório. Mais à frente, um mural de estrelas indicava que aquele era um monumento dedicado ao cosmos acima — a divindade tradicional dos habitantes de Shepara. Era comum que as Estrelas e a Joia da Visão ficassem agrupadas, porém só os magos veneravam o poder da Joia. Os civis preferiam algo mais facilmente identificável.

Feo ignorou o mural, arqueando a cabeça para o teto decadente. Estava detonado em cinco trechos, deixando brechas para o sol matinal sarapintar o piso. O que quer que elu estivesse verificando ali, parecia estar a contento;

provavelmente só uma averiguação para ver se as vigas não cairiam com a próxima brisa forte.

— Então tem magia aqui. Você acha que isso tem a ver com o tal ovo de dragão roubado? — Afinal, Kianthe não tinha o dia todo.

Feo cruzou os braços.

— Acho que é por causa do ovo de dragão, sim. E acho que os dragões conseguem sentir, e é por isso que continuam invadindo. E também é por isso que provavelmente os habitantes da cidade redirecionam os dragões para cá durante os ataques.

Kianthe franziu a testa.

— Como você conseguiu sentir? — A linha de ley de Tawney era fraca, mas mesmo não sendo grande coisa, pulsava como uma fogueira quando comparada à chamazinha mirrada da magia que havia ali. Ela só conseguiu identificar sua presença no solo porque a terra lhe disse que estava lá; e também porque só o Arcandor detinha a habilidade de se comunicar com elementos naturais.

— Usei um feitiço de transfixação. Aí ele indicou esta construção aqui, mas não consegui muito mais. — Um suspiro frustrado. — Minha jornada acabou aqui. Mesmo pesquisando a história desta igreja, não descobri nada digno de nota.

— Transfixação? — Kianthe torceu o nariz. Quaisquer feitiços que não se baseassem na natureza, se baseavam na alquimia; ou seja, a distorção da magia por meios artificiais, com sacrifícios de animais e textos sombrios. Só era praticada detrás dos muros do Magicário, e raras vezes divulgada no mundo em geral; a maioria das pessoas ficaria horrorizada caso conhecesse os detalhes.

— A magia alquímica é muito mais fácil de se controlar e é uma opção decente para aqueles de nós que não têm experiência com os elementos da natureza. — Feo ignorou a preocupação de Kianthe, totalmente impassível. Quando a Arcandor não respondeu, Feo bufou. — Mas sendo magia alquímica ou só pesquisa teórica... é mesmo tão surpreendente para você que eu tenha escolhido a primeira opção?

— É uma magia suja.

— Uma galinha aqui e ali para resolver os mistérios de Tawney? Ah, tenha dó, Kianthe. — Ê diarno fajute gesticulou para o chão. — O que você acha? O ovo ainda está aqui ou... tem algo mais acontecendo?

Ao final da frase, a voz de Feo se inclinou para a incerteza, perdendo o tom arrogante. Naquele momento, Kianthe sentiu que era capaz de ajudar e que Feo queria a sua ajuda, ainda que jamais estivesse com propensão a admiti-lo.

Soltando um suspiro, Kianthe se ajoelhou. O piso velho de madeira se desintegrou sob as pontas de seus dedos, expondo a sujeira cinzenta. E abaixo... a magia estranha vibrou.

A magia de Kianthe, intrinsecamente ligada aos elementos da natureza, era brilhante e amarela. Se fechasse os olhos, era capaz de visualizá-la percorrendo seu corpo, rodopiando feito um beija-flor rodeando uma rosa, tocando tudo ao redor. Mas, agora, a luz que a envolvia não era amarela.

Era azul, um azul intenso e diferente. Menos luz solar, mais gelo.

Um eco. Hum. Os dragões controlavam a própria magia, que era única, aliás. A Joia da Visão vez ou outra cutucava a terra dos dragões, e teorizava-se que a curiosidade da Joia fora responsável por despertá-los trezentos anos atrás. A magia do dragão era em parte elemental, em parte alquímica e totalmente misteriosa. Eles não eram como grifos, unicórnios ou qualquer outro animal mítico: não deveriam ser capazes de voar, não com seus músculos volumosos e ossos brutos. Não deveriam ser capazes de invocar chamas do fundo da garganta. Não deveriam viver mais do que qualquer outra criatura no Reino.

E ainda assim...

De repente, Feo estava muito perto.

— Descobriu alguma coisa, não foi?

— Descobri que gosto de espaço pessoal.

Elu revirou os olhos, o movimento tão exagerado que chegou a inclinar a cabeça.

— Arcandor, por favor. Foco. — Feo então se ajoelhou ao lado dela e deu uma batidinha na terra. — Tem alguma coisa lá embaixo. Se não for o ovo, é uma impressão residual deixada por ele.

— Faz sentido — admitiu ela.

Feo pareceu estar a um segundo de dar soquinhos no ar em comemoração. Mas, em vez disso, pigarreou, voltando o olhar para a igreja.

— Existe uma cripta no subsolo? Uma área secreta de adoração, talvez?

Kianthe revirou os olhos.

— Como é que eu vou saber? Estou aqui, com você.

— Você não pode abrir a terra? Levar a gente até lá?

— Claro que posso. Mas isso não significa que vou. — A pulsação lá embaixo estava tão profunda que seria necessária uma dose cavalar de magia para abrir caminho... e a linha de ley de Tawney não tinha forças para isso. O esgotamento mágico para se conseguir um feito daqueles seria mais perigoso do que recompensador.

Kianthe arquivou a informação, aquele não era dia para abordar o assunto. Ficou de pé e limpou a poeira da calça.

Feo fez careta.

— Você gosta de ser tão combativa assim?

— Você gosta de ficar dando ordens às pessoas? — O tom de Kianthe era mordaz. — Eu reajo muito melhor quando sou abordada de maneira amistosa, e não como uma ferramenta do seu arsenal. E minha magia não vai fazer de você alguém importante nesta cidade. — Ela ficou bem pertinho de Feo, seus olhos escuros brilhavam. — Se quer mesmo ajudar Tawney, por que não interage com as pessoas daqui em vez de ficar com essa obsessão de magia antiga?

— Esta cidade nunca vai estar a salvo se os dragões não forem embora.

— Feo fez careta.

Kianthe soltou uma risada.

— Por que perder tempo com os dragões? Tem tanta coisa de que uma cidade necessita para funcionar bem. Você deveria se preocupar mais com o fato de só termos uma parteira para dar conta das necessidades médicas. Ou com o fato de a estrada principal para a cidade estar tão dilapidada que comerciantes valiosos acabam desistindo de se assentar aqui.

Feo enrijeceu, porém desviou o olhar, incapaz de encará-la.

Kianthe ainda não havia terminado:

— Sabe o que mais aprendi depois de conversar com os moradores locais? A comida é sempre um problema aqui. Os tawnianos sobrevivem com uma dieta baseada em frutos do mar graças aos lagos glaciares, mas com a terra dos dragões tão perto, a pesca se torna um trabalho perigoso. Se você se concentrasse na construção de algumas estufas, talvez conseguisse cultivar suprimentos de emergência.

Agora Feo estava hesitante.

— Lorde Wylan deveria estar...

— Vai mesmo deixar um lorde do Reino passar por cima da soberania que lhe cabe? Wylan está planejando uma viagem para o sul, para incentivar os mercadores a virem para cá. — Afinal de contas, Wylan havia abordado Reyna mais cedo para perguntar sobre "a cidade natal de Cya" e as rotas comerciais que poderiam ser estabelecidas junto ao sul e a Leonol, mais além. Eles passaram metade da tarde em um debate sobre as opções.

Feo teve a decência de corar. Esfregou a nuca, lançando um olhar duvidoso para o chão.

— Acho que... é possível que eu tenha me deixado levar um pouco pelo mistério.

Kianthe suspirou, dando tapinhas em seu ombro.

— É um mistério admirável. No entanto, tem gente aqui que vê você como uma representação do conselho, como alguém que veio para melhorar a vida deles. Quer ser diarno? Comece a agir como tal. Até porque agora os dragões serão problema meu.

Por mais que Kianthe odiasse admitir aquilo, sendo que sua alternativa era uma xícara de chá quentinha e um bom livro. Mas qualquer criatura mágica que ousasse ultrapassar as fronteiras humanas exigia mediação — e essa intervenção era função do Arcandor.

Da próxima vez que os dragões atacassem, ela teria de lutar.

Argh. Seu estômago se revirou de ansiedade só de pensar no assunto. Não queria ter de resolver aquela história de jeito nenhum. Talvez um dia ela retornasse à igreja em questão para averiguar a magia lá embaixo. Hoje, porém, Reyna ia fazer seu pãozinho açucarado com canela e nozes, e Kianthe queria muito experimentá-lo.

— Você tem uma oportunidade aqui, Feo. Espero que faça bom uso dela.

E com um aceno resoluto, a Arcandor saiu da igreja caindo aos pedaços, largando ê autoproclamade diarno e a pulsação débil da magia do dragão.

19

REYNA

Kianthe demorou um pouco para retornar, o que teria sido alarmante caso Reyna não estivesse tão ocupada com o preparo de uma nova iguaria para a loja. Era um dos favoritos do Reino — um ponto de doçura que beirava a sedução, porém com a quantidade certa de nozes para equilibrar o sabor. Passara boa parte do seu décimo segundo ano de vida aperfeiçoando a receita do chef do Reino, e agora a livraria estava tomada pelo delicioso aroma caseiro.

Botou a fornada para venda, mas, antes, separou algumas unidades para Kianthe — o que acabou sendo uma decisão inteligente, já que aqueles pães eram imensamente populares até mesmo entre os sheparanos. Logo, várias pessoas estavam pedindo uma segunda xícara de chá para acompanhar a guloseima, e assim Reyna ficou um bom tempo circulando pela loja, servindo mais água quente enquanto as pessoas folheavam os romances nas prateleiras ou se deliciavam com o aconchego da lareira.

Kianthe chegou à tardinha, esfregando a testa.

— Lembre-me de nunca entrar no governo — disse ela a Reyna, pegando sua caneca favorita, roxa com pintinhas brancas, como as estrelas lá no céu, e, em seguida, deixou Reyna e a clientela rumando para o pátio, a fim de saborear seu chá e seu mau humor.

Reyna reprimiu uma risada e serviu os últimos pedidos dos clientes. Então se virou para Gossley:

— Consegue cuidar da loja sozinho?

O menino zombou, aprumando os ombros. Havia passado a manhã abrindo a ferraria com Tarly, e sua confiança estava se transformando em algo presunçosamente notável. Seu tom foi cheio de pose:

— Com a mesma facilidade com que posso demonstrar o exercício que você me ensinou na semana passada.

Aquilo não inspirava confiança, mas Reyna duvidava que ele fosse botar fogo no lugar enquanto ela estivesse lá fora conversando uns minutinhos com Kianthe. Sendo assim, desamarrou o avental, pegou os pãezinhos doces que havia reservado e saiu para acompanhar a namorada sob o sol. Já era meio da tarde, e o pátio voltado para o norte estava recortado pela sombra dos pinheiros e do telhado inclinado do celeiro.

Kianthe se acomodara em uma cadeira de ferro forjado, os pés apoiados na mesa de metal, bebericando sua mistura de ervas.

— Presumo que Feo não tenha lhe inspirado confiança. — Reyna apertou o ombro de Kianthe, ofereceu os pãezinhos e sentou-se na cadeira ao lado. — Espere, deixe-me adivinhar. Feo pediu um favor.

Kianthe pegou uma das guloseimas do prato, semicerrando os olhos para o pão.

— Achei que tivesse nozes...?

— Estou testando o recheio de geleia de morango. Você vai gostar.

Reyna admirou a facilidade com que Kianthe mordeu às cegas a comida, confiando plenamente em sua palavra. Aquilo a deixou com o coração quentinho, em especial quando a outra gemeu de satisfação.

— Está divino.

— Que belo elogio. E ê diarno?

Kianthe resmungou ao mastigar.

— Só queria um favor mágico. Ei, como é que diarnos reivindicam a propriedade de uma cidade, afinal? Tem algum fim legal para a disputa com Wylan ou isso vai continuar até resolverem dar uma trégua?

Reyna deu de ombros, recostando-se na cadeira. No celeiro estava bem quente, com a lareira acesa, o forno aquecendo as paredes da despensa e a chaleira de cobre fervendo o tempo todo, mas ali fora o ar estava fresco. Quase desejou ter trazido uma caneca de chá também.

— Bem, Sua Excelência jamais vai admitir que Shepara pertence a outro soberano, e duvido muito que o conselho vá entregar a cidade à rainha Tilaine sem lutar. Então... meu palpite? Ou um deles morre sem um sucessor, ou é isso, eles cedem e fazem uma trégua.

— Hum. Provavelmente a gente deveria tentar forçar uma trégua, então.

Um pássaro cantou lá no alto, voando entre os galhos das árvores. Reyna riu.

— Achei que você não quisesse saber dessas coisas de governo. — Houve uma pausa e um sorriso travesso. — O que é irônico, já que seu cargo significa que você basicamente é uma entidade governante.

Não era a intenção de Reyna acrescentar aquele tom autodepreciativo, mas acabou por acontecer. Ela abaixou a cabeça, à espera de que Kianthe não percebesse. Já haviam se resolvido naquela conversa de "quem dá e quem merece", só que abandonar a crença estava sendo mais difícil do que Reyna previra.

Kianthe semicerrou os olhos, a voz saiu cautelosa.

— Eu não comando ninguém nem faço escolhas que afetam uma cidade inteira.

Reyna lançou um olhar irônico.

Kianthe gemeu.

— Bem, eu não faço intencionalmente.

— Sempre pode piorar, querida. — Antes que Kianthe conseguisse compreender a frase, Reyna mudou de assunto: — Mas enfim, o que Feo pediu? — Fosse o que fosse, Kianthe parecia extenuada depois do encontro. Reyna estava doida de curiosidade e se ajeitou para encarar a namorada.

Kianthe suspirou, dando outra mordida caprichada no pão doce. Suas palavras saíram abafadas pela mastigação.

— Feo está caçando o suposto ovo de dragão. Achou uma igreja velha na parte queimada da cidade, e tinha razão nas descobertas: existe algo no subsolo de lá. Provavelmente uma cripta ou um sistema de túneis subterrâneos. — Ela engoliu em seco e tomou um gole de chá. — Pode ser um ovo de dragão. Pode ser outra coisa.

— Você não está curiosa? — A empolgação escalava pela coluna de Reyna. Se havia uma coisa que amava mais do que bolos e chá, era um bom mistério. Era estimulante investigar becos escuros, marcar encontros com pessoas enigmáticas e, por fim, descobrir a verdade.

Em seu antigo emprego, era excelente na identificação de assassinos da realeza antes mesmo que tivessem a chance de fazer algo estúpido. Bem, poucas tramas passaram despercebidas quando ela servia à rainha Tilaine.

Kianthe fez menção de falar, mas a porta dos fundos se abriu.

Era Gossley, freneticamente:

— Ah, hum, desculpe por incomodar, mas o *lorde* está aqui — sussurrou ele a palavra, os olhos arregalados de pânico. — O escolhido da rainha. Ele está perguntando por você, Cya.

Kianthe sorriu, seu olhar cínico quase insuportável.

— Sua vez.

Reyna deu um empurrãozinho no ombro dela.

— Já volto.

— Tem mais pãozinho?

— Não. E desse jeito você vai ficar sem apetite para jantar. Mantenha cheias as canecas dos nossos clientes, por favor. — Reyna deu um beijo breve em Kianthe e acompanhou Gossley lá para dentro.

Lorde Wylan estava parado bem no centro do celeiro. Assim como em sua vinda anterior, alguns clientes se levantaram, mas ele dispensou as reverências com gentileza.

— Apreciem suas bebidas.

Alguns cidadãos sheparanos reviraram os olhos. Os do Reino ficaram aliviados.

Considerando que ele era a arma da rainha Tilaine ali, Reyna não poderia culpá-los. E, ainda assim, ela quase se sentiu mal por ele — que nitidamente desejava conhecer aquelas pessoas, mas não fazia ideia de por onde começar.

— Precisa de alguma coisa, milorde?

Wylan baixou a cabeça.

— Minhas mais profundas desculpas, Cya. Eu esperava ter uma conversa particular.

— O quarto nos dará privacidade. Ou a despensa, se preferir?

Se Kianthe estivesse ali, ela sem dúvida ia fazer alguma piadinha sobre ele estar roubando sua namorada. Seria algo bem contundente e beirando o obsceno, e Kianthe faria pelo simples prazer de descobrir quem iria corar primeiro: Reyna ou o estimado lorde.

Reyna estava em parte grata e em parte decepcionada por Kianthe ter ficado no pátio.

— Ah, não é isolado o suficiente. — O olhar de Wylan era severo e ele baixou a voz. — Apresente-se à minha propriedade assim que puder. Certifique-se de que não seja seguida por ninguém.

A propriedade dele. Seguida. O humor alegre de Reyna desapareceu em um piscar de olhos, substituído por pensamentos temerosos. As únicas pessoas que poderiam segui-la seriam os espiões da rainha Tilaine. E ela sabia que eles já vinham bisbilhotando a região há semanas.

Wylan deu uma olhadinha para trás, tirou o chapéu de três pontas e saiu. Reyna notou sua partida acelerada, desaparecendo antes mesmo que ela pudesse pestanejar.

Claro. Ele também vinha evitando os espiões da rainha há anos, considerando a reputação de seu pai. E era provável que fosse por isso que viera pessoalmente, em vez de enviar Ralund ou outra pessoa.

Gossley veio para interpelar.

— O que foi? Fomos descobertos? — O garoto parecia em vias de fugir.

Por um instante, Reyna se esquecera de seu estratagema com a história dos bandidos. Demorou uns bons segundos para ela se tocar.

— Ah, a gente já esperava isso. — Ela forçou um sorriso vivaz. — Tem um motivo para nossos superiores terem me posicionado aqui. Eu levo jeito com o séquito da rainha. Agora, de volta ao trabalho, por favor. Há mesas para limpar.

Gossley franziu a testa, mas pegou um pano obedientemente.

Nesse meio-tempo, Reyna foi pegar a espada no quarto e retornou lá para fora. O pratinho de Kianthe estava limpíssimo, pelo dedo ou pela língua, sabe-se lá; umas migalhinhas eram a única pista do que ela havia consumido. A caneca fumegava sob seu nariz, e ela olhava, carrancuda, para um dos pinheiros — que parecia murchar sob sua ira.

— Key.

Kianthe levou um susto, e as agulhas do pinheiro se reanimaram. Ela olhou para Reyna.

— Alguma coisa importante?

— Uma reunião particular com lorde Wylan, o mais breve possível. Na propriedade dele.

— Diga a ele que você já é comprometida. — Ela fez uma pausa e ofereceu um sorriso travesso. — Espere. Diga a ele que você topa por dezesseis palidrões.

Reyna ergueu uma sobrancelha.

Kianthe lhe deu um tapa na perna, achando tudo muito engraçado.

— O quê? Foi você quem disse que tinha que fazer por merecer. Era mentira? — Kianthe caiu na gargalhada, os ombros sacolejando.

— Já acabou, querida?

— Por enquanto.

Reyna suspirou, massageando a testa. Em seguida, olhou ao redor do pátio, mas elas estavam a sós, espremidas entre duas construções e o terreno baldio. Mesmo assim, ela baixou a voz a um sussurro:

— Desconfio que a rainha tenha pedido a ajuda dele para me localizar.

Aquilo fez Kianthe se endireitar. Seus olhos escuros brilharam.

— Então eu vou com você.

— Totalmente desnecessário.

— Desnecessário? — repetiu Kianthe, indignada. — Você vai enfrentar sozinha um lorde do Reino, só contando uma historinha? — Ela manteve a voz baixa, o suficiente para que Reyna tivesse de se esforçar para ouvi-la, mas aquela fúria repentina foi lisonjeira.

Reyna prendeu a bainha da espada no cinto.

— Querida, eu te amo, mas dou conta de lidar com lorde Wylan.

— E se os espiões da rainha te emboscarem?

— Aí eu te convoco com a pedra da lua no mesmo instante.

Aquilo pareceu aplacar o nervosismo de Kianthe. Ela resmungou, afundando na cadeira.

— Primeiro os dragões, agora isto. Podemos voltar ao passado, quando meu maior dilema era qual sabor de chá eu ia beber ao acordar ou quando eu tentava não me esquecer de recolher minhas roupas do chão do lavatório?

Reyna lhe deu um beijo delicado.

— Eu te amo e não demoro a voltar.

— E eu arrasarei a cidade se você não fizer isso.

Reyna não sabia se Kianthe estava falando sério. Então só riu e se foi.

O caminho para a propriedade de Wylan era reto, aninhado à orla rochosa do outro lado da cidade. Estava escurecendo mais e mais a cada segundo, mas Reyna seguia com toda calma do mundo, adotando as técnicas que aperfeiçoara na época de guarda da rainha Tilaine. Afinal de contas, Sua Excelência tinha passagens secretas por todo o palácio, e a paciência era a virtude para evitar eventuais transeuntes.

Quando Reyna bateu à porta dos fundos da propriedade, não se deu ao trabalho de esconder a espada nem a expressão determinada. E quando o mordomo de lorde Wylan enfim chegou, mal esperou pela autorização para entrar.

— Milorde está me esperando — declarou ela.

Os olhos lacrimejantes de Ralund pousaram na espada, e ele gaguejou:

— Ah, sim. Claro. Por aqui. — Ele a conduziu por corredores sinuosos e salas vazias.

Chegaram a uma enorme sala de estudos, a qual poderia com facilidade abrigar metade dos estudiosos do palácio da rainha Tilaine. Um lustre imenso cheio de velas derretidas brilhava lá no alto, e o andar superior era decorado com artefatos antigos: armaduras de couro, espadas lascadas, panelas de barro, estátuas douradas.

Já o andar inferior estava repleto de livros, e Reyna normalmente teria solicitado alguns para sua central de empréstimos. E normalmente teria pedido permissão para soltar Kianthe ali, porque os livros eram a paixão de sua namorada, mas era capaz de ela perder o rumo no meio de tantos livros.

Reyna não fez nem um, nem outro. Simplesmente postou-se no centro da sala, encarou Wylan sentado à uma mesa enorme e perguntou:

— Pode me explicar o que está havendo, milorde?

Alguém vai morrer esta noite?

Ele pareceu surpreso com a expressão que Reyna fazia e seu olhar pousou na espada. Ele deu um sorriso sutil.

— Veio preparada para a batalha?

— Não sou de ser pega desprevenida.

— Acha mesmo que vou atacá-la?

Reyna pensou um pouco.

— Depende do que me disser.

Wylan se levantou, contornou a mesa e, em um movimento casual, apoiou nela, mas seus olhos eram penetrantes e calculistas.

— Fui abordado hoje. Por um homem do palácio da rainha, ele tinha o brasão oficial dela.

Abordado. Isso significava que ele não tinha meramente notado pessoas suspeitas perambulando pelos arredores de sua cidade. Reyna guardou essa informação.

— Entendo. — Era surpreendente que Sigmund e Nurt não a tivessem avisado a respeito... mas talvez eles estivessem ocupados em outro lugar.

Lorde Wylan continuou:

— Ele perguntou sobre uma guarda traidora da rainha, chamada Reyna. Ao que parece, ela é acusada de alta traição por abandonar seu posto real. Ele leu para mim o decreto de Sua Excelência... Um tanto contundente. Nada de bom aguarda por essa tal mulher na capital.

Reyna manteve a expressão relaxada, levemente intrigada. Mas, por dentro, seu coração palpitava e a náusea se instalava em seu estômago como leite azedo. Pelos Deuses, achava que teria mais tempo... mas todos os seus sonhos começavam a ruir.

Ela fingiu confusão.

— Parece preocupante. No entanto, não sei bem como posso ajudar.

— Pare com o fingimento. — Wylan balançou a cabeça. — Posso ser um lorde pouco importante de uma cidade inconsequente, mas não sou cego para a política do Reino. Você fugiu. E agora estabeleceu um precedente de que qualquer pessoa sob o comando da rainha pode fugir. Essa é uma ideia perigosa sob os olhos da rainha Tilaine.

Reyna o fitou, sem dizer uma palavra. Era possível que ele estivesse jogando uma isca para ela confessar algo que ainda estava implícito, mas com base em sua expressão astuta, ela duvidava muito disso. Ele obviamente recebera a informação, fizera seus cálculos e tirara as próprias conclusões. E tais conclusões estavam corretas, ele sabia muito bem disso.

A pergunta agora era... Quanto ele havia revelado ao representante da rainha?

Reyna levou a mão à espada. Seu polegar esfregou distraidamente a argila dura que escondia a insígnia real, mas o gesto só serviu para lembrá-la de Kianthe, da livraria e de tudo o mais que tinha a perder.

Era muito mais do que só a vida dela naquele momento.

Com isso em mente, foi necessário apenas um instante para fazer sua escolha. Reyna caiu de joelhos, inclinando a cabeça para o chão.

— Se sabe a verdade, milorde, então já determinou meu destino. Ao mesmo tempo que clamo por compaixão, devo avisá-lo de que nada vai acontecer sem luta.

Wylan começou a rir. Um som ousado que ecoou nos livros, no teto alto, nas janelas pesadas, embora os músculos de Reyna permanecessem tensos. Mas o homem se limitou a esfregar o rosto.

— Pelos Deuses, Reyna, não sou um carrasco. Talvez seja a influência sheparana falando aqui, mas acredito que todos merecem uma segunda chance.

A esperança cresceu no peito dela, sombria e espontânea.

— Então guardou meu segredo?

Ele suspirou, voltando o rosto para o teto.

— Certa vez, meu pai foi até a capital de joelhos, implorando por ajuda para combater os ataques de dragão. A rainha Eren encarou aquilo como um sinal de fraqueza.

Reyna se lembrava de ter ouvido falar dessa visita. Ela era criança na época.

Em uma demonstração espontânea de empatia, Wylan ofereceu a mão, ajudando Reyna a se levantar para que ficassem em pé de igualdade. Seu olhar era duro, amargo, à medida que ele relembrava o episódio:

— A rainha deixou a filha escolher o castigo. A princesa Tilaine então ordenou que ele ficasse um mês na masmorra. Ele voltou para Tawney derrotado, pele e osso, despojado de seu orgulho... ainda que tenha conseguido manter a posse das terras.

Era disso que Reyna se lembrava. A mãe acompanhara todo o caso de detrás do trono da rainha Eren, que zombara do senhor incapaz de administrar seus bens. Na referida data, tarde da noite, ela chegara a resmungar para a pequena Reyna:

"Nunca implore ajuda à rainha, minha querida. Você existe para servir Sua Excelência, não para roubar seu tempo e suas soluções."

Toda vez que Reyna pensava em lorde Julan, pai de Wylan, pensava em fraqueza, má gestão e em uma compleição fraca. O lorde que implorara. Se a rainha Eren, que os Deuses a tivesse, fosse a pessoa a tomar a decisão em vez de sua filha, Wylan não teria nem mesmo tido direito a manter suas propriedades.

A família inteira teria sido morta.

Agora, diante do filho do sujeito, Reyna repensava todas as suas impressões sobre o episódio. Seu relacionamento com Kianthe havia lhe ensinado que pedir ajuda não era fraqueza, e no momento ela estava envergonhada por sequer ter permitido que aquela impressão um dia tivesse lhe parecido sensata.

— Sinto muito, lorde Wylan. Seu pai não mereceu nada daquilo.

— Não, não mereceu mesmo. — Wylan franziu a testa, voltando ao assunto em questão. — Bem, eu disse ao homem da rainha que nunca tinha ouvido falar de ninguém com esse nome em Tawney. Isso com certeza não vai cair bem quando chegar à capital; Sua Excelência espera que seus senhores conheçam suas terras por dentro e por fora. Mas vou aceitar a punição, se for necessário. — Ele abriu um breve sorriso. — Não tenho vergonha de admitir: nada me agrada mais do que abrigar um traidor da corte da rainha.

Agora foi a vez de Reyna rir, borbulhante como champanhe.

— Se vamos ser sinceros, nada me agradou mais do que abandonar a corte.

Wylan riu sem reservas, e uma ponte se formou entre ambos.

Suas palavras seguintes foram sóbrias:

— O homem dela pareceu relutante em partir. Venne era o nome dele. Isto lhe traz alguma luz?

Reyna franziu os lábios. Venne, seu parceiro na guarda. O sujeito que estava totalmente convencido de que algum dia os dois ficariam juntos. Ele via cada sorriso, cada toque, cada luta como um flerte e, quanto mais o tempo passava, mais ele ignorava que Reyna havia desenvolvido outras preferências.

Se Venne a estava caçando, era porque pedira permissão para tal. Porque solicitara pessoalmente à rainha que fosse atribuído a ele o direito de busca.

Um nome falso não seria capaz de distraí-lo por muito tempo.

Wylan leu a expressão dela e franziu a testa.

— Eu só queria que você soubesse. Seja cautelosa, Reyna. Você se tornou referência em Tawney, e eu odiaria perdê-la, ou perder sua parceira, ou sua livraria.

Era uma dispensa, mas a mais gentil que já recebera. E ele não pedira nada em troca. Posto que era confrontada com tal generosidade, Reyna lamentava ter presumido que a noite em questão seria hostil.

Ela, então, fez uma reverência respeitosa e não escondeu a gratidão em sua voz.

— Obrigada, milorde. Se precisar de alguma coisa... Bem, sou bastante disposta para muitos assuntos.

Ele riu.

— Vou me lembrar disso na próxima vez que os dragões atacarem.

Reyna saiu, refletindo sobre o alerta. Consciente de que Venne estava metido na história, demorou o triplo do tempo para retornar à loja e, considerando que a noite caíra, cada sombra parecia uma carícia indesejada.

Era melhor deixar Kianthe a par de tudo.

20

KIANTHE

A noite se arrastou sem Reyna. Kianthe pensou na questão dos dragões, em maneiras de impedir os ataques e nos aspectos da investigação de um possível ovo desaparecido — ou do que quer que estivesse no subsolo daquela igreja —, mas logo percebeu que pensar em apresentar suas ideias e de fato apresentá-las eram duas coisas bem diferentes. Junte isso à possibilidade de a rainha Tilaine ter encontrado Reyna, que agora estava lá sozinha, à mercê daquele lorde ridículo, talvez até mesmo sendo ameaçada pela ponta de uma espada...

Kianthe rosnou e pegou um livro aleatório, sentando-se em uma das poltronas. Com o pôr do sol, o frio se assentara e o celeiro rangia com o vento. Ela puxou uma manta sobre os ombros, fitando o livro em suas mãos.

Apresentar-se. Ser dispensada. Ir embora. Reyna estava bem e sabia se virar, e talvez os dragões sequer voltassem a ser um problema; Kianthe não queria pensar em todas aquelas responsabilidades, ora bolas.

Mais cedo, a clientela pareceu pressentir seu descontentamento e acabou saindo da loja sem muito estardalhaço. Gossley também foi embora logo depois, mal se despedindo antes de seguir para a ferraria de Tarly. Em meio àquele vazio ecoante, quase desejou que um dos espiões de Tilaine aparecesse de repente e a desafiasse para um embate.

Mas não aconteceu, é claro, e à medida que a noite avançava, sentia seu o peito apertar e as mãos tremerem. Onde estava Reyna? Estava demorando demais, não estava? Ela já devia ter...

Kianthe obrigou-se a se reacomodar na poltrona. Não, Reyna não devia nada. Ela, por certo, daria um sinal com a pedra da lua caso precisasse de ajuda.

A menos que Wylan tivesse roubado a pedra.

Não. Reyna jamais permitiria que algo assim acontecesse.

Mas que porra, ela estava regredindo de novo! Mesmo estando bem ciente da realidade, não conseguia deter a espiral de pensamentos que a deixavam tensa a ponto de sentar-se na pontinha da cadeira, o livro esquecido no colo. E ficar parada ali não estava ajudando. Kianthe estava prestes a sair para procurar a namorada quando as portas do celeiro se abriram e Reyna entrou.

Bendita Joia da Visão. Tudo bem que ela não foi de grande ajuda para aplacar o aperto no peito e as mãos trêmulas de Kianthe, mas o alívio ainda era preferível aos pensamentos intrusivos.

Elas haviam pendurado cortinas pesadas nas janelas da frente, para terem privacidade à noite, e Reyna não perdeu tempo em puxá-las.

— Desculpe por ter feito você esperar, amor.

— Como foi com Wylan? — Kianthe não estava com disposição para piadas nem provocações. Em vez disso, levantou-se da poltrona, confusa.

Reyna relaxou um pouco, a exaustão margeando seus olhos.

— Foi bem. Ele recebeu uma visita hoje: Venne.

Se a intenção de Kianthe era se acalmar, aquela informação não ajudava. Venne era um sujeito aparentemente legal, agradável e confiável, mas desejava Reyna de uma maneira quase possessiva. Houve muitas ocasiões no Grande Palácio em que ficara doida para intervir no excesso de pega-aqui-pega-acolá-dele, no jeito como seus olhos passeavam pelo corpo de Reyna quando ela entrava no cômodo. Só que Kianthe jamais conseguiria intervir sem revelar seu relacionamento secreto com Reyna.

— Mas que saco, cara — resmungou ela. — Pelas Estrelas e pela Joia, esse sujeitinho não consegue viver sem você orbitando o ego dele?

Reyna então a puxou para um abraço apertado. Seus dedos estavam gélidos, em seguida ela soltou Kianthe e esticou as mãos para perto da lareira.

— Você sabe a resposta. De acordo com Wylan, Venne não tem certeza se estou em Tawney, mas não vai demorar muito para ele achar nossa loja. — Sua inflexão mudou para apreensão e, pela primeira vez, sua voz vacilava. — Eu... não sei bem para onde isso nos leva, Kianthe. O que você quer fazer?

Se os capangas da rainha estivessem farejando a loja, talvez fosse hora de colocar os poderes da Arcandor em cena: firmar uma trégua em troca da liberdade de Reyna. Kianthe ponderou, tentando ver como exatamente conseguiria aquilo, em especial sem precisar iniciar uma guerra devido à indignação de ser obrigada a entregar o controle de sua magia a uma rainha vil... e então percebeu que Reyna estava olhando para ela.

Não só olhando. Esperando. Um terror detrás de seus olhos, como se Kianthe pudesse destruir seus sonhos com uma palavrinha só.

Kianthe estava começando a achar que tinha perdido alguma coisa naquela meada toda.

— Hum. Preciso que fale como se eu tivesse cinco anos, porque não entendi bem o que você está querendo.

Reyna soltou um suspiro trêmulo.

— A rainha Tilaine é perigosa, Key.

— Eu também sou, Rain.

— Isso mesmo. Você é a Arcandor... Muitos territórios vão se desintegrar se você criar essa inimizade com ela. Quando Venne me encontrar, vou ter que fugir. Os espiões da rainha jamais vão tirar o alvo das minhas costas. — Reyna gesticulou para os arredores, meio resfolegada agora. — Ou... eu posso ir embora antes de isso acontecer. Sozinha. E você pode usufruir de tudo o que construímos aqui.

Kianthe ficou olhando para ela, uma pontada de pânico revirou suas entranhas. Fez menção de refutar — ou talvez de beijar Reyna até fazê-la perder os sentidos, sabe-se lá —, contudo, naquele exato momento, sua atenção foi desviada por um barulho nos arredores do celeiro. As duas enrijeceram, e aí garras duras puseram-se a arranhar a madeira e um grito semelhante ao de um pássaro encheu o ar.

Visk. E o grifo não tinha o hábito de fazer estardalhaço por nada.

Elas trocaram um olhar e correram para a entrada da loja. Kianthe usou magia para abrir as portas do celeiro, e, de pronto, um paredão de chamas as saudou. Visk estava acuado, as asas bem fechadas, os olhos brilhando de pânico sob as ondas ondulantes de calor.

Tawney estava pegando fogo.

— Merda, para trás — alertou Kianthe, puxando o grifo pela porta larga. Ela então o tirou dali, sentindo a avidez das chamas que lambiam o celeiro. — Nem hoje, nem *nunca*. Molhem-se ou eu molharei!

As chamas reagiram às palavras mágicas, soltando suspiros de fumaça enquanto encolhiam. A seguir, ela jogou ondas de terra sobre as cinzas fumegantes, extinguindo as chamas por completo.

A já muito débil linha de ley danou a pulsar depois que Kianthe sugou sua energia, mas ainda havia um resquício de magia. Visk retornou para o lado de fora, sacudindo as penas cinzentas e guinchando um novo alerta. No alto, um rugido profundo soou, e uma silhueta sombria cortou as estrelas.

— Dragões — disse Reyna, sacando a espada em seu quadril.

Kianthe quase teve um infarto. Ela agarrou o braço da namorada.

— Reyna, eu te amo mais do que ao Visk, a lua, as estrelas e todas as flores de Shepara. Mas se você tentar atacar um dragão com esse palitinho de espada, juro que amarro você numa cadeira para ficar no cantinho do pensamento.

E então Kianthe a beijou, profunda e apaixonadamente.

A exclamação de surpresa de Reyna se transformou em um suspiro de alegria. Ela se agarrou a Kianthe, e seus corpos ficaram quentes e sólidos um contra o outro. Ela enterrou o nariz no ombro de Kianthe.

— Então acho que estamos juntas nessa.

— Esta noite e sempre, durante o tempo em que você quiser ficar comigo, que se danem as rainhas e os dragões. — Kianthe ajeitou o cabelo na testa de Reyna, acariciou seu rosto e se afastou. — Agora preciso negociar a paz. Por favor, não fique chateada comigo mais tarde; há uma chance muito real de eu não estar consciente o suficiente para protestar.

— Como assim? Key...

Mas Kianthe já estava saltando nas costas de Visk e subindo aos céus em meio ao esvoaçar de suas penas.

A cidade estava em chamas, as chamas lambiam os prédios e ruas ao passo que os dragões — pelo menos seis deles, talvez oito — se revezavam em mergulhos nas diferentes regiões. Eles já haviam criado um perímetro ardente ao redor da maior parte da cidade, encurralando os cidadãos.

Seus vizinhos e *amigos*, gritavam, fugiam de casa, carregavam bebês e rebocavam crianças pequenas e animais de estimação enquanto buscavam abrigo. Até agora, haviam tido bom senso suficiente para evitar as criaturas, mas era só questão de tempo até que alguém se machucasse gravemente.

E então cascos ribombaram: Reyna havia resgatado Lilac do estábulo e gritava comandos para os habitantes da cidade. Tarly apareceu ao lado dela, evacuando as pessoas para o Folha Nova, o local mais seguro simplesmente porque havia uma maga morando lá.

E Kianthe garantiria que continuasse sendo assim.

A magia influ dentro de si, reluzente, amarela e ofuscante como o sol. A linha de ley já não tinha mais muita coisa, porém, se ela fosse sagaz, poderia parar o ataque.

Não se permitiu pensar nas consequências caso falhasse.

— Dragões! Por aqui! Vocês vão lidar comigo agora, não com eles. Precisamos ter uma conversinha!

E aquilo atraiu a atenção total deles. O tipo errado de atenção.

À diferença de Lilac — insegura naquele caos, derrapando na terra ao se deparar com as chamas —, Visk havia sido moldado para a batalha. Todos os grifos eram assim; era por isso que os magos preferiam usá-los como montaria. Então, quando um dragão notou a maga e seu fiel escudeiro e soltou uma torrente de chamas na direção deles, Visk não vacilou.

Kianthe também não. Sua magia atingiu o dragão na dianteira, redirecionando sua chama para as nuvens logo acima.

— Entendi. Sem negociações, então. É hora de fazê-los ouvir. — A fumaça subia ao redor, mas Kianthe a neutralizou recitando um feitiço, preservando a qualidade do ar à medida que mergulhavam na escuridão.

O dragão era grande demais para se esconder na fumaça, as escamas brilhavam prateadas ao luar — e ele não estava preparado para o golpe de Visk em suas costas.

Chegando ainda mais perto, Kianthe gritou de novo:

— Você tem que me ouvir. Esta cidade não tem culpa... Deve ser algum mal-entendido!

O dragão rosnou, rodopiando pelos céus em uma tentativa de agarrar Visk. Para proteger sua montaria, Kianthe sugou o ar dos pulmões da criatura, em um movimento que exigiu altas cargas de magia. O dragão chiou, vacilou e desabou na tundra árida.

Aquela confusão chamou a atenção da horda.

O suor escorria no rosto de Kianthe quando Visk se pôs a voar em um círculo largo, guinchando para alertar que agora mais dois dragões vinham para cima deles. Uma das feras acabou parando para verificar seu companheiro ferido.

No entanto, a outra continuava a avançar para Visk, as garras expostas e os dentes cintilando.

Mas Visk era parte águia, por isso, muito veloz em voo. Ele gorjeou, e Kianthe mal teve tempo de agarrar suas penas antes de eles mergulharem bruscamente, mirando nos limites da cidade. O vento cortava seu rosto, mas ela não queria desperdiçar magia para se proteger. O calor subia em suas costas, o fogo do dragão vindo com força em sua direção.

Ela retorceu a mão atrás de si, capturando a chama, e então dissipando-a.

Ao mesmo tempo, Visk abriu as asas e fez uma curva.

O dragão que os perseguia fez uma curva no último segundo para evitar uma colisão feia, mas a asa acabou acertando as rochas na orla. Com um uivo, ele bateu na aresta rochosa da terra dos dragões, o baque ecoando ao longo da tundra aquecida pelo verão. Os pinhais ao sul estremeceram, e Visk mal teve tempo de escapar da nuvem de poeira que avançou para eles como um maremoto.

— Os dragões precisam me escutar — berrou Kianthe, tossindo. — Se continuar assim, um deles vai acabar morrendo.

E se uma das feras acabasse morta, seria o fim das negociações. Os dragões não eram como os grifos; eram mais animalescos. Eram inteligentes, conspiradores e ferozmente protetores. A morte de um deles significaria guerra — uma guerra que nem mesmo a Arcandor seria capaz de impedir.

Visk chiou de novo, voltando-se para o dragão que tinha caído nas falésias. O bicho estava ofegante, a asa em um ângulo estranho, mas felizmente estava vivo. Uma pequena bênção naquela noite.

Visk ainda tinha resistência para durar literalmente dias, mas Kianthe estava se extenuando rapidamente. A linha de ley em questão era fraca demais para aquele tipo de magia e, sem companheiros magos a quem recorrer, suas reservas declinavam em um nível perigoso.

O tempo estava se esgotando.

Kianthe precisou lutar contra uma onda de tontura, beliscando o próprio braço durante todo o trajeto de volta para Tawney. A maioria dos habitantes da cidade havia se abrigado no celeiro, e Reyna ainda montava Lilac, comandando a evacuação. O coração de Kianthe pulou em seu peito quando outro dragão os avistou, abrindo sua enorme mandíbula para um ataque com chamas.

— Merda! — Ela saltou de Visk em um movimento totalmente estúpido, manipulando o vento para que redirecionasse sua queda. Desta vez, estava perto o suficiente do dragão para sentir o ar nos pulmões do bicho, o qual começou a redemoinhar ao seu comando. Um feitiço garantiu que o fogo parasse na garganta do dragão e, ao mesmo, tempo Kianthe continuava tentando se posicionar às costas da criatura para gritar perto de seus ouvidos.

— Pare de atacar! Por favor! Nós precisamos conversar!

O dragão tossiu, expelindo chamas, um equivalente mágico da indigestão. Em seguida, soltou fumaça pelas narinas e Kianthe enfim libertou o fogo do feitiço. Mas o dragão não ia desistir com tanta facilidade, e estava nítido que não dava a mínima para o desejo dela de negociar. Ele rosnou e lançou uma explosão de chamas contra o chão, errando o celeiro por muito pouco.

— *Não* — gritou Kianthe, travando ainda mais a chama na garganta da criatura.

Dessa vez, o dragão bufou, chiou e cambaleou em direção à terra dos dragões. Parecia engasgado com a água do mar, como se ela tivesse chamuscado suas entranhas com aquele feitiço derradeiro.

Com aquela mudança repentina, ela agarrou as escamas do dragão, e Visk se reposicionou bem embaixo dela. As escamas afiadas cortaram seus dedos e o sangue quente jorrou, mas ela mal conseguiu prestar atenção aos ferimentos. No momento certo, tomou impulso das costas do dragão, criando uma nova rajada de vento para pousar nas costas de Visk.

E assim o dragão voltou todo calejado para sua terra.

— Kianthe… — berrou Reyna lá de baixo. Sua voz era cortante, cheia de pânico, mas ainda abafada, já que elas estavam a uma distância muito grande uma da outra. — Você fez tudo o que dava para fazer!

Mas não era o bastante; a cidade ainda estava em chamas. Em transe, Kianthe voltou a atenção para as construções. O fogo consumia com avidez tudo o que não era reforçado com rocha ou metal. Irritada, ela fez um gesto para as chamas e a terra as engoliu inteiras.

Restou apenas fumaça flutuando preguiçosamente no céu noturno.

As estrelas estavam muito brilhantes agora.

Visk guinchou um novo alerta. Aparentemente, ao parar três dragões, Kianthe ganhou a atenção do restante do grupo. Os quatro restantes circulavam como abutres.

Reyna ainda estava no chão, agarrando em desespero a crina de Lilac. Visk deu um rasante para que ela pudesse ver o horror no rosto de sua parceira.

A preocupação foi logo reprimida pela noção de que *quatro dragões a rodeavam como abutres*. Caso Kianthe não fizesse alguma coisa, eles iriam atrás dos habitantes da cidade — e de Reyna.

Com pouca escolha e sua magia rareando, inclinou-se sobre as costas de Visk e gritou:

— Atraímos a atenção deles! Vamos levá-los o mais longe que pudermos de Tawney, amigo. — Uma pausa, um pensamento disperso. — Ache magia para mim. Algo que não esteja esgotado.

Visk inclinou as asas e voou para o norte, diretamente para a terra dos dragões.

Foi uma ideia ruim. Péssima. Apenas um Arcandor era capaz de absorver e utilizar a magia dos dragões, mas isso não significava que haveria compatibilidade entre elas. O último Arcandor que tentou fazer algo semelhante acabou… nada bem. Kianthe passou a adolescência inteira pensando na cena daquele Arcandor murchando até virar pele e osso, até que ficasse gravada em seu cérebro.

"A mistura de magia só ocorre na Joia da Visão e no coração do tolo que acredita estar no mesmo nível que ela", diziam seus tutores. Magos elementais trabalhavam com elementos e só. Magos alquímicos trabalhavam com alquimia e só. E os dragões prosperavam com sua mistura especial.

Mas Kianthe não tinha escolha. A linha de ley forte mais próxima ficava a um dia de voo dali. E mesmo com três dragões machucados, ainda havia mais quatro firmes e fortes. Ela jamais conseguiria chegar a uma fonte natural de magia regida pela Joia da Visão.

Ao longe, as montanhas começavam a ser coroadas por dragões, com mais e mais criaturas notando aquela perseguição em seus domínios, como se seus camaradas estivessem caçando um rato. Dragões e mais dragões irrompiam de seus poleiros nas montanhas, seus rugidos irrompendo no ar.

No entanto, ao mesmo tempo, Kianthe sentia a magia deles inundando seu corpo.

Era uma sensação abrasiva: a magia dela era de um amarelo-vivo e regida pelos elementos da natureza, e os dragões estavam muito além de tais elementos. No entanto, era fácil roubar a magia deles, ainda que a absorção da menor quantidade já bastasse para fazer seu estômago embrulhar e sua cabeça latejar.

Não havia tempo para pensar. Ela esticou o pescoço, incitou Visk a mergulhar pelo solo rochoso e, quando os dragões ficaram bem pertinho... ela sugou a terra propriamente dita para encurralá-los. Os limites de um feitiço eram estabelecidos pela própria magia dela, sendo assim, a magia dos dragões começou a erigir pelas linhas de ley, obedecendo aos comandos de Kianthe.

Um, dois, três dragões foram capturados antes mesmo de perceberem o que ela estava fazendo. O quarto, então, decolou com propósito, ganhando altitude demais para ser capturado pela barreira de terra.

Kianthe atacou usando o céu.

Um feitiço foi recitado aos berros e um grunhido, em um instante ela sugou o ar mesmo debaixo das asas do quarto dragão. Sem sustentação, ele caiu. Não o suficiente para se machucar seriamente, mas o bastante para ficar atordoado.

Sete dragões estavam fora de cena. Àquela altura, o suor já havia secado no rosto de Kianthe e ela tremia de maneira incontrolável devido ao esforço. Se houvesse um grupo de magos por perto, ela poderia evitar o colapso. Se estivesse no Magicário, onde várias linhas de ley convergiam em uma magia doce e suculenta, dali a poucas horas ela já estaria em casa e dando um beijo de boa-noite em Reyna.

Só que mais dragões estavam se aproximando.

Visk percebeu o estado de sua tutora e logo se voltou em direção a Tawney. Mas Kianthe agarrou suas penas e o incitou a pousar. O grifo guinchou em protesto, mas ela retrucou:

— Tem mais dragões vindo! Se não falarmos com eles agora, será o fim.

A voz já estava fraca, abatida pelo vento gelado. Aparentemente, fazia frio na terra dos dragões durante o ano todo.

Visk chiou de raiva, mas aceitou pousar ao lado do último dragão que Kianthe havia atordoado, o maior da horda. Isso significava que ele também era o mais velho — os dragões nunca paravam de crescer à medida que envelheciam. Com sorte, ele era o detentor da influência sobre o grupo.

Embora zonzo, o bicho parecia fisicamente bem. Atrás dele, seus irmãos continuavam encurralados na parede de terra, contorcendo-se. Era necessário ainda mais controle para mantê-los ali, agora que a própria magia deles fazia pressão sobre as amarras.

— Olhe para mim — chamou Kianthe, descendo de Visk. Estava tomada por uma onda de exaustão, e por um instante o mundo girou. Visk deu um passo, postando-se ao lado dela, as asas encolhidas, e Kianthe usou o corpanzil dele para se firmar.

O dragão sibilou, abrindo a boca para lançar fogo. O calor ondulou no fundo de sua garganta. Suas escamas prateadas estavam praticamente misturadas ao gelo — ou talvez Kianthe já estivesse com a vista um tanto comprometida.

Ela piscou com veemência, buscando a magia do dragão outra vez. Pulsava em um azul profundo, tão escuro que era quase roxo, e a atingiu com o mesmo efeito de uma refeição envenenada. Assim como aquela magia desconhecida nas profundezas de Tawney... mas, ao mesmo tempo, meio diferente. Aquela magia do subsolo era leve, não fazia seu estômago se revirar assim.

— Espere. Por favor. Você sabe quem eu sou.

Não foi uma pergunta. Mesmo com a barreira do idioma, o dragão conseguia entendê-la. Havia uma razão para nem Shepara, nem o Reino jamais terem tentado conquistar a terra dos dragões. Os olhos negros da criatura brilhavam, mas sua magia pulsava contra a de Kianthe, traduzindo o idioma.

Que curioso. Kianthe então juntou a magia de ambos, tecendo o azul profundo e o amarelo girassol como uma tapeçaria, formando imagens. Primeiro de Tawney, dos habitantes da cidade, das coisas que ela mais prezava. Quando o dragão levantou a cabeça, olhando para a cidade projetada ali, Kianthe enfatizou:

— Isto é meu. Está sob a minha proteção. De agora até sempre, entendeu?

O dragão rosnou, cravando suas garras na terra.

Ela estava se cansando rápido, por isso se apoiou em Visk com mais afinco, mas não tirou os olhos da ameaça em questão. Os dragões ao longe já se aproximavam.

— Não... — Suas palavras falharam depois de uma tosse de doer os ossos, mas ela tentou de novo. — Não discuta. Olha, sei o que você está procurando. Eu vou encontrar para você. — Agora ela inseria imagens na mente do dragão.

A igreja em ruínas. A sujeira sob o piso manchado de fuligem. A pulsação da magia púrpura vibrando, como as perguntas persistentes de uma criança.

O dragão parou. Inclinou a cabeça, contemplando-a. Visk ficou tenso, como se o dragão fosse cortar Kianthe ao meio a qualquer momento — até porque aquilo era completamente possível. Mas o dragão limitou-se a bufar, fumaça fina saiu de suas narinas.

Outra imagem se interpôs na ligação entre eles. Três ovos reluzentes, com cascas coriáceas e em tom lilás, brilhando ao luar. Um grupo de invasores humanos, corajosos ou tolos o bastante para escalar as montanhas dos dragões, infiltrando-se em seus covis. A maioria daqueles mortais pereceu. Os que escaparam saíram com ovos a tiracolo.

Não um ovo.

Três.

— Merda — resmungou Kianthe. — Feo tinha razão.

O dragão se ergueu, as asas bem abertas, conforme seus irmãos pousavam pesadamente ao redor. Cercada por todos os lados, Kianthe levantou as mãos. Seus olhos escuros permaneceram o tempo todo sobre o dragão com o qual formara a conexão.

— Vou encontrar os ovos. Tem a minha palavra. Mas você tem que deixar aquela cidade em paz. Combinado?

Um acordo com um dragão. Os magos tacanhos do Magicário dariam um chilique se soubessem.

Mas estava fraca demais para se importar. Ela estendeu a mão, mal conseguindo se concentrar na criatura diante de sua visão turva. Um aperto de mão — um gesto muito humano. O dragão a fitou por um momento e depois sibilou alguma coisa. Os outros dragões deixaram o fogo na garganta, embora ainda houvesse rosnados e rugidos vindos de todos os lados.

Visk parecia cada vez mais desconfortável. Era preciso muita coisa para desconcertar o grifo, mas pelo visto aquela confusão fora o limite.

O dragão com quem estabelecera a conversa bateu uma garra no solo, desenhando uma linguagem estranha e circular na neve. Quando terminou, a magia formou um feitiço tão poderoso que fez os dentes de Kianthe trincarem.

Um juramento. Ela localizaria os ovos e, em troca, os dragões lhe dariam seu aval. Tawney estaria a salvo enquanto Kianthe mantivesse sua parte no acordo.

Mas, se isso servisse para proteger Tawney — para proteger o que elas haviam construído ali —, Kianthe cumpriria sua parte com gosto. Não tinha a menor condição de lutar contra os outros dragões. Aquele era o único jeito de garantir que não fizessem dela um cadáver e queimassem Tawney até as cinzas... para sempre desta vez.

Assim, ela entrou no círculo. No mesmo instante, a magia azul brilhou, pinicando sua pele como agulhas. O vento se ergueu ao redor. E se foi, tão rápido como veio, e uma corrente mágica se estabeleceu entre eles. Azul vinculado ao amarelo, que permaneceria até que a missão fosse concluída.

— Você tem sorte que gostei de você — balbuciou Kianthe, desfazendo as prisões de terra que havia criado para deter os três dragões. Um a um, eles foram se soltando, abrindo as asas e voando com seus companheiros de horda, aparentemente satisfeitos com o ritual.

O grandão com quem ela interagira permaneceu ali, observando-a impassivelmente.

Já Kianthe estava perdendo a batalha contra a consciência.

— Tentei não matar ninguém. — Será que ela estava falando o idioma comum? Os dragões tinham um nome para sua língua? O mundo começou a girar, e um vento estranho rugiu na cabeça dela. — Mas talvez seus amigos precisem de ajuda.

O dragão bufou e inclinou a cabeça em compreensão. Com uma rajada de vento, ele saltou no ar, rumo ao sul. Três de seus companheiros o seguiram, prontos para ajudar os outros integrantes da horda. Ao longe, as batidas de asas foram ficando cada vez menos visíveis.

O silêncio resultante foi pura agonia.

— Visk, vá buscar Rain — arfou Kianthe.

E, sem cerimônias, Kianthe desabou como uma pedra.

21

REYNA

Era muito divertido saber em segredo que a Arcandor, a Maga das Eras, era uma tola completa.

Para alguém que odiava o estresse dos perigos ameaçadores, era uma ironia daquelas observar Kianthe às voltas com as situações corriqueiras. Constatar, sob total descrença, que às vezes ela cutucava os inimigos totalmente errados. Que às vezes saltava das costas de seu grifo em pleno voo durante feitiços-teste só para "ver se funcionavam".

E, mais recentemente, ficar sabendo que a maga havia atingido o esgotamento mágico de sete maneiras diferentes, e ainda assim cambaleado de volta à batalha.

Reyna não costumava ficar brava, mas naquele momento estava *furiosa*.

Os cascos de Lilac trovejavam no solo rochoso quando ela se aproximou da orla da terra dos dragões. Ao longe, um dragão, um dos três encurralados por sua namorada linda e tola, abria suas asas instáveis. Outro circulava logo acima, verificando o progresso de seus companheiros. Nenhum deles pareceu notá-la ou se importar, então Reyna curvou o corpo sobre a montaria e pediu a Lilac que galopasse com mais rapidez.

Sua espada batia contra a perna enquanto ela se segurava na sela. "Palitinho de espada" ou não, se uma daquelas feras machucasse Kianthe — *Se?*, sussurrou sua mente sem piedade, e um nó duro se formou em sua garganta —, Reyna ia matar um dragão naquele dia mesmo. Se fossem dois, dez ou cem, Reyna mataria dois, dez, cem.

Kianthe voltaria para casa sã e salva. Pelos Deuses, Reyna ia garantir que isso acontecesse.

Ela agarrava as rédeas com tanta força que os nós de seus dedos estavam brancos, tremendo sob o vento anormalmente gelado ao chegar nos limites da terra dos dragões. A propriedade de lorde Wylan assomava lá embaixo, quase fora de vista; ele estivera ativamente no pico da confusão, comandando brigadas de incêndio ao passo que Reyna evacuava seus amigos. Até Feo arregaçou as mangas e fez algum tipo de feitiço usando terra. Não foi lá muito poderoso, mas ele alegou que serviria para aliviar queimaduras.

Mas Kianthe...

Kianthe salvou a todos sozinha.

Reyna sabia que o poder da Arcandor era imenso; havia uma razão para ela ser tão solicitada. Havia uma razão para o Magicário jamais contestar sua ausência. Reyna tinha visto Kianthe em ação muitas vezes.

No entanto, nunca a viu fazer algo assim.

Aquela tola. *Irresponsável.*

Ao longe, misturando-se à tempestade de neve, várias figuras enormes assomavam. Por um momento, pareciam montanhas... mas aí começaram a se mexer e os olhos de Reyna captaram a dimensão dos dragões. Um a um, eles decolavam. Quase como se já tivessem conseguido o que precisavam.

Quatro voaram na direção de Tawney, e Reyna engoliu um grito, sussurrando a palavra não como se fosse um xingamento. Porque se quatro dragões estavam voltando à cidade, isso significava que Kianthe estava... estava...

— Mais rápido, Lilac — implorou ela, cravando os calcanhares no flanco da montaria de batalha. — *Por favor*, mais rápido.

Lilac bufou, mas abaixou a cabeça e pareceu ganhar velocidade.

Então, um guincho soou lá no alto e ela notou as penas, de modo tão abrupto que Lilac relinchou de pânico e cravou os cascos no chão. Em um piscar de olhos, Reyna foi lançada acima da cabeça da montaria. Mal teve tempo de gritar antes de as garras afiadas se prenderem à sua capa, impedindo-a de se esborrachar.

Visk então a colocou com cuidado no chão, guinchando de novo, e Lilac recuou, sua tranquilidade abalada. Sem qualquer cerimônia, Lilac fugiu. Reyna tentou agarrar as rédeas de sua montaria; seus dedos roçaram as tiras de couro, mas falharam, e assim Lilac se foi, voltando na velocidade de um trovão diretamente para Tawney.

O grifo não deu a mínima. Simplesmente mergulhou para Reyna com seu bico afiado e ela se encolheu temerosa, mas Visk apenas limitou-se a agarrar a capa dela e jogá-la em suas costas.

Ele jamais aparecia sozinho, a menos que Kianthe estivesse machucada. Reyna tinha lembranças muito vívidas da última vez que isso acontecera e não fazia a menor questão de repetir a experiência. E se um grifo era capaz de fazer Lilac se esquecer de tudo o que aprendera no adestramento, Reyna só conseguia imaginar o que a presença de um dragão faria. Engolindo seu desconforto com relação ao grifo, ela se ajeitou, posicionando as pernas na frente das asas abertas.

— Leve-me até ela — pediu.

Visk, então, se lançou no ar, e ela mal teve tempo de se agarrar ao pescoço grosso. Kianthe fazia aquilo sem rédeas, sem sela. Isso só reforçava o tamanho da sua imprudência. Reyna se segurou no grifo com afinco, e felizmente a viagem foi curta.

Todos os dragões estavam fora da vista, mas Visk ainda circulou uma vez — dando a Reyna tempo suficiente para ver a terra revirada, e um estranho círculo gravado na neve, e... uma silhueta, tão pequenina que parecia um pontinho na vastidão de gelo.

Kianthe.

O medo saltou em sua garganta. Será que ela estava machucada? Um dragão a estraçalhara? Queimara sua pele e a deixara para morrer? Atolada no pavor, nem se deu conta quando Visk mergulhou rapidamente, no último segundo, bateu as asas e pousou com agilidade ao lado de Kianthe.

Kianthe, que estava inerte.

Kianthe não estava se mexendo.

— Não — arquejou Reyna, saltando das costas do grifo. Suas botas pousaram com força na neve, e então ela tropeçou e caiu de joelhos. Kianthe estava de bruços e Reyna a pegou no colo sem hesitação. — Key. *Kianthe.* Olhe pra mim.

Sem ferimentos nem sangue. Mas o esgotamento mágico... Era a primeira vez que Reyna a via tão gravemente abatida. O rosto de Kianthe estava pálido, veias azuis finas riscavam os olhos vidrados e semicerrados. Seus lábios também estavam tingidos de azul e havia sangue seco abaixo do nariz.

Reyna pressionou a mão no rosto de Kianthe, e a pele dela chegava a estar descorada, estranhamente fria mesmo naquelas condições climáticas. Arquejos, que eram meros sussurros roucos, formavam nuvens glaciais que iam e vinham em um átimo.

— Meu amor, por favor. — Reyna deu um beijo intenso na testa de Kianthe. — Você foi tão corajosa. Continue lutando por mim, está bem?

Não era a primeira vez que Reyna desejava ter nascido com o dom da magia. Ninguém no Reino tinha o dom, já que adoravam os Deuses em vez das Estrelas ou da Joia da Visão, como fazia o Magicário, mas agora... Reyna teria traído suas divindades caso achasse que aquilo bastaria para salvar Kianthe. Se houvesse a certeza de que a Joia lhe daria alguma coisa, *qualquer coisa* para curar sua escolhida.

Mas o que quer que fosse aquela energia que Kianthe sentia pulsando na terra, no ar, nas nuvens, era algo desconhecido para Reyna.

Visk se inclinou junto ao ombro de Reyna, os olhos negros brilhando. Reyna *jurava* ter visto preocupação neles — e ali acreditou nas histórias grandiosas de Kianthe sobre a inteligência da criatura alada. Visk sempre demonstrou preocupação para com sua tutora, mas aquilo expresso ali no momento ia além da compreensão.

Sendo assim, não pareceu um exagero comunicar-se com ele.

— Nós vamos salvá-la, Visk. — À diferença de Kianthe, Reyna não recorria à raiva, não sofria de ansiedade quando sua parceira se machucava. Não, o temperamento de Reyna era solidificado em algo tranquilo e, ao mesmo tempo, perigoso, como o olho de um furacão.

Naquele momento, nada mais importava.

Kianthe ia ficar bem. Independentemente do que acontecesse a seguir.

— Ela precisa de magia... — Reyna parou de falar quando Visk se eriçou de repente, as penas afofadas como um pardal em uma tempestade. Ele guinchou de novo, abrindo uma asa sobre Reyna e Kianthe, escondendo-as de vista quando uma silhueta imensa pousou nas proximidades.

Acima, em meio à plumagem de Visk, Reyna viu um dragão carregando outro que parecia estar com uma asa quebrada. Eles voavam em direção às montanhas, as garras de um travando o corpo pesado do outro, e de algum modo conseguindo manter a altitude com as longas batidas de suas asas de couraça. Outros quatro estavam atrás deles — dois instáveis no bater das asas, dois seguindo como escoltas.

O dragão que pousou ali perto era enorme, maior do que qualquer um deles. Ele resmungou, um som semelhante ao de uma pedra rolando na encosta de uma montanha, e Visk guardou as asas com relutância.

Agora Reyna via a criatura com nitidez, e o temor que Kianthe demonstrara mais cedo de repente começava a fazer sentido. Não dava para derrubar um dragão com uma espada. As escamas do bicho brilhavam como cota de malha, e as garras eram mais longas do que um ser humano. Os chifres retorcidos projetavam-se de um crânio grosso. O dragão abriu a boca, revelando dentes vis.

Mas não fazia diferença. Reyna jamais permitiria que Kianthe sofresse novos danos. Ela pousou a maga em um montinho afofado de neve, ficou de pé e desembainhou a espada.

173

Suas mãos não tremiam.

Seu olhar não vacilava.

— Faça sua escolha — disse à fera, a voz firme e perigosa. — Se você atacar, vai morrer esta noite.

Mas o dragão se limitou a rugir, um som suspeitosamente semelhante a um suspiro, depois abaixou a cabeça para que ficasse no mesmo nível dos olhos de Reyna. Aqueles olhos negros brilhavam com mil estrelas e pareciam perscrutar sua alma.

Reyna permaneceu relaxada, ajustando ligeiramente a postura. Uma estocada e ela poderia cegá-lo. Não seria o bastante para nocautear a criatura, mas lhe daria tempo suficiente para encontrar outro ponto fraco.

Afinal, todo mundo tinha um ponto fraco.

O de Reyna era Kianthe.

Kianthe, que de repente gemeu. Kianthe, que até há pouco estava inconsciente. A tal ponto que Reyna duvidava que ela fosse conseguir acordar... isso se acordasse. Reyna sentiu o coração esvoaçar ao ouvi-la, mas não foi estúpida o suficiente para desviar o olhar da ameaça imediata.

Nesse meio-tempo, Visk chilreava, seu rabo de leão balançando de prazer felino. Ele se inclinou perto de Kianthe e a cutucou com o bico. Kianthe gemeu de novo, desta vez parecendo muito mais consciente.

Ela estava acordando.

Reyna hesitou, dividida. Lutar contra o dragão e proteger Kianthe... ou arriscar e dar uma olhadinha em sua parceira?

O dragão bufou, tomando a decisão por ela. Ele lançou um último olhar severo para Reyna, depois abriu as asas e decolou. Nacos de neve solta caíram em cima delas. À medida que a criatura foi voando para o norte, seguindo seus companheiros da horda, as nuvens gélidas no alto foram desaparecendo. As estrelas brilhavam e, no horizonte, o mais tênue vislumbre da luz solar pintava o céu de um cinza tempestuoso.

— D-Diga-me que você não pretendia lutar... — murmurou Kianthe, e então calou-se e tombou na neve. Reyna largou a espada, firmando os ombros trêmulos de Kianthe para que ela pudesse falar.

Sua testa estava queimando, a pele pálida além da conta... mas ao menos ela estava desperta. Kianthe cuspiu, fez careta para toda aquela bagunça e revirou os olhos febris para Reyna.

— Você não ia l-lutar contra aquele dragão... né?

— É claro que não — respondeu Reyna.

Kianthe riu, e o riso se transformou em uma tosse rouca.

— Mentirosa.

Reyna a aninhou em seu peito.

— Foi só uma análise tática. Nada mais.

— Tática... — Kianthe se calou, tossindo severamente. Em seguida, fechou os olhos, gemendo ao mesmo tempo: — Merda. M-magia de dragão é a pior coisa.

Magia de dragão. Reyna ficou a observar a trilha feita pela criatura no céu e depois olhou para Visk com admiração. O grifo gorjeou de novo, como se soubesse o tempo todo que o dragão só tinha vindo para dar a Kianthe magia suficiente para sobreviver. Talvez tivesse dado mesmo.

Pelo visto, ela estava invadindo um mundo que não conseguia explorar muito bem. Tudo o que o dragão fez foi olhar para ela, olhar para Kianthe e, ao que parecia, isso dera à maga poder suficiente para não aportar diretamente no quinto dos infernos. Reyna ficou envergonhada por quase arrancar o olho do dragão.

— Você vai ficar bem? — Reyna afastou da testa de Kianthe a franja encharcada de suor. Ela já não estava mais tão pálida, mas ainda estava muito longe de seu tom ocre de sempre.

Kianthe grunhiu, fechando os olhos.

— P-pode ser que eu vomite mais algumas vezes. Ele me deu uma carga alta d-demais. As coisas estão rançosas.

E então ela apagou, o rosto tranquilo no momento do sono.

Reyna deu mais um beijo na testa da namorada, respirou fundo algumas vezes para conseguir acalmar seu coração frenético e ergueu Kianthe do chão. A maga tinha salvado Tawney — agora era hora de Tawney retribuir o favor.

Kianthe era um pouco mais alta do que ela, mas Reyna era mais forte, e por isso conseguiu posicioná-la de maneira cuidadosa nas costas do grifo. Ela fez uma pausa para recuperar a espada, embainhando-a com uma breve prece de agradecimento. Então subiu nas costas de Visk também.

Mais uma vez, o grifo não aguardou um comando, no entanto, tomou o cuidado de voar mais devagar, as asas inclinando-se a favor do vento. Reyna agarrava o pescoço emplumado com força suficiente para arrancar uns penachos acidentalmente, mas o grifo parecia não sentir.

O corpo de Kianthe era um peso pontiagudo em seu peito. Ela queria afundar o rosto naquele cabelo volumoso e inspirar fundo, queria cair na cama com ela e abraçá-la. Queria reverter o tempo, voltar àquela manhã, antes da convocação de Feo, antes do surgimento de lorde Wylan, antes de os dragões causarem tantos problemas.

Desejou que elas tivessem avançado para além de Tawney, escolhido um lugar diferente para ficar e, antes de qualquer coisa, que este dia jamais tivesse existido.

Bem, não, não era verdade. Reyna adorava Tawney, vinha se apaixonando pela cidade a cada dia mais. Mas ela não queria pensar na vida ali sem a presença de Kianthe.

De repente, entendeu vividamente por que Kianthe ficara tão confusa quando ela propusera ir embora sozinha. A ideia agora soava ridícula — ou soaria, se Reyna estivesse em condições de rir de alguma coisa.

Visk começou a circular acima da clínica de Matild, e Reyna comandou ao grifo que fosse embora. O local estava cheio de cidadãos em choque e machucados; felizmente, a maioria parecia ter apenas ferimentos leves, mas ainda assim as pessoas seriam uma distração ruidosa. Kianthe não ia ter sossego.

Reyna não ia dar conta.

— De volta ao celeiro, Visk. Vou convocar Matild para lá.

A parteira não teria muito o que fazer para reverter o esgotamento mágico, mas talvez pudesse amenizar os sintomas de Kianthe. A febre era preocupante; Reyna não precisava que aquilo se ramificasse para outras consequências.

Visk obedeceu, pousando diante da loja.

A rua Lindenback estava vazia, exceto por Sigmund e Nurt, que conversavam com Sasua. O filho dela não estava à vista, mas Reyna torcia para que isso significasse que ele estava a salvo em casa. Os adultos acenaram e levaram um susto quando viram Kianthe desmaiada. Nurt empalideceu e Sasua se aproximou de pronto.

— Ela está viva? Posso ajudar em alguma coisa?

Reyna pegou Kianthe nos braços.

— Precisamos de Matild. Agora.

— Ela está bem? — insistiu Sasua.

— Na verdade, não. — Reyna estremeceu. — Ela vai ficar bem. Ela só... precisa descansar.

Descansar. Magia. Ambos seriam necessários para a recuperação. De repente, Reyna temeu que a Joia da Visão pudesse abandonar Kianthe, largando-a com uma magia de dragão indigesta e uma febre violenta. Então olhou para Sigmund e Nurt, ambos com as sobrancelhas franzidas de preocupação.

— Vocês conseguem encontrar alguém disposto a viajar até Wellia? Se conseguirmos trazer um ou dois magos aqui, Kianthe pode usar a magia deles. Eles podem usar meu cavalo, caso necessário... Acho que Lilac voltou correndo para os estábulos da estalagem.

— Deixem que cuido disso — falou uma voz de trás deles, e Feo entrou em cena. Seus olhos se puseram a avaliar Kianthe, molenga nos braços de

Reyna, e um raro lampejo de pesar e compaixão brilharam nas feições de Feo. — Deixe-me pegar o grifo emprestado e trarei quem for necessário. Peço apenas alguns dias.

Visk chilreou, batendo a cabeça em Feo amigavelmente. Era nítido que o grifo faria qualquer coisa para ajudar Kianthe a se recuperar.

Reyna deu um suspiro.

— Obrigada. — Ela não mencionou que um verdadeiro lorde ficaria para ajudar a comunidade em um período de crise; mas, para ser muito sincera, ela não dava a mínima para aquelas questões de decoro, não com Kianthe naquele estado. Wylan poderia lidar com a parte política, caso isso significasse liberar Feo para conseguir ajuda mágica.

Sigmund cruzou os braços.

— Ah... Sua garota não é só uma maga, é?

Feo revirou os olhos, saltando nas costas de Visk. Eles partiram sem causar alarde, virando a sudoeste, em direção a Wellia.

Reyna sentia como se tivesse mil anos. Em seus braços, Kianthe estava muito quente, estremecendo vez ou outra.

— A gente discute isso mais tarde. Por favor, chame Matild, se puder.

Sasua então pediu a Sigmund e Nurt que cuidassem de seu filho e correu em direção ao centro da cidade, para a clínica. Reyna deixou os homens ali na rua e abriu a porta do celeiro com o ombro.

A lareira agora só continha brasas, mas a chama-eterna brilhava nas vigas, lançando uma tonalidade quase sombria no ambiente.

— Estamos quase lá, Key — murmurou Reyna, seguindo para o quarto delas.

Era difícil acreditar que apenas algumas horas antes elas estavam conversando perto da lareira. Deuses, quanta coisa acontecera!

A exaustão lhe atormentava os ossos; mesmo assim, ainda não podia dormir. Acomodou Kianthe na cama, colocou um balde de madeira por perto depois de se lembrar das náuseas. Em seguida, ocupou-se coletando neve das planícies lá fora, então molhou um pano para aplacar a febre de Kianthe, encheu uma jarra com água potável, e pôs-se a fazer tudo o que pudesse auxiliar naquele momento.

Matild chegou pouco depois, e Sasua deu um sorrisinho para Reyna antes de sair da livraria, fechando as portas do celeiro firmemente. Nesse ínterim, Matild entrava no quarto, com os olhos arregalados.

— Eu estava me perguntando quando você ia me chamar; não havia a menor chance de ela ter escapado ilesa da batalha. — Matild apalpou a testa de Kianthe, abriu uma das pálpebras e mediu sua respiração. — Pelos Deuses. Com esses sintomas, qualquer um acharia que ela está doente há semanas.

Reyna poderia dar suas broncas em Kianthe quando a namorada acordasse, mas, por enquanto, havia trabalho a fazer. Sua voz foi comedida: — Esgotamento da magia. Você presenciou algo assim quando ela reformou a loja, mas isto aqui é... muito pior. Ela se esforçou demais hoje à noite.

— Ela salvou a todos nós, você quer dizer. — Matild encontrou o olhar de Reyna brevemente, depois se ocupou pegando coisas em sua sacola. Estava cheia de suprimentos e, diante do olhar curioso de Reyna, Matild começou a explicar: — Eu não sabia o que tinha acontecido com ela, então trouxe o que pude.

A hora seguinte passou em um átimo, com Matild tirando as roupas encharcadas de Kianthe e enchendo a cama com sacos impermeáveis cheios de gelo. Ela também usou um estranho dispositivo semelhante a um fole para forçar o ar a entrar nos pulmões da maga. Tudo aquilo ajudou a lhe dar uma corzinha na pele, e também facilitou sua respiração. Por duas vezes Kianthe acordou para vomitar no balde e por duas vezes resmungou um pedido de desculpas antes de voltar à inconsciência.

A luz do sol matinal espiava pelas janelas quando Matild enfim fechou a bolsa. Estava com o rosto marcado pelas olheiras, mas forçou um sorriso para Reyna.

— Como especialista, eu diria que ela está estável. Não está *bem*, de jeito nenhum, mas... se monitorarmos a febre, não creio que vá piorar. — Ela fez uma pausa. — Durma um pouco, Reyna. A cidade inteira vai bater à sua porta em breve. Lorde Wylan tem tentado impedir, mas todo mundo quer saber o que Kianthe fez. Ou melhor, como ela fez para derrotar os dragões.

— Você sabe muito bem como ela conseguiu. — Os dedos de Reyna percorreram a pele cerosa de Kianthe. Ela não estava mais tão quente, especialmente depois de ter passado horas cercada por sacos com neve, mas seu estado ainda era doloroso de se testemunhar.

— Deixe-me reformular. Acho que estão mais curiosos sobre como a Arcandor, a Maga das Eras, ficou morando ao lado deles por tanto tempo... e por quê. — Matild balançou a cabeça. — Todo mundo vai querer pelo menos vir para deixar um agradecimento.

Reyna massageou a testa, afastando a dor de cabeça que dava as caras.

— Se eles começarem a venerá-la, Matild, a gente vai ter que ir embora, e aí para o inferno com este lugar. — Não era sua intenção dizer aquilo, mas a mera ideia de ver os habitantes da cidade, seus amigos, seus clientes, visitando a livraria só para dar uma olhadinha em Kianthe... isso fazia Reyna sentir-se péssima.

Matild ergueu as mãos.

— Não estou venerando ninguém aqui. Acho que ela foi tola por se extenuar desse jeito.

— Mas uma tola corajosa, né? — murmurou Kianthe da cama, as palavras arrastadas.

Reyna suspirou.

Matild sorriu, o alívio evidente em suas feições.

— A mais corajosa de todas. O balde está bem ali, ó sábia e heroica Arcandor. Amanhã eu volto para te ver.

— Belezinha. — Kianthe já estava apagando de novo.

Matild saiu, dando um sorriso sarcástico.

Depois que ela se foi, a livraria ficou em silêncio, Reyna se inclinou sobre Kianthe, dando-lhe um beijo na testa. Em seguida, passou o polegar por sua bochecha, o que pareceu reanimá-la, porque os olhos turvos se abriram e ela sorriu.

— Você me acha c-corajosa.

Nunca, em toda a sua vida, Reyna teria acreditado ser possível amar alguém *tanto* assim. Aquela intensidade levou lágrimas aos seus olhos, e ela se virou com rapidez para o outro lado, com rapidez até demais, piscando com força para desanuviar a visão.

— Ah, Rain. — Kianthe agarrou a mão da namorada, puxando-a de volta. Se tivesse forças para se sentar, certamente o teria feito, mas a única coisa que conseguiu foi um arremedo tímido de movimento que terminou em um gemido.

Agora não era hora para isso. Reyna apertou a mão dela e afofou o travesseiro.

— Está tudo bem, amor. Apenas durma. Você fez algo incrível hoje à noite.

Mais do que incrível, considerando que houve aquela possível oferta de magia do dragão. O desconforto assentou-se no âmago de Reyna, mas, ora bolas, Visk também tinha sido testemunha... do que quer que tivesse acontecido lá... só que Reyna não teria exatamente como perguntar a ele. Bem, ela investigaria tudo depois, quando Kianthe não estivesse mais à beira da morte.

— P-Por favor, não chore — disse Kianthe, e devia estar exausta, porque seus olhos também estavam marejados. A maga raras vezes chorava, a menos que estivesse se acabando de gargalhar ou no auge da ansiedade, mas, naquele momento, ela olhava para Reyna como se qualquer uma delas pudesse desabar com uma palavrinha errada.

Pelos Deuses, Reyna tinha que ser mais forte do que isso. Afinal de contas, não tinha sido ela quem lutara contra os dragões e salvara uma cidade inteira. Ela esfregou o rosto e ofereceu um sorriso genuíno.

— Key, se estou chorando é porque estou muito, muito orgulhosa de você. Agora, por favor, faça-me o maior favor do mundo e durma um pouco. Tá bom? Como está seu estômago?

Kianthe torceu o nariz, empalidecendo com a lembrança.

— Tá bem.

Reyna molhou um pano com água gelada e o colocou sobre a testa de Kianthe. A febre ainda estava presente, mas não tão forte, e isso significava que a magia do dragão, ou a linha de ley, tinha começado a agir. Estava acontecendo muito devagar para o gosto de Reyna, mas daí, mais uma vez, ela sempre odiava ver o estado de Kianthe depois do esgotamento mágico.

— Você vai dormir? — As palavras saíram emboladas, e a Arcandor fechou os olhos.

— Sim, querida. Também vou descansar. E preparar um chá de ervas para acalmar sua náusea quando você estiver mais disposta.

Kianthe não respondeu. Estava cochilando de novo.

Reyna cerrou os olhos. Feo e Visk já estavam a caminho de Wellia, e a ajuda mágica chegaria em breve. Kianthe estava a salvo na cama e os dragões não retornaram. Tudo ficaria bem.

Mas em vez de alívio, ela foi tomada por um gélido senso de dever. Foi à loja e arrastou uma poltrona macia até o quarto, trancou a porta da frente e se acomodou ao lado da cama de Kianthe. Afinal, estava acostumada, já tinha passado muitas noites insone montando guarda no quarto da rainha Tilaine.

E agora protegia alguém muito mais precioso, e, nessa missão, ela com certeza não ia falhar.

22

KIANTHE

Kianthe acordou se sentindo como se tivesse passado um tempo congelada e, ao mesmo tempo, submersa nas poças de lava da cordilheira Vardian. Estremeceu violentamente e levou uns bons segundos para perceber onde estava — e para se lembrar dos acontecimentos.

Ah, certo. Os dragões. Reyna chorando. Os ovos desaparecidos e mais responsabilidades.

Seu estômago revirava e a náusea corria por suas veias feito veneno. Havia um bom motivo para magos normais não usarem magia de dragão; Kianthe a sentia como se fosse carne estragada nas entranhas. Estava sem energia para se levantar. Estava sem energia para gemer. Estava só existindo, um desastre à deriva.

Durante boa parte de seu período desacordada, não houve sonhos. Até que eles resolveram aparecer. A magia elemental invadindo, enjoativa e doce, afogando-a em boas intenções. Azul-escuro tingindo as águas, ela sem ar, lutando para emergir.

A mão de alguém se estendia para ela. Era de Reyna. Kianthe a agarrou em desespero, mas, quando foi retirada do mar — do mar não, de um oceano de neve —, não foi sua namorada quem a saudou. Foi a rainha Tilaine, que sorriu e sussurrou: "Ela é minha".

"O escambau que é", Kianthe tentou rosnar, mas as palavras foram arrancadas de seu peito. E então ela começou a cair, afundando de novo, e tudo voltou a escurecer.

Mais tempo se passou. Era impossível determinar quanto.

A náusea ia e vinha em ondas. Às vezes, o rosto ficava superquente; às vezes, mais frio. Vez ou outra, ela abria os olhos — e Reyna estava sempre presente, sentada em uma poltrona, lendo um livro, tomando chá, movimentando-se fluidamente nos exercícios de espada que a faziam parecer uma dançarina. Uma ou duas vezes, Matild também esteve presente, mas tão logo ela partia, iam-se também as lembranças dos gracejos por ela proferidos, sumindo como pedras se afundando em um lago.

Provavelmente dias se passaram. Provavelmente, e aquela noção frustrava Kianthe, porque em cada um deles ela acordava com um pinicar insistente de que havia algo errado. Ela inclinou a cabeça para Reyna, fez careta quando a namorada lhe ofereceu um copo d'água e murmurou:

— Quanto tempo se passou?

E a doce Reyna, calma e gentil, sorriu tão pacientemente quanto uma professora repetindo uma lição pela enésima vez.

— Só três dias, amor. Feo já deve estar em Wellia.

Kianthe se esqueceu da frase assim que foi dita.

Mais tarde, Matild tentou dar a Kianthe uma mistureba que tinha sabor de frutas cítricas e merda. Kianthe engasgou, tentou repelir o líquido, passou a noite ofegante com a lembrança. Depois disso, Matild voltou com um novo tônico contra a náusea, este imensamente forte, e depois com um frasco que continha um líquido escuro para mantê-la hidratada. A combinação funcionou bem, embora tenha deixado Kianthe tão cansada que ela dormiu por mais um dia.

Certa manhã, quando abriu os olhos e se deparou com um par de homens de aparência severa e vestes mágicas, praguejou de maneira deliberada.

— Pela Joia, dane-se tudo, vão para o inferno. Não vou voltar. — Suas palavras foram acompanhadas por um aceno indiferente.

Reyna estava à espreita, a mão na espada. Mas não interveio quando o mais alto deles — um mago bolorento chamado Harold, antigo na ordem por tempo suficiente para insistir que todos o chamassem de Mestre Harold, embora não fosse um título oficial do Magicário, comentou:

— Ah, Arcandor. É uma satisfação, como sempre.

— Então é aqui que você está se escondendo — disse outre mague. Seu manto era enfeitado com prata, o que significava que era uma pessoa que de fato *tinha* conquistado uma posição razoável dentro do Magicário. Adotava para si pronomes neutros, a julgar pelo distintivo de bronze preso à sua lapela, mas aquele emblema também poderia indicar mais um monte de outras coisas.

Felizmente, Reyna estivera prestando atenção no ano anterior, quando Kianthe lhe dera todas as explicações sobre os tais broches do Magicário, porque fez questão de perguntar:

— Quais são os pronomes que você usa?

— Pergunte o nome também — murmurou Kianthe. Ela não conseguia se lembrar de onde conhecia aquele mago.

A pessoa soltou um suspiro.

— Você pode usar "elu" e "delu". E, Arcandor, não consigo esconder um pouco de decepção por você não se lembrar de mim. Nós dois participamos da aula de manipulação do ar ainda na infância. Eu sou Allayan.

— Excelente. — Ela fechou os olhos. Pelas Estrelas e pela Joia, estava *muito* cansada. Sua magia se chocava contra o amarelo brilhante daqueles magos, era como golpear uma árvore para coletar sua seiva. — Conserte-me ou vá embora, Allayan.

A dupla suspirou.

— É bom saber que a postura dela não mudou.

Mas Harold estava carrancudo.

— O que você fez, Kianthe? — Ele avançou, só para terminar interceptado por Reyna. Embora ela fosse muito mais baixa, seu olhar severo o fez parar.

Hum. Se Kianthe estivesse um pouco mais disposta, teria dado um beijo na namorada. No dia seguinte, quem sabe.

E talvez até lá os tais magos já tivessem ido embora.

— A Arcandor está muito doente — declarou Reyna, como se isso não fosse óbvio. — Vocês dois voaram para cá, então entendem a urgência do caso. Antes de começarem a questionar as escolhas dela, seria bom se pudessem oferecer uma dose de magia para ajudar em sua recuperação.

Mas Harold zombou.

— Palavras empoadas de alguém que pouco sabe dos nossos costumes.

Kianthe se eriçou à resposta dele, mas a expressão de Reyna não vacilou nem por um segundo.

— Tive a impressão, Mestre Harold, de que veio aqui para ajudar. Se isso estiver incorreto, vocês dois podem ir embora... ou será um prazer lhes mostrar a saída.

Era uma ameaça nítida.

Ela era tão *sexy*. Kianthe ia fazer um comentário, mas seu cérebro estava tão enevoado que nenhuma ideia espirituosa lhe ocorreu. Decepcionada, ela apertou os lábios, afundando-se ainda mais no travesseiro de plumas.

— Vim aqui para ajudar — disse Allayan prestativamente.

Reyna sorriu.

— Você pode ficar. Mestre Harold? Qual é a sua escolha?

O mago agora parecia um pouco tenso, e seus olhos pousaram na espada no quadril de Reyna. Não havia espaço suficiente para manuseá-la ali, mas era bem provável que Reyna não fosse utilizá-la, de todo modo. Até porque ela devia ter umas nove adagas escondidas em suas roupas justas.

Atordoada pela febre, Kianthe riu.

Eles a ignoraram. Harold franziu a testa.

— Por mais que eu aprecie esse ato de proteção, o suprimento mágico da Arcandor está contaminado de alguma forma. E isso vai ser um desastre para todos nós, se você não permitir meu auxílio.

— Feitiços — murmurou Kianthe. — Pois é!

Eles a ignoraram.

— Então você *vai* ajudar. — Reyna parecia satisfeita. Ela deu um passo para o lado, assumindo a postura da guarda do palácio que ela fora um dia.

Harold bufou.

— Sim, sim. Perceba, Allayan. Você pode ver os reservatórios dela... quase todos vazios, exceto pela dosagem fornecida por esta linha de ley. Exceto ali. — Ele apontou para perto do coração de Kianthe. — Veneno.

Reyna enrijeceu quase imperceptivelmente. Até então ela estivera achando que tudo aquilo se dera por causa de um esgotamento mágico. Kianthe deveria tê-la informado sobre os dragões e seu acordo. Ela não fazia ideia de quando conseguiria conversar a respeito, levando em consideração a situação toda, mas não havia nada como o momento presente para resolver as coisas.

— Magia de dragão — murmurou Kianthe, sua garganta seca roçando dolorosamente nas palavras.

— *Magia de dragão?* — Harold arregalou os olhos.

Allayan estremeceu.

— Arcandor, você sabe que não somos capazes de... Bem, talvez você seja, mas... — Elu se calou, bufando. — Como vamos consertar isso?

Harold não parecia mais tão confiante. Revezou o peso entre os pés e franziu a testa.

Foi Reyna quem reiniciou a conversa, sem rodeios:

— Alguém pode me explicar o que está acontecendo? Estou bastante empenhada no bem-estar dela.

— É um problema entre magos — retrucou Harold.

Kianthe fez um esforço para se erguer na cama.

— A magia é como... uma caneca de chá. Você pode enchê-la com um tipo ou outro, mas a capacidade é limitada. — Falar era exaustivo, mas se tinha um assunto que precisava ser abordado, era aquele. Gostasse ou não, Kianthe ia precisar da ajuda daqueles magos para se recuperar logo.

— Querida, eu não estava me dirigindo a você. Poupe sua energia — disse Reyna com gentileza, afastando o cabelo de Kianthe do rosto. A Arcandor bufou, mas Reyna já estava voltada para Allayan. — Então, sua magia enche a caneca. E quando você usa, ela esgota.

— A menos que haja uma linha de ley presente... ou outros magos para virem em socorro da Arcandor. Ela pode fazer uso de ambos; já nós, ficamos restritos às linhas de ley e aos nossos reservatórios pessoais. — Allayan passou a mão pelo rabinho de cavalo marrom. — Só que, neste momento, a caneca da Arcandor está cheia de magia de *dragão*. Quando comparada à nossa magia, é como óleo e água.

— Então... — Reyna ergueu uma sobrancelha. — É só usar a magia do dragão, ué. Até porque ela só está servindo para deixar Kianthe doente... Mas se ela a utilizar até esgotar, esvaziará os reservatórios e poderá se reabastecer com a de vocês. Certo?

Os magos trocaram olhares. Kianthe deu um suspiro de satisfação.

— Pessoal, apresento-lhes o amor da minha vida.

E então, cientes de que dissipação da magia do dragão seria destrutiva, e algo para não se fazer nos arredores de Tawney, eles saíram do celeiro para ter espaço.

Visk estava ali pela rua, confraternizando com outros dois grifos. Embora sua penugem fosse mais semelhante à de uma águia-real, penas marrom-escuras com tufos brancos, o par trazido pelos magos era praticamente uma cópia um do outro, com uma coloração bege mais tradicional. Todos os três chilreavam como se papeassem com animação.

Quando Reyna e Allayan arrastaram Kianthe para o sol forte — apoiada nos ombros de ambos enquanto Harold seguia como um rei comandando uma procissão, Kianthe empalideceu ao se deparar com os presentes deixados à porta principal da loja. Havia flores empilhadas em ambas as mesas externas, em todas as cadeiras e também ao longo do celeiro, botões vermelhos, cor-de-rosa, alaranjados e azuis. Kianthe notou também algumas garrafas de bebida alcoólica e galões de vinho soterrados sob aquela loucura.

— O que...

— Presentes de agradecimento de nossos vizinhos — explicou Reyna. — Visk, por gentileza?

Kianthe quase perdeu o rumo ao assistir àquela interação. Reyna sempre foi muito cautelosa perto de Visk, a desconfiança sempre evidente no jeito como ela se posicionava perto do grifo ou quando fazia questão de manter distância. Ouvi-la dirigir-se a ele fez Kianthe se perguntar o que raios ela perdera durante o tempo em que estivera inconsciente.

Visk veio trotando, suas garras desajeitadas marcando a terra enquanto ele usava o bico para ajeitar o cabelo bagunçado de Kianthe. Provavelmente estava fedendo, mas ninguém comentou nada. A felicidade reluziu no peito dela, superando a exaustão que havia se instalado ali como um cobertor sufocante.

— Oi, lindinho — arrulhou para Visk.

Ele se refestelou nas palavras da maga.

Kianthe subiu nas costas dele um tanto desajeitada — atordoada —, agarrou suas penas. Ficou aliviada quando Reyna a acompanhou e se acomodou às suas costas, passando os braços fortes em volta de sua cintura para ajudá-la a manter a coluna ereta. Em seguida, apoiou o queixo em seu ombro, sussurrando ao seu ouvido:

— Você está bem?

— Simplesmente ótima — mentiu.

— Se ficar enjoada, tente mirar em cima de Visk, por favor.

— Que romântico.

Os outros magos subiram em suas respectivas montarias e os três grifos lançaram-se no ar, em direção ao pinheiral ao sul de Tawney. Reyna não estava nada disposta a levá-los para mais perto da terra dos dragões — ou talvez temesse que Kianthe pudesse absorver mais magia deles acidentalmente. De qualquer modo, a Arcandor estava cansada demais para discutir.

Quando pousaram e desmontaram, Reyna foi a única que não se distanciou de imediato de Kianthe. Em vez disso, ajudou-a a se firmar, franzindo a testa para o ambiente árido, para as árvores que se erguiam como garras.

— Espero que funcione.

— Eu também. — Kianthe estava completamente cansada de se sentir daquele jeito. — Afaste-se, amor. Harold, se alguma coisa acontecer com ela, vou usar essa magia em você logo depois.

Harold teve a decência de parecer alarmado. Ele deu um passo e se postou bem na frente de Reyna. Deu um comando sussurrado e a terra começou a ondular ao seu redor. Uma parede de pedra, à espera para formar uma barreira protetora.

Ótimo.

Kianthe se afastou ainda mais, cambaleante, sua energia se esgotando rapidamente. Usar a magia da Joia era tão fácil quanto respirar, mas aquela magia ali exigiria muito mais concentração. Ela enrugou a testa tão logo alcançou seu reservatório, agarrando o azul intrusivo, puxando-o para a superfície. A energia se enrolou ao seu redor como um cilindro de cobras, contorcendo-se, rosnando.

Ela começou a levitar. E mal o percebeu, mas era um efeito da magia que os dragões utilizavam para voar. E mais: magia da comunicação, uma linguagem cadenciada que ela começou a compreender de repente, ainda que não conseguisse proferi-la. Sentiu também magia do tempo, como se os anos não significassem nada, como se a imortalidade fosse uma escolha, não um direito inato. Espiou o futuro e viu um planeta endurecido, selvas brotando nos desertos, criaturas irreconhecíveis vagando pelas planícies.

E finalmente, fogo. Ela conseguia controlá-lo como Arcandor, mas agora percebia que seu comando era como o de uma criança manuseando uma caneta. Ela foi capaz de deter um dragão queimando sua garganta — mas, com aquela magia, ele poderia tê-la impedido com um simples pensamento. Ela teve sorte pelo fato de o bicho estar concentrado em outra coisa na hora.

A magia começou a fervilhar ao seu redor, agitando-se como uma correnteza, e de repente explodiu.

Chamuscou as planícies, mandando uma nuvem de fumaça para o alto. O tempo pareceu parar; um arquejo, dois, dezesseis, enquanto Kianthe observava as estrelas se realinharem e o mundo curvar-se a ela. Seus pés então pousaram com força no chão gelado, depois os joelhos e, por fim, um ombro bateu no solo.

A consciência foi se reinstalando em fragmentos de luz. A náusea passou, o que foi um alívio enorme. Ela piscou para o céu, e, quando o rosto de Reyna se assomou diante dela, com a testa enrugada de preocupação, Kianthe sorriu.

— Magia de dragão. Não é para os fracos.

E, ironicamente, ela desmaiou.

≫≪

Kianthe só voltou a dar sinal de vida mais tarde naquela noite, mais uma vez enfiada na cama de sua lojinha aconchegante. Reyna ficou alarmada quando a namorada acordou com um grito — coração acelerado e respiração ofegante, mas que se acalmaram tão logo ela se reorientou.

— Merda, Rain, talvez eu precise de algo mais forte do que chá. — Kianthe botou a mão na testa dolorida. Mas, apesar da dor de cabeça, estava sentindo-se mil vezes melhor. O alívio agora fazia morada em seu peito.

— Você não bebe, amor. — Reyna deu um sorrisinho divertido. — Como está se sentindo? Matild disse que seus sinais vitais estão melhores agora do que na semana inteira que passou. — Ela botou o livro de lado, um romance que teria feito qualquer mãe corar.

Kianthe sorriu ao ver o título na capa de couro.

— Você deve ter sentido minha falta para estar lendo isso aí.

Reyna ficou vermelha.

— Não foi por isso que escolhi este.

— Uma garota não pode sonhar, né?

Reyna balbuciou um pedido de desculpas, que foi ao mesmo tempo, adorável e hilário.

Kianthe se endireitou, deleitando-se com a facilidade com que conseguia se movimentar agora. Ela de fato estava bem melhor. Ainda fisicamente fraca, mas não sentia mais aquele peso no peito nem o veneno nas veias. Na verdade, seus reservatórios mágicos estavam cheios, provavelmente um resquício de magia de dragão não expelida.

— Ah. Harold ajudou.

Reyna relaxou.

— Ficamos preocupados de não dar certo, já que você precisava acordar para confirmar. Eles foram à estalagem para dormir e recuperar seus reservatórios mágicos, mas Mestre Harold quer que seja de conhecimento geral que ele salvou a Arcandor em seu momento mais sombrio.

— Merda, ele vai ficar insuportável depois disso. Fico feliz por não morar mais no Magicário.

Sucedeu-se uma pausa.

— Será que vão deixar você ficar aqui? Acho que nenhuma de nós percebeu como Tawney era fraca de magia... Talvez você se dê melhor em algum lugar com uma linha de ley mais forte. — Reyna franziu a testa, correndo os dedos pelo descanso de braço da poltrona, nitidamente tensa.

Kianthe bufou.

— Primeiro, eles não têm que "deixar" nada. Eu sou a Arcandor. O único ser a quem respondo é a Joia da Visão. Em segundo lugar, eu sabia com precisão a quantidade de magia existente aqui, e isso não me fez desistir quando chegamos. E não vai me fazer desistir agora.

Reyna não parecia convencida, ou talvez estivesse com um humor taciturno, pois só fez assentir e permanecer em silêncio. Algo muito diferente do jeito habitual dela.

— Você está bem? — perguntou Kianthe. — Diga-me o que está sentindo.

E, pela primeira vez desde que implementaram a regra, Reyna saiu pela tangente, em vez de responder com sinceridade.

— Algo me diz que você precisa de uma xícara de chá perto da lareira, se estiver a fim, é claro.

Bem, ali seria um bom lugar para conversar. Kianthe estava cansada do quarto. Ela esfregou o rosto e fez careta.

— Preciso de um banho primeiro. Então, sim. Totalmente.

— Algum sabor de chá de sua preferência?

— Surpreenda-me.

Pouco tempo depois, Kianthe se acomodou perto da lareira. Reyna insistiu em aquecer as pernas dela com um cobertor, insistiu em torrar pão e queijo no forno para ela, insistiu para que Kianthe não fosse além da poltrona sem ajuda.

Existe uma palavra para isso, pensou Kianthe ironicamente. *Adoração*. E, considerando que Kianthe havia passado tantos anos sozinha, admirada, porém nunca cuidada, aquilo era estranho e maravilhoso.

— Chá com especiarias está bom, amor? — perguntou Reyna de lá do balcão. — Ou prefere algo mais suave antes de dormir?

Kianthe torceu o nariz.

— Não vou querer dormir por um bom tempo. — Aquilo provavelmente era mentira; sua magia estava de volta, mas a exaustão da semana se assentara pesadamente em seus ossos. Ainda assim, estava confortável pra burro e com saudade de Reyna, por mais ridículo que parecesse. Ela não queria que aquela noite terminasse tão cedo.

O pão com queijo estava divino e ela o atacou com vigor. Reyna lhe deu só uma fatia e, depois de comê-la, Kianthe esticou o pescoço.

— Tem mais pão?

Reyna sorriu.

— Tem. Mas Matild sugeriu que a gente fosse com calma. Espere um pouco e veja como vai bater no seu estômago.

— Sabe que tenho estômago de ferro, certo? Pelo menos em relação a qualquer coisa que não seja magia aditivada?

A expressão de Reyna beirava a diversão.

— Só sei que prefiro não limpar mais sujeira.

Kianthe ficou vermelha. Foi uma semana bem constrangedora, e ela odiava dar trabalho. Raspou algumas migalhas do prato e depois o colocou na mesa entre as poltronas. Seu tom era petulante:

— Eu não vomitava desde os seis anos, mas, claro, julgue-me o quanto quiser.

— Key, eu jamais julgaria você. — Reyna trouxe duas canecas fumegantes da cozinha. Sua expressão estava tensa, as rugas do riso sumindo sob um peso premente. Ela entregou a caneca a Kianthe e sentou-se na poltrona, parecendo mais disposta a lutar contra um inimigo do que a ter aquela conversa.

Kianthe esperou, segurando a caneca perto do peito a fim de se aquecer. O fogo crepitava a alguns metros. Lá fora, a noite estava tranquila, as cortinas fechadas. Elas simplesmente estavam coexistindo em seu mundinho particular.

— Você foi tão corajosa — elogiou Reyna, com gentileza.

— Obrigada. — Já Kianthe estava muito desconfiada.

Reyna passou mais um tempinho em silêncio.

E, enfim, ela finalmente fechou os olhos e retrucou:

— Por que você também é igualmente estúpida?

Pronto. Aquilo era tão atípico da parte de Reyna que Kianthe bufou no chá, derramando-o sobre o cobertor tricotado. Ela arfou com a quentura, dando tapinhas inúteis no cobertor e riu.

— Merda, Rain. Da próxima vez, avise.

— Sinto muito. Mas, ao mesmo tempo, não sinto. — Reyna sequer vacilou, embora tivesse ido buscar um pano. Sua expressão era uma mistura de exasperação e raiva, e ela ficou pairando em torno de Kianthe enquanto esta secava a manta. — Você enfrentou sete dragões. *Sete*. Pelos Deuses, Kianthe, exércitos inteiros foram exterminados por muito menos.

Kianthe ficou um pouco envaidecida com o elogio.

— Eu sei. Você viu só?

Reyna respirou fundo. A impressão que dava era que ela havia passado a semana inteira se persuadindo a ter aquela conversa, e depois de umas poucas palavrinhas, seus planos tão acautelados estavam indo por água abaixo.

Sendo assim... Nada de elogios, então.

— Ah, eu vi, vi sim. Eu vi você percebendo que tinha exagerado e depois atraiu mais quatro criaturas para te acompanhar até a *terra dos dragões*, de todos os lugares. Por que não voou para o sul, em direção a uma linha de ley perto da capital? Ou para oeste, tipo Wellia? Qualquer outro lugar teria sido...

Reyna então se calou, apertou os olhos com as palmas e foi em direção às estantes.

— Deixa para lá. Você ainda está em recuperação. Eu pretendia esperar para termos esta conversa.

Então ela de fato havia se preparado para a DR. Ao confirmar isso, Kianthe viu-se obrigada a lhe dar mais atenção, porque se aquele assunto já vinha enchendo a cabeça de Reyna há tanto tempo, precisava ser resolvido logo. Reyna não era de se apegar à trivialidades.

— Cogitei isso, acredite. Mas os dragões não teriam vindo atrás de mim. — Kianthe franziu as sobrancelhas. — Minha fonte de magia mais próxima estava a meio dia de voo. Se eu tivesse ido para outro lugar, eles teriam simplesmente dado meia-volta e acabado com Tawney. Teriam destruído o celeiro. Machucado você. Eu não podia arriscar.

Reyna parecia muito perto de estrangulá-la. Fechou os olhos outra vez e respirou fundo.

— Tawney segurou bem as pontas antes de a gente chegar; ninguém pediu esse tipo de intervenção. E este lugar aqui é só uma loja, e eu sou só uma pessoa. Você é muito mais importante.

Kianthe sentiu a irritação inflamando em seu peito. Só uma pessoa? Ela abriu a boca, pronta para discutir, e então parou.

Aquilo estava migrando de uma conversa produtiva para um debate defensivo. Kianthe, em geral, era propensa a esse tipo de situação, e Reyna era quem as guiava para um rumo mais pacífico.

Só que Reyna tinha passado a semana inteira vendo Kianthe se contorcer de febre, inconsciente da magia que a envenenava por dentro. Não havia feridas para serem tratadas nem ervas para sanar o esgotamento mágico. Até a expertise de Matild foi inútil. Deve ter sido assustador, exaustivo e desconcertante. Se elas invertessem as posições, Kianthe certamente teria virado uma bolha de ansiedade.

No entanto, Reyna estava ali, sólida como a Joia da Visão. Foi capaz de preparar comida e chá, de pegar um cobertor para aquecê-la, e o único motivo para elas estarem tendo aquela conversa agora era porque Kianthe pressionara para que isso acontecesse.

Sua irritação se dissipou.

— Desculpa, Rain.

Aquilo desarmou sua namorada de imediato. A voz de Reyna tremeu.

— Não. Pare com isso. Você não tem nada pelo que se desculpar — falou ela, como se tivesse sussurrado aquilo repetidas vezes, como se elas enfim voltassem ao roteiro.

Era bom ter conversas produtivas em vez de, com as emoções inflamadas, tomar caminhos sem volta. Quando começaram a namorar, Kianthe não se dera conta das pequenas táticas frequentemente empregadas por Reyna: evitar a impulsividade, praticar a empatia, repetir a frase da outra pessoa para comprovar que tinha ouvido. De fato eram táticas brilhantes, assim como Reyna o era, e melhoravam demais o relacionamento entre das duas.

Agora Kianthe não fazia nem questão de disfarçar o remorso.

— Tirando a parte em que salvei a cidade... Entendo que você deve ter ficado com medo e peço desculpas por isso. — Ela colocou o chá sobre a mesa e inclinou-se para a manta. — Caramba, Rain. Você sabe que eu teria ficado apavorada se estivesse no seu lugar.

Lágrimas brotaram dos olhos de Reyna. Pelo que Kianthe se lembrava, era a segunda vez que ela chorava só naquela semana.

As gotinhas escorriam pelo rosto, brilhando à luz da lareira antes que ela pudesse secá-las.

— Ah, eu fiquei apavorada. — Ela riu, um som gorgolejante cheio de tristeza.

Kianthe retirou o cobertor de suas pernas, puxando Reyna para um abraço apertado. Foi reconfortante, sólido, e ela sentiu uma dorzinha no coração ao perceber o tremor da namorada.

— Reyna, você não precisa me proteger dos seus sentimentos.

— Bem... — Reyna enterrou o rosto nas roupas de Kianthe. — Minha vontade é de te estrangular por ser tão corajosa, imprudente e estúpida. Mas isso não vai ser lá muito produtivo, e vou acabar fazendo inimigos pela cidade inteira.

Kianthe começou a rir.

Reyna riu também.

Elas ficaram um tempão abraçadas em silêncio, por tempo suficiente para ser impossível dizer quem estava apoiando quem antes de Kianthe enfim se afastar. Ela beijou o cabelo de Reyna e acariciou algumas mechas. Reyna costumava usar um sabonete com notas de mel e por isso tinha um cheiro maravilhoso.

— Serei mais cuidadosa da próxima vez. Mas acabei com quaisquer futuros ataques de dragões, então essa batalha em particular não será um problema tão cedo.

Reyna se ajeitou, apoiando o queixo no ombro de Kianthe, os olhos voltados para as estantes de livros.

— Como conseguiu isso?

— Feo estava certo. Estão faltando três ovos de dragões, e eles me recrutaram para encontrá-los.

— Ovos... — Reyna parou, empolgando-se com um novo mistério, e se afastou de Kianthe, com as sobrancelhas erguidas. — Acha que eles estão embaixo daquela igreja incendiada?

— Talvez. Não se preocupe com isso, eu vou investigar. Vou resolver. — Kianthe beijou Reyna nos lábios, e elas ficaram de testa coladinha. — O lado bom é que o tempo é insignificante para os dragões. Não preciso nem sair correndo para resolver tudo hoje.

— Excelente. Porque nos próximos dias você estará em prisão domiciliar. — A voz de Reyna carregava um tom de provocação, mas Kianthe não viu brincadeira ali.

— Perdão?

— Você me ouviu, querida. — Reyna guiou Kianthe de volta à poltrona, dando-lhe um apertozinho na mão antes de envolvê-la de novo com o cobertor. O tecido estava quentinho por ter ficado perto da lareira, e Kianthe estava secretamente grata por estar tão bem acomodada. Reyna sentou-se também, tomando um gole de seu chá refrescante. — Prisão domiciliar. Cadeia. Carceragem. Chame como quiser, você só terá permissão para sair da livraria depois que eu tiver certeza do seu estado.

— Amor, por mais sexy que seja imaginar você me prendendo aqui, duvido muito que você consiga fazer isso.

— Ah, fique à vontade para me testar. — Agora Reyna sorria com malícia. — Depois do incidente no telhado, você me deu uma bronca, e eu prometi que tomaria mais cuidado. Este é um castigo proporcional, nem um pouco diferente do que o que você impôs para mim.

Kianthe queria discutir — mas sabe-se lá por qual razão, as palavras morreram em seus lábios. Não havia nenhum lugar urgente em Tawney para visitar, nenhum lugar mais importante do que o Folha Nova Livros e Chás. Não havia nada mais importante do que assegurar a tranquilidade de Reyna.

Kianthe suspirou.

— Você está certa. Como sempre.

— Excelente. Fique feliz por eu estar te dando a opção de atender nossos clientes. Em certos dias, Matild e eu chegamos a cogitar te deixar na cama até o outono. — Agora os olhos de Reyna brilhavam.

Era quase como se... Reyna estivesse excitada com aquilo tudo. Dando ordens à todo-poderosa Arcandor, observando prazerosamente enquanto a maga aquiescia.

Kianthe, por sua vez, sentia seu coração palpitar, questionando-se se seu cansaço seria um impeditivo para fazerem um pouco de atividade física naquela noite.

— Repouso na cama até o outono. Hum. O que a gente poderia fazer para passar o tempo...? — Kianthe sorriu, sentindo-se cada vez mais como seu antigo eu. Reyna aproveitou a deixa, mas não como a outra esperava.

— Ah, dormir, sem dúvida. Em especial com a reabertura da loja amanhã.

De volta ao trabalho. Kianthe fez beicinho.

Reyna, então, levantou-se da poltrona, parando perto de Kianthe, em seguida se abaixou para roçar os lábios na orelha dela.

— Mas também tenho algumas ideias. Quando você estiver disposta. — E com uma piscadela que dizia a Kianthe que ela estava totalmente no clima, Reyna foi até a cozinha. — Mais uma fatia de pão com queijo, querida? Quero que você aproveite suas férias forçadas.

— Acredite, já estou aproveitando demais.

Da cozinha, Reyna riu. Suas palavras saíram sinceras, quase vulneráveis:

— Senti saudade. Estou feliz que você esteja se sentindo melhor.

O coração de Kianthe esvoaçou, e ela se recostou na poltrona para aproveitar o calor da lareira.

— Eu também, Rain.

E a noite terminou com papo gostoso, comida maravilhosa e companhia excepcional.

23

REYNA

O dia seguinte raiou bonito, e Reyna se preparou para abrir a loja pela primeira vez em quase uma semana.

Instalou o cavalete na praça da cidade de novo, dessa vez com os dizeres *Grande reinauguração: nesta tarde*, e o endereço da loja. Várias pessoas já haviam passado na livraria, espiando pelas janelas e oferecendo ajuda enquanto ela limpava as mesas externas. Já havia levado para dentro a enorme quantidade de presentes amontoados na fachada do celeiro, e agora eles ocupavam um bom espaço lá, mas também perfumavam aquele oásis cheio de plantas em plena floração — todos os botões perdurando por mais tempo do que deveriam.

Por boa parte do tempo que Reyna ficou ajeitando as coisas, Kianthe dormiu. A única vez que ela apareceu à porta foi para comentar:

— Faxina? Este lugar já está impecável.

Reyna enxugou a testa, reorganizando os livros da estante de empréstimos.

— Limpei enquanto você estava doente, mas sempre tem coisa para fazer.

— Limpou, tipo arrumou ou limpou tipo esfregou obsessivamente? Porque acho que nunca vi aquela chaleira brilhando tanto. — Kianthe apontou a cabeça para a chaleira de cobre empoleirada no fogareiro, com uma sobrancelha arqueada de exasperação.

— Isso me manteve ocupada. — Reyna deu de ombros e se permitiu esquecer os dias em que ficara andando para lá e para cá ansiosamente, consumira dezesseis livros das prateleiras e, sim, esfregara cada pedacinho da loja.

Afinal, não adiantava ficar presa ao passado.

Kianthe franziu a testa, mas voltou para a cama logo depois.

Reyna estava cozinhando quando Gossley bateu à porta do celeiro. O menino trazia uma cesta com tônicos medicinais e uma garrafa de vinho tinto. Quando ela se afastou para abrir a porta, o garoto exibiu o volume pesado.

— Matild me pediu para trazer.

Reyna colocou o cesto debaixo do braço, levando-o para a cozinha. Ele massageou o ombro um pouco, o que a levou a perguntar:

— Você se machucou?

— Só estou dolorido. — Gossley afastou a franja longa do rosto. — Tarly está me botando para trabalhar. Ferraria *é difícil*.

Reyna riu.

— Tem um motivo para eu ter abandonado os negócios da família, querido. — A falsa história de Cya seguia firme e forte, principalmente agora que Matild e Tarly estavam a par da verdade. Tarly até se oferecera para ensinar a Reyna um jargão mais convincente.

Um dia talvez ela aceitasse a oferta.

— Como está a srta. Kianthe? — Gossley acabou se revelando um rapazinho bastante educado, uma vez que desistira da vida de criminalidade. Ele pegou um pano para limpar as mesas. Reyna não se deu ao trabalho de avisá-lo que já tinha feito aquilo mais cedo, duas vezes. Queria que a grande reinauguração fosse perfeita, mesmo que Kianthe não estivesse acordada para ver.

— Ela está se recuperando... devagarzinho.

— Ela é a Arcandor — declarou Gossley, com naturalidade.

Reyna enrijeceu. Não era mais segredo em Tawney, só que ela não chegara a pensar em como o vazamento daquela informação afetaria a vida de Cya, em particular no que dizia respeito a Gossley.

— De fato. — Ela esperou, cautelosamente, sovando a massa dos pãezinhos que servia todos os dias.

Gossley riu.

— Agora entendo por que você não estava preocupada com os agiotas. — Reyna tentou não se ofender. E o bendito continuou: — A Arcandor. Não acredito que nosso chefe botou o nome dela na folha de pagamento. — Ele balançou a cabeça e se embrenhou em suas funções do dia.

Já Reyna teve de se enfiar na despensa para esconder a vontade de rir.

Na reabertura, elas receberam uma multidão. Sasua foi a primeira da fila, o filho a reboque, sorrindo para Reyna. Após o ataque do dragão, ela pareceu aceitar totalmente o fato de que Kianthe e Reyna se importavam com Tawney tanto quanto ela. Como resultado, a vizinha começou a ficar consideravelmente mais relaxada perto das duas.

Ela pescou dois pentavos.

— Sempre quis experimentar chá de baunilha e cacau. Sou meio formiguinha.

Reyna riu bem-humorada e pegou as moedas, depois acendeu a chaleira.

— Você vai ter que provar meus croissants de chocolate. Eles combinam bem com este chá.

O filhinho de Sasua sorriu à menção de chocolate, exibindo duas janelinhas entre os dentes.

A mãe, enquanto isso, saltitava de expectativa.

— Eu adoro confeitaria! Janice, a confeiteira de Tawney, é minha melhor amiga. Deveríamos invadir a cozinha dela algum dia desses. — Sasua fez uma pausa, corando. — Ah, não que a sua cozinha não seja maravilhosa...

— Aqui tem suas limitações. Deve ser divino ter espaço de verdade na bancada. — Reyna não conseguiu esconder o prazer na voz. — Assim que Kianthe estiver de pé, dou uma escapulida para um dia de confeitaria, tudo bem?

— Excelente — respondeu Sasua. Com a expectativa do chá assim que a infusão estivesse concluída, ela e o filho se acomodaram nas poltronas confortáveis ao lado da lareira. De pronto, Sasua pegou um livro infantil, com texto e ilustrações pintados à mão, e convidou o menino a prestar atenção.

Reyna ficou observando os dois, com o peito quentinho. Até então nunca havia cogitado ter filhos, não seriamente, mas... talvez um dia. Se Kianthe conseguisse ficar um bom tempo quieta no mesmo lugar para ser mãe também.

Depois disso, Reyna se perdeu na correria da manhã. A fila só fazia crescer, mas as pessoas eram pacientes, acomodadas às mesas, baias e poltronas, e lendo à medida que aguardavam. Gossley foi um presente dos Deuses, entregando os chás quase com a mesma rapidez com que Reyna conseguia prepará-los.

Lorde Wylan apareceu no meio do dia, tirando o chapéu e abrindo um sorriso gentil. Mas apesar da linguagem corporal amigável, vários súditos arrastaram as mesas para longe dele — tal qual fariam na presença da própria rainha Tilaine.

Ele vinha se embrenhando em uma batalha árdua, principalmente com os cidadãos de Shepara, tão exasperados com as políticas do Reino. A centelha de decepção em seu rosto ficou evidente quando algumas pessoas se afastaram, abrindo espaço perto do balcão.

Mesmo assim, ele aproveitou a brecha, colocou três moedas lá em cima e pediu uma xícara de chá e um bolinho de mirtilo. Os bolinhos, aliás, tinham acabado de sair do forno, perfumando o ambiente com açúcar, e Reyna serviu-lhe um em um prato.

— Como vão as coisas, Cya? — O nome falso deslizou na língua dele com naturalidade.

A gratidão inflou no peito dela.

— Atribuladas, e estou bastante aliviada com isso. — Era bom saber que agora ele estava ciente da verdade, e que a respeitava por isso. Porém, às costas do lorde, as pessoas o fitavam como se ele fosse um animal raivoso.

Ou ele não se importava com a opinião delas, ou tentava não se importar.

— E como está Kianthe? Ainda em recuperação?

— Ela está se sentindo bem melhor. — Reyna fez uma pausa e perguntou: — Você tem visto ê diarno esses tempos? Preciso perguntar uma coisa, mas elu não tem vindo aqui desde a visita daqueles dois magos.

— Perguntar o quê... Sobre Tawney? — Wylan parecia irritado. — Fico feliz em ajudar a resolver quaisquer problemas. Afinal, você é uma cidadã do Reino.

Aquelas alfinetadas explicavam exatamente o porquê de as pessoas não confiarem nele, embora Reyna tenha preferido se abster de comentários. Ela se limitou a arquear uma sobrancelha.

— Milorde, sou uma cidadã de *Tawney*, e ficaria grata se fosse feita a devida distinção. Além disso, posso me dirigir a quem eu quiser. Isso não muda minha gratidão pelos seus serviços.

Ele teve a decência de ficar envergonhado.

— Claro. Desculpe. Bem, não tenho visto Feo.

Ele não usou o título, observou ela.

Ela entregou a caneca para acompanhar o bolinho, e se inclinou para lhe falar, baixando a voz.

— Não tenho intenção de explorar Tawney sem o seu conhecimento, lorde Wylan. Mas acredito que diarno Feo tinha razão, há algo aqui para ser investigado.

Agora ele franzia a testa.

— Não é possível que tenha um ovo...

— Kianthe disse que são três. Embora possam não estar mais em Tawney.

Lorde Wylan enrijeceu, todos os músculos se retesaram e ele ficou um tempão em silêncio. Depois xingou baixinho.

— Pelos Deuses, Feo vai ficar insuportável agora. Acho que devo desenterrar os diários do meu pai.

Reyna sorriu serenamente.

— Excelente. Entro em contato com o senhor. — Ela fez uma pausa. — Se quiser ganhar terreno em relação a Feo, o primeiro passo é conhecer seus cidadãos. Esta loja é um excelente local para socializar, e aquela baia bem ali tem uma mistura de sheparanos e cidadãos do Reino um tanto convictos.

Ele lançou um olhar suspeito para o grupinho adiante.

— Duvido que queiram a minha companhia.

— Vai depender do jeito como se apresentar. — Reyna meneou dois dedos, indicando que o lorde deveria segui-la, em seguida, ela o conduziu até a baia em questão. Seus ocupantes, o dono do curtume e seu marido, e uma das musicistas de cordas de Tawney, olharam para ela, surpresos.

Reyna sorriu, apontando para lorde Wylan.

— Parece que ficamos sem lugares hoje. Vocês se importariam de acomodar mais um? Eu ficaria muito grata; depois de uma semana fechados, não estamos podendo nos dar ao luxo de dispensar clientes.

A manipulação sutil funcionou, e a musicista se adiantou, apressada.

— Sente-se, milorde. — Ela era cidadã do Reino e ficou rígida como uma criança sob o escrutínio de um professor. — Ficamos sempre felizes em socializar com um representante da rainha Tilaine.

Era uma alegria falsa. O casal sheparano do outro lado da mesa resmungou, mas foi incapaz de protestar com Reyna ali.

Lorde Wylan sentou-se desajeitadamente.

Reyna suspirou, curvando-se sobre a mesa.

— Vale mencionar que esta loja não está sob a jurisdição da rainha Tilaine, assim como não pertence ao conselho de Wellia. Somos neutros e esperamos o mesmo de nossos clientes.

As palavras fizeram com que todos relaxassem, mas só um bocadinho. Lorde Wylan inclinou a cabeça.

— Na verdade, já que estou com vocês três, gostaria de saber o que estão achando do processo de reconstrução após o ataque. Há algo que eu possa fazer para realocar as pessoas em suas casas com mais rapidez?

E assim foram abertas as comportas. Todos os três se entreolharam ansiosamente e as opiniões começaram a jorrar. Reyna deu uma piscadinha para lorde Wylan e voltou para o balcão.

⟫⟩✳⟨⟪

O sol se punha, e os clientes estavam de saída quando Reyna se tocou de que não via Kianthe desde a abertura da loja. Então deixou Gossley cuidando do balcão. Ele se ocupou com a limpeza da chaleira e dos recipientes de maceração, bem como o com reabastecimento dos chás para o dia seguinte.

Reyna entrou de mansinho no quarto, flagrando Kianthe acordada... e olhando de maneira melancólica pela janela dos fundos. O pátio não era tão interessante assim, mas a namorada sequer percebeu quando Reyna fechou a porta.

— Está ponderando sobre a vida, sobre os dragões ou sobre mim? — Sua voz tinha um toque de provocação.

Kianthe soltou um suspiro.

— Ah, estou principalmente me arrependendo das minhas escolhas.

— Que os Deuses não permitam que você esteja ponderando a meu respeito, então.

— Não — disse Kianthe de repente, percebendo o que falara. — Pelas Estrelas e pela Joia, não. Mas... ouvi as pessoas conversando. Estava todo mundo esperando que eu aparecesse, e eu simplesmente... fiquei sentada aqui. Estou acordada há horas, mas com muito medo de encarar todo o pessoal.

Hum. Reyna sentou-se na cama, ombro a ombro com Kianthe, e pousou a mão na coxa dela.

— Eles querem te agradecer. Só isso. Nada com que você não esteja acostumada.

— Mas agora é diferente. — Kianthe gemeu, passando a mão no cabelo bagunçado. — Vão me perguntar como estou me sentindo. Vão me olhar com empatia, com dó, porque passei uma semana de cama. Vão se perguntar se a Arcandor é, de fato, todo-poderosa. E aí vão perceber que sou só... humana.

Reyna cogitou falar alguma coisa, mas repensou. Porque o fato é que as pessoas esperavam mesmo que a Arcandor fosse todo-poderosa. A Maga das Eras era um farol de esperança, alguém que protegia o mundo quando nada mais era capaz de fazê-lo. Era muita pressão sobre os ombros de Kianthe, principalmente quando ela estava convalescendo.

— Key, aquilo que você fez... Olha, se essa não for a definição de poderosa, então não sei mais qual é. — Reyna se posicionou atrás de Kianthe, massageando com suavidade seus ombros tensos. — Acha mesmo que não foi suficiente?

— Sim. Bem, não. Talvez — disse Kianthe.

— Quer saber o que acho?

— Não. Porque você será lógica, e eu prefiro ruminar, obrigada.

Reyna riu, dando um beijo na têmpora da namorada.

— Você não deveria carregar o peso dessas expectativas desumanas. Nunca fará jus a elas, porque, goste ou não, você não é a Joia da Visão. É só uma pessoa com uma função, como qualquer um de nós.

Kianthe resmungou.

— É isso o que venho dizendo para você desde que nos conhecemos.

— O que posso fazer? Ver você vomitar em um balde me lembrou disso.

As bochechas de Kianthe coraram, vermelhinhas que só.

— Você não vai me deixar esquecer, né?

— Hum. É proporcional ao tamanho da sua tolice, então... provavelmente não. — Reyna deu um sorriso maroto, ficando de pé. — Gossley está terminando o expediente dele, então daqui a pouco vou com ele lá fora para treinar com a espada. Ainda tem alguns clientes na loja. Tenho certeza de que adorariam ver você.

Reyna pegou sua espada, beijou a testa de Kianthe e chamou Gossley para o pátio.

Eles estavam imersos no treino quando a Arcandor se levantou e sumiu da janela. Por um breve instante, Reyna se perguntou se ela estaria usando o lavatório, mas longos segundos se passaram e ela não voltou.

Talvez tivesse ido cumprimentar os clientes. Afinal, Reyna os abandonara por completo... Mas a estação de chá já estava fechada, e ela confiava que os vizinhos não roubariam livros sem deixar o devido pagamento.

Distraída pensando em Kianthe, Reyna não notou o movimento de Gossley, que brandia sua espada — uma peça de tamanho mais apropriado, cortesia de um Tarly um tanto exasperado. O menino então fez um corte na bochecha dela, e tudo pareceu parar. Por um momento que pareceu uma eternidade, eles simplesmente ficaram se encarando.

— Acertei. — Gossley parecia atordoado. — *Acertei*.

Reyna passou a mão na pele, manchando os dedos com uma gotícula de sangue. O coração foi parar na barriga.

— Você acertou mesmo. — As palavras saíram relutantes, cheias de pesar. Ela ainda não tinha conseguido dar uma "missão" de verdade para o garoto, mas... Bem, o acordo era que quando ele a vencesse, seria incumbido de uma tarefa. De um envelope.

Merda. Ela não devia ter se distraído.

— Baixei a guarda. É justo. — Ela apontou a espada para o chão e meneou a cabeça em uma leve reverência. — Você venceu, Gossley.

O menino ainda estava em choque. Ele olhou para a manchinha de sangue na bochecha dela, para a ponta da própria espada, para a lâmina abaixada de Reyna. Então deu um passo para trás, o queixo caído sob aquele arremedo de bigode, aquela penugem triste.

— Bem... — gaguejou ele. — Nem vou contar essa vitória, viu? Você estava observando a srta. Kianthe pela janela e... considerando tudo o que aconteceu nesta semana, acho que talvez você não esteja na sua melhor forma.

— Mas também não vou forçar sua derrota — respondeu Reyna, embainhando a espada.

Mas ela não lhe ofertou um envelope.

Gossley hesitou.

— Mas não conta. Em uma luta justa, você ainda está muito à frente e... estou aprendendo muito, mas não o suficiente para te vencer. Ainda não. Acho que preciso de mais tempo.

Reyna foi tomada pelo alívio, a ponto de desatar a rir. Saiu para pegar um copo d'água na mesa do pátio para esconder sua reação extrema.

— Mesmo que me vença, Gossley, você pode continuar no emprego. Continuo convicta de que pagar dívidas honestamente é muito mais valioso em longo prazo.

Agora ele estava relaxado, sua espada roçava os ladrilhos de pedra.

— Recebi uma carta enquanto a srta. Kianthe estava em recuperação. Sabe-se lá como, o agiota me encontrou na loja do sr. Tarly. E me pediu para enviar tudo o que ganhei até agora, como adiantamento... Mas não acho que vá ser suficiente com o prazo que ele me deu.

— Então ele rastreou você, hein? — Reyna o observou por uns segundos. Ela ainda tinha alguns palidrões guardados, o suficiente para pagar a dívida dele, se quisesse. Mas, em vez de gastar dinheiro com o problema, estava muito mais preocupada com a velocidade com que o agiota localizara o garoto. — Seu contato não teve nada a ver com isso, teve? Aquele que te mandou aqui, para início de conversa?

Gossley passou um dedo pelo cabo de couro da espada. Agora usava uma bainha adequada, mas ainda parecia um molecote.

— Bem, Branlen, o agiota, passou anos em contato com o meu pai. Mas foi ele quem me deu o contato do bandido, sim.

Pronto. Era mais fácil mandar um adolescente para uma missão mortal e assim tentar receber mais rapidamente do que esperar uma década ou mais para que o garoto ganhasse dinheiro com um trabalho honesto. Não era um raciocínio muito inteligente, mas Reyna já tinha visto acontecer outras vezes.

Ela passou um dedo sobre o punho da própria espada, sorrindo.

— Bem. Se alguém chegar em Tawney perguntando por você, mande me avisar, por favor. E se ele visitar a forja, peça ajuda a Tarly.

Ela teria uma conversinha com esse tal agiota, caso ele aparecesse.

— E não mande dinheiro para ele. Algo me diz que vai ser um desperdício.

— Sim, srta. Cya — respondeu Gossley, as sobrancelhas franzidas. — Se acha que é melhor assim...

Reyna deu um tapinha no ombro dele.

— Tudo o que digo é visando o melhor. Agora vá para casa. Preciso ver como Kianthe está.

Quando retornaram para dentro da loja, com as espadas embainhadas e o suor secando no rosto, viram a Arcandor, a Maga das Eras, discutindo ativamente os acontecimentos irrealistas de um novo romance com um dos herbolários de Tawney. O herbolário gargalhava, e os outros clientes ouvintes pareciam mais aliviados do que com dó dela.

Reyna sorriu e disse a Gossley para ir embora.

24

KIANTHE

Kianthe estava entediada.

Era um perigo confundir relaxamento com tédio. Mas, mesmo para alguém que adorava ter tempo livre, aquilo já estava ficando ridículo. Na primeira semana de recuperação, aproveitou para dormir ainda mais, passou algumas horas diárias socializando com os clientes da loja e foi reconstruindo gradativamente sua tolerância ao mundo à medida que os resíduos da magia do dragão eram eliminados do seu organismo.

Era difícil aceitar a gratidão daquelas pessoas que ela considerava vizinhas. Sasua passava na loja todos os dias para comprar uma caneca de chá, ler um livro para o filho e perguntar a Kianthe sobre seu estado. Quatro dias depois, ela apertou o braço de Kianthe e admitiu:

— As chamas atingiram nossa casa. Bem ao lado do quarto do meu filho. Se você não estivesse aqui... — Ela parou e respirou fundo. — Obrigada, Arcandor. Estou muito feliz por vocês duas terem se mudado para cá.

Do outro lado do celeiro, reorganizando os espaços vazios deixados pelos livros comprados pelos clientes, Reyna ouviu a conversa e lhe deu uma piscadela.

— Não foi nada — respondeu Kianthe.

— Foi tudo. — Sasua então acompanhou o filho até as poltronas macias para lerem um pouco.

Se antes Kianthe e Reyna já achavam que a loja estava movimentada, agora estava apinhada. As pessoas paravam para tomar chá, obviamente, mas a parte que era livraria também era muito bem aproveitada. Na verdade, vários clientes vinham com doações de livros, lotando as prateleiras da loja e liberando espaço na própria casa. A maioria dos livros doados ia para o centro de empréstimos, mas uma noite, depois que a loja esvaziou, Reyna sugeriu:

— Devíamos vender algumas das doações. Estão em excelente estado.

Kianthe colocou um marcador em sua leitura mais recente — ironicamente, um romance sobre um mago que lutava contra dragões — e respondeu:

— Tipo o quê, uma seção de "revenda"?

— Hum. "Livros usados", talvez.

Kianthe bufou.

— Todos os livros são usados.

Reyna passou os dedos pelas lombadas de algumas aquisições recentes, enviadas de Wellia na remessa recorrente. Os livros novos perfumavam o ambiente com couro e pergaminho, e Kianthe já havia folheado todos para o próprio deleite.

— Os livros de Wellia nunca foram lidos ou nunca tiveram dono. — Reyna inclinou a cabeça. — Podemos cobrar mais por eles por causa disso.

— Sim, mas não é como se um livro lido valesse menos. Rotulá-lo como "usado" vai fazer com que pareça que ninguém relê seus exemplares. — E então elas entraram em um debate saudável e Kianthe se dispôs àquela distração. Seu plano era já ter ido para a cama (ultimamente, vinha se recolhendo para o quarto mais cedo do que o normal e, apesar das provocações de Reyna, não era por nenhum motivo *divertido*), mas a discussão estava intrigante.

— Não releio meus romances — respondeu Reyna, sem rodeios.

Que intrigante. Kianthe estava horrorizada.

— O quê? Nunca? Mas... e se você se deparar com uma história muito boa? Não vai querer revivê-la? — Reyna pareceu se divertir com o choque dela.

— Encontro um livro novo, ué, um que me faça sentir do mesmo jeito. Reler um livro não rende a mesma emoção, não quando já sei como acaba.

De queixo caído, Kianthe a encarava.

Reyna deu um beijo no topo da cabeça da namorada, seguindo para a cozinha a fim de reabastecer sua caneca.

— Você está de boca aberta, querida.

— Estou repensando minhas escolhas na vida, é isso.

— Ah. Não deixe de me informar das suas decisões. — E dessa vez não houve nem um tremelique de dúvida em suas palavras, apenas satisfação pura e simples.

Kianthe abandonou o debate, aprumando-se na poltrona e observando conforme Reyna vasculhava a cozinha. Ela já havia preparado a massa para os pãezinhos do dia seguinte e coberto com linho para guardar na parte mais fria do celeiro, ao passo que os chás ficaram na infusão. Seu cabelo caía nos ombros em cascata e ela ostentava um sorriso muito peculiar — e aparentemente nem tinha se dado conta disso.

Estava feliz.

Depois de um bom tempo, Reyna enfim percebeu que Kianthe não parava de olhá-la. Fez uma pausa, com a chaleira na mão.

— Amor, quando você fica olhando assim, me pergunto se tem algum inseto em mim ou algo parecido. Ou se de repente brotou uma verruga e uns pelinhos na minha cara.

Kianthe não se deixou distrair. A voz saiu cheia de admiração:

— Está gostando de ficar aqui, não está?

— Aqui, na loja dos nossos sonhos? Vivendo exatamente como eu sempre quis? — Reyna riu. — Ora, quem poderia imaginar?

— Não, quero dizer... Aquele comentário que acabei de fazer, sobre repensar minhas escolhas de vida. Foi uma piada, em momento algum falei a sério, só que se eu falasse algo assim há uns meses, você ficaria pra lá de insegura. Era óbvio que você não comentaria nada, ia só fingir que aquilo não a estava incomodando, mas sei que ia incomodar. Você sempre ficava se perguntando se essas minhas brincadeiras tinham um fundo de verdade.

E era por isso que Kianthe continuava a cutucá-la, para ser muito sincera. Era a chamada dessensibilização: quanto mais tocasse em um assunto, mais estaria corrigindo a reação insegura de Reyna, e menor seria a possibilidade de aquilo afetá-la em uma próxima ocasião. E talvez, em algum momento, a namorada enfim seria capaz de perceber que, embora Kianthe fosse pouco afeita à convenções, sim, e volúvel, sem dúvida, ela também estava comprometida ao relacionamento e à Reyna como pessoa, bem como à vida que elas queriam juntas.

As bochechas de Reyna enrubesceram.

— Sempre te digo quando algo está me incomodando.

— Em algum momento, você diz, claro. Mas isso depois de dias encucada. — Kianthe sorriu. — Mas agora não está nem questionando meu humor. É legal isso. Não, é *excelente*. É como se você enfim acreditasse em mim.

Reyna ficou em silêncio, derramando mel em seu chá. Ela inalou o aroma da bebida, contemplativa.

— Você tem razão... Acho que eu estava muito preocupada com a possibilidade de você ir embora depois que o Magicário descobrisse seu paradeiro. Ou talvez com a possibilidade de acontecer algo importante e o estresse acabar separando a gente. Ou... sei lá. "Para sempre" parece tempo demais quando comparado a encontros breves e apaixonados em dois anos de namoro.

Kianthe deu de ombros.

— Bem, eu amo a paixão do namoro esporádico. Mas, se quer saber, gosto mais disto que temos aqui. — Quando Reyna voltou para a poltrona, Kianthe pegou a mão dela. — Reyna, da última vez que me machuquei, acordei com seis magos discutindo sobre a eleição do próximo Arcandor. Como se eu já fosse passado. Como se pudessem sugar meus dons por osmose.

— O quê? — Reyna enrijeceu, com o rosto sombrio feito uma tempestade invernal. — Diga-me que está brincando.

Kianthe sempre tentou esquecer aquele dia, esquecer o momento em que percebeu que valia mais como Arcandor do que jamais valera como Kianthe. Os magos pareceram um tanto decepcionados quando o médico disse que ela se recuperaria sem sequelas.

Decepcionados.

Até hoje, o assunto deixava sua alma transbordando de raiva, mas, mais do que tudo, de desolação. Como se ela fosse totalmente inútil enquanto ser humano, totalmente desimportante nos grandes desígnios da vida. Talvez fosse inveja dos magos, ou talvez ela não estivesse enraizada o suficiente na comunidade deles, mas aquilo a fez se sentir muito isolada.

— Até eu conhecer você, ninguém teria ficado de luto por mim. — A voz de Kianthe estava baixa, suas pupilas dilatadas fixadas no olhar de Reyna. — Eles lamentariam a perda de um Arcandor, mas não dariam a mínima para Kianthe. Ninguém ficaria séculos ao lado da minha cama para assegurar que eu me recuperaria com saúde. Só você, Rain.

Foi uma das admissões mais vulneráveis que Kianthe já proferira. E aquilo a deixava apreensiva, com o coração acelerado. Ela sabia que a confissão estava segura com Reyna, mas tinha passado a vida inteira escondendo tais sentimentos, e esse era um hábito difícil de abandonar.

Parte sua queria fingir que era tudo brincadeira, fugir das palavras.

Mas ela não fez nada disso.

Reyna também não. Ela simplesmente largou a caneca, sentou-se no colo de Kianthe e a abraçou com muita força.

— Você também fez tudo por mim, Key, e eu te amo por isso. Foda-se todo mundo. Vamos cuidar uma da outra e pronto. — A paixão em sua voz, o modo como ela praguejou, foi como se seu senso de comprometimento fosse um incêndio de grandes proporções que consumia o mundo.

Kianthe retribuiu a intensidade do abraço e conjecturou se seria cedo demais para propor casamento.

Três dias depois, Reyna considerou que Kianthe já estava bem o bastante para sobreviver algumas horas sozinha. Quando a Arcandor perguntou para onde ela estava indo, Reyna apenas sorriu e respondeu:

— Querida, tenho permissão para resolver algumas tarefas sem o seu conhecimento. É melhor que certas coisas continuem sendo um mistério.

— Bem, isso só me deixa ainda *mais* curiosa.

Reyna lhe deu um tapinha no ombro, totalmente despreocupada, deixou Gossley encarregado da loja, disse a Kianthe para "dar uma supervisionada geral, mas não à custa do repouso" e saiu.

Ela não levou a espada, o que era um belo consolo. Mas, ainda assim, Kianthe sentiu o peito apertar ante a ideia de que os espiões de Venne e Tilaine poderiam estar rondando Tawney, de olho em Reyna, e que a qualquer momento poderiam abduzi-la para a capital a fim de fazê-la expiar seus crimes...

Argh.

Kianthe acabou por se ocupar na loja, recomendando livros a alguns adolescentes que traziam as moedas dadas pelos pais, oferecendo um exemplar gratuito à filha do carpinteiro — que de fato se tornara frequentadora assídua — e zombando da forma como Gossley preparava o chá.

— Não, tem que dividir as folhas nos saquinhos de linho e depois botar os saquinhos na água. Não as folhas na chaleira, pequeno gafanhoto, ou ela vai ficar impregnada com aromas conflitantes.

Gossley cerrou a mandíbula, franzindo a testa para ela. Para um garoto tão tranquilo, ele era muito combativo.

— A srta. Cya disse que você deveria descansar.

Kianthe gesticulou, despreocupada.

— Felizmente, a Arcandor não tem guardião.

— Que pena — resmungou Gossley, e virou-lhe as costas. Mas cedeu e ajustou a maneira como preparava o chá, mesmo ainda um pouco atrapalhado para amarrar o barbante na boca dos saquinhos de linho.

Kianthe ainda supervisionou por mais algumas horas antes de perceber que não era necessária, então retirou-se de modo taciturno para uma mesinha junto a uma das janelas da frente. Acomodada ali, afofou as folhas de uma bela poinsétia, sua magia amarela envolveu a planta com nutrientes e uma diretriz. As flores desabrocharam em um vermelho mais intenso do que era naturalmente possível, esforçando-se para agradar.

Era bom usar magia de novo.

Kianthe então se levantou e começou a fazer rondas, verificando a saúde de cada planta do celeiro. Acontece que Reyna não mentira ao pontuar que aquela flora toda poderia morrer sob seus cuidados. Era óbvio que ela tentara o melhor possível, no entanto, acabara por afogar os cactos e as samambaias, e ignorara completamente as garrafas de spray de metal que Kianthe havia deixado para borrifar as plantas tropicais.

Enquanto verificava um clorofito ao lado de duas senhoras, uma delas ajeitou os óculos no nariz e fez careta.

— Adoro vir aqui. Estas plantas que você mantém são lindas, Kianthe. O celeiro parece uma estufa.

A amiga assentiu com avidez, seu sotaque do Reino bem marcante quando ela se manifestou.

— Nada como o verde para animar um ambiente. Se eu não tivesse um dedo tão pobre, pediria para levar algumas mudas para casa! Mas meu marido ficaria muito exasperado se eu matasse mais uma plantinha. — Ela riu, bem-humorada, mas o pesar se fez óbvio em suas feições.

Kianthe ficou pensativa. Mesmo antes de a Joia abençoá-la, ela nunca tivera problemas para manter as plantas vivas. Agora ela acariciava contemplativamente as folhas longilíneas do clorofito.

— Então está dizendo que gostaria de ter uma plantinha doméstica, se soubesse como cuidar dela? — Aquilo a deixou pesarosa; todos deveriam poder desfrutar de uma bela vegetação verdejante. — Eu poderia te ensinar.

— Uma lição da Arcandor? — Os olhos da mulher do Reino se arregalaram. — Disseram que você era corajosa. Mas nunca disseram que era generosa também.

Kianthe ficou sem graça. Em outros tempos, era divertido bancar a maga arrogante, mas a coisa mudava de figura quando ela ficava cara a cara com seus verdadeiros admiradores.

— Não é nada, sério. Só acho que você deveria poder ter plantas, se quisesse.

A amiga bufou, um som um tanto chocante vindo de uma senhorinha tão doce.

— Ah, pelas Estrelas, nem mesmo uma lição seria capaz de me salvar. Não há magia suficiente em todos os territórios do Reino. O clima é demasiado frio, e ou nossas casas estão escaldantes, ou congelantes. As coitadinhas nunca teriam a menor chance.

A cidadã do Reino deu um tapinha na mão de Kianthe.

— Isso, e além do mais, há a questão da nossa memória! Ou eu ia me esquecer de regá-las, ou ia me esquecer de que já reguei e regaria tudo de novo!

As duas se puseram a rir e mudaram de assunto. Kianthe foi andando até a planta seguinte, de olhos semicerrados para enxergar a estrutura de sua magia ali. Todas as coisas, vivas ou não, eram tecidas pela magia —

pequenos pontos de luz que cintilavam sob um olhar devidamente treinado. Sua magia havia sido o estímulo inicial para aquelas plantas prosperarem, mas uma vez que o propósito fosse atingido, as partículas se dissipariam e migrariam para outros destinos.

Entretanto, se ela percebesse o menor indício de magia ainda presente ali, mesmo que só um pontinho ínfimo naquela malha imensa, já seria capaz de prolongar a vida da planta. Era só cobrir as folhas com amarelo brilhante, retirar as sementes e plantá-las. Pronto: ali estava a receita para plantas domésticas imortais, mesmo que se esquecessem de regá-las, mesmo que as condições climáticas não fossem muito favoráveis.

Vegetação para qualquer um desfrutar, a qualquer hora.

Afinal de contas, a magia era atemporal. A duração da vida humana atrelada a algumas plantas era irrisória perto do todo. Bastaria a combinação certa de feitiços...

Kianthe estava pensando em um jeito de desenvolver melhor a ideia quando a porta do celeiro se abriu e Harold e Allayan entraram. Ambos estavam com um aspecto péssimo; ela sinceramente achava que a dupla já tivesse retornado para Wellia ou para o Magicário, qualquer lugar com uma convergência decente de linhas de ley. Mas, ao que parecia, tinham lhe cedido tanta magia que eles próprios terminaram debilitados na cama.

Kianthe sentiu um arrepio de culpa e forçou um sorriso.

— Senhores, sejam bem-vindos. Que bom vê-los de pé.

Alguns clientes esticaram o pescoço para ver a quem a Arcandor se dirigia, mas sem as vestes de mago, os visitantes não tinham nada de especial.

Kianthe gesticulou para que fossem ao quarto, no caso de terem vindo tratar de questões oficiais.

— Podemos conversar ali dentro. Gostariam de um chá? Reyna fez pãezinhos antes de sair. De leite e mirtilo.

Allayan assentiu com vigor, os olhos arregalados.

— Estou faminto.

— Vou aguardar até voltarmos à civilização. — Harold fungou.

Kianthe fez um muxoxo, preparou um prato caprichado para Allayan e os levou para o quarto. Em seguida foi pedir a Gossley que cuidasse da loja, mas o garoto já estava na ativa e saudava um cliente recém-chegado, então ela simplesmente virou-se e fechou a porta do aposento.

Allayan pegou o pãozinho maior, exalando animação, e sentou-se à mesa, cravando os dentes na guloseima.

— Que cheiro incrível. — Ele parou, olhando para Kianthe. — Ah, espero que esteja se sentindo melhor, Arcandor.

— Estou, sim — respondeu ela, dando um sorrisinho. — E antes que me pergunte, *Mestre* Harold, não vou voltar para o Magicário.

Harold balbuciou, o rosto ficando vermelho.

Allayan abaixou a cabeça.

— Eu avisei. — A provocação foi quase inaudível.

— Você é a Arcandor. — Harold fez careta. — Acredita mesmo que os magos Zenith vão aceitar essa sua vida de mocinha do interior brincando de casinha? Você recebeu o dom de uma grande responsabilidade e vai desperdiçá-lo aqui?

Os magos Zenith. Kianthe franziu o nariz. Não havia hierarquia no Magicário, não formalmente. Mas havia os magos mais antigos (os Zenith), que se achavam os mais sábios, os magos jovens (como Allayan) que muitas vezes eram de fato mais sábios, e magos medianos (Harold) que desprezavam todos os outros. Tecnicamente, o Arcandor estava no topo do comando, um porta-voz de sua divindade, ainda que a Joia da Visão nunca falasse, exceto através das cutucadas mágicas ao Arcandor — e assim foi formado o Magicário, em torno dos caprichos de um mago que, historicamente, não era o mais maduro do bando.

Havia um equivalente alquímico — mais ou menos — do Arcandor, mas estes eram historicamente... Hum, como dizer com delicadeza?

Babacas reclusos.

Pensando bem, ninguém reclamou quando a atual Alquimicor abandonou o Magicário para buscar consolo espiritual nas Montanhas Vardianas de Shepara. De repente, Kianthe foi tomada pelo ressentimento.

— Como é que estou desperdiçando, Harold? Por favor, me esclareça.

— Você ignora as convocações...

— As convocações de magos, sim. As convocações da nossa respeitosa Joia? De jeito nenhum. — Kianthe cruzou os braços. — Está me dizendo que seus superiores sabem mais sobre os caprichos da Joia da Visão do que eu?

Dali da mesa, os ombros de Allayan tremelicavam de tanto que dava risada.

Harold comprimiu os lábios.

— Não tenho superiores. Mas já tem um monte de rumores no Magicário sobre a sua dedicação. E, francamente, depois que Allayan e eu a presenteamos com nossa magia, sinto que você nos deve uma explicação. Está aqui por ordem da nossa venerada Joia ou porque sua parceira lhe ofereceu uma vida irrecusável?

Harold ostentava grandes bolsas sob os olhos e seu aspecto era de doente. Allayan parecia um pouco melhor, mas o esgotamento mágico havia afetado bastante os dois, que afinal de contas tinham se prontificado a ajudá-la em um momento de grande necessidade. Então, por mais que relutasse em admitir, Harold não estava errado.

A Arcandor suspirou, apertando a ponte do nariz.

— A resposta é sim, Harold. Os dois. Tudo. Sou leal à Joia... mas Reyna é tudo para mim. Ela também é cidadã do Reino. O Magicário jamais a aceitaria, mesmo que eu a enfiasse portões adentro, e olhe que ela iria gostar se eu tentasse incluí-la. Sendo assim, escolhemos Tawney como um meio-termo. Pode informar aos Zenith que estou aqui e que responderei pelas tarefas conforme necessário. — Harold começou a falar, mas ela o silenciou com um gesto. — E eu vou ficar. Ninguém pode me obrigar a sair daqui.

— Aqui não tem magia — retrucou Harold. — Como pode escolher este lugar como base de operações?

Allayan pigarreou.

Kianthe gesticulou para que Allayan continuasse, porque ela preferia conversar com elu do que com Harold.

Allayan tinha devorado totalmente os dois pãezinhos e agora apontava para o prato.

— Isto aqui estava maravilhoso. E basicamente há uma razão para esta linha de ley ser tão fraca. Uma floresta inteira cresceu a sudoeste daqui... deve ter havido magia no local em algum momento.

Kianthe ergueu uma sobrancelha, porque Allayan tinha razão. E sentiu-se meio boba por não ter pensado nisso antes.

— Bem, vou explorar isso. Mas primeiro preciso resolver um mistério. Na verdade, será que poderiam verificar nos arquivos do Magicário se há alguma menção a ovos de dragão roubados, há uns trinta anos, talvez? Seria muito útil para meus deveres como Arcandor. — Agora ela lançava um olhar penetrante para Harold.

Mas Harold arrastou a conversa de volta ao ponto inicial.

— Sua parceira é cidadã do Reino. E, pelo sotaque dela, é óbvio que vem do próprio palácio.

Agora Kianthe cutucava sem dó:

— Tenha cuidado, Harold. Minhas obrigações não me impedem de colocar você em seu devido lugar por falar mal dela.

— Não sou eu quem esquece o próprio lugar no mundo. O Magicário fica em Shepara, mas os magos são entidades neutras. Existimos pacificamente em todos os territórios, ainda que não tenhamos nascido no território do Reino. Você deveria ser a mais imparcial de todos nós. O que vai acontecer quando a rainha Tilaine perceber que um de seus súditos largou tudo para acompanhar você?

Ainda à mesa, Allayan franziu a testa.

Antes, quando Reyna e Kianthe fantasiavam sobre o dia em que revelariam seu relacionamento para o mundo, Reyna sempre lembrava que Tilaine faria o possível para abocanhar qualquer vantagem que pudesse ter. Se festas luxuosas não eram capazes de conquistar a Arcandor, um dos membros de sua guarda particular poderia ser o artifício perfeito.

Reyna sempre apostava que a rainha iria preferir recorrer à conversinha mole, presentes e títulos sofisticados, e talvez até promovê-la ao status de membro oficial da corte... deste modo, mimaria uma com o intuito de atingir a outra. Mas, claro, tudo isso antes de Reyna fugir da capital, antes de ela se tornar traidora da Coroa.

Agora, se a rainha Tilaine botasse as mãos em Reyna, a história seria totalmente diferente. Violência. Chantagem. Kianthe já sabia que a namorada estaria vulnerável. Jamais faria qualquer coisa que pusesse Reyna em risco.

— Você nem sequer pensou nisso, não é? — Pela primeira vez, Harold não soava presunçoso nem arrogante. Parecia apenas... decepcionado. — Tilaine é vil, Kianthe. Imagine o que ela poderia fazer com o poder de um Arcandor.

— Ela nunca vai ter esse poder — retrucou Kianthe.

Ainda assim, o aperto no peito era inevitável.

O mago mais velho soltou um suspiro irado, massageando a testa. Um longo momento de silêncio se passou.

— Vou ter de confiar que você sabe o que está fazendo, Kianthe. De qualquer modo, não ficaremos aqui para presenciar o espetáculo. Allayan, podemos ir? — Ele mal esperou pelo meneio de cabeça de Allayan antes de passar por Kianthe e sair do quarto.

— Eu gosto da sua parceira, se lhe serve de consolo — disse Allayan, entregando o prato a Kianthe.

— Ah, que belíssimo consolo. Obrigada.

Allayan sorriu e acompanhou Harold. Quando Kianthe se recompôs o suficiente para retornar à livraria, os grifos já haviam pousado na rua. Os dois magos montaram e desapareceram.

Com sorte, Reyna logo voltaria para casa.

Para se distrair, Kianthe foi mexer em suas plantas. Era possível fazer o feitiço que vislumbrava; ela simplesmente sabia disso. Um feitiço para a vida inteira. Talvez uma adaptação de sua chama-eterna...

E assim, enquanto ela pensava no assunto, as horas iam passando.

25

REYNA

Feo morava em um complexo.

Era deveras ineficaz e um tanto grande para uma pessoa só. Várias cabanas agrupadas atrás de uma única cerca de madeira, esta aliás parcialmente carbonizada por ataques de dragão. Algumas pessoas circulavam pelas ruas, mas ninguém ousava passar pelo portão aberto, exceto Reyna. Ela cruzou por um jardim murcho — se Kianthe estivesse ali, estaria possessa com os maus-tratos, principalmente considerando-se o clima quente e a estação de plantio a pleno vapor — e alguns quartéis vazios.

O lugar certamente abrigara soldados em outras épocas. Talvez existisse desde o despertar dos dragões, antes mesmo de serem definidas as fronteiras com a terra dos dragões. Os edifícios pareciam bastante antigos.

Ela se aproximou da única porta fechada e bateu. O tempo estava bom agora, iluminado e alegre, e ela aproveitava o solzinho enquanto aguardava Feo.

— Entre — convocou elu.

Ela entrou em um escritório aconchegante, Feo estava atrás de uma mesa enorme, o corpo curvado sobre um pergaminho. Elu olhou para cima, com certa surpresa, e relutantemente largou a pena.

— Kianthe piorou?

Pode ter soado insensível, mas a preocupação ficou evidente na expressão dos seus lábios. Aquilo bastou para Reyna ficar mais cordial.

Ela balançou a cabeça.

— Ela está bem. Descansando, principalmente.

— Ah.

O silêncio se estendeu.

Reyna cruzou os braços.

— Estou aqui por um motivo afim. Parece que quando Kianthe estava lutando contra os dragões, ela fez um acordo. Um juramento, foi como ela chamou. Para caçar três ovos de dragão desaparecidos em Tawney.

Aquilo chamou a atenção de Feo, que então ficou de pé, seus olhos pareciam ardentes.

— Eu sabia! Eu sabia que tinha um motivo para o ataque. Quem os roubou? Foi o pai de Wylan?

O timing foi fortuito.

Uma batida forte soou à porta aberta e lorde Wylan entrou. Ele usava camisa larga e calça preta, e tirou da cabeça um chapéu de três pontas.

— Não, mas você adoraria que tivesse sido ele, não é?

Os olhos de Feo percorreram a silhueta de Wylan. Levou apenas um segundo, mas eles definitivamente fizeram uma boa vistoria no jovem lorde. Reyna deu um passo para o lado, com um sorrisinho divertido.

— Adoraria mesmo, na verdade. Isso me daria todo o direito de assumir o comando para o bem de Tawney, e nem mesmo seus cidadãos poderiam renegar essa ideia. — Feo estufou o peito.

Lorde Wylan franziu a testa.

— Que péssima ideia.

Feo olhou entre ambos, com as sobrancelhas levantadas.

— Convoquei lorde Wylan para nos acompanhar. Kianthe mencionou uma igreja na parte queimada da cidade. Eu não me importaria de visitá-la, só para garantir que averiguamos tudo. A Arcandor não deveria estar se vinculando a dragões; isso coloca o mundo em risco. Precisamos resolver a situação depressa, e isso significa que nossos objetivos devem estar alinhados.

— Os meus nunca vão se alinhar com os dele — resmungou Feo.

Lorde Wylan gesticulou, como se dissesse: *Está vendo o que eu tolero?*

Deuses, ia ser um dia *daqueles*. De repente, Reyna desejou estar em casa, servindo chá ao lado de Kianthe. Mas, antes, as prioridades. Ela os chamou para a missão e, juntos, os três se dirigiram à parte leste da cidade.

Caminhar com os dois líderes foi uma experiência surreal. Os habitantes não pareciam saber como lidar com aquela frente unificada. Sussurros chamuscavam suas costas ao longo do desfile pelas ruas de Tawney.

Mas a cidade era pequena, e não demorou muito para que chegassem à velha igreja. As cinzas contaminavam o ar com um cheiro acre. Os dragões mais uma vez tinham atingido a região com força, e vários edifícios outrora imponentes se tornaram só um montinho de madeira lascada e pedra carbonizada. Feo bufou.

— É incrível como este prédio continua de pé. Quase mágico. — E lançou um olhar de soslaio para lorde Wylan, o tom quase insuportável.

Lorde Wylan fez careta.

— Tá, tá bom. Você tinha razão. Devemos resolver uma disputa de décadas ou ficar aqui de picuinha?

Reyna reprimiu uma risada e mergulhou nas ruínas. Foi preciso escalar uma viga caída e abrir caminho entre panfletos religiosos e lixo que cobriam o chão para poder avançar, mas enfim a área de entrada ficou mais transitável, dando em um espaço amplo e não muito diferente do celeiro. Ela semicerrou os olhos para avaliar os enormes buracos no teto e notou que Feo havia se ajoelhado em um ponto específico no centro do salão.

— Foi aqui que Kianthe sentiu a magia. Deve ter alguma coisa lá embaixo. A gente poderia cavar, mas... parece bem profundo.

— Hum. — Reyna rondava pelo ambiente, olhando de soslaio para os livros antigos e estátuas abandonadas. O Grande Palácio era repleto de passagens secretas e ela se tornara especialista em encontrá-las. A bisavó da rainha Tilaine queimara todos os mapas que detalhavam as localizações delas; sendo assim, os guardas do palácio ficaram a cargo de criar os próprios registros a fim de combater as ameaças. Em mais de uma ocasião, algum assassino conseguira se aproximar de Sua Excelência simplesmente porque os guardas não tinham conhecimento de todas as passagens secretas do castelo.

Agora Reyna colocava essas habilidades em prática, sentindo o fluxo de ar onde não deveria haver nenhum, testando casualmente as estátuas em busca de fundos falsos, apoiando o peso contra paredes e portas para averiguar se cediam sob pressão.

Era meio arriscado fazer aquelas coisas em uma construção prestes a desabar, mas Reyna não queria nem saber.

Lorde Wylan foi o único que não saiu de perto da porta. Em vez disso, sacou de seu alforje um livro fino com capa de couro, abrindo-o em uma página marcada. Enquanto Feo apalpava o chão e Reyna verificava a sala, ele comentou:

— Tem uma escadaria em algum lugar. De pedra, ladeada por velas. Meu pai inspecionou este local quando foi construído, antes de instalarem a igreja em cima dele.

Reyna fez uma pausa.

— Este é o diário de lorde Julan?

— Ele admitiu ter roubado os ovos, não foi? — questionou Feo, presunçoso.

Lorde Wylan revirou os olhos.

— Nada do tipo. Ele não sabia nada sobre os ovos de dragão, se é que foram roubados sob sua supervisão.

— Foram.

Lorde Wylan ignorou de propósito a alfinetada de Feo, voltou a ler o diário e depois caminhou até uma salinha isolada do restante da igreja por uma treliça de madeira ornamentada. Por ter viajado bastante com Sua Excelência, Reyna sabia que era prática comum em Shepara — não entre os magos, que cultuavam a Joia da Visão, mas entre a maioria dos outros cidadãos — confessar os pecados às suas Estrelas divinas em cubículos como aquele. Tradicionalmente, só aquela área era dotada de teto de vidro, para melhor comunhão com o céu.

Wylan corria os dedos pelos sulcos da salinha. Era pequena demais para mais de uma pessoa, então Feo e Reyna ficaram só espiando por cima dos ombros dele.

Reyna por fim, falou:

— Procure uma pedra solta no chão ou em algum lugar onde a argamassa esteja desgastada.

Wylan voltou a atenção para o piso — e, com uma leve escavação, uma das pedras de fato se soltou, revelando uma alça de metal, a qual ele puxou prontamente. Todos ficaram em suspense quando algo pesado desabou atrás deles. Então viram que um dos painéis de madeira atrás do altar havia tombado, dando acesso a uma escadaria escura que levava para baixo.

Toda a pose de Feo se foi em meio à emoção da descoberta. Elu foi a primeira pessoa a chegar à passagem, perscrutando a escuridão.

— Alguém trouxe uma vela? Ou uma Arcandor para fazer fogo?

— Isso pode parecer falacioso, mas um mago não é o único capaz de fazer fogo. — Reyna balançou a cabeça, sacou uma tocha do alforje e acendeu o pavio com um fósforo. — Deixe comigo. — Ela assumiu a vanguarda, brandindo a tocha, a outra mão no cabo da adaga escondida nas dobras da camisa.

Devagar, eles foram descendo, tateando os degraus de pedra com cuidado para o caso de algum estar carcomido. O ar estava úmido e a temperatura caía rapidamente. Teias de aranha ornavam os cantos, aranhas escuras desviavam-se de seu caminho quando se deparavam com a luz do fogo. O ar estava impregnado de mofo e excrementos de rato, e a passagem começava a se estreitar ao ponto de eles precisarem se organizar em uma fila única.

O silêncio foi quebrado quando lorde Wylan perguntou:

— Por que você quer esta cidade, Feo? O que Tawney tem de tão interessante para você?

Reyna quase respondeu *Tem você, milorde*, mas duvidava que Feo fosse gostar do gracejo.

Feo bufou, suas botas roçaram uma pedra solta.

— É um fenômeno cultural. Dois territórios emaranhados, cada um autorizado a venerar pacificamente suas divindades de escolha, intocados pela política dos governos que reivindicam a propriedade. — A voz delu estava cheia de admiração e respeito. — Tawney é a prova de que o preconceito pode ser superado. É a prova de que sua região de origem, sua cidade natal, seus valores... não definem você.

Uau. Reyna não esperava algo tão profundo. Ela quase deu uma viradinha só para conferir a cara de Feo, mas não estava disposta a tropeçar e rolar escadaria abaixo.

— Hum... — disse lorde Wylan. Passou-se um bom tempo e aí ele acrescentou, a contragosto: — Eu me sinto exatamente do mesmo jeito.

— Então concordamos em alguma coisa — respondeu Feo secamente.

Pouco depois, eles chegaram a uma porta de madeira. Reyna sinalizou para que parassem e aguardassem enquanto ela testava a maçaneta. Entregou a tocha a Wylan, depois, com suavidade, sacou da bainha uma adaga assustadora.

— Onde você estava escondendo isso? — Quis saber Feo.

Reyna lhe lançou um olhar de reprimenda e abriu a porta. A sala adiante estava vazia — o que já era esperado — e provavelmente intocada havia décadas. Uma poeira pesada cobria uma mesa e uma cadeira, bem como um velho baú no canto. Tudo estava escuro, frio e assustadoramente silencioso. O chão era de terra, e o teto e as paredes eram de pedra e, até onde Reyna sabia, era um beco sem saída.

Ela embainhou a lâmina de novo e entrou, só para terminar puxada por Feo. O instinto a fez girar de repente, quase arremessando os dois contra a parede, que levantaram as mãos em reação apaziguadores.

— Espere. Tem magia aqui.

— Sim, magia de dragão. — Reyna se obrigou a relaxar.

— Não. Alquímica. Olhe ali. — Feo apontou para a terra.

Havia um enorme círculo desenhado ao redor do baú de madeira. Estava coberto de poeira vermelho-ferrugem, quase como se alguém tivesse infundido sangue ali.

Depois de uma vida inteira com a rainha Tilaine, Reyna já conhecia sangue muito bem... e, ainda assim, vê-lo em um círculo alquímico lhe causou um arrepio na espinha. Não era de se admirar que Kianthe despre-zasse aquela magia, considerando-a antinatural.

Ela cruzou os braços, mas não se afastou da porta.

— O que estariam tentando fazer aqui?

Por um bom tempo, Feo se pôs a avaliar os contornos do círculo, mas não pisou nas marcas e tampouco tentou tocar o baú.

— É um feitiço de deslocamento, só que está modificado. É bastante engenhoso. Estes ponteiros aqui que estão na borda do círculo servem para direcionar o feitiço, para poder drenar a magia natural de alguma coisa... dos ovos de dragão, provavelmente... e, por consequência, armazenar a magia aqui.

— No baú? — perguntou lorde Wylan, arriscando um passo mais perto. Ele olhou por cima do ombro de Feo.

Feo fez um gesto de negação.

— Não. A magia é mantida nos limites do raio do círculo, no entanto, ela não tem limite de altura. Muito provavelmente Kianthe conseguiu senti-la quando estava bem diretamente acima de onde estamos agora, e os dragões atacaram esta região por causa da assinatura mágica. — Elu riscou algo no círculo e estendeu a mão em seguida. — Companheira, sua adaga, por favor?

Reyna revirou os olhos.

— Não mesmo.

— O nome dela é Cya — disse lorde Wylan com rigidez.

— Na verdade, o nome dela é Reyna, mas isso não importa — retrucou Feo, o que fez ambos os cidadãos do Reino enrijecerem. Elu percebeu e levantou uma sobrancelha. — Achou mesmo que eu não iria ficar de olho na cara-metade da Arcandor? Ou que não mantenho um registro de quem visita minha cidade?

— Minha cidade — murmurou lorde Wylan.

— Nossa cidade — corrigiu Reyna.

Feo gesticulou para desprezar o comentário.

— Não faz diferença mais, agora você está em risco... Ao ter escolhido ficar tão perto do Reino, pode ser atacada a qualquer momento. Já pensou em solicitar imunidade junto ao conselho?

Reyna sentiu-se com cem anos.

— Isso não vai deter os espiões da rainha.

— Talvez você se surpreenda. A imunidade é uma oferta rara, concedida apenas aos dignitários mais importantes. — Feo deu de ombros. — Atacar uma pessoa aprovada pelo conselho é o mesmo que decretar uma guerra. Eu ficaria chocado se Tilaine arriscasse.

Era um vislumbre de esperança, mas Reyna não estava otimista o suficiente para pular de cabeça. Já tinha estabelecido sua fortaleza e vinha tentando se manter discreta.

— Talvez. De qualquer forma, minha lâmina está envenenada. Confie quando digo que você não vai querer usá-la.

Feo soltou um suspiro sofrido e, em vez disso, cortou o dedo em uma rocha afiada. O sangue jorrou, e lorde Wylan estremeceu, mas Feo já estava apertando o dedo sobre o círculo alquímico. O sangue respingou na terra, que brilhou com uma magia vermelha nauseante e desapareceu com a mesma rapidez.

Feo assentiu, depois entrou no círculo e abriu o baú com segurança.

— E então? — perguntou Reyna.

— Está vazio. — Feo soou imensamente decepcionado, algo que ela compreendia em seu íntimo.

A mente de Reyna era um redemoinho. Kianthe ainda devia os ovos aos dragões.... E se eles não estivessem em Tawney, o quanto ela teria de viajar para localizá-los? Reyna ficava com a alma dilacerada só de pensar que Kianthe estaria presa àquele juramento por muito mais tempo do que o esperado.

— É óbvio que os ovos estiveram aqui. Três marcas, embalados em palha. — Feo começou a vasculhar o baú, como se os ovos pudessem aparecer caso ele depositasse sua esperança desmedida ali. — Devem ter perdido sua assinatura mágica, ainda mais depois desse feitiço. Depois de anularem a magia do dragão, os larápios ficaram livres para transportar os ovos como uma carga normal.

— Que maravilha. — Lorde Wylan massageou a testa. — Então eles podem estar em qualquer lugar.

Reyna examinou o restante do ambiente. Ainda restavam alguns papéis sobre a mesa, cada um deles entupido com vários números e destinos: livros de remessa. Aquilo poderia ser útil se cruzassem o período de abandono daquela sala com alguma remessa vinda de Tawney.

Caso contrário, não haveria nada para se ver ali. Apenas o círculo mágico, do qual Feo se pusera a sair de maneira cuidadosa, e a mesa agora vazia.

Reyna mostrou os papéis.

— Talvez com os diários da família de lorde Wylan e a contabilidade de Feo, possamos decodificar estes livros e descobrir para onde foi a remessa.

Feo tentou pegar a papelada, mas Reyna o deteve. Elu bufou.

— Não tenho como ajudar sem olhar isto.

— Trabalho em equipe, Feo. — Reyna cerrou a mandíbula e seu olhar foi feroz o suficiente para cessar a insistência. — Kianthe não vai sair vasculhando o Reino em busca de antigos ovos de dragões, e não vou permitir que a nossa única pista seja danificada ou destruída por causa das discussões mesquinhas de vocês dois. Agora, quero uma promessa antes de entregar a papelada. Vocês vão cooperar?

Lorde Wylan bufou.

Eles pareciam estar se esquecendo de quem estava portando armas ali. A voz de Reyna era severa e inabalável.

— Repito: vocês vão cooperar?

Feo e Wylan trocaram olhares.

Por fim, Wylan pegou o diário de seu pai e o ofereceu a Feo.

— Para o bem de Tawney e da Arcandor, farei tudo ao meu alcance para ajudar. Minha propriedade está aberta para você, Feo. Tenho uma extensa biblioteca que pode ser útil.

Feo resmungou, aceitando o livro.

— Está bem. Vou me apresentar na sua casa amanhã bem cedo para... colaborar.

Kianthe se esbaldaria com aquela cena, caso estivesse ali.

Reyna sorriu e entregou os papéis a lorde Wylan.

— Aqui vamos nós. Agora, minha namorada deve estar se perguntando onde eu me enfiei. Por favor, mantenham-me informada quando determinarem o paradeiro dos ovos de dragão.

— Você acha que isso vai acontecer num estalar de dedos? — Feo revirou os olhos. — Estamos seguindo uma trilha documental de décadas. Não vai ser rápido, Reyna. Os dragões deram algum prazo para Kianthe?

— Nada premente por enquanto. — Reyna hesitou, estremecendo. — A maior preocupação pode ser a rainha Tilaine, já que Venne anda bisbilhotando Tawney. Você estava falando sério sobre esse papo da imunidade, Feo?

Verdade fosse dita, o olhar de Feo estava determinado.

— Não digo nada que não seja a sério. Não podemos arriscar que você se machuque ou que acabe envolvendo alguém da cidade em uma batalha involuntária.

Reyna pensou um pouco.

— Então esse deve ser o nosso próximo passo. Qual é a expectativa agora?

— Uma visita a Wellia, no mínimo, para que você se apresente ao conselho. — Feo olhou para Wylan. — Se eu oferecer apoio, estarei arriscando oficialmente minha posição de diarno. Se um representante do conselho bater à sua porta, talvez você tenha de lhe dizer que detenho pelo menos algum poder nesta cidade, ou Reyna poderá estar em risco.

— Achei sorrateiro — disse Wylan com lentidão.

Feo sorriu.

Pelos Deuses, era como se Reyna estivesse de volta ao Grande Palácio. Ela deu um suspiro e disse:

— Deixem-me falar com Kianthe. Nesse meio-tempo, comecem a trabalhar nas pistas desta papelada. Mesmo que seja uma busca demorada, temos que pelo menos provar que estamos tomando medidas. Agora, se me dão licença, estou doida para beber uma boa xícara de chá.

E, assim, ela os largou no subsolo.

26

KIANTHE

—Você foi procurar os ovos? — questionou Kianthe, exasperada. Era de manhã bem cedinho; normalmente Kianthe preferia dormir um pouco além daquele horário. Mas Reyna estava assando os produtos do dia, cookies fresquinhos, cujo aroma punjente e açucarado pesava no ar como um cobertor fofinho, e Kianthe não queria perder a chance de saboreá-los recém-saídos do forno. Então ela se recostou no balcão, observando Reyna pegar o próximo lote de massa em uma tigela de metal.

Ela gesticulou, evasiva.

— Segui a pista para que você pudesse descansar. Só isso.

— Já estou bem melhor — disse Kianthe, quase petulante. — E eu queria ver a tal sala subterrânea assustadora.

— Ela não vai sair do lugar, amor.

Kianthe fez beicinho.

— Mas agora você está ocupada aqui, e o mistério foi resolvido.

Reyna riu.

— Bem, então a gente vai ter que esperar a próxima pista, não é? — Ela fez uma pausa, calçando as luvas de cozinha. — Você disse que não era urgente, mas acho que precisamos resolver isso logo. Quanto tempo vai levar até os dragões ficarem impacientes?

Kianthe notou a preocupação subjacente.

— Óin. Você está preocupada comigo.

— Key, desde o dia em que nos conhecemos, você é minha eterna fonte de preocupação. — Reyna pegou a bandeja de cookies ainda crus do balcão e desapareceu na despensa por um momento. Segundos depois, reapareceu com uma fornada recém-assada, colocando a segunda bandeja sobre alguns quadrados grossos de algodão para que não queimasse a bancada de madeira.

Kianthe roubou um cookie e Reyna lhe deu um tapa na mão.

— Deixe esfriar.

— Eu sou a Arcandor.

— Até onde sei, sua magia não se estende aos biscoitos. — Reyna franziu a testa. — Pelos Deuses, você tem a paciência de uma criança de cinco anos. Os dragões vão inspecionar seu progresso? Tawney está em perigo iminente? Você está?

Kianthe engoliu um bocejo, curvando-se sobre seu chá. Reyna escolheu erva-mate para acordá-la, e acrescentou uns pedacinhos de cacau. O resultado foi um sabor terroso intenso com um toque de doçura. Combinaria perfeitamente com um cookie.

— Os dragões vivem por tantos anos que nem conseguimos quantificar a expectativa de vida deles. Acredite quando digo que eu poderia procrastinar por décadas até eles começarem a cobrar o juramento. — Ante aquela declaração ousada, os vestígios de magia de dragão no corpo de Kianthe latejaram, revirando seu estômago, fazendo-a estremecer. Ela olhou para o próprio peito, para o restinho de magia azul de dragão que tingia seu reservatório. — Pode parar. Não vou me apressar.

Reyna pareceu perceber que a segunda parte daquela declaração não tinha sido dirigida a ela, porque revirou os olhos e começou a colocar os cookies em uma bandeja para que esfriassem.

— Bem, depois que o conselho me conceder imunidade, vou ficar mais tranquila se a gente priorizar a história dos ovos.

— Acha mesmo que a imunidade vai deter a rainha Tilaine? — A ansiedade apertou o peito de Kianthe e ela se pôs a respirar devagar, a fim de interromper a reação.

Reyna percebeu e assumiu um tom gentil.

— É um passo. Melhor do que ficar sentada aqui, torcendo para que Venne não fique mais esperto. De qualquer forma, em relação aos dragões... Lorde Wylan e diarno Feo estão conversando e, se encontrarem alguma coisa, estou preparada para...

— Wylan e Feo estão conversando? — Kianthe aproveitou a mudança de rumo na conversa, seu sorriso ficou travesso. — O que aconteceu no subsolo daquela igreja?

Reyna abriu um sorriso malicioso.

— Nada como um bom mistério para atrair os opostos.

Ela enfim colocou um cookie em um prato e o ofereceu gentilmente a Kianthe, que deu gritinhos de alegria e se pôs a picá-lo — quente, *quente* — quando então alguém bateu à porta.

— Um cliente madrugador? — Kianthe esticou o pescoço para olhar, mas quem quer que fosse, não se deixou flagrar pelas janelas.

— Ou outro bandido. — Reyna pegou sua espada casualmente. Considerando que estava usando um avental de cozinha, era uma verdadeira confusão de trajes, mas, de alguma forma, até daquele jeito ela parecia ameaçadora. Reyna foi até a porta do celeiro e a abriu. — Estamos fechados. Pode voltar... Ah, Matild!

A parteira cruzou os braços.

— Bom dia, pessoal. É melhor vocês duas irem até a forja. Tarly está segurando o visitante do menino de vocês.

— Não temos um menino — disse Kianthe. — Temos?

Reyna foi mais sagaz.

— Gossley, querida.

— Ah. Acho que não percebi quando finalizamos a adoção. — Kianthe se afastou do balcão, testando sua magia. Quase reabastecida, até mesmo aquela linha de ley mixuruca pulsava a seus pés como se estivesse prevendo alguma contenda. — Que coisa. É claro que vou defender qualquer um que lave a louça aqui. Rain, permissão para quebrar a prisão domiciliar?

Reyna fez um "uhum" de aprovação, tirando o avental.

Dedos hábeis amarraram a bainha ao cinto e depois tatearam o punho da espada.

— Permissão concedida. Mas não exagere, ou deixarei Matild escolher seu castigo.

— Que tal se você cultivar meu jardim? — Ela deu um sorriso travesso.

— Estou com a sensação de que isso é um eufemismo.

Matild gargalhou.

— É bem possível.

Reyna bufou, foi até a despensa para retirar o último lote de cookies do forno e apagou o fogo. Com tudo resolvido, elas fecharam a loja e seguiram a pé até a cidade.

A manhã já estava com uma temperatura amena; o verão em Tawney se revelava uma surpresa agradável. O sol brilhava intensamente e produtos locais fresquinhos abarrotavam a feira local. As duas passaram por comerciantes que estavam montando suas barracas e acenaram para alguns de seus clientes habituais.

— Depois disso, lembre-me de visitar o estande de Patol. Ele tem um mel fresco muito bom para nossa loja — refletiu Reyna, como se não estivessem a caminho para ameaçar ou mutilar um "visitante".

Kianthe deu um tapinha nas costas dela.

— Como quiser, amor.

Matild as levou até a forja, que ostentava na porta uma placa ameaçadora em que estava escrito "fechado". Ela entrou direto, mantendo a porta aberta para as duas. Então a fechou, e o trinco deslizou e a fez travar com um baque.

Lá dentro, Gossley estava parado, meio sem jeito, ao lado de uma escadaria que levava a uma plataforma de madeira, área que ele vinha utilizando como loft. À sua frente, Tarly encarava o visitante, carrancudo. Mas verdade fosse dita, os músculos enormes do ferreiro não foram capazes de afetar a postura descontraída do desconhecido. O homem — um sujeito magro e barbudo, com uma pele macilenta — estava recostado em uma cadeira de madeira, agindo como se estivesse confortável, e não sendo mantido em cárcere.

— O que vocês estão forjando aqui? — Quis saber Kianthe.

Por um momento, todos só ficaram se entreolhando.

— Você estava esperando para usar essa, não é? — Reyna apertou a ponte do nariz.

Kianthe deu de ombros.

— Talvez.

— Achei engraçadinho. — O visitante na cadeira ofereceu um sorriso malicioso, que fez Tarly franzir ainda mais a testa. Ele ignorou o ferreiro, oferecendo a mão. — Meu nome é Branlen. Sou o mentor de Gossley, por assim dizer.

— E eu achando que nós éramos as mentoras dele — falou Kianthe, devagar. Reyna deu um passo à frente, apertando a mão do sujeito. Ela se deslocava como se tivesse nascido com uma espada na cintura, coisa que, sinceramente, poderia muito bem ter acontecido. Os olhos de Branlen pousaram na lâmina, mas sua expressão despretensiosa não vacilou.

— É um prazer. Eu sou Cya. Esta é minha parceira, Kianthe. Temos uma loja, e Gossley tem ajudado a gente lá, então estou um pouco confusa com a sua presença. — Reyna sorriu, a voz suave feito seda. — Você é parente de Gossley?

— Estou mais para amigo da família.

À escada, Gossley ergueu a mão.

— Srta. Cya, esse é o agiota.

Kianthe deu um passo à frente para ficar ombro a ombro com Reyna. Uma frente unificada.

— Ah, certo. Você é o "amigo da família" que pressiona um adolescente a pagar as dívidas de jogo do pai.

— Órfão, querida. Você esqueceu que ele é órfão. — A voz de Reyna estava enganosamente alegre.

A decepção brilhou no rosto de Branlen. Ele suspirou, recostando-se na cadeira como se pudesse ficar de pé, mesmo com Tarly ali de butuca, mas preferiu não se dar ao trabalho.

— O pai de Gossley entendeu o acordo quando me pediu dinheiro emprestado. E eu não sou um sujeito irracional. Gossley teve tempo para fazer seu ganha-pão.

— Eu tenho alguns silões... — começou Gossley da escada.

— Quieto, pequeno gafanhoto. Os adultos estão conversando.

O menino fez careta, mas calou-se.

Nesse ínterim, Reyna iniciava uma risadinha, até que o som evoluiu para uma risada ousada, que cortou a atmosfera tensa, enfim encerrando a postura descontraída de Branlen. O desconforto invadiu as feições dele, mas desapareceu em um piscar de olhos.

— Eu adoro uma boa piada — disse ele de modo incisivo.

Reyna apertou o ombro do homem, sem deixar vacilar o lindo sorriso.

— Ah, isso é porque você é a piada em pessoa.

Kianthe quase deu uma risada de porquinho. Era como observar uma planta carnívora: cores vivas, otimismo e, por baixo daquela fachada lindíssima, algo muito mais sinistro.

Reyna continuou:

— Gossley não pertence mais a você. As dívidas do pai dele vão ser pagas, mas vão ser pagas a nós, não a você.

— Agora olhe aqui... — começou Branlen.

Reyna apertou o ombro dele com mais força, o suficiente para fazê-lo estremecer e parar.

— Você não ouviu minha parceira? Os adultos estão conversando. — Ela fez uma pausa, oferecendo a Branlen a oportunidade de protestar. Ele não o fez. Então ela tirou a mão de seu ombro, dando-lhe um tapinha na bochecha. — Bom menino.

O calor inundou o corpo de Kianthe. Uma vida inteira de servidão tinha virado pó e agora Reyna obviamente adorava o controle que emergia. Era sexy pra burro, e Kianthe precisou se esforçar para manter a cara séria.

Reyna a ignorou, concentrada em seu teatrinho.

— Agora, Branlen... Há um tempo, você fez Gossley se meter com uma quadrilha de bandidos. Não é verdade? Você o encaminhou para Tawney, para nosso celeiro, para uma missão pra lá de ilegal.

Branlen enrijeceu.

— Tudo o que faço é legal no Reino. Os papéis da dívida dele foram assinados pelo lorde de...

— Ai, minha nossa, pelo visto houve uma falha de comunicação. Você está achando que a gente dá a mínima pra isso.

— Não damos a mínima — acrescentou Kianthe, só porque Reyna já estava se divertindo demais sem ela.

Reyna suspirou, contornando a cadeira dele.

— No momento em que Gossley seguiu suas instruções e nos encontrou, você perdeu. Porque veja só, querido, nossa quadrilha de bandidos é um grupo muito unido, e com um controle ainda mais rígido, e nosso supervisor gostou do jovem Gossley.

— Você é um homem inteligente. Já deve ter percebido aonde ela quer chegar com tudo isso. — Kianthe sorriu com malícia.

Da porta, Matild escondeu um sorriso. Tarly estava totalmente no personagem, a postura firme. Gossley, que acreditava piamente nas palavras de Reyna, encolheu-se sob o olhar questionador de Branlen.

Por fim, o cobrador de dívidas aprumou o pescoço para olhar para Reyna.

— Olha, só estou aqui por uns palidrões. Uma mulher do seu tamanho, operando dentro de um círculo tão lucrativo? Com certeza você já pesou os riscos.

Ela riu de novo. Durante todo o tempo, Reyna ficou roçando no ombro dele, na nuca dele, o toque leve como uma pluma. Em seguida, inclinou-se para o ouvido dele, mas, à diferença de quando sussurrava para Kianthe, agora seu tom era cruel.

— Ah, mas por que iríamos pagar para você, se você entrou no nosso território de maneira tão descuidada?

Ele estremeceu ao sentir o hálito dela, ao sentir o toque.

— Você não pode me machucar. Não conseguiria se safar.

Agora Reyna recuava, metendo a mão nas dobras da camisa. Sabe-se lá como, ela sacou uma adaga, pequena o suficiente para ser ignorada até tocar o pescoço da vítima, claro. Ela a girou com uma facilidade profissional, o sorriso onipresente.

— Eu consigo me safar de muitas coisas. — Houve uma pausa. Quando o agiota não respondeu, ela continuou: — Presumo que seu próximo passo seja abordar o lorde local com sua papelada. Talvez ele convoque o xerife. Talvez eles derrubem nossa porta... e, de algum modo, você receba a grana que quer. É isso?

— Bem, considerando que a esposa do xerife toma chá na nossa livraria todas as manhãs, duvido que essa última parte aconteça. — Kianthe oscilou nos calcanhares. — O que ela quer dizer, Branlen, é que você não é nada aqui. Gossley é nosso. Conforme-se com isso.

Por um bom tempo, Branlen ficou olhando entre os presentes. Tarly ainda estava à espreita. Perto da porta, Matild tentava disfarçar o riso — incrédula, Kianthe sabia, mas para um espectador poderia passar por mero chiste. Gossley, por sua vez, nunca soubera a verdade, para início de conversa, então nem teria como estragar o disfarce.

O agiota franziu a testa.

— Também tenho superiores, sabe.

— Ouvi dizer que o trabalho dos bandidos é lucrativo. Ou você pode insistir e me testar ainda mais. — Reyna passou a lâmina pelo pescoço dele, só um toque sussurrante, antes de se afastar. — Pode escolher.

— Você não me deu muita opção, não é? — murmurou ele.

Reyna enfiou a adaga de volta na bainha escondida.

— Ah, então você já entendeu. Vá embora. E todos ficamos de acordo que essa suposta "dívida" é nula e sem efeito, se é que alguma vez já foi um problema de Gossley.

Branlen se levantou, e Kianthe ficou na expectativa de que ele fosse atacar Reyna ou tentar algo igualmente estúpido. Mas o agiota limitou-se a esboçar uma careta, pegou o paletó em um cabide perto da porta principal e passou por Matild, deixando a forja.

A porta foi fechada e o silêncio ecoou.

De pronto, Kianthe se aproximou de Reyna, dando um beijo caprichado em seus lábios. Em seguida, ela se inclinou ao seu ouvido e sussurrou:

— Aquilo foi sexy.

Da porta, Matild desatou a rir. Tarly pigarreou, um gesto incisivo.

— Mais um dia de trabalho concluído. — Reyna se afastou delicadamente da namorada, deu uma piscadela que fez o coração de Kianthe acelerar e depois se voltou para Gossley. — Sua dívida está sanada, o que significa que está livre para ir embora se quiser. Você economizou alguns silões. Dá para pagar ao menos uma viagem a Wellia.

Mas o menino cerrou o queixo.

— Não posso ir embora de Tawney. Quem vai ajudar vocês na loja? E o sr. Tarly está me ensinando a trabalhar na forja. Até a sra. Matild disse que me ensinaria algumas coisas sobre plantas medicinais. — Ele gesticulou para a oficina, para todos os presentes, o rosto corado. — Gosto daqui.

Bem. Ninguém poderia discutir.

Com Gossley a reboque, Reyna e Kianthe voltaram para o Folha Nova, com o intuito de dar início ao expediente.

27

REYNA

Certa manhã, Reyna voltou do mercado e encontrou Kianthe à sua espera com uma surpresa. Atravessou a porta aberta com um saco de farinha em um ombro, um saco de açúcar no outro, e revirou os olhos quando Kianthe parou no meio da entrega de um chá ao cliente para assobiar de admiração.

— Veja como minha namorada é forte — comentou ela com Tarly, que tinha aparecido naquela manhã querendo um livro novo.

O ferreiro bufou.

— É impressionante. Não tão impressionante quanto estes aqui, mas quase lá. — Para dar ênfase, ele flexionou os braços, exibindo músculos muito mais volumosos do que qualquer coisa que Reyna tivesse ostentado na vida.

Ela fez uma pausa, arqueando uma sobrancelha. A farinha estava bem acomodada em seu ombro, mas o açúcar havia se deslocado no saco e ela precisava ajeitá-lo.

— Quer testar essa afirmação, Tarly?

— Aposto dois pentavos em Reyna — berrou Matild da seção de romances.

— Matild! — Tarly desinflou imediatamente.

— Aposto em você, Tarly. — Kianthe entrou na conversa, entregando uma caneca de chá a um dos clientes. Seus olhos encontraram os de Reyna do outro lado da loja, e a competição nasceu ali. Reyna abriu um sorriso feroz, o qual Kianthe igualou. — Mas vamos adiar por ora; ela já está cansada.

Reyna grunhiu à medida que fechava a porta da frente com o pé.

— Não estou cansada.

Para sua surpresa, tanto Tarly quanto Matild concordaram com a cabeça.

— Mais tarde, sim. Mas não hoje. — E todos retomaram as suas atividades.

Que esquisito.

— Deixe-me ajudar, srta. Cya. — Gossley surgiu ao lado dela em um segundo, descarregando o saco de açúcar. Meio hesitante, Reyna o acompanhou até a despensa, onde deixaram os dois sacos. No momento em que ela se endireitou, Reyna notou uma pequena cesta empoleirada na mesa central.

Esperando por ela.

Lá dentro, alguém tinha embalado pão fresco e fatias grossas de queijo amarelo, depois preenchido o espaço extra com uvas, maçãs e morangos. Reyna tinha certeza de que não era época de maçãs; elas só amadureciam no outono, mas ali estavam elas, deliciosamente vermelhas e suculentas. Havia até um saquinho de quadradinhos de cacau para a sobremesa.

Um piquenique. Kianthe tinha preparado um piquenique. Isso explicava a presença de Tarly e Matild ali tão cedo. O pão de Matild era lendário em Tawney, e Kianthe não tentaria arriscar assá-lo sozinha.

Era por isso que estava todo mundo agindo de maneira estranha.

— A srta. Kianthe deixou a loja sob o meu comando hoje — disse Gossley, percebendo a confusão de Reyna. — Ela disse que vocês duas têm um encontro romântico. Não se preocupe. Vou garantir que todos recebam o chá certo, que prepararei do jeito que vocês duas me ensinaram.

Gossley parecia animado por cuidar da loja sozinho.

Reyna ainda estava insegura.

— Não podemos simplesmente sair assim...

— Por que não? — Kianthe entrou na despensa, pegando a cesta de piquenique e dando um sorrisão. — A gente costumava sair assim. Você dava uma escapulida e a gente se escondia na floresta perto do Oceano Oriental. Ficava ouvindo as ondas, conversando sobre tudo, só ia para casa ao anoitecer.

— Isso era nos meus dias de folga, amor. — Reyna não conseguiu disfarçar a exasperação. — Agora administramos uma loja.

— E faz séculos que você não tira um dia de folga. Acha que não consigo ver essas olheiras sob os seus olhos? Cya, você está trabalhando demais.

Estava? Não parecia trabalho, não quando havia total controle sobre seus horários, sobre o sucesso da loja e sobre a própria felicidade.

— Eu não estou...

— Você me ajudou, e ajudou Gossley, agora queremos retribuir o favor. — Um brilho tomou conta da expressão de Kianthe. — Vamos. Você merece.

Aquela discussão andava esquecida, mas vez ou outra ela ressurgia — como um mofo que Reyna não conseguia erradicar. Ela torceu o nariz, e ao mesmo tempo corou, a pele tomada pelo calor.

Gossley estava olhando avidamente para ela, alheio ao seu conflito interno e cheio de expectativa.

Era só um dia, disse Reyna a si. E um piquenique parecia uma boa ideia.

Ela soltou um suspiro conformado.

— Está bem. Mas, da próxima vez, me avise e vou reservar a data na nossa agenda.

— Sabe o que mais amo em você? Sua espontaneidade. — O tom de Kianthe foi totalmente seco.

Reyna sorriu.

— Você sabia no que estava se metendo, querida. — Reyna passou por Kianthe para vestir algo mais adequado para um passeio. Gossley acenou de modo alegre quando as duas saíram da loja com Tarly e Matild, estes levando consigo livros novos. Kianthe logo se despediu de seus amigos, rebocando Reyna em direção à floresta a sudoeste.

Como ficava só a uns quinze minutos da cidade, era óbvio que elas iriam fazer o caminho inteiro a pé. Havia uma estradinha e, agora que a neve derretera, Tawney estava cercada por enormes campos de grama seca. Acima, um lindo céu azul se estendia indefinidamente.

— Vamos ter um encontro sem Visk? — Era para ser um comentário sarcástico, mas a curiosidade de Reyna venceu. Quase sempre elas voavam (ou, no caso dela, cavalgava) até o destino.

Kianthe esticou os braços acima da cabeça. Tinha se oferecido para segurar a cesta de piquenique, mas uma vez que ficaram a sós, ela elogiou os músculos de Reyna, o que fez a namorada querer exibi-los. Poucas coisas deixavam Reyna mais encantada do que saber que ela era atraente para Kianthe em todos os aspectos.

Kianthe hesitou.

— Verdade seja dita, tem um motivo oculto para este encontro de hoje.

— Estou me sentindo tão valorizada — disse Reyna devagar.

Kianthe a cutucou de brincadeira, sorrindo.

— Olha, existem dois seres importantes na minha vida. Você e Visk. Você é sempre a minha prioridade. — Ela fez uma pausa, semicerrando os olhos para as árvores coníferas ao longe. — Mas quando liberei Visk para ficar na selva nos arredores de Tawney, para ser sincera, eu não esperava que ele fosse sumir com tanta frequência. Ele vem quando eu assobio, mas tem demorado um tempinho. É quase como se ele estivesse ocupado com outras coisas.

— Você acha que ele está... em apuros, de alguma forma? — Reyna não sabia muito bem como é que um grifo, mesmo domesticado, poderia se meter em encrencas, a menos que fosse capturado por caçadores furtivos ou algo parecido. Mas ele tinha respondido a uma convocação recentemente, então é provável que não fosse o caso.

— Apuros? — Kianthe riu alto. — Claro que não. Que a Joia tenha dó da pobre alma que tentar contê-lo contra sua vontade.

Reyna presenciou a bravura de Visk durante o ataque dos dragões. E ao vê-lo na ativa, desenvolveu um novo respeito pela fera, do mesmo jeito que respeitava o poder de um urso em uma trilha solitária.

Com cautela e uma boa dose de medo.

Quer dizer, agora não era bem assim. Depois de ver a dedicação do bicho, Reyna não podia negar que ele era uma excelente montaria e um companheiro ainda melhor. Era algo que ela evitara reconhecer, porque sempre costumava compará-lo a Lilac.

Lilac que, apesar do intenso treinamento para a batalha, era só um cavalo — e cavalos assustados costumam derrubar seus cavaleiros. Reyna não a culpava pela cautela perto de Visk, ou por uma reação surpreendente em um campo de batalha. Mas um amargor percorria suas veias toda vez que ela pensava em montar em Lilac de novo.

Medo.

Kianthe não se dera conta de que ela estava naquela contemplação toda, então continuou alegremente:

— Mas eu me pergunto se meu garanhão encontrou uma companheira. Ele já está naquela idade, sabe, e os grifos tendem naturalmente a empoleirar-se em lugares como este. — Ela apontou para as ameaçadoras montanhas cobertas de neve a oeste.

Reyna obrigou-se a parar de pensar bobagem. Lilac estava feliz no estábulo por ora, e a montaria sempre preferira o relaxamento à ação. Reyna ia reconstruir aquela confiança muito em breve. Naquele momento, ela só queria se divertir, e deixar transparecer tranquilidade na voz:

— Então você veio aqui para espionar Visk

— *Verificar* como ele está, amor. Tem diferença.

— Algo que qualquer pai preocupado faria, imagino.

Kianthe estalou os dedos.

— Precisamente.

E então elas seguiram caminhando, conversando manhã afora. Passaram pelo local onde Kianthe havia expelido a magia de dragão, e ela estremeceu, rebocando Reyna para que se embrenhassem em meio às árvores.

— Não vamos perder tempo aqui. Ainda sinto o gosto daquela magia.

— Ela pareceu levemente enjoada, e então Reyna acelerou o ritmo.

A floresta era linda. Pinheiros imponentes bloqueavam tudo, exceto o céu mais azul, e naquela época do ano, até o chão era de um tom intenso de verde. Havia bastante espaço entre as árvores. Reyna tinha visitado as florestas mais ao sul do território e costumava sentir-se claustrofóbica com toda a vegetação rasteira emaranhada. Ali dava para ver o horizonte e admirar os cervos, as raposas e os esquilos que cruzavam seu caminho.

Em determinado momento, a conversa cessou, e Kianthe a reiniciou agarrando o braço de Reyna, rebocando-a em direção a um pinheiro alto com casca grossa e escamosa.

— Cheire isto aqui.

— O quê? — Reyna ergueu uma sobrancelha. — O cheiro está ao nosso redor, querida. Não creio que seja necessário farejar a casca de uma árvore.

— Ela não quis dizer isso. Você fez um trabalho maravilhoso. — Kianthe alisou a árvore com carinho e depois lançou um olhar exasperado para Reyna. — Você está ofendendo a nossa querida. Cheire a casca, Rain.

Parecia os pinheiros que Kianthe havia cultivado atrás do celeiro; nada de especial. Mas Reyna imaginava que aquele era o preço a se pagar por namorar um mago elemental. Ela forçou um sorriso e colou o nariz na casca. Fez cócegas em sua pele, e ela respirou profundamente.

Baunilha. Ou melaço, só que superadoçado. Cheirava a algo que ela colocaria nos seus cookies.

— É gostoso — admitiu, surpresa. De repente, ela ficou pesarosa por nunca ter sentido o cheiro dos pinheiros no pátio dos fundos. Esta árvore pareceu inflar com o elogio, seus galhos pontudos como agulhas erguendo-se imperceptivelmente mais alto.

— Um pinheiro-amarelo-do-oeste. Você está sentindo o cheiro da resina, que é destilada para alguns dos unguentos de Matild. — Kianthe sorriu com malícia. — Também é altamente explosivo quando aceso.

— Explosivo. — Reyna não sabia se a outra estava brincando. — Você não pode estar falando sério.

Kianthe gargalhou, dando um tapinha na árvore.

— Você nunca vai saber. — Elas prosseguiram.

Ao meio-dia, Reyna estava morrendo de fome. Kianthe botou a mão no chão e perguntou à natureza qual era o lugar mais bonito nos arredores

— e, não, não foi uma piada —, e então as conduziu de modo confiante rumo a um prado tranquilo ao lado de um lindo riacho. As montanhas imponentes eram visíveis colina acima, e o sol aquecia o ar fresco.

Kianthe estendeu uma manta no chão e elas se sentaram juntas, ombro a ombro. A maga defumou o queijo com uma explosão de chamas, o espalhou sobre uma fatia grossa de pão e acrescentou pedaços de maçã cortada por cima. Ela apresentou a iguaria a Reyna como se fosse uma coroa real.

— Para você, minha querida.

O coração de Reyna esvoaçou, e ela aceitou de bom grado.

— Meu dia está sendo maravilhoso, Key. Obrigada por ter organizado isto. Estou falando de coração.

Aquela gratidão sincera era demais para Kianthe. Ela se contorceu, ocupada no preparo da própria fatia de pão.

— Quer fazer suas piadas sobre merecimento, Rain? Isso não chega nem ao dedinho do pé de tudo o que você merece na vida.

Reyna a beijou, o sumo da maçã adocicando o gesto.

— Estou começando a perceber que você é tudo o que eu mereço.

Kianthe estava prestes a desmaiar de felicidade.

— Finalmente. Pensei que teria de te pedir em casamento para ouvir isso. — Ela fez uma pausa, enquanto Reyna dava uma mordida cuidadosa no pão. — O que acha disso? Casamento?

As mãos de Reyna começaram a tremer e ela podia jurar que sentia o sangue pulsando em seu organismo. Foi necessário juntar toda a consciência possível para manter a voz calma e despreocupada.

— Você está perguntando sobre o futuro ou sobre o presente?

Kianthe pigarreou, voltando o olhar para o céu.

— Hum... futuro? Principalmente porque pedir alguém em casamento de mãos vazias não é nada romântico. Tem que ser de caso pensado. Um planejamento bem meticuloso.

— Se o critério é esse, então talvez eu devesse ser a pessoa a fazer o pedido.

Elas se encararam por um bom tempo.

— Estamos ficando noivas? — perguntou Kianthe, e pareceu genuinamente confusa.

A mera ideia fez o coração de Reyna disparar, mas ela se conteve. Agora não era o momento — não com a rainha Tilaine ameaçando estragar aquele momento de felicidade da vida delas. Reyna apertou a mão da namorada.

— Ainda não. Que tal se a gente fizer o seguinte? Vamos terminar o ano em Tawney e reavaliar.

— Assim, eu quero me casar com você de qualquer maneira. É só uma questão de quando — Kianthe falou com tanta confiança que era como se sua vida inteira já tivesse sido escrita. E talvez fosse isso mesmo... Talvez uma de suas divindades tivesse determinado que ia ser daquele jeito.

Reyna estava ansiosa para descobrir, mas não naquele dia. Ela riu.

— De acordo. Minha preocupação era mais como iríamos nos sair morando juntas, fora o lance das roupas largadas no chão do lavatório, tem sido exatamente como eu esperava. Então... surpreenda-me com sua proposta meticulosa. — Ela fez uma pausa ponderada. — Mas já aviso que posso ser tomada pela espontaneidade do momento e fazer o pedido primeiro.

— Mas... mas *eu* quero fazer o pedido.

— Nem sempre a gente consegue o que quer, querida. — Reyna deu outra mordida no pão, ornando o queijo saboroso com uma uva, refletindo sobre os sabores em sua língua. Na verdade, ela não tinha planos de pedir Kianthe em casamento, mas era divertido deixar a outra achar que sim.

A namorada sorriu e elas se voltaram para aquela refeição cheia de aconchego e amor recíproco.

≫≫⋘⋘

Muito mais tarde naquele dia, elas escalaram um penhasco e encontraram um ninho de grifo.

Reyna era muito melhor em escalada do que Kianthe, com os dedos fortes devido aos anos de esgrima, e os músculos tonificados pelos treinamentos extensivos. Claro, comparar sua habilidade de escalada com a da Arcandor era como comparar um cavalo a um grifo. Enquanto Reyna se agarrava aos afloramentos e escolhia o caminho para subir, Kianthe apenas abriu os braços e a rocha a carregou até lá em cima.

A magia capturou Reyna também, como se tivesse resolvido tardiamente, e cuspiu as duas em uma borda profunda. Reyna deu um gritinho, levantando-se e dando uma bronca em Kianthe.

— Eu estava quase...

E então um grifo furioso quase se chocou contra ela.

Foi uma confusão de asas batendo; o ataque foi tão repentino que Reyna não teve tempo de sacar uma arma. Garras afiadas reluziram bem perto do seu rosto, mas antes que a criatura pudesse fazer contato, uma poderosa rajada de vento a derrubou, jogando-a em uma caverna rasa. Uma rocha rolou para a porta, prendendo o bicho temporariamente. O grifo danou a guinchar, furioso, contorcendo-se enquanto Kianthe ajudava Reyna a se levantar.

— Você está bem?

Reyna sentia o corpo zunir, hiperfocada e preparada para a luta, todavia respirou fundo.

— Bem, na medida do possível. — Ela se afastou da beirada, semicerrando os olhos para ver o grifo que Kianthe havia capturado. — Aquele ali não é Visk.

— Claro que não é Visk. Ele jamais atacaria a gente. — Kianthe pareceu ofendida só pela sugestão. Em seguida, caminhou em direção ao novo grifo, examinando-o. — Ah! Uma fêmea. Eu sabia. Você é a companheira de Visk, não é? — Ela acenou, libertando a criatura de sua prisão de pedra.

Reyna ficou tensa, pegando uma de suas adagas, mas o grifo só fez arrepiar a plumagem e guinchar de desdém, como se a invasão de seu espaço fosse um insulto total.

Aproximando-se, Reyna percebeu o motivo. Havia quatro ovinhos em um ninho gramado, brilhando ao sol vespertino. Ela quase gargalhou.

— Key...

— Ovos?! — exclamou Kianthe alegremente. — Pelas Estrelas e pela Joia, ele não perdeu tempo, não é? Olha estas belezinhas. — Ela se ajoelhou ao lado deles, e o grifo fêmea flexionou suas garras ferozes, mas parou quando outro grifo guinchou lá no alto.

Era Visk chegando, suas asas imensas brilhando ao sol, um peixe pendurado no bico. Ele pousou com força, jogou o peixe aos pés da fêmea e mordiscou suas penas. Ela se envaideceu sob a atenção dele, depois se afastou das humanas que invadiam seu espaço.

Visk, no entanto, começou a acariciar Kianthe. Quase como se estivesse satisfeito por enfim lhe mostrar sua façanha.

Kianthe estava igualmente encantada.

— Eu sabia que você estava tramando alguma coisa, meninão.

Visk se afastou um pouco e, se um grifo soubesse fazer cara de surpresa, aquela seria a cara dele no momento.

A fêmea bufou, devorando o peixe. Foi uma experiência bem nojenta e ela não fez questão de amenizar a bagunça. Reyna torceu o nariz, mas Kianthe ainda estava ocupada acariciando os ovos, maravilhada.

— Eles são impressionantes. Dois machos, duas fêmeas. — Reyna não fazia ideia de como ela sabia, mas há muito já tinha aprendido a não questionar a Arcandor sobre questões de magia. — Que bela ninhada vai ser. Você sabia que os ovos de grifo são raros, Reyna? Mesmo com nossos grifos domesticados no Magicário, a lista de espera para se conseguir um dura dez anos. Isto é incrível.

Reyna olhou ao redor, a boca soltou um muxoxo.

— Ela teve quatro. — Ela não disse, mas ficou implícito: *Isto não me parece lá muito raro.*

— Estes são os únicos ovos que ela vai botar na vida inteira. Grifos acasalam uma vez, e só. — Kianthe saltitou na ponta dos pés. — Pelas Estrelas e pela Joia, os bebês vão ser tão fofos.

Visk inclinou a cabeça, olhando entre elas, e então chilreou para sua companheira. Ela guinchou algo de volta. Kianthe prestava apenas metade da atenção enquanto falava, ainda acarinhando os ovos. No final, a fêmea bufou, abriu as asas e voou para o céu.

— Todos os grifos selvagens são avessos a humanos? — perguntou Reyna.

— Não, ela é um caso especial. A maioria adora se relacionar conosco. — Kianthe fez uma careta. — Eca. Agora sou a sogra terrível, não sou?

Visk cantarolou, como uma risada de grifo, depois deu um passo para puxar a camisa de Reyna. Foi um puxãozinho delicado, nada parecido com o tranco que ele dera durante o ataque de dragão para levá-la até Kianthe. Agora estava mais para uma apresentação satisfeita, com a cabeça erguida e passinhos saltitantes.

— Ah... — Reyna se permitiu ser rebocada para mais perto do ninho. — Key?

— Ora. Isto é interessante. — Kianthe avaliou com um sorriso irônico. Seu olhar pousou nos ovos, depois se voltou para Reyna, e uma risada borbulhou em seu peito. — Muito interessante. — Sem dizer mais nada, ela recuou, dando-lhes espaço.

Visk, entretanto, parecia imensamente contente. Ele soltou a camisa de Reyna e cutucou o ovo na extrema esquerda. Olhou para Reyna. Olhou para o ovo.

Reyna hesitou, olhando para Kianthe em busca de instruções, mas esta apenas limitou-se a observar do mesmo jeito que faria em um espetáculo teatral. Na verdade, ela fez um gesto e criou uma cadeira de pedra, sentando-se com um sorriso satisfeito.

— Estou um pouco confusa — comentou Reyna. — O que ele quer?

Visk chiou, quase como se estivesse exasperado, e puxou Reyna para baixo. Ela caiu de joelhos e ele bateu um pouco as asas, colocando o bico sob a mão dela, guiando-a para o ovo.

— Eles são muito legais — disse Reyna, hesitante. Cautelosa.

Visk girou para olhar para Kianthe, incisivo.

Da cadeira, Kianthe bufou.

— Ele quer que você fique com um ovo, Rain. Este aí, especificamente.

Reyna cambaleou para trás, como se tivesse queimado a mão de repente.

— Não posso ficar com um dos ovos dele.

— Magos e suas montarias formam um vínculo para a vida inteira. E isso só tem como acontecer se o grifo olhar para seu tutor ao chocar. — Kianthe cruzou as pernas, recostando-se na cadeira improvisada de pedra. Ao lado do ninho, Visk abriu as asas, já entediado com a apreensão dela.

Reyna sentia como se os dois tivessem enlouquecido.

— Kianthe. Não posso roubar um filhote de grifo dos pais.

— Bem, Visk está sempre comigo, então dificilmente esse filhote vai crescer sem supervisão. — Kianthe riu. — Acho que esse é um jeito de Visk garantir que vai ter a companhia de um deles para sempre. Em geral, os grifos deixam o ninho familiar no primeiro ano de vida e nunca mais voltam. — Um sorriso malicioso tomava conta das feições dela. — Ou ele simplesmente está acolhendo você na família. De qualquer modo, eu aceitaria a oferta.

— A... — Reyna ficou de pé, passando a mão no cabelo. Os fios estavam se soltando de seu coque típico e ela sentia-se igualmente débil. — Que oferta? Eu não sou maga. Isso não é blasfêmia?

Visk ergueu a cabeça, seus olhos de águia dourada impassíveis.

Kianthe empurrou a cadeira, abraçando sua montaria.

— Os magos simplesmente foram os pioneiros ao se relacionar com eles; mas não somos os donos da espécie. — Visk balançava a cauda, satisfeito, e começou a pentear o cabelo de Kianthe. Ela riu, afastando o bico dele. — Esta é uma oportunidade rara de verdade, Reyna. Um pai grifo escolhe quem vai montar sua ninhada. Depois disso, é um vínculo para a vida. Esse grifo irá até os confins do mundo por você.

— Mas a companheira dele não vai ficar chateada?

— Tenho certeza de que ele já pediu permissão e ela deu. — Kianthe sorriu, acariciando a penugem de Visk. — Ele não faria nada que comprometesse seu relacionamento com a companheira. Ele vai ficar com ela por muito tempo.

Reyna olhou para o ovo, em dúvida.

Seria conveniente reduzir seu tempo de viagem. Nas condições atuais, mesmo com Lilac galopando a todo vapor, Visk só precisava planar casualmente pelos céus. Ele e Kianthe faziam desvios, exploravam as cercanias e, em geral, tratavam a jornada como férias lânguidas.

Com uma montaria voadora, ela também ia conseguir receber seus carregamentos de chá com muito mais agilidade. Talvez até visitasse Leonol para providenciar algumas misturas mais raras. E havia algo de romântico na ideia de voar alto ao lado de sua parceira, em vez de galopar abaixo dela.

O olhar de Kianthe ficou contemplativo.

— Além disso, pense no quanto de dinheiro que você economizaria em estábulos.

Aquilo fez Reyna rir. Ela olhou de novo para Visk, interrogativamente, e ele cutucou o ovo pela terceira vez. Hum. Não era como se esse grifo fosse substituir Lilac naquele instante. Mesmo depois de chocar, ainda ia levar um tempinho até que ele conseguisse suportar o seu peso.

Se aquela era de fato uma oportunidade única na vida, Reyna não se importaria de abraçá-la.

E os Deuses sabiam como Lilac adoraria passar seus dias ruminando em um lindo pasto.

— Você vai ter que me ajudar a treiná-lo. Não sei domar grifo.

Kianthe riu alto.

— Bem, eles não são domados. É um acordo entre nós e eles. Vá em frente. Visk acha que este é o melhor para você.

Hesitante, observando Visk cuidadosamente caso ele rescindisse a oferta, Reyna tirou o ovo do ninho. O peso era surpreendente. A casca era coriácea, quase macia e muito quente. Lá dentro, o bebê grifo se mexeu, e Reyna ficou chocada ao perceber que algo protetor brilhou dentro dela, surgiu e sumiu feito um raio.

Um vínculo, de fato.

— Este pode ser o nosso presente de noivado?

Reyna não se deu ao trabalho de esconder o sorriso.

— Querida, não vamos ficar noivas quatro horas depois de termos decidido esperar.

Kianthe suspirou.

— Isso teria sido romântico pra burro, no entanto. Eu sempre quis que Visk me ajudasse no pedido de casamento. — Ela passou as pernas sobre as costas da montaria, acomodando-se. — Não sei você, mas eu estou pronta para tomar um banho e ler um bom livro em nosso pátio. Quer pegar um atalho para casa?

Visk abriu as asas, como se já previsse um belo voo. Acima, sua companheira circulava pelo ninho, vigiando, porém sem interferir. Talvez ele tivesse mesmo recebido permissão.

Reyna acolheu o ovo junto ao peito, segurando-o com cuidado. O peso e o calor a deixaram ridiculamente feliz. Um dia, em breve, ela não teria de ficar só observando a sombra de Kianthe do chão.

Em breve, ela também ia voar. Era uma liberdade que ela sequer percebera desejar até estar ao seu alcance.

— Vou viajar do jeito que você quiser. — E então ela deixou Kianthe segurar o ovo enquanto montava em Visk, que se despediu da companheira e saltou da encosta da montanha rumo a Tawney. Na retaguarda deles, o grifo-fêmea voltava para o ninho e a comer seu peixe.

Sentindo o vento bagunçando seu cabelo, o estômago leve e o ovo morno contra o peito, Reyna riu.

A vida era maravilhosa.

28

KIANTHE

Kianthe estava se sentindo satisfeita ao ver Reyna cuidando do seu ovo de grifo. A namorada se recusara a lhe dar um nome, só ia fazer isso depois de ver a carinha da fera, mas tinha feito um santuário no quarto, literalmente. Ela começou com uma caixa de madeira — "para o ovo não rolar", dissera ela com convicção, o que foi hilário, depois a preencheu com um travesseiro e cobertores, e insistiu para Kianthe enfeitiçar uma chama-eterna a fim de mantê-lo quentinho.

Kianthe resmungou.

— Você sabe que os grifos prosperam em climas frios, certo? Seus ovos não precisam ficar aquecidos.

— Talvez não, mas mal não faz — respondeu Reyna, ajeitando a chama-eterna. Normalmente, as chamas-eternas eram bolas de fogo flutuantes, mas, a pedido de Reyna, Kianthe colocou aquela dentro de um recipiente de vidro. A chama aquecia agradavelmente o copo e, por extensão, o ovo, em particular depois que Reyna acomodou o vidrinho com a chama nos cobertores.

Criança mimada.

A Arcandor cruzou os braços, semicerrando os olhos para a configuração.

— A gente não vai conseguir dormir com esta luz. Não podemos deixar na despensa?

Reyna lhe lançou um olhar de censura.

— Você quer colocar o *meu* grifo naquela despensa fria e meio abandonada? Key, devo lembrá-la de que Visk me confiou isto. Se continuar com essa insistência, vai ser você quem vai testar o conforto da despensa.

— Tá bom, queridíssima. — Kianthe beliscou a ponte do nariz.

Reyna sorriu, deu um tapinha no ovo e depois foi para a cama.

A chama-eterna queimou a noite toda, conforme esperado, e Kianthe dormiu com um cobertor em cima da cara.

≫≪

Três dias depois, ela aperfeiçoou seu feitiço para plantas.

Gossley estava resfriado, recebendo os cuidados de Matild e sendo mimado por Tarly, então ficaram só as duas cuidando da loja.

Toda aquela atribulação matinal já tinha se acalmado, e agora, por volta do meio-dia, o movimento era um pouco menor, mas tudo bem. Um grupo de teste, raciocinou Kianthe, para poder ver como seu feitiço seria recebido.

Ela o revelou com um floreio, colocando um lindo filodendro sobre uma mesa do centro do celeiro. Os clientes esticavam o pescoço para ver as demonstrações da Arcandor.

— Chamo isto de planta-eterna — declarou ela, com orgulho.

Do balcão, secando um conjunto de canecas, Reyna ergueu uma sobrancelha.

— Planta-eterna? — Seus olhos vagaram para as vigas, o brilho perpétuo da luz do fogo flutuando sem rumo em meio à folhagem. — Então isso é uma variação do feitiço da chama-eterna?

— Uma variação do... — balbuciou Kianthe, totalmente ofendida. — A chama-eterna foi criada há milhares de anos. A gente aprende esse feitiço ainda na infância. O fogo anseia pela vida. Luz. Calor. Incentivar o fogo a queimar para sempre é como encorajar um grifo a voar.

Os olhos de Reyna miraram o quarto. Ela havia decidido manter seu grifo em segredo da cidade, para a própria proteção do bichinho. Kianthe não foi doida de discutir com seus instintos maternais.

Não de novo, enfim.

Aquela comparação claramente distraiu Reyna — mas daí, mais uma vez, já fazia *uma hora* que ela não ia lá ver o ovo imóvel. Kianthe fez uma anotação mental para manter os grifos fora de seu vocabulário, e redirecionou a atenção de Reyna para a presente conversa.

— A questão — enfatizou ela — é que a chama quer queimar, só que as plantas são temperamentais. Precisam de persuasão para prosperar. Isso significa que meu feitiço, minhas plantas-eternas, são únicas: apenas minha magia é forte o suficiente para revestir suas folhas com os nutrientes necessários para elas se desenvolverem.

Ela afofava as folhas da planta, como se aquilo comprovasse seu ponto de vista.

Alguns clientes mais curiosos se aproximaram enquanto ela falava. Ficaram todos cheios de "oooohs" e "aaaaahs", e Kianthe se deleitou com os elogios... Até que Reyna se aproximou, pousou a mão na lombar de Kianthe, se recostou nela e disse:

— Amor, vou dizer isso da maneira mais gentil... Mas esta me parece uma planta normal.

Alguns clientes deram um arremedo de risada, e começaram a disfarçar com tosses e exclamações de "Ah, veja só como está tarde!". Alguns se dispersaram, voltando aos seus lugares e enterrando o nariz em livros e canecas.

Ninguém compreendia, e Kianthe estava profundamente ofendida. Ela ergueu a planta.

— Uma planta normal? Isto é muito mais. Esta planta não precisa de água, luz solar, umidade, solo adequado... Ela não morre, literalmente. Minha magia a nutre desde o momento em que lanço o feitiço até o momento em que o revogo.

Era impressionante. E todo mundo precisava ver como era impressionante.

Mas uma das clientes mais cínicas, uma adolescente que trabalhava como aprendiz no açougue, cruzou os braços.

— Parece implausível.

— A chama-eterna é implausível — retrucou Kianthe, apontando o polegar para a luz do fogo nas vigas.

As bolas de fogo eram as favoritas do público e uma das marcas registradas da estética do Folha Nova Livros e Chás. Mas a garota mal fitou o teto.

— Isso mesmo. Uma chama que não queima, ou que nunca se apaga, já é extremo demais. Você acabou de nos dizer que esse feitiço é mais complexo ainda. Eu não acredito nisso.

— Eu quis dizer que a chama-eterna é rara e, ainda assim, aí está. — Kianthe olhou para a garota. — Onde está o seu senso de admiração?

Reyna semicerrou os olhos para a planta.

— Você tem de admitir, um é mais chamativo do que o outro.

Eles não conseguiam ver a magia presente em suas criações. As luzes do fogo nas vigas eram meras faíscas amarelas, movimentando-se com rapidez ao passo que ardiam e piscavam perpetuamente. Mas o filodendro estava tomado por uma magia tão intrincada quanto um tecido rendado, fios dourados cobrindo as folhas como uma passadeira de mesa. Era *lindo*, e ninguém além dela conseguia enxergar aquela trama.

Kianthe desvencilhou-se de Reyna, pegando a planta.

— Bem. Esta é a última vez que tento resolver um problema para vocês.

— Magoada, a maga levou a plantinha para trás do balcão. A multidão se dispersou, demonstrando diferentes graus de compaixão.

Apenas Reyna foi atrás dela e pegou uma caneca pingando água enquanto Kianthe olhava melancolicamente para o filodendro. O silêncio se estendeu, e então Reyna arriscou:

— Então ela nunca vai morrer?

Kianthe bateu em uma folha, observando a magia esvoaçar como teia de aranha ao vento.

— Não se o feitiço estiver correto. Talvez em algumas semanas eles acreditem em mim.

— Então espalhe estas plantas pela cidade. Enfeitice algumas e dê como amostra, e aí junte um cartão informando aos moradores da cidade onde podem adquiri-la. Plantas domésticas que nunca morrem... são um modelo de negócios intrigante.

Kianthe se animou.

— Acha mesmo?

Reyna a beijou e depois pegou o pano para secar as canecas.

— Acho. Mas desconfio de que você vai precisar do boca a boca para conseguir comercializá-las.

Kianthe fez menção de falar, mas desistiu quando a porta do celeiro se abriu. Feo e Wylan entraram, ombro a ombro, uma frente unida — exceto que nunca foram unidos. Kianthe deu uma cotovelada em Reyna e elas partilharam um sorriso discreto enquanto os líderes se aproximavam do balcão.

— Faça as malas, Cya — disse Feo, a voz quase inaudível. — O conselho quer ver você. — Seus olhos se voltaram para Kianthe. — Você, não. Você vai ficar aqui.

— O quê? — exasperou-se.

Feo soltou um suspiro, como se já sentisse cansaço de explicar.

— O Arcandor deve ser neutro no que diz respeito aos órgãos governantes do Reino. Se você for vista implorando por imunidade ao conselho, vai abrir uma série de precedentes políticos. O conselho solicitou que você ficasse aqui.

Kianthe fez beicinho.

— Diga que conseguiu alguma coisa sobre os ovos de dragão, pelo menos.

Agora Wylan entrava na conversa, esfregando a nuca.

— Queria ter uma atualização para te dar... mas, assim, não tem nenhuma.

— Que reconfortante — falou Kianthe, devagar.

— Bem, encontramos registros do xerife da época, enviados ao meu pai para aprovação. — Lorde Wylan ofereceu um diário antigo para leitura. — Feo conseguiu determinar a idade do feitiço alquímico... Ao que parece, a linguística mudou na última geração.

— Não é linguística, e não mudou — disse Feo secamente. Tinha um ar de exasperação, como se a dupla já tivesse repetido aquela discussão dezesseis vezes. — Os princípios da alquimia são sempre os mesmos. Mas os feitiços são um veículo de exploração da magia, e a representação física do círculo mágico foi sendo refinada nos últimos anos.

— Então, ela se adapta... assim como a nossa língua. — A sombra de um sorriso cruzou o rosto de Wylan. — Como que isso não é linguística?

Kianthe, entretanto, torceu o nariz.

— Alquimia é a pior coisa. — A magia elemental nunca mudava. E não tinha essa coisa de *refinar* nada, apenas acrescentar persuasão aos feitiços e esperar que os elementos reagissem favoravelmente.

Reyna deu um apertozinho no braço de Kianthe e pegou o diário. Ela folheou até a página marcada, examinando os registros. Kianthe se pôs a espiar por cima do ombro dela. As páginas estavam repletas de registros manuscritos: locais, horários, nomes, itens de remessa. Parecia chato, mas Reyna estava absorta. Ela bateu o dedo em uma página.

— Então a gente só precisa identificar as remessas que saíram de Tawney na época do ataque dos dragões e rastreá-las por todo o Reino.

— Teoricamente — concordou Wylan. — Mas os registros estão incompletos. Vai demorar um pouco.

Feo recostou-se no balcão.

— Por isso resolvemos migrar para algo mais urgente. Wylan vai continuar trabalhando, mas, nesse meio-tempo, você e eu precisamos ir a Wellia.

Wylan pareceu notar que eles haviam conquistado a curiosidade dos moradores locais. Ajeitou a camisa e virou-se para eles.

— O chá aqui é mesmo excelente, não é?

Seguiram-se alguns murmúrios de concordância. Todos os presentes estavam a uma certa distância, não dava para escutá-los, não no volume que Wylan e Feo estavam falando, mas mesmo assim os clientes ainda olhavam entre os dois líderes em total confusão.

Reyna suspirou, captando a dica, e devolveu os registros para Feo. Começou a aquecer água para duas xícaras de chá. Enquanto trabalhava, disse com calma:

— Ainda duvido que este pedido de imunidade vá deter Sua Excelência. Temo que seja uma missão vã.

— Vale a tentativa. — Wylan franziu a testa. — Em especial com os homens da rainha rondando a cidade.

Suas palavras paralisaram Kianthe. Os ombros de Reyna enrijeceram, mesmo enquanto ela enfiava, de modo casual, folhas de chá em um saco de linho. Depois de tanto tempo aproveitando a loja, aquela vida nova e um ambiente livre de dragões, as palavras de Wylan botaram a realidade em foco outra vez.

Kianthe se inclinou para a frente, a expressão atormentada.

— Então os guardas dela voltaram?

Lorde Wylan apertou os lábios.

— Não me procuraram. Mas Sigmund e Nurt se reportam a mim regularmente e viram alguns estranhos entrando na cidade, bisbilhotando e indo embora de novo. Nurt desconfia que haja um acampamento na região.

— Os espiões da rainha não *bisbilhotam*, principalmente quando são notados. — Reyna franziu a testa.

— Não acredito que seja a rede de espionagem dela. Acho que é o homem que me confrontou antes do ataque dos dragões.

Venne. Kianthe nunca desejou tanto esfaquear um homem como naquele momento. Talvez pudesse pegar emprestada uma das facas de Reyna.

Já a própria Reyna estava mais calma.

— Vamos a Wellia, então. No mínimo, isso vai me tirar da cidade por um tempo. Talvez o período fora seja capaz de convencer Venne de que segui em frente.

— Pensamos a mesma coisa. — Feo pareceu contente por fazer a conversa voltar aos trilhos. — E o conselho está esperando por você. Não temos tempo a perder.

— Agora sinto que deveria ir também. Não gosto de saber que os homens de Tilaine estão tão próximos. — Kianthe franziu a testa.

Reyna ofereceu um sorriso reconfortante.

— Talvez você possa achar um jeito de tirá-lo do meu rastro. E, neste momento, Gossley está doente. Alguém precisa cuidar da loja. — Reyna lhe lançou um olhar aguçado. — E monitorar nosso quarto.

O ovo de grifo. Kianthe quase soltou um gemido de impaciência.

— Aquele troço vai ficar bem. Não está nem perto de...

O olhar de Reyna foi cortante, interrompendo-a.

— Querida, por favor, pare de chamar meu orgulho e alegria de "troço".

Kianthe estava começando a se arrepender de ter pegado um daqueles ovos.

Ela cerrou a mandíbula.

— Tá bom. Mas leve Visk. Não ande a cavalo; é muito fácil ser seguida por terra.

Feo, que tinha sido criado no Magicário e estava muito familiarizado com os grifos, deu de ombros.

— Se prefere assim. — Reyna beijou a bochecha de Kianthe e lançou um olhar cheio de significado. — Lorde Wylan, a Arcandor ficará feliz em preparar o seu chá. Talvez ela possa até lhe mostrar sua planta imortal.

— Não é imortal... — Kianthe se calou, porque *tecnicamente* era. — Argh. Vá pegar sua espada. Que tipo de chá você quer, Wylan?

— Ah, o mais pedido.

O jovem lorde sentou-se a uma mesa próxima enquanto Reyna desaparecia no quarto. Ela ressurgiu com uma capa de viagem, um alforje de couro e sua espada.

Kianthe seguiu atrás dela e de Feo enquanto eles se dirigiam para fora, então deu um assobio agudo para chamar Visk.

Enquanto aguardavam, ela puxou Reyna para um abraço.

— Tome cuidado.

— Sou sempre cuidadosa. — Reyna buscou os olhos de Kianthe. — Você está preocupada com os ovos de dragão? Ou... — Ela parou, notando o estremecimento de Kianthe. — Amor, vamos enfrentá-la juntas. Não importa o que aconteça.

Ninguém precisou especificar de quem ela estava falando.

Batidas de asas pesadas ecoaram e Visk apareceu. Ele saudou a todos com um trinado e pousou, levantando uma nuvem de poeira. Na casa ao lado, o filho de Sasua enfiou a cabeça pela janela, rindo de alegria. Todos acenaram para ele, e Kianthe roubou outro beijo antes de Reyna passar as pernas sobre as costas largas de Visk.

— Cuide bem dela, ok? — pediu Kianthe ao grifo.

Ele eriçou as penas, inclinando a cabeça. As garras ferozes flexionaram na terra.

— Bom menino.

Feo também subiu com cuidado e Reyna deu um tapinha no pescoço do grifo.

— Muito bem. Vamos primeiro para Kyaron, depois para o sul, para Wellia. — Então a Kianthe: — Não vamos demorar. Alguns dias, no máximo. — Ela tirou um colar das dobras da camisa, revelando a pedra da lua. Não havia tido muitos motivos para usá-lo em Tawney, mas a presença da pedra fez Kianthe relaxar. — Entrarei em contato.

— Eu sei. — Kianthe sorriu.

Mas quando subiram aos céus, Kianthe foi tomada por uma onda de desconforto. Então lançou um olhar furioso para o campo aberto ao sul de Tawney e disse a si mesma que faria churrasquinho de Venne caso ele ousasse aparecer. Resmungando, voltou pisando duro para a loja.

29

REYNA

Foi um horror ter Feo como companheire de viagem.

Elu estava acostumade com grifos, então o voo não pareceu lhe gerar incômodo. Mas elu também não parecia ter qualquer inclinação para conversar — Reyna tentou algumas vezes, e a cada tentativa ela só se deparava com grunhidos que logo se dissolviam em silêncio. Por fim, parou de tentar.

Então, quando Feo arquejou de empolgação e se inclinou sobre a imensa envergadura de Visk para contemplar a paisagem abaixo, Reyna levou até um susto.

— O quê? — Os nervos estavam à flor da pele, e ela se preparou para um baque, agarrando as penas de Visk com mais força do que o necessário. — Estamos sendo atacados?

Seria necessário um arqueiro para lá de habilidoso para atingi-los àquela altura, mas não era impossível, já tinha acontecido algo assim antes.

Feo zombou.

— Não, nada disso. Aquela torre do relógio...

Reyna acompanhou o olhar de Feo. A geografia havia mudado de florestas agrestes e planícies geladas para colinas de grama ondulante escondidas em parte por árvores densas. O sol se punha, deixando tudo em um tom alaranjado intenso. Demorou um pouco para achar, mas finalmente seus olhos pousaram em uma torre em ruínas situada em um vale.

Eles não estavam longe da cidade de Kyaron, mas parecia estranho.

Feo ficou em silêncio por um momento, depois pareceu quase vulnerável.

— Vamos pernoitar em Kyaron, certo? Seria um inconveniente muito ruim parar aqui primeiro?

Visk estava ouvindo e mudou da trajetória em linha reta para um círculo preguiçoso acima da torre do relógio. Suas asas poderosas batiam a cada poucos momentos, e vez ou outra ele pegava o impulso de uma brisa para planar.

— Podemos parar — respondeu Reyna. — Não creio que um pequeno desvio vá afetar a decisão do conselho.

O sorriso de Feo a deixou feliz por ter concordado. Visk desceu até o chão com suavidade, pousando habilmente na clareira com a torre. As árvores ali eram uma mistura de pinheiros e vegetação caducifólia; em Tawney, quando as árvores perdiam as folhas, na verdade estavam entrando em um novo ciclo de desenvolvimento, e ficavam cheias de brotinhos de um verde intenso. Ali onde estavam, isso obviamente acontecia muito antes da temporada — as copas estavam espessas, protegendo toda a área com sombra.

Reyna apoiou a mão na espada, afinal ali era o território principal dos bandoleiros. Mas a clareira estava silenciosa, uma quietude pesada, interrompida apenas pelo chilrear dos grilos e pelo pio ocasional das corujas.

— Que lugar estranho para uma torre do relógio. — Reyna acompanhou Feo até a estrutura em ruínas. Ainda não havia sinal de perigo, mas obviamente o local estava em mau estado. O mostrador era um relógio de sol vertical, e um sino de bronze descorado assomava no centro da torre. Ela semicerrou os olhos para tentar identificar algo entre as árvores, mas não havia sinais de civilização.

— Para quem isto foi feito?

— Existem campos agrícolas em toda esta região. Pomares e afins. Esta torre foi erguida para ajudar os agricultores a acompanhar a passagem do tempo. — Feo aproximou-se da pesada porta de madeira, confiante, testando a maçaneta.

Estava trancada.

A expressão de Feo desmoronou.

— Merda. Não acredito que ele trancou.

— Quem?

Feo tomou um susto, como se tivesse se esquecido de que Reyna estava ali.

— Ah... ninguém.

Reyna franziu a testa. Visk estava esticando as asas após o longo voo e parecia feliz com o intervalo, então Reyna foi até a porta. Silenciosamente, sacou um conjunto de gazuas de um dos bolsos da calça.

Feo olhou como se ela tivesse acabado de aparecer com um gatinho ruidoso.

— Hum, o que é isto?

— Gazuas para arrombar fechaduras? — Reyna botou o ouvido junto à fechadura, ouvindo, sentindo as gazuas a cada movimento. Depois de uns dois segundos, ouviu um estalo e, com um sorriso satisfeito, abriu a porta de madeira.

Feo era pura desconfiança.

— Você tem uma miríade de habilidades estranhas.

Reyna ficou surpresa e desatou a rir.

— A rainha não gosta de portas trancadas. — E o assunto morreu ali. — Então... Gostaria de explicar por que estamos aqui?

Feo hesitou, adentrando o espaço. O piso térreo da torre do relógio era um apartamento antigo, evidentemente abandonado há muito tempo. Algumas cortinas esfarrapadas separavam uma ampla cama do restante do cômodo. Uma cozinha improvisada com balcões desgastados e um fogão velho ocupavam o canto, e havia outra área repleta de pesadas estantes de livros e algumas cadeiras.

Feo foi até a estante, pegou um livro antigo e tirou o pó da capa de couro.

— Foi aqui que cresci. Meu pai e meu outro pai eram os tocadores de sino. — Feo passou um dedo pela lombada do livro, quase com reverência, e depois cerrou a mandíbula. — Um morreu em um ataque de bandoleiros quando eu era criança. O outro faleceu durante o tempo em que eu estava no Magicário, tentando me tornar um mago elemental.

Mago elemental. Kianthe já havia explicado de modo breve como era o caminho para se tornar um mago: as crianças interessadas, ou aquelas que demonstravam aptidões mágicas, tinham a oportunidade de estudar no Magicário. Mas algumas nunca chegavam a formar uma conexão com a Joia da Visão. Naquela época, havia a opção de se converter à alquimia, aceitar uma vida de pesquisa nas bibliotecas gigantescas do Magicário ou... simplesmente ir embora.

— Nunca te vi usando magia elemental — comentou Reyna sem muita emoção.

Feo bufou, com amargura no tom.

— Que observação astuta. Quando ficou evidente que eu não tinha aptidão natural para os elementos, passei a estudar alquimia, e depois gastei uns bons anos estudando as escrituras da Joia... Só para perceber que foram redigidas por um bando de magos ultrapassados e preconceituosos. — Feo enfiou o livro de volta na estante, quase que com agressividade. — Meu pai morreu doente enquanto eu desperdiçava tempo.

Feo passou por ela, subindo a escadaria com familiaridade. Os degraus estavam podres agora, mas ainda aguentavam seu peso. Ela o seguiu em silêncio, sendo bem cuidadosa com onde pisava.

O segundo andar da torre do relógio era muito menor, com uma cama minúscula no canto. Era forrada com tecido colorido e também estava acompanhada de uma estante, repleta de livros infantis ilustrados. Feo mal olhou para a cama, subindo a escada da torre com propósito.

O terceiro andar, logo depois do alçapão, estava exposto às intempéries. O sol já havia mudado de laranja para roxo e as estrelas começavam a surgir no céu noturno. Uma brisa fresca agitava o cabelo de Reyna.

Feo contemplou a corda pendurada no centro, logo abaixo do sino de bronze. Estava desgastada, mas ainda parecia firme.

— Sinto muito — disse Reyna. — Minha mãe também morreu quando eu era jovem.

— Assim é a vida. Eu não deveria me importar. Mas não consegui nem vir para casa para o funeral. — Feo cerrou a mandíbula. — Eles o enterraram e aí aproveitaram a oportunidade para construir uma nova torre do relógio mais perto de Kyaron.

Reyna recostou-se na meia parede de pedra que cercava o espaço. Lá embaixo de alguma forma, Visk conseguira capturar um esquilo e agora rasgava sua carne com alegre abandono. A justaposição do evento à conversa fez Reyna rir.

— Às vezes, sinto que desperdicei anos da minha vida servindo à rainha Tilaine. — Ela ainda não havia admitido aquilo para ninguém... Nunca tivera coragem de verbalizar até então. Queria sentir orgulho dos serviços prestados, mas... servir uma rainha assassina não era admirável, tampouco honroso. — Há dias em que sinto uma tristeza paralisante, pensando nos anos perdidos naquele palácio ridículo. E me pergunto quem eu poderia ter sido em outras circunstâncias.

Feo não a encarou. Usava a parede oposta como apoio, de costas para ela, os antebraços na pedra.

— Você provavelmente estaria irreconhecível. Tudo o que fez você ser você estaria perdido.

Reyna concordava. Ela respondeu um "uhum" para confirmar.

— Decerto não podemos mudar nosso passado. Mas não vejo problema no luto por aqueles que deixaram saudade. Minha mãe adorava o trabalho dela; acredito que ela morreu sentindo que fez a diferença.

— Talvez. — Feo hesitou e depois prosseguiu: — Reyna, alguém no Grande Palácio já pensou em derrubar a rainha Tilaine?

A mudança drástica de rumo fez Reyna piscar.

— Oficialmente? Não. Sabemos em primeira mão o que acontece com os dissidentes. — Reyna voltou a atenção para o céu, observando as estrelas brilhando lá no alto. Por um breve instante, desejou que seus Deuses também fossem visíveis.

— E extraoficialmente? — Feo virou-se para ela, inclinando a cabeça. Sorrateiro, sem dúvida.

— A família dela tem governado o Reino desde a declaração de independência do território de Shepara. — A voz de Reyna era neutra, uma resposta perfeitamente amigável. — Apenas um herdeiro legítimo poderia assumir o controle, e Sua Excelência sabe disso. É por isso que ela está adiando os filhos até o último minuto.

A última informação foi dita aos sussurros. Em geral, tão logo atingia a idade adulta, uma rainha começava a tentar ter filhos — dando continuidade à linhagem. A rainha Tilaine vinha ignorando corajosamente a tradição e, a cada ano que passava, a tensão na corte crescia por causa disso.

Reyna não esperava aquele sorriso malicioso de Feo.

— Um herdeiro de seu sangue. Interessante.

— Por quê? — A suspeita se fez presente na voz de Reyna.

Feo deu de ombros.

— Alguns acreditam que a rainha Eren tirou um ano sabático quatro anos depois do nascimento de Tilaine. Que deixou uma sósia no controle, passou um tempo escondida no interior e voltou no ano seguinte como se nada tivesse acontecido.

Houve uma época em que a mãe de Reyna se ausentara do Grande Palácio por um bom tempo; Reyna mal tinha idade suficiente para se lembrar do evento. A única razão de ainda tê-lo alojado em seu cérebro era porque passara aqueles anos treinando com o tio, e foi uma experiência ímpar.

Mas Reyna tinha visto a rainha Eren nos corredores do palácio naquele ano... não tinha?

Ela sentiu um arrepio e esfregou o braço.

— Qual é a sua fonte?

Feo deu um passo adiante, passando os dedos pela corda grossa no centro da torre do relógio.

— A mesma de sempre. Diários da época. Testemunhos de espiões capturados. Relatos de testemunhas oculares. Vou coletá-los para sua leitura. — Feo fazia uma pausa, com o olhar penetrante. — Você estava no palácio naquela época, não estava? Sem dúvida percebeu alguma coisa. Essa teoria foi fofoca em Shepara durante anos.

Reyna tinha cinco anos na época — uma idade muito próxima à da rainha Tilaine. Mas suas lembranças daquele ano eram, na melhor das hipóteses, confusas, às voltas de seu aprendizado nas cavalgadas, do empunhar da primeira espada longa e das aulas com o chef do palácio — um velho amigo de sua mãe que ficara com pena de Reyna por ela estar lidando com a ausência da genitora.

Uma coisa da qual Reyna se lembrava da época era que a rainha Eren era uma mulher linda, envolta em vestes régias verdes, e que comandava suas multidões de longe.

E isso era bem estranho, já que, em suas lembranças mais recentes, a rainha Eren se orgulhava de estar sempre próxima de seu povo.

Reyna não estava gostando do modo com que a suspeita que ela sentia acariciava os recônditos de sua mente, não estava gostando da possibilidade de ter sido enganada a vida inteira.

— A lei do Reino determina que a filha mais velha herde a coroa. Se houvesse outra criança, por que ela não seria criada ao lado da rainha Tilaine?

Feo oscilou nos calcanhares.

— Não se sabe. É perfeitamente possível que estejamos errados. Afinal, é só um boato.

Não parecia só um boato. A sensação agora era de que alguém havia quebrado uma vidraça acima de sua cabeça.

— Enfim... Pelos meus pais. — Feo sacudiu a corda, tocando o sino.

O som limpo ecoou pelos campos, alto o bastante para abalar os ossos de Reyna. Feo tocou com afinco para que ficasse óbvio para todo mundo nas cercanias que o som não tinha sido um engano. Tocou por tempo suficiente para que todos se lembrassem do som da casa de seus pais, mesmo depois de sua partida.

No silêncio retumbante que se seguiu, Feo bateu palmas.

— Agradeço por ter aceitado parar aqui, Reyna. Pagarei pelo seu quarto hoje à noite na pousada. Faço questão. — Com um sorriso satisfeito, passou pelo alçapão e desceu a escada.

Reyna o acompanhou, mais do que satisfeita por ter deixado para outro momento a discussão sobre um suposto segundo herdeiro da realeza. Com sorte, aquela conversa seria retomada em um futuro muito, muito distante. Ela não tinha a menor condição de pensar no assunto agora.

— Você não precisa pagar. Temos muitas moedas. — Era mentira; elas ainda estavam recuperando os lucros, e ainda ia demorar um pouco até que suas economias se reerguessem após a construção do Folha Nova.

Feo parou junto à estante de livros de sua juventude, pegou alguns volumes e os colocou na mochila. O restante ficaria ali como um memorial, intocado — exceto pelo tempo. Em seguida, foi caminhando até Visk.

— Por favor, será um prazer. Encontrei inconsistências nas escrituras da Joia da Visão. O Magicário me ofereceu uma fortuna considerável para não divulgar minha heresia. — Feo riu. — Sei que Kianthe pensa que quero o controle de Tawney para conseguir títulos e fortuna, mas, acredite, é só mais um projeto apaixonante.

Reyna montou Visk, ajudando Feo a subir atrás dela.

O grifo limpou o bico na grama, largando ali a carnificina do esquilo.

— Essa paixão seria o lorde Wylan?

Feo corou.

— Não força.

Reyna riu quando o grifo saltou no ar, inclinando-se com confiança rumo a Kyaron.

30

KIANTHE

No dia seguinte à partida de Reyna, Venne chegou à livraria. O alvorecer havia se apresentado luminoso e alegre, como parecia ser praxe nos dias de verão em Tawney. Kianthe iniciou sua rotina verificando o ovo de grifo de Reyna — que, para a surpresa de ninguém, não havia se mexido, já que era um ovo. Satisfeita porque a namorada não ficaria irritada com sua "negligência", Kianthe colocou a pedra da lua em volta do pescoço, preparou uma xícara de chá e recolheu-se no pátio dos fundos a fim de aproveitar o sol.

Bateu distraidamente em sua pedra da lua, desejando um "bom dia" de longa distância para Reyna, e ficou aproveitando o clima bom até ela responder. O pingente vibrou, cálido contra o peito, e Kianthe sorriu, olhando para a caneca.

Se tudo corresse bem, eles deixariam Kyaron ainda hoje e seguiriam para sudoeste, em direção a Wellia. Outro longo dia de voo os levaria até lá, e então ficariam à mercê do conselho. Para se manter ocupada, Kianthe planejava visitar aquela sala secreta no subsolo da igreja, em busca de mais informações sobre os ovos de dragão. Se houvesse alquimia envolvida no caso, ela não seria capaz de ajudar muito, mas havia uma possibilidade de sua conexão com a magia de dragão lhe fazer ter alguma sacada genial.

Além disso, ela queria muito ver aquela sala subterrânea assustadora.

Com sorte, aquele feitiço de alquimia estaria ali apenas para armazenar a magia e forçar os bebês dragões a um estado de êxtase. Isso explicaria por que ainda não havia três dragões recém-nascidos aterrorizando alguma cidade inocente.

Findado seu chá, e com a pedra da lua silenciosa, e sem ter mais tarefas importantes a cumprir, Kianthe começou a abrir a loja. Matild tinha se oferecido para entregar pão fresco enquanto Reyna estivesse fora, já que seria um crime vender chá e não vender comida. Kianthe estava limpando as mesas quando a parteira chegou.

— Entrega! — gritou Matild, depois riu. — Pelo que estou vendo, hoje está bem movimentado.

Diferentemente de Reyna, Kianthe não abria a loja ao alvorecer. Ela torceu o nariz.

— Algumas pessoas já passaram por aqui, mas agora elas sabem que não devem aparecer cedo quando estou a cargo da loja. Como está Gossley?

— Ah, espirrando feito uma tempestade — resmungou Matild, acomodando uma cesta de pãezinhos no balcão. — Mas continua tentando sair da cama para ajudar. Ele é bonzinho, admito. E tem uma quedinha pela filha do carpinteiro... Acho que é por isso que ele gosta de trabalhar aqui.

Kianthe sorriu.

— Ah, tem? — Havia algo profundamente agradável no ato de se estar em um relacionamento sério; significava que ela poderia concentrar-se em bancar a casamenteira. Reyna assumira aquele novo passatempo com gosto, com frequência formando pares entre os habitantes da cidade.

Ela se controlava durante a maior parte do tempo... mas por pouco.

Matild tamborilou no balcão.

— Ao que parece, ela deixou um livro para Gossley no centro de empréstimos. Eu me pergunto se eles estariam se comunicando dessa maneira.

— Espero que não estejam escrevendo nos nossos livros — pontuou Kianthe, uma hipócrita, já que ela mesma fazia anotações em seus exemplares o tempo todo. Era a melhor maneira de recordar suas falas favoritas ou os momentos emocionantes que a pegavam de jeito.

Pelo menos ela havia *pagado* por aqueles livros.

... pela maioria deles.

Matild riu, um som alegre.

— Vou falar com ele. De qualquer forma, já está na hora de eu voltar: os trigêmeos de Larson foram nadar na geleira do lago, uma péssima ideia, mesmo no verão. Preciso criar um tônico para eles, ou metade das crianças desta cidade vai adoecer.

Ela mal tinha dado um passo em direção às portas quando Nurt irrompeu, com Sigmund em seu encalço. Os dois pararam para recuperar o fôlego, e Nurt conseguiu falar primeiro:

— Seu amigo voltou!

— Que amigo? — perguntou Kianthe, com brusquidão.

— Atende pelo nome de Venne — informou Sigmund, arfante. Era provável que a dupla tivesse vindo a toda velocidade. — Ele não está indo visitar lorde Wylan. Desta vez, está vindo para cá, e não creio que vá aceitar ir embora sem lutar. Tem quatro homens com ele, armados até os dentes.

Cinco homens da rainha no total, indo diretamente para o celeiro. Kianthe estava muitíssimo aliviada pela viagem de Reyna.

Ela acenou para que os três saíssem pela porta dos fundos.

— Saiam, depressa. Matild, traga o xerife e Wylan... Não vou precisar de reforços, mas pode ser que a situação se complique. Politicamente falando.

Sigmund e Nurt saíram de maneira atrapalhada para os fundos; era óbvio que preferiam observar tais situações à distância, sem jamais se envolver. Sinceramente, era impressionante que tivessem se dado ao trabalho de alertar Kianthe, estando o perigo tão iminente.

Matild, no entanto, hesitou.

— Acho que eu deveria ficar...

— Era uma vez o dia em que você nocauteou um soldado e fugiu do palácio — disse Kianthe às pressas. — Venne é um dos guardas particulares da rainha. Saia daqui antes que ele te reconheça.

Matild empalideceu e deu meia-volta — mas já era tarde demais.

— Parem todos! Em nome de Sua Excelência, a rainha Tilaine, soberana do Reino por vocês residido, parem agora mesmo.

Matild, Sigmund e Nurt congelaram, a poucos passos da porta do pátio.

A repulsa percorreu a coluna de Kianthe, quente e furiosa. Merda, ela odiava aquele sujeito.

A maga encarou a entrada da livraria a tempo de ver Venne liderando quatro guardas fortemente armados. Eles usavam os mantos carmesim da Guarda Real, adornados com armaduras douradas mais decorativas do que práticas. Os quatro sujeitos atrás de Venne portavam lanças: longos bastões com lâminas afiadíssimas na ponta.

Venne apoiou a mão em sua espada, que combinava perfeitamente com a de Reyna, exceto no tamanho. Por ser mais alto e corpulento, Venne recebera uma lâmina um pouco mais longa e com cabo mais pesado.

Kianthe adoraria que ele se empalasse com ela.

— Olá, Venne — saudou ela, parecendo muito mais calma do que estava de fato. A fúria a dominava: ali estava a fonte de todo o seu estresse, chegando com anos de antecedência. Tudo porque ele era obcecado demais por Reyna.

Kianthe queria fazer churrasquinho dele, e isso não era nenhuma figura de linguagem.

Atrás dela, Sigmund e Nurt tentavam seguir lentamente em direção à porta, mas seus passos alertaram os guardas, que ordenaram que parassem. Sigmund gritou e se jogou no chão, e Nurt congelou como um cervo sob o olhar de um predador.

Venne estendeu a mão para cessá-los. Por um bom tempo, todos ficaram em silêncio, imóveis. Kianthe não atacou; afinal, aqueles eram os homens da rainha, e Tilaine geraria quantos cadáveres fossem necessários para resolver seu problema.

Se Kianthe cometesse algum erro, Tawney poderia se tornar o local de um massacre. A preciosa imunidade do conselho não viria rápido o bastante para salvá-los.

Venne a avaliou.

— A Arcandor, a Maga das Eras. Então os relatos dos nossos espiões eram verdadeiros.

— Depende de quem relatou e há quanto tempo — respondeu Kianthe.

Ele riu, andando em direção às estantes. Seus dedos percorreram um longo fio de hera que caía das vigas, e as folhas da planta começaram a se enrolar em sua mão, alimentadas pelo ódio de Kianthe. Caso ele se aproximasse um pouco mais, terminaria estrangulado.

Ótimo.

Venne repeliu a hera, recuando com uma carranca.

— Sabíamos que a Arcandor estava em Tawney. Todos ficaram sabendo do ataque dos dragões e de como você os combateu. Sua Excelência ficou perplexa quando você recusou o convite para o baile de primavera. Já que você não pôde dignar-se a comparecer, ela supôs que seu tempo fosse valioso demais... No entanto, cá está você, desperdiçando seus dias nesta cidade atrasada.

Kianthe não lhe daria mais detalhes do que o necessário.

— Vim para Tawney para cuidar dos ataques dos dragões. Se criaturas mágicas atacarem a capital do Reino — *que sorte seria*, pensou secamente —, vou fazer o mesmo tipo de intervenção. Mas um baile não me interessa.

— Ah. Prefere ficar aqui, cuidando destas plantas? Recebendo livros de Wellia, chás de Kyaron?

Ele nem deveria estar a par daquelas rotas.

Kianthe odiava *demais* aquele cara. Antes, o tolerava, mas agora simplesmente detestava a intrusão. Não se deu ao trabalho de esconder o veneno de seu tom:

— Você vai ter de me perdoar se eu acho livros e plantas mais atraentes do que a sua rainha.

Atrás dela, Matild conteve o riso.

Foi ousado. E estúpido. Mas Kianthe não se arrependia.

Venne semicerrou os olhos, os dedos apertaram o punho da espada. A lâmina estava envenenada, Kianthe sabia. Se ele sacasse a arma, alguém morreria, e ela botaria o prédio abaixo para garantir que não seria nenhum de seus amigos.

— Onde está Reyna? — A voz de Venne veio dura como aço.

— Quem?

Ele não se deixou enganar.

— Você sabe exatamente quem, Arcandor. Você a cortejava no palácio, bem debaixo do nariz de Sua Excelência. Você a visitava tarde da noite e lhe levava flores nas costas do seu grifo.

Kianthe enrijeceu, mas permaneceu em silêncio. Ia negar até o último segundo.

Sua vontade era debochar: *está com ciúmes?* Sua vontade agora era beijar Reyna, ver o rosto de Venne se contorcer de ódio ao perceber que ela nunca esteve disponível para ele. Queria vê-lo sofrer. Queria se vangloriar. Mas seu anseio estava muito, muito longe deste momento — agora Kianthe estava totalmente concentrada em tomar alguma atitude... com violência, caso necessário.

As palmas de suas mãos aqueceram com magia, o fogo se preparava para chamuscar.

E então Venne continuou, em um tom baixo e perigoso:

— Você arriscou a vida dela por interlúdios egoístas, e de alguma forma a convenceu a fugir. — Ele deu uma risada fria. — A rainha Tilaine jamais dispensa aqueles a seu serviço. É traição, Arcandor, mas se ela retornar de maneira espontânea, Sua Excelência promete suspender a execução.

Suspender a execução. Não cancelar — meramente adiá-la sob os caprichos sempre volúveis da rainha.

Tilaine só botaria as mãos em Reyna depois de passar por cima do cadáver de Kianthe.

As palmas da maga se acenderam, impregnando o ar, queimando da mesma forma que queimariam as mãos de qualquer pessoa. Mas agora não era Kianthe ali mais; em seu lugar estava a Maga das Eras, o ser mais poderoso do Reino.

A seus pés, a madeira se dilatava, como se estivesse se preparando para lançá-la para frente. As plantas começaram a ganhar mobilidade, avançando para os guardas, as trepadeiras e galhos prendendo-os, abafando seus gritos. A temperatura caiu vários graus e os guardas se flagraram em um esforço hercúleo para respirar.

Venne teve a decência de parecer alarmado.

Kianthe deu um passo à frente, seus olhos escuros tão turbulentos quanto uma tempestade de verão.

— Você parece não entender. Reyna não está aqui, mas, mesmo que estivesse, ela não iria a lugar nenhum com você. Desculpe, mas ela é minha. — Seguiu-se uma pausa, uma risada. — Você é bem-vindo para uma xícara de chá. Vou fazer um esforcinho para não envenenar as folhas.

— Você vai fazer com que ela acabe morta. — Venne estava furioso. Ele lançou um olhar para seus soldados e depois baixou a voz. — A rainha sabe que ela está aqui. Seus espiões estão circulando pela cidade. Meus homens se ofereceram para capturá-la primeiro, afinal de contas, trabalhamos com ela durante vários anos. Mas se ela não voltar comigo, alguém bem menos gentil virá para arrastá-la à força. Muito em breve.

Kianthe arreganhou os dentes.

— Ora, este é um risco que estamos dispostas a correr. Faça sua escolha, Venne. Reyna não está aqui, mas eu estou doidinha para brigar.

Venne fez careta. Seus olhos pousaram em Matild e então ele se deu conta. No segundo seguinte, um sorriso surgiu em seu rosto.

— Você consegue proteger Reyna, mas será que também consegue proteger sua amiga? Ouvi o que você disse: ela fugiu do palácio. — Agora ele semicerrava os olhos, esfregando o queixo em contemplação. — Você era parteira, não era? Você atacou meu cunhado.

Kianthe começou a arrancar as tábuas de pinho, criando literalmente uma parede para esconder Matild, Sigmund e Nurt.

— Se você se distrai com tanta facilidade assim da verdadeira ameaça, não estou nem um pouco admirada por Reyna ter sido a mais competente da guarda. A rainha Tilaine deve estar ansiosa para levá-la de volta.

— A rainha Tilaine quer Reyna morta. Eu negociei pela vida dela. Você tem um dia, Arcandor. Mande-a para o meu acampamento na floresta ao sul daqui, ou os espiões da rainha vão invadir este lugar. Ela será morta de imediato. — Venne fez uma pausa, batendo na bainha em sua cintura. — Talvez você consiga salvá-la... ou talvez alguém consiga capturá-la. Está disposta a correr esse risco?

Kianthe o encarou, carrancuda.

— Saia daqui. — E mandou uma lufada de ar, jogando-os violentamente na rua. Eles caíram na frente de alguns clientes que tinham ido até a Lindenback a fim de beber uma xícara de chá, e os cidadãos do Reino reconheceram de chofre os uniformes. Dispersaram-se, com medo, deixando os guardas da rainha caídos na terra.

Venne botou as mãos ao redor da boca e berrou:

— Um dia, Arcandor. Estarei esperando.

E assim ele desceu a rua, com seus homens em seu encalço.

Tão logo ele foi embora, Kianthe bateu as portas do celeiro e recolocou o piso de madeira no lugar. As tábuas ainda estavam meio arqueadas onde Kianthe as dobrara, mas a maga resolveria aquilo mais tarde.

— Vocês três estão bem?

Sigmund tossiu.

— S-sem querer ofender, Arcandor, mas vou meter o pé daqui. Diga a Cya... ah... Reyna... Boa sorte.

Nurt resmungou em concordância e os dois informantes fugiram.

Kianthe voltou sua atenção para Matild.

— Você está segura em Tawney, Matild. Prometo.

Pela primeira vez, Matild pareceu assustada. Ela havia cuidado de Reyna com febre, de Kianthe com o esgotamento mágico, do agiota... e não vacilara nem uma vez. Mas agora seus olhos estavam arregalados e sua voz tremia.

— M-Minha única chance é que sou anônima demais para ser lembrada. — Lágrimas fartas desciam pelo rosto. — Não é culpa sua, Kianthe, mas... Pelos Deuses, preciso contar a Tarly.

Kianthe estava penalizada, e pegou o braço de Matild, apertando-o em um gesto de consolo.

— Ei. Olhe para mim. Não vai acontecer nada com você ou com Tarly, ok?

Matild não pareceu ouvir.

Então Kianthe a confrontou, obrigando-a a se concentrar.

— Matild. Não vai acontecer *nada* com vocês dois.

— Você não tem como saber. Os espiões dela...

A situação estava saindo do controle e, naquele momento, Kianthe só queria invadir a capital, imobilizar Tilaine em seu lindo piso de mármore manchado de sangue e obrigá-la a conceder imunidade a todos os que lhe eram caros. O conselho que se fodesse — Tilaine sempre seria uma fonte de problemas.

Obviamente não ia dar certo; caso contrário, a Arcandor já teria feito aquilo há meses. Matild precisava sentir-se segura, então, mesmo com o medo tomando conta de seu peito, Kianthe interrompeu:

— Estão atrás de Reyna, não de você. Vamos cuidar disso, Matild. Prometo.

— Tá bom. — Matild respirou fundo, embora parecesse longe de estar convencida.

Kianthe a puxou para um abraço.

— Confie em mim. Já lidei com problemas maiores. Vocês dois vão ficar a salvo.

— Temos uma vida boa aqui, Kianthe. Vocês também. Eu só... não quero perder essa vida. — Matild secou os olhos com a blusa e desvencilhou-se. — Preciso ver Tarly. Podemos tirar férias. — Ela se engasgou com um soluço. — Férias bem longas.

— Façam o que for preciso, mas eu *vou* resolver isso.

Matild não pediu mais garantias. Saiu pelos fundos em um segundo, atravessando o pátio à procura de chegar em casa mais depressa. Assim que a parteira se foi, Kianthe tombou de joelhos, procurando a pedra da lua que estava junto ao seu peito. A ansiedade a encharcava feito um tsunami; as mãos tremiam e a respiração estava ofegante.

Se havia um momento para controlar aquela reação visceral, o momento era aquele. Uma determinação feroz e raivosa invadiu suas veias, e ela reconheceu o pânico — e então o rejeitou.

Precisava se concentrar. Se ela não se concentrasse, tudo estaria perdido. *Emergência. Venha para casa agora.*

A pedra da lua brilhou incandescente em suas mãos, mandando a mensagem. Mas por mais rápido que Reyna voltasse, ainda assim não seria o suficiente.

31

REYNA

Reyna não se fez de envergonhada por ter abandonado Feo em Kyaron. Sua pedra da lua aqueceu a ponto de queimar a pele, tanto que ela deu um grito e a afastou da camisa em um reflexo. Tinha algo terrivelmente errado em casa. Em segundos, estava abandonando Feo na saída da estalagem, correndo para a rua, assobiando para Visk.

O grifo pousou a algumas rochas de distância, e Reyna saltou nas costas dele. Alguns gritos preocupados e alarmados de transeuntes desapareceram tão logo Feo a alcançou.

— Opa, ei! Para onde raios você está indo?

— Tem alguma coisa acontecendo. — Reyna estava ávida para ir embora. Visk provavelmente tinha pressentido alguma coisa também, porque mal tinha decolado e já estava abrindo as asas. — Estou indo para casa. Você vem ou fica aqui?

— Eu... — Feo se calou. — Você precisa chegar a Wellia! O conselho está esperando.

E ia continuar esperando. Desde que começara a usar a pedra da lua, Reyna só havia sentido aquele pulso rubro incandescente uma vez. Na ocasião, Kianthe tinha sido capturada, e foi preciso reunir todo o exército da rainha a fim de resgatá-la. Quando Reyna chegara ao complexo inimigo, Kianthe mal se aguentava em pé.

E agora, se ela estivesse em perigo, imunidade política alguma ia fazer diferença. Havia problemas muito mais importantes para se resolver.

— Estou indo embora. Faça a sua escolha. — A voz dela era mordaz. Feo se atrapalhou e depois recuou.

— Esqueça. Irei para Wellia e falarei em seu nome. Tenho certeza de que posso tomar um cavalo emprestado.

Reyna sequer pediu desculpas. Incitou Visk com o salto da bota e, com um guinchar e um eriçar de penas, eles decolaram. O grifo rumou para Tawney, voando o mais rápido que conseguiu, e Reyna agarrou a pedra da lua. *Estamos a caminho.*

Foi a viagem mais longa de sua vida, mas a cidade enfim estava à vista. A terra dos dragões se estendia para além dela e, por um segundo, Reyna imaginou a cidade sitiada mais uma vez. Mas, o juramento de Kianthe permanecia ativo e o céu estava limpo.

Então, se não eram dragões, só podia ser Venne.

Visk pousou com um tranco diante da loja e Reyna já estava descendo antes mesmo de ele recolher as asas. Para seu imenso alívio, Kianthe irrompeu pelas portas do celeiro, inteirinha. De pronto, ela agarrou o braço de Reyna, puxando-a para dentro.

— Fique de olho, Visk — ordenou Kianthe, que acariciou suas penas, a cauda de leão balançou de satisfação.

Reyna fechou as portas do celeiro e as trancou, colando as costas na madeira. A loja estava vazia, o que era preocupante àquela hora do dia. As cortinas estavam fechadas. Perto dos fundos, o piso cedera e, se plantas conseguissem se eriçar, era assim que estariam naquele momento.

— O que aconteceu, Key? — O coração de Reyna estava acelerado.

— Venne, é claro. — Kianthe andava de um lado a outro e o piso chamuscava nos pontos onde ela pisava. Ela estava inquieta, mas não parecia estar perdendo as estribeiras. Um motivo para manter o otimismo. — Ele veio na loja com reforços. Matild estava aqui, assim como Sigmund e Nurt. Ele... Quero dizer, ele não deu a mínima para os rapazes, mas viu Matild e... — Ela se calou e respirou fundo. Reyna permaneceu em silêncio enquanto Kianthe se recompunha. A voz da Arcandor ficou mais intensa quando ela voltou a falar: — Tilaine sabe onde você está, Rain. Venne disse que, se você procurá-lo e retornar à capital voluntariamente, ela concordou em não matar... matar você de imediato. — Ela tropeçou na palavra.

Reyna cruzou os braços, seu próprio sobressalto se solidificando em uma fúria fria.

— Que generosidade de Sua Excelência. — Seu sarcasmo foi contundente.

Kianthe riu, mas o som foi tudo, exceto engraçado.

— Quase matei Venne só por ele ter dito isso. Na verdade, Rain, quase fiz churrasquinho dele, até ele ficar crocante. — A maga olhou para o piso empenado, depois caminhou até o balcão da cozinha e voltou, como se não soubesse onde ficar.

— Acredito. — Reyna então a interceptou, puxando-a para um abraço. Kianthe tremia ligeiramente, mas não era um colapso total. Reyna acariciou o cabelo dela, mantendo a voz serena. — Você está indo muito bem, Key. Desculpe por não estar aqui quando aconteceu essa confusão.

Kianthe fechou os olhos, enterrando o rosto no cabelo de Reyna.

— Pelas Estrelas e pela Joia, não peça desculpas. Se você estivesse aqui, as coisas teriam sido piores. Ele poderia ter tentado te levar à força.

— Bem, nesse caso, eu teria ido com ele.

Foi uma resposta sincera. Se alguém ameaçasse seus entes queridos, Reyna simplesmente aquiesceria à ameaça. Lógico que depois ela ia apunhalar seus carrascos pelas costas durante o sono, mas, até lá, seria um cordeirinho. Qualquer meio para evitar a violência era uma forma de ganhar tempo para formular um plano.

Kianthe a apertou com tanta força que Reyna gemeu.

— Não diga isso, Rain. Ele acha que você estará mais segura com ele do que se encontrar os espiões da rainha.

Ele provavelmente está certo, pensou Reyna, mas ficou quieta.

— Acho que não há opção, em todas você morre. Acha que a imunidade do conselho vai ajudar?

— Não. Talvez se a gente tivesse mais tempo, mas agora... não — respondeu Reyna com muita sinceridade.

Kianthe fez careta, como se estivesse pensando a mesma coisa.

— Merda. Então a gente devia fugir. Vamos buscar Matild e Tarly, e talvez Gossley também, e nós cinco podemos... — Houve um breve silêncio. — Mas aí Wylan ficará à mercê da rainha. E todo e qualquer cidadão do Reino por quem ela não nutrir simpatia. Droga, eu não...

Reyna já tinha visto Kianthe entrar em uma espiral de pensamentos semelhante, em geral ela não verbalizava sua confusão. Na verdade, aquela expressão tangível dos sentimentos facilitava a compreensão... e também a interrupção do colapso. Reyna fez um gesto inconsciente e puxou Kianthe para um beijo.

Kianthe exalou e derreteu-se de encontro à amada.

— Desculpe — murmurou, colada aos lábios de Reyna.

Reyna então se afastou, mas enroscou uma das mãos no cabelo de Kianthe, as pontas dos dedos acariciando o couro cabeludo com força. Quase como uma massagem, mas também uma espécie de ancoragem... Aqui e agora, para manter o foco. Elas roçaram os narizes.

— Tenho outra solução — disse Reyna simplesmente.

E tinha mesmo.

Porque, ao contrário de Kianthe, que ignorava os problemas e esperava que fossem embora sozinhos, Reyna era do tipo que traçava estratégias. Ela sempre soube que sua liberdade não seria fácil nem isenta de lutas, só que a Arcandor precisava se manter politicamente neutra e, portanto, lutar não costumava ser uma opção.

Duas pessoas não eram capazes de derrubar um território.

E, mesmo que fossem, a única coisa que Reyna queria fazer era bebericar seus chás e ler uns livros.

— Uma solução? Para isso? Por que não falou antes? — questionou Kianthe.

— É arriscado, e até então a gente não havia tido motivos para recorrer a essa estratégia. — Reyna roçou os lábios no nariz de Kianthe, lembrando-se da vez em que a outra dissera que aqueles pequenos lembretes físicos do momento presente ajudavam a aplacar seu pânico. Reyna então entregou-se à brincadeira, roçando os dedos pelo braço nu da namorada, oferecendo-lhe aromas, imagens e sons que a distraíssem da cacofonia dentro de sua cabeça.

Funcionou. Kianthe retribuiu o beijo, respirou fundo várias vezes e respondeu com a voz comedida:

— Ok, estou intrigada. O que você tem em mente?

Reyna a puxou para a poltrona ao lado da lareira, que estava apagada e vazia, deixando o cômodo ligeiramente frio. Kianthe sentou-se na poltrona em frente à sua parceira e pegou sua mão.

E então Reyna expôs seu plano.

Quando ela terminou, a Arcandor estava de queixo caído. Boquiaberta com a namorada, uma mistura de veneração e pavor em seu rosto. Uma combinação deveras divertida, aliás.

— Esse... Esse plano já não é de hoje.

— Na verdade, pensei em tudo no dia em que comecei a cogitar ir embora do palácio. — Reyna sorriu, sentando-se no braço da poltrona. — Pensei que a gente ainda fosse ter uns anos de paz, e esperava que a imunidade do conselho fosse acalmar as coisas... mas é óbvio que agora não temos mais tempo.

Kianthe conseguiu controlar sua ansiedade e enfim se concentrava no aqui e agora. Massageou as têmporas do rosto, depois se deixou cair na poltrona.

— Não gosto muito da ideia.

— Eu sei. — Esse era o grande receio de Reyna... porque o plano era perigoso. Ela teria de se apresentar à rainha Tilaine, e tudo dependeria totalmente do humor da rainha naquela tarde. Era um risco calculado, mas um risco ainda assim.

E tudo dependeria também da disposição de Kianthe para aderir.

Reyna ficou agradavelmente surpresa quando a namorada murmurou:

— Acho que não temos alternativa. Venne reconheceu Matild. Sabe que ela fugiu do Grande Palácio, e vai contar tudo a Tilaine se você não o procurar logo.

— Bem, isso é fácil de resolver — disse Reyna. — Se o matarmos, ele não vai poder contar para mais ninguém.

Kianthe balbuciou.

— O-o quê?

Reyna às vezes esquecia que Kianthe era uma alma pura que não recorria ao assassinato. E, às vezes, a Arcandor parecia se esquecer do passado de Reyna, de que sua espada era uma extensão mortal do seu corpo, de que havia um motivo para ela guardar tantas adagas embainhadas na roupa.

Mas era bobagem sentir vergonha disso, não era hora para isso mais. Reyna começou a bater o pezinho, impaciente.

— Deixa para lá. Mesmo que a gente eliminasse Venne, os espiões dela descobririam mais cedo ou mais tarde. Bem, se esse plano der certo, também posso assegurar que Matild fique finalmente a salvo. Mas só depende de você, amor. Se você não concordar, aí vamos ter que pensar em outra coisa.

Kianthe gemeu.

— Meu problema não é com o meu papel nesse plano. Meu problema é com você, que vai se oferecer de bandeja para um membro cruel da realeza.

— E é por isso que vai dar certo. Corri exatamente um risco nesta vida: fugir do palácio para morar aqui, com você. Sua Excelência jamais esperaria algo além disso.

Kianthe ficou quieta por um momento. Então arriscou, quase nervosa:

— Posso ir com Visk? Só para o caso de tudo dar errado?

— Para ser sincera, até faço questão de que vocês estejam lá.

Ambas se encararam.

Kianthe disse:

— Só para você saber, acho tudo isso uma loucura. Brilhante, porém insano.

Reyna a beijou e depois seguiu para o quarto.

— Nossa vida é brilhante, porém insana. E eu não aceitaria se fosse de outro jeito.

E assim, Reyna se entregou.

Foi até bem anticlimático. Ela buscou Lilac nos estábulos, engoliu o medo e montou. Lilac a acariciou com o focinho, quase um lamento, e Reyna sussurrou:

— Sei que não foi sua culpa, lindeza. Você fez o melhor possível.

Lilac bufou em concordância e saiu trotando em direção à floresta — e para o acampamento além.

Os olhos da montaria se voltaram para o céu por um instantinho, e Reyna se preparou para alguma surpresa... mas ficou tudo bem tão logo Lilac constatou não haver grifos ou dragões à vista. A partir dali, foi uma jornada agradável e constante.

Kianthe permaneceu em casa. O plano só funcionaria se Venne jamais suspeitasse do envolvimento da Arcandor na história toda.

Os cascos de Lilac ribombavam na estrada de terra, deixando Reyna com bastante tempo para organizar os pensamentos. Em casa, permanecera calma e confiante, porque Kianthe precisava daquela tranquilidade. Mas ali onde estava, sozinha em uma estrada enluarada, o medo tomava conta. Seu peito estava apertado e as palmas das mãos suavam sobre as rédeas de couro.

Talvez desse tudo errado. E, se o plano falhasse, se ela não conseguisse persuadir Tilaine, provavelmente terminaria enjaulada no Grande Palácio, sujeita à inclemência de Sua Majestade. Kianthe planejava seguir viagem logo depois, como proteção adicional, mas se por fim fosse obrigada a invadir o palácio, a batalha seria arrasadora.

Todo o plano exigia mãos delicadas. E Reyna era a única com essa habilidade.

Ela se lembrou do sangue do assassino manchando o piso do salão de baile, um evento que parecia ter sido há eras. Da espada dele em seu pescoço, do aceno de desdém da rainha Tilaine condenando-a à morte mesmo quando ela se provara infalivelmente leal. A mulher era imprevisível, mas aquilo ali foi...

O plano tinha que funcionar. Não só pela segurança de Matild, mas por todos a quem elas aprenderam a amar em Tawney.

Se tivesse de haver luta por alguma coisa, então Reyna lutaria por Tawney.

E assim, apesar do medo gélido que encharcava sua alma, apesar de seu coração estar voltado apenas à vontade de ficar aconchegada a Kianthe, lendo um bom livro à lareira, Reyna incitou Lilac para a floresta. Visk já havia explorado a região e localizado o acampamento de Venne, então Reyna sabia exatamente para onde ir.

Uma fogueira ardia na clareira, cercada por cinco de seus antigos colegas. Tão logo ela chegou, eles se retesaram, pegando suas armas, mas baixando a guarda ao identificá-la.

— Olá, pessoal. — Ela desmontou e falou com confiança exasperada: — Foi uma jogada bem ousada, Venne. Você venceu. Leve-me de volta para a capital. — Reyna esticou os braços para ser algemada.

Venne piscou para ela. O visual dele estava igualzinho ao que ela se lembrava: os mesmos olhos ansiosos, o mesmo sorriso irônico. Era uma vez quando foram melhores amigos, parceiros inseparáveis. Durante alguns anos confusos da adolescência, Reyna chegara a pensar que talvez pudesse ser feliz com ele — alguém que sempre cuidara dela, que sempre a protegera do mal.

Mas acontece que o mal era um amigo íntimo.

Venne deu um sorriso aliviado.

— Agradeça aos Deuses e à rainha em pessoa por ter caído em si. Abaixe as mãos, Reyna; não vamos amarrá-la. — Ele ofereceu uma garrafa de vidro. — Vai ser uma longa viagem de volta à capital; vamos sair de manhã. Quer uma bebida?

Os outros camaradas a encaravam com variados graus de alívio e irritação. Afinal de contas, todos eles tinham sido seus amigos mais próximos no Grande Palácio — a única coisa que isso significava é que eles seriam um tiquinho menos propensos a apunhalar Reyna pelas costas.

Será que a invejaram por ela ter escapado de uma vida que eles provavelmente também odiavam? Ou será que a detestavam pela flagrante demonstração de deslealdade? Sua decisão após o baile por certo acabara afetando a todos, afinal, a rainha Tilaine deve ter reforçado os padrões de segurança após sua fuga.

Bem, qualquer que fosse a opinião deles, seria repensada muito em breve.

Reyna caiu ao lado de Venne, incorporando o papel mais importante de sua vida.

— Que inferno, você sabe que sim. — E tomou um gole caprichado.

Era fácil voltar aos velhos hábitos. Lembrou-se da família deles, de suas paixões, e recorreu a tais informações para deixar o clima mais leve. Venne pareceu bem satisfeito por estar reconhecendo sua amiga de sempre, por ver que ela não guardara rancor devido às suas ameaças. E assim ele ficou brincando de cutucar o ombro dela, abraçando seus ombros, cheio de intimidade e, pela primeira vez, ela não o repeliu.

Todo aquele período fingindo ser Cya era uma preparação para aquele momento. No entanto, estava tomando o cuidado para não se exceder na bebida, consumindo apenas o suficiente para manter-se convincente e dedilhar aquelas pessoas como se elas fossem seu instrumento musical.

Quando alguém se aventurou a perguntar por que ela havia ido embora, ela apenas sorriu e respondeu:

— Isso é só para os ouvidos da rainha.

E, por fim, eles pararam de perguntar.

32

KIANTHE

Kianthe estava meditando.

Aquilo podia ser perigoso, já que ela estava voando tão acima das nuvens que os cristais de gelo se acumulavam em seus cílios. Mas Visk não tinha como voar mais baixo, ou Venne perceberia que a tropa estava sendo seguida. A única chance de permanecer escondida seria se transformasse as nuvens em uma mancha cinzenta fosca e ficasse planando sob suas sombras.

Vez ou outra, ela abria um buraco nas nuvens e vislumbrava a procissão lá embaixo. Seis cavalos — seis membros da Guarda Real. Todos, exceto uma, usavam capas vermelhas, e mesmo lá do alto, ela ouvia as risadas abafadas e as conversas casuais. Era reconfortante ver que Reyna tinha conseguido se juntar aos seus ex-colegas com tanta facilidade.

Mas, a viagem de regresso à capital estava mais para um cortejo fúnebre.

A única parte boa daquela história toda eram as linhas de ley. Quanto mais se aproximavam do sul, mais poderosas elas ficavam... E ainda havia a magia solar, que preenchia os reservatórios a ponto de perigar transbordarem, dando a Kianthe uma tranquilidade que em Tawney parecia quase inalcançável.

Isso não significava que Reyna estava mais segura no local atual, no entanto, sabendo estar cercada pela bendita magia da Joia, Kianthe ficava muito mais confiante em sua capacidade de intervir. Com aquele volume de magia, poderia derrubar montanhas ou barricar cidades inteiras. Com aquele volume de magia, Reyna estaria a salvo, independentemente do que acontecesse.

Mas, pelas Estrelas e pela Joia, ela de fato esperava não precisar utilizá-la.

— É uma ideia perigosa — dissera ela a Visk.

O grifo chilreou, o barulho se perdendo no vento. Até ele sabia a hora de se calar, de agir de maneira furtiva.

Assim, eles seguiram daquele jeito por dias, acampando em uma proximidade suficiente para rastrear Venne e sua equipe, mas jamais correndo o risco de revelar sua posição. Visk mantinha Kianthe quentinha à noite, deitando-se encolhido e cobrindo-a com suas asas. Ela sofria para conseguir dormir, mas fazia o possível — e, pela manhã, eles retornavam aos céus, vigiando conforme Reyna se aproximava do território inimigo.

Quando Reyna atravessou os portões da capital, Kianthe achou que a rainha Tilaine fosse saudá-la com a forca. Examinou a cidade duas vezes só para confirmar que não havia armadilha alguma instalada, persuadindo Visk a voar tão alto que ela chegou ao ar rarefeito, sofrendo com os calafrios.

Finalmente, Reyna e os outros guardas atravessaram os portões do palácio e a namorada desmontou do cavalo. Kianthe semicerrou os olhos, observando das costas de Visk enquanto ela entrava com imensa confiança. A arcandor estava com o coração apertado de medo, mas agora não era hora de desmoronar.

Era o momento de ela se posicionar, só para garantir. Direcionou Visk para o telhado plano da torre mais alta, criando uma cobertura de nuvens com um simples aceno. Ninguém viu quando ela desmontou do grifo, nem quando o incitou aos céus e tateou os parapeitos em busca da passagem secreta.

A pedra se deslocou, revelando um alçapão estreito, exatamente como Reyna dissera que seria.

E então Kianthe mergulhou no labirinto de corredores ocultos do Grande Palácio, descendo por escadas apertadas, escutando servos, guardas e nobres enquanto seguia as instruções cuidadosas de Reyna para chegar à sala do trono.

— Não enrole — avisou Reyna ao lhe expor seus planos no Folha Nova —, mesmo que a rainha não me receba de imediato. Ela provavelmente vai tentar me intimidar para me obrigar a repensar minhas decisões. E fique alerta para o caso de aparecer outra pessoa nos túneis.

Kianthe agora pisava de leve, parando de vez em quando para sentir a magia crescendo ao redor. A Joia, ao mesmo tempo incomodada por ter sido arrancada da terra e orgulhosa por ser admirada por tantos, inflou espiritualmente para cumprimentá-la.

— Impeçam que as pessoas me encontrem — ordenou Kianthe às paredes e, ao longe, sentiu o granito fechando todas as outras entradas do complexo de túneis.

Enfim ela chegou ao seu destino. Não era nem o fim do túnel; era uma passagem adjacente à sala do trono, embora não houvesse portas para entrar por ali. Lascas de espaço entre os tijolos de granito ofereciam vislumbres do salão: um espaço absurdo em sua opulência.

Os detalhes dourados e vermelhos da sala do trono chegavam a ser ofuscantes. Um tapete grosso e macio levava ao trono que, aliás, era esculpido no formato de dois dragões, seus crânios exibindo presas tão longas quanto dedos, asas douradas abertas, caudas falsas torneando os pés do móvel. Pesados candelabros com velas de cera pendiam baixos, e ao longo da parede oeste havia janelas elegantes esculpidas em pedra, lançando fragmentos de luz no piso de mármore.

Kianthe torceu o nariz. Só gostava daquele salão porque foi ali que conhecera Reyna tantos anos atrás.

Inclusive, naquele momento ela tentava localizar o ponto exato onde Reyna costumava ficar postada — hoje devidamente substituída por algum guarda anônimo em perfeito estado de atenção. Será que essa nova pessoa também ansiava por uma casa de chás no fim do mundo? Ou Reyna era tão especial assim?

Kianthe sabia a resposta, por mais tendenciosa que fosse.

Sua namorada ainda não havia chegado à sala do trono, mas segundos depois de tomar posição, as portas duplas foram abertas, e Venne entrou. Ele caminhou rapidamente até o centro da sala, ajoelhou-se em uma reverência respeitosa e disse:

— Excelência, estamos com Reyna.

A rainha Tilaine estava recostada em seu trono, revisando um grosso volume de pergaminhos. Ela dispensou a criadagem, oferecendo ao guarda atenção integral.

— Hum. Pelo que fiquei sabendo, você confrontou aquele lorde idiota em sua propriedade e voltou para o acampamento de mãos vazias.

Venne enrijeceu e Kianthe reprimiu uma risada. Era um erro amador presumir que ele mesmo também não estaria sendo vigiado pelos espiões dela.

Kianthe se perguntava quem seriam esses tais espiões e como eles conseguiam circular por Tawney por tanto tempo sem serem notados.

Claro, se o plano de Reyna funcionasse, esses detalhes não fariam a menor diferença.

— Eu precisava reunir mais informações, Excelência.

— Você estava ganhando tempo para ela. — Tilaine levantou-se do trono, dando passos calculados em direção à sua guarda. As dobras de seu vestido ridículo se arrastavam em seu encalço, e os rubis de sua coroa eram pontinhos de sangue cintilantes em contraste com o cabelo muito escuro. — Sei que gosta dela e dou valor a uma boa história de amor, por mais que seja pouco inspirada. Mas esse atraso beira a desobediência.

Venne enrijeceu. Parecia não estar ciente do que responder, então limitou-se a manter o olhar baixo em sinal de respeito.

Tilaine o circundou, um lobo vigiando a presa em iminência de fuga. Seus outros guardas posicionaram-se com sutileza atrás de Venne, cercando-o como se ele fosse um prisioneiro.

— Onde ela está?

— Aguardando sua convocação, Excelência — respondeu ele. Seguiu-se uma pausa, um movimento ousado: — Ela nos procurou de boa vontade, pedindo desculpas pelo seu comportamento. Vossa Majestade prometeu misericórdia.

O rosto de Tilaine foi pura descompostura. Ela gesticulou e seus guardas entraram em ação. Em segundos, um deles imobilizou Venne, e outro pôs uma faca em sua garganta. A lâmina estava obviamente envenenada, porque mesmo sem romper a pele, já estava causando um vergão vermelho-escuro.

Tilaine dominava a cena, seu sorriso inabalável.

— Você se lembra qual foi o Deus que me abençoou no dia da minha coroação? — Venne não se atreveu a responder. — O Deus da Misericórdia. Isso me concedeu uma visão misericordiosa para esta terra abençoada. Quando peguei o cetro de minha mãe, ele queimou minha mão. — Ela ergueu a mão direita, tirando a luva de seda com delicadeza. A pele da palma tinha uma cicatriz vermelha e grotescamente deformada. Kianthe estremeceu, mas Tilaine só fez acariciar o ferimento. — Fui ferida. No entanto, jamais perdi a liderança. Isso é misericórdia. Às vezes, uma ferida deve ser suportada em prol de um reino.

Kianthe jamais entenderia os Deuses de Reyna.

Venne, entretanto, estava um tanto tenso. Sua respiração ofegante.

— Claro, Vossa Excelência.

— Reyna abandonou seu posto, o que é uma traição em todos os sentidos. Ela é a ferida a ser tolerada... Mas agora é hora de colocar um bálsamo sobre a ferida e seguir em frente com nossas vidas. Entretanto, como estou curiosa, permitirei que ela se defenda antes da execução. Eis aí a minha clemência.

Kianthe enrijeceu, muito atenta e consciente. Ela quase — quase — destruiu a parede e atacou a rainha ali mesmo.

Mas Reyna sabia o que estava fazendo. Ela já esperava ser morta de imediato; por isto que Kianthe estava ali — para evitar uma tragédia. Se houvesse uma pequena chance de o plano dar certo, teriam de aproveitá-la. Poderia significar a diferença dentre anos de paz completa ou uma guerra total.

Venne ofegou, empalidecendo, mas não tentou se libertar. Em seguida, os outros guardas se postaram atrás da rainha, como se ele pudesse tentar se soltar a qualquer momento e apunhalá-la.

Kianthe adoraria que ele fizesse algo assim. Era um gesto que poderia redimi-lo. Não totalmente, é claro, só um pouco.

— Por favor, Vossa Excelência — arquejou Venne. — P-por favor.

Tilaine abriu ainda mais o sorriso e vestiu a luva de novo. Ao seu meneio de cabeça, seus guardas jogaram Venne no chão. Ele se ajoelhou com dificuldade, passando os dedos na marca vermelha no pescoço.

— Mais uma demonstração de misericórdia, para agradar aos Deuses. — Tilaine voltou ao seu trono, acomodando-se no assento macio. Seus dedos traçaram uma das cabeças do dragão que adornava os descansos de braço. — As ações de Reyna foram indesculpáveis, mas reconheço minha divindade padroeira. Como eu disse, ela poderá se defender... e, depois disso, será morta.

Tilaine gesticulou para um dos guardas à sua esquerda.

— Tragam Reyna para cá. Mas não lhe digam nada.

A guarda da rainha fez uma reverência e saiu da sala.

Kianthe respirou fundo, apertando as mãos para parar de tremer. Que ideia de jerico. Mas agora não dava mais para voltar atrás. Sentindo-se sepultada viva naquele túnel apertado, aguardava pacientemente pelo julgamento de Reyna.

33

REYNA

O palácio estava frio.

E isso era irônico, considerando que a capital ficava bem mais ao sul em relação a Tawney. E ainda por cima, em casa, elas viviam cercadas de boa companhia, lareiras, chá quentinho, livros aconchegantes. Em casa, bastava Reyna recostar-se em Kianthe, e ganharia um abraço tão apertado que ficaria sem fôlego.

Ali, tudo era pedra. Afinal, era o principal produto de exportação do Reino, um testemunho da força e do poder da família real. As paredes eram de granito, polidas até brilharem para revelar o movimento natural de sua padronagem. O piso era de mármore, e reluzia sob a luz do fogo. As estátuas eram de ouro, um metal mais comum em Leonol, e ali valiam a bela grana que a rainha Tilaine oferecia para importá-las.

Mas, para além do minério, havia pessoas. Reyna tinha sido criada ali, brincara naqueles corredores, invadira as cozinhas e testara as armas nas salas de treinamento. De sua cela à sala do trono, ela reconhecia cada transeunte que passava, mas depois de ser ignorada pelos primeiros cinco indivíduos que cumprimentara, desistira de ser cordial.

Aquelas pessoas estavam com medo; ela compreendia.

Mas doía do mesmo jeito.

Sendo assim, manteve o olhar fixo nos guardas, os mesmos com quem retornara ao palácio, aqueles que foram de colegas a captores tão logo botaram os pés na capital. Sem dizer nada, colocaram-na em uma saleta perto da sala do trono, retiraram todas as suas armas — mesmo as escondidas — e a deixaram lá, no mais completo silêncio.

Reyna esperava que sua convocação fosse demorar mais. Dias, talvez. A rainha Tilaine ia se refestelar de prazer na expectativa de tal interação, no simples ato de fazer com que Reyna ficasse sumariamente esquecida em sua cela.

Mas a curiosidade de Sua Excelência deve ter levado a melhor, pois Reyna mal teve tempo para se acomodar na cadeira desconfortável, e um guarda bateu à porta pesada e a guiou até a sala do trono.

Venne estava encostado na parede oposta, em posição de sentido. Seu pescoço estava manchado e vermelho; qualquer que tivesse sido a conversa ali, certamente não fora amistosa. Reyna engoliu em seco e pensou: *é isso o que você merece por fazer um acordo com a rainha*, então percebeu que estava prestes a fazer a mesma coisa.

Em seu peito, a pedra da lua esquentou, um mero aceno de Kianthe atrás das paredes. Mas Reyna não olhou para as lascas na pedra, ela sequer reconheceu a presença de sua parceira. Era só uma medida de segurança, nada mais; se a conversa desse errado, Kianthe destruiria as paredes, sugaria o ar dos pulmões de todos os presentes e depois elas subiriam nas costas de Visk antes que Sua Excelência sequer pudesse pensar em reagir.

Era uma solução temporária para um problema em longo prazo.

Do outro lado da sala, a rainha Tilaine tamborilava na cabeça esculpida do dragão, dentro da qual, aliás, Reyna sabia haver uma adaga embainhada, bem onde ficava a língua. Reyna perguntava-se como Sua Excelência se sairia contra um dragão de verdade. Aqueles esculpidos em seu trono não passavam de uma representação tosca.

Ela se ajoelhou no centro do salão, baixando a cabeça — meio que esperando ser decapitada ali mesmo.

Nada aconteceu.

Uns bons segundos se passaram e enfim a rainha Tilaine disse:

— Ora, ora. Reyna. Você era uma estrela em ascensão. Sua mãe serviu bem à minha, e isso me deixa imaginando onde foi que eu errei.

Um tom de divertimento ornava as palavras da soberana.

Anos de condicionamento vieram à tona, e Reyna precisou lutar contra o impulso subserviente de pedir desculpas profusamente e implorar perdão. Sua mãe costumava dizer: *Se tiver de implorar, Reyna, é porque já é tarde demais*, e esta foi a única coisa que a impediu de clamar por piedade.

Foco. Aquilo era só atuação. Em vez de Cya, a filha do ferreiro de Mercon, ela era Reyna: a guarda leal da rainha. E tinha anos de prática naquele papel.

Ao recorrer àquela personalidade falsa, ficou muito mais fácil para Reyna manter o tom de voz. Ela não encharcou as palavras com respeito ou lamento, pois desse modo não intrigaria a rainha. Estava na corda bamba, e ia caminhar com perfeição.

Precisava fazer isso.

— Vossa Excelência, compreendo perfeitamente meu passo em falso.

— Seu passo em falso? — perguntou a rainha Tilaine sem muito estardalhaço.

Reyna manteve os olhos no chão.

— Ter abandonado meu posto. Fugido do seu palácio no meio da noite, sem dizer nada. Reconheço minha traição. — Ela não pediria desculpas; afinal, esta Reyna não tinha cometido traição. Só que a rainha Tilaine simplesmente não sabia disso ainda.

A rainha riu, um som semelhante ao de um sino dos ventos alertando sobre uma tempestade iminente.

— Então já sabe qual será o seu castigo. O fato de você ter retornado é uma verdadeira prova do nível de sua criação. Para ser sincera, eu estava esperando que meus espiões fossem envenená-la em uma noite qualquer.

Reyna ousou olhar para ela agora, com o rosto friamente impassível.

— Vossa Excelência, com todo o respeito, mas não serei executada.

Ali, o jogo de xadrez começava.

A rainha Tilaine piscou, surpresa com a ousadia. E, conforme o esperado, ficou intrigada. Inclinou-se sobre os joelhos, juntando os dedos.

— Não? E por que esse não deveria ser o seu destino?

Reyna ofereceu um sorrisinho.

— Seus guardas me encontraram em Tawney. Eles estiveram na minha livraria. Conheceram minha parceira. Com certeza alguém relatou que estou namorando a Arcandor.

— Uma ameaça? Minha querida, que insípido. — A rainha Tilaine levantou-se do trono, gesticulando. Quando ela se aproximou de Reyna, dois guardas se posicionaram atrás dela, desembainhando as espadas com gumes venenosos. — Você vai morrer antes mesmo de cair no chão. E depois limparemos a bagunça num piscar de olhos.

A pedra da lua pulsou em seu peito, mas Reyna não recuou. Não vacilou, não cerrou os punhos, não discutiu.

Em vez disso, sustentou o olhar da rainha Tilaine.

— Vossa Excelência, meu plano foi um sucesso. Foi por isso que voltei. Meu propósito ao fugir do palácio não foi lhe causar irritação. Meu objetivo era garantir a lealdade, a confiança e o amor da Arcandor... em nome da sua coroa.

Tudo parou.

Junto à parede oposta, Venne estava atordoado. Vários membros da Guarda Real mudaram de posição, quebrando o estoicismo para trocar olhares perplexos.

A rainha Tilaine fez uma pausa e gesticulou de novo. Os guardas que flanqueavam Reyna embainharam as espadas e recuaram, oferecendo espaço à soberana. Nesse ínterim, a rainha Tilaine dava uma risadinha.

— Espera que eu acredite que você abandonou o serviço para cortejar a Arcandor... em meu benefício?

— Não, Vossa Excelência. Quando fui embora, eu já estava cortejado a Arcandor. — Agora Reyna sorria, como se contasse uma piada interna. — Consegui chamar a atenção dela aqui, nesta mesma sala, mas o temperamento dela é... difícil. Demorei anos para convencê-la a confiar em mim. Encontros furtivos à meia-noite. Férias juntas. Minha rainha, a senhora me conhece desde a infância. Eu só corro riscos calculados.

A rainha Tilaine bateu o indicador na bochecha.

— Você é meticulosa, isso é verdade.

Reyna assentiu em agradecimento.

— Mantive o relacionamento em segredo, jamais dando a ela qualquer incentivo maior do que o necessário... até que ela sugeriu que fugíssemos juntas. E, mesmo assim, passei seis meses recusando o convite, só para estimulá-la ainda mais. — Reyna fez uma pausa. — Quando ela ignorou a convocação para o baile de primavera, percebi que o relacionamento formal dela para com Vossa Excelência era frágil, e sempre fadado a sê-lo. Mas daí pensei: se eu pudesse conquistá-la de vez, tornar-me indispensável na vida dela, teria uma oportunidade única de alterar a percepção da Arcandor sobre o Reino, e sobre a figura de Vossa Majestade como governante.

— Por que eu sequer me importaria em alterar uma percepção duvidosa da minha grandeza?

A rainha ainda estava se sentindo esnobada devido ao silêncio de Kianthe após o baile. Hum, esse era um obstáculo para o plano. Reyna se aprumou e infundiu uma quantidade adequada de desgosto na voz:

— Minha rainha, Shepara considera o Magicário parte de seus domínios simplesmente porque ele está dentro de suas fronteiras. Mas a Arcandor é a personificação viva do Magicário... Aonde quer que ela vá, os magos a acompanharão.

— E com eles irá o poder — refletiu a rainha Tilaine. A desconfiança brilhou em suas feições. — Se é assim, por que você não me informou sobre o seu plano?

— Eu não sabia se ia dar certo. Em vez de desonrar Vossa Excelência com o fracasso, eu quis garantir o sucesso. E o fato de seus espiões terem bisbilhotado nossa loja só fez oferecer autenticidade à história, aos olhos da Arcandor.

Reyna estava forçando um pouco a barra ali, mas a rainha Tilaine era louca pelo sucesso. Sempre que havia a oportunidade de se vangloriar, ela se jogava; porém, gabar-se cedo demais e depois deparar-se com uma surpresa infeliz poderia ser vergonhoso. Humilhante.

A rainha Tilaine a contemplou.

— Então foi um sucesso. A Arcandor está apaixonada por você.

— Precisamente. — Reyna sustentou o olhar dela. — Quando fugi, assinei minha sentença de morte, mas foi única e exclusivamente para lhe dar este presente. Se Vossa Excelência suspender minha execução por compaixão, garantirei que a Arcandor caia em suas graças. Ela se sentirá em dívida para com Vossa Excelência, e assim garantiremos a prosperidade do Reino. Pronto.

Durante uns bons minutos, a sala do trono ficou embebida em um silêncio pesado. O suor escorria pelo pescoço de Reyna, mas seu rosto não transparecia o menor desconforto.

E então a rainha Tilaine riu, gargalhou, e não parou de gargalhar. Por um segundo, Reyna pensou que fosse o fim de seu ardil, que suas mentiras estavam desmascaradas, afinal de contas, o plano dependia de uma coisa apenas: da vaidade da rainha Tilaine.

E se havia uma coisa que Sua Majestade tinha de sobra, essa coisa era vaidade.

A rainha ofereceu a mão a Reyna, ajudando-a a se levantar, segurando seus braços como se as duas fossem melhores amigas.

— Que delícia. A Arcandor. Você enganou a Maga das Eras. Ah, o conselho de Shepara vai ficar furioso. — E ela riu de novo, mais alto.

Reyna sorriu e, dessa vez, não precisou fingir.

— Vossa Excelência, por favor, aceite minhas profundas desculpas pelo mistério. Minha intenção nunca foi ser desleal.

— Você é mesmo o membro mais leal da minha guarda. — A rainha Tilaine deu um tapinha em sua bochecha. — Creio que não me seria custoso conceder-lhe a liberdade, presumindo que você tem semeado meus méritos na mente da Arcandor. Qual é a dimensão do amor que ela sente por você?

Contra o peito de Reyna, a pedra da lua brilhava, quente, logo acima de seu coração. Reyna riu maliciosamente.

— Ela falou de um pedido de casamento. Desconfio que estaremos noivas até o fim do ano.

— Incrível. Se não fosse um jogo tão demorado, eu recontrataria você para ser nossa nova espiã-mestre. Locke já está velho demais. — A rainha Tilaine parecia zonza. Dispensou os guardas e depois olhou para Venne. Um sorriso cruel sombreou seus lábios. — Ah, mas isso deve estar sendo terrível para você. Permita-me ser clara: agora Reyna está sob a minha proteção. Se você persegui-la, perturbá-la ou intervir de qualquer forma que seja, será morto. A Arcandor é um recurso muito mais valioso do que seus desejos masculinos.

Venne parecia amargo, confuso e um pouco zangado, mas não tinha como refutar aquele estratagema. Com tantas testemunhas e sua vida em risco, ele baixou a cabeça e limitou-se a murmurar:

— Como desejar, Vossa Excelência.

Reyna aproveitou a abertura.

— Minha rainha, Venne nos colocou em uma posição delicada. Pode ser que seus espiões tenham relatado sobre uma mulher em Tawney que trabalhava como parteira aqui. Ela fugiu do palácio anos atrás.

A expressão da rainha Tilaine azedou.

— Ah, conheço. Dito isto, não espere que eu suspenda todas as execuções.

O coração de Reyna martelava no peito, mas ela havia aprendido a canalizar todo o gelo de Tawney para suas emoções. Ali, ela seria uma informante imparcial.

— Eu jamais presumiria tal coisa. Porém, essa mulher é uma das amigas mais queridas da Arcandor. Se alguma coisa acontecer a ela, minha influência não será suficiente. A Maga das Eras levará isso para o lado pessoal, e tudo o que conquistamos até agora será desperdiçado.

Reyna se obrigou a respirar, franzindo as sobrancelhas como se elas estivessem montando um quebra-cabeça juntas. Era muito arriscado mencionar Matild, mas era melhor rotulá-la como alguém intocável do que abster-se de citá-la.

A rainha Tilaine refletiu sobre o assunto, voltando ao seu trono.

— Meus espiões estavam no rastro dela, mas depois a perderam, então fiquei surpresa quando você nos levou diretamente à mulher. Se ela é importante para a Arcandor, creio que posso abrir duas exceções. — Ela olhou para o guarda da direita, um sujeito com mais anos de experiência do que Reyna tinha de vida. — Informe Locke imediatamente.

Ele fez uma reverência, e a pedra da lua pulsou sobre o peito de Reyna. Alívio.

— Vou emitir um decreto oferecendo perdão a ela, assim a Arcandor jamais poderá contestar minha generosidade. — Agora a rainha Tilaine a encarava, a personificação da realeza autoritária. — Mas permita-me ser clara com você e com todos os outros nesta sala. Esta é uma circunstância única. Reyna, você me presenteou com algo mais valioso do que sua morte... e por isto, e só por isto, será poupada. Considere um ato de misericórdia.

Agora a expressão dela mudava; era a chegada da tempestade. Um arrepio percorreu a coluna de Reyna.

— No momento em que este acordo for desfeito, não serei mais tão gentil.

Reyna abaixou a cabeça em submissão, embora suas mãos tremessem, se de medo ou fúria, era difícil dizer. A boca estava seca, mas sua voz saiu forte:

— Compreendo, minha rainha. Minha lealdade é genuína; tudo o que faço é pelo Reino, pelos Deuses e pelo seu venerável nome.

— Veremos. — A rainha Tilaine olhou para as janelas, para o sol vespertino que adentrava. A luz refletia nos rubis de sua coroa. — Mas Reyna... Na próxima vez que eu der um baile em homenagem à Maga das Eras, espero que ela compareça.

— Seria um prazer para ela, Excelência. Nesse meio-tempo, se houver qualquer solicitação, já sabe onde me contatar. Mas, devo dizer que eu ficaria muito grata se fosse designado outro mensageiro em vez de Venne, pois a Arcandor não gosta dele.

— Ela não gosta de concorrência — respondeu a rainha Tilaine, agora achando tudo muito engraçado. — Faz sentido. Você está dispensada.

Reyna fez mais uma reverência, captou o olhar perplexo de Venne uma última vez e deixou a sala do trono voluntariamente. Lilac já estava selada e à espera quando ela chegou ao pátio principal do Grande Palácio e, sem muita enrolação, saiu trovejando pelos portões.

Dessa vez, com total permissão para levar sua vida tal como esperado... pelo menos até a rainha Tilaine resolver lhe pedir algum favor. Mas isso seria um problema para outro momento. Agora, sua liberdade a deixava leve feito pluma, reluzente como o sol.

Mais tarde naquela noite, Kianthe e Visk a encontraram no pinheiral e as duas gargalharam tanto, mas tanto que chegaram a chorar.

284

34

KIANTHE

O frio retornava, e aquilo estava deixando Kianthe fula da vida. O verão em Tawney foi lindo e breve — e à medida que o outono se aproximava, a neve também o fazia. Nuvens escuras pairavam no céu, e as pessoas começavam a trocar as blusas com alças finas por mangas mais longas e mantos pesados, e a lareira do Folha Nova Livros e Chás queimava em período integral. Kianthe se encolheu sob as dobras de uma mantinha que ela amarrara com muito estilo em volta do pescoço. O tecido se arrastava às suas costas como uma fantasia infantil, e ela resmungava enquanto Gossley conversava com a namorada (sabe-se lá como, ele enfim conquistara a filha estudiosa do carpinteiro) perto das portas abertas do celeiro. Ele tinha raspado aquele projeto de barbicha, ganhado alguns músculos e não era mais tão ruim como espadachim.

Talvez ele fosse um bom partido, mas, para Kianthe, ele era o motivo de a temperatura da loja estar caindo.

— Gospe-gospe! — chamou ela, mal-humorada. — Feche a porta!

Ele estremeceu, a filha do carpinteiro riu, e então eles seguiram lá para fora. O rapaz abraçou a cintura da mocinha quando voltaram a papear.

Em pleno horário de serviço, conforme observou Kianthe.

Atrás do balcão, sovando massa, Reyna riu.

— Querida, ainda nem esfriou. Matild disse que nos invernos daqui você congela no momento em que põe os pés lá fora. O vento é tão cortante que endurece seus pulmões.

— Você não está ajudando. — Kianthe se voltou para Reyna, tombando flacidamente no balcão. Ela havia deixado um livro ali e agora folheava as páginas de modo distraído. — Não vamos poder tirar férias? Fizemos muita coisa no verão. Sugiro que a gente vá para algum lugar quente.

— E vão deixar a gente sem chá? — comentou Matild das estantes. Ela reexaminava a seção de romances, embora dessa vez Tarly estivesse ausente. Depois de Reyna ter vencido uma disputa de queda de braço, Tarly inventara de se empenhar em seu preparo físico, muito determinado a vencê-la em uma revanche.

Ainda não tinha acontecido, mas quem sabe um dia.

Enquanto isso, Matild circulava com evidente alegria. A ameaça de a rainha descobri-la nitidamente vinha sendo um peso há muitos anos, e agora que estava tudo resolvido, ela sorria e ria sem parar. À sugestão sutil de Reyna, ela também começou a visitar a livraria com mais frequência, até para deixar declarado que ela era íntima de Kianthe.

A Arcandor, aliás, achou aquele subterfúgio todo engraçadíssimo.

— Olha, ainda tem chá. A gente pode te dar todo o acesso, e Gossley pode supervisionar a loja. Aposto que ele e sua nova amiguinha iriam adorar a privacidade.

Reyna fez um "hum", mergulhando as mãos em uma jarra para pegar mais farinha.

— Particularmente, não quero dois adolescentes perambulando sozinhos pelo celeiro, Key.

— E quem liga? A gente vai estar pegando um solzinho em alguma praia leonolana.

— Que tal um passeio pelas margens do rio Nacean, em vez disso? — gritou uma voz, e todo mundo levantou a cabeça e viu Feo e Wylan entrando na loja. A sugestão tinha vindo de Wylan, que acenava para alguns clientes habituais, que retribuíam com alegria. Ver os dois líderes juntos agora era comum e, francamente, tornara a vida em Tawney muito mais suportável.

Eles ainda não haviam assumido um relacionamento, mas vinham passando muito tempo juntos "discutindo" o futuro da cidade. Kianthe deu a Reyna um sorriso malicioso, o qual foi recíproco e foi para detrás do balcão, largando o livro para aquecer um pouco de água na chaleira de cobre.

— O que tem na beira do rio? — perguntou Matild, colocando dois livros debaixo do braço e juntando-se a todos ao balcão. — Porque toda vez que ouço falar de rios, só penso em mosquitos.

— Não nesta época do ano. — Kianthe sorriu. — Imagine montanhas imponentes e prados verdejantes que depois se estendem até florestas densas de folhagens variadas. E justamente quando você começa a se sentir claustrofóbico, as árvores se abrem para revelar as encostas mais bonitas já vistas... desembocando no oceano.

Reyna inclinou a cabeça.

— Bem, parece mágico. — Ela moldou uma bola de massa e a mostrou para Matild, esperando aprovação, depois a botou em um tabuleiro para assar. Kianthe se esticou para cutucar a massa, e Reyna deu um tapinha em seu dedo. — Se você deixar buracos no meu pão de novo, Key, vou deixar Ponder mordiscar seu cabelo enquanto você dorme.

O bebê grifo, uma fêmea quietinha e contemplativa, no momento, dormia no pátio dos fundos. Visk verificava a filha de vez em quando, mas o grifo de fato formara um vínculo com Reyna ao nascer — e Reyna vinha levando tudo muito a sério. As sessões de treinamento e brincadeiras eram feitas sob um cronograma rígido e, bendita Joia, que Kianthe não ousasse se meter dizendo que era desperdício para um grifo daquela idade.

A Arcandor torceu o nariz.

Antes que ela pudesse responder, Feo, que para a própria conveniência ficara de bico calado até então, pigarreou.

— Se pudermos voltar ao assunto em questão. O diarno de Kyaron enfim encontrou os documentos que buscávamos. — E baixou a voz, acrescentando: — Só levaram o verão inteiro, mas esse é o preço pago pela má gestão, creio eu.

— Então os ovos de dragão foram levados para Shepara? — perguntou Reyna.

— Para o rio Nacean — confirmou Feo, de queixo cerrado. — Infelizmente, não posso ir até lá. Tawney não pode ficar sem diarno por tanto tempo.

Wylan bufou.

— Tawney vai ficar muito bem comigo.

— Ah, Deuses nos livrem, a gente fica bem sem nenhum de vocês — falou Matild languidamente.

Ambos lançaram olhares idênticos para ela.

Kianthe tamborilou na bancada.

— Bem, eles encontraram registros de que os ovos de dragão foram mandados para o rio Nacean, em Shepara. Isso significa... que temos um pretexto para fugir do inverno e tirar férias prolongadas. — Agora ela lançava um olhar penetrante para Reyna.

Reyna apertou os lábios, enxugando as mãos em um pano.

— Ponder é muito pequena para viagens. Ela está confortável aqui. É o ambiente ideal para o desenvolvimento dela.

— Grifos anseiam por aventura, Rain. — Kianthe revirou os olhos. — E não é como se ela não tivesse Visk para lhe dar estabilidade. Não é como se ela não tivesse você.

Reyna suspirou. Depois de um momento, disse:

— Acho que, de todo modo, a gente tem que localizar direito esses ovos. Mas prometa-me que não vamos passar o inverno todo fora. Gossley ainda é muito novo para cuidar da loja sozinho.

— Talvez Feo possa ajudar com isso. Ou Wylan.

— Todos podemos ajudar — disse Matild antes que os líderes pudessem opor-se veementemente à ideia. — É preciso uma comunidade para manter um lugar como este na ativa, e todos nós entendemos a necessidade dessa investigação.

Feo resmungou, mas entregou um pergaminho a Kianthe.

— Aqui estão os detalhes. Me avise quando vocês saírem. — E, assim, deu meia-volta e se foi.

Logo após a saída de Feo, Reyna captou o olhar de Wylan.

— Alguma notícia da capital? — Ela se referia a notícias da rainha, que estava estranhamente quieta depois do teatrinho experimental de Reyna.

Mas Wylan só balançou a cabeça, respondendo com certa surpresa:

— Nada. É como se Tawney tivesse sido apagada do mapa. — Ele sorriu, irônico. — Não tenho nem como agradecer por isso, Cya.

— Por favor. Não tem mais risco de me chamar de Reyna agora. — Ela já vinha espalhando o nome, corrigindo pouco a pouco as histórias sobre sua origem e, enfim, a narrativa se atualizava. Mais e mais pessoas a chamavam de Reyna em vez de Cya, e algumas inclusive presumiam que Cya fosse um mero apelido do qual ela tivesse enjoado.

Lorde Wylan assentiu com a cabeça, pegou sua caneca de chá e sentou-se a uma mesa no canto com dois cidadãos sheparanos e um cidadão do Reino. Foi acolhido com animação na conversa e pouco depois já estava às gargalhadas.

Reyna cobriu a massa com um pano fino e disse:

— Matild, você pode pegar estes livros emprestados. Não precisa pagar.

Matild já estava com cinco empréstimos e os colocou sobre o balcão.

— Mas, então, eu teria de devolvê-los. — Ela riu alto. — Estes romances são muito envolventes. Tarly ficou impressionado com todas as ideias que eles estimularam. — Ambas conversaram por mais alguns minutos, e a parteira teve de retornar à clínica. Ela despediu-se de todos e saiu.

Gossley entrou momentos depois, as bochechas coradas pelo brilho do amor juvenil. Era até enjoativo. Kianthe fez careta e disse:

— Não é hora de verificar Ponder?

Reyna olhou para ela e depois para Gossley, que fazia caretas amorosas para a namorada pela janela. Ela riu.

— Acho que sim.

— Gospe-gospe, fique de olho na loja — ordenou Kianthe.

Ele bufou, desviando os olhos conforme a namorada descia pela rua para ir embora.

— Meu nome é Gossley.

Kianthe gesticulou para ignorar a correção e foi atrás de Reyna. Ela chegou ao pátio bem a tempo de ver Ponder saltando no colo de sua namorada. Até mesmo jovens grifos já conseguiam voar e, embora Ponder fosse recém-nascida, ela foi capaz de se manter no ar até bater no peito de Reyna.

Reyna a pegou, mimando a pequenina.

— Olá, Pondie. Eu disse que ia voltar depois de fazer pão, não disse?

O grifo estava do tamanho de um gato doméstico, e crescendo mais a cada dia. Em breve, estaria maior do que Lilac, embora Kianthe duvidasse que algum dia chegaria ao tamanho de Visk. Suas penas eram de um preto bem profundo, mais próximo da coloração de sua mãe do que do tom amarronzado do pai, embora a parte felina de seu corpo fosse de um lindo dourado. Seus olhos amarelos brilharam quando ela se pôs a beliscar a orelha, o cabelo e o queixo de Reyna com seu biquinho.

Reyna deu gritinhos de alegria.

— Querida, nós conversamos sobre isso. Nada de bicar! — Mas, ao mesmo tempo, ela não impediu o grifo.

— Lembro-me de quando *eu* era chamada de "querida". — Kianthe beijou a cabecinha do grifo e depois beijou Reyna só para garantir. — Como as coisas mudam rapidamente.

— Por que duas coisas não me podem ser caras? — Reyna retribuiu o beijo, quase esmagando o pobre filhote de grifo entre elas. Ponder chiou de exasperação, abrindo caminho até o ombro de Reyna e depois se lançando na mesa do pátio com suas asinhas trêmulas.

Kianthe passou os braços em volta da cintura de Reyna, felicidade borbulhava em seu peito. Por um bom tempo, só ficou ali admirando os lindos olhos castanho-acinzentados da namorada, mais uma vez impressionada com a própria sorte. Tilaine estava fora de cena. Finalmente tinham conseguido uma pista sobre os ovos de dragão, um mistério que Reyna estava adorando resolver. Sua pequena família estava crescendo, ainda que de maneira pouco convencional, e Tawney havia se tornado um verdadeiro lar.

Kianthe beijou Reyna de novo, só porque sim.

Reyna riu de encontro aos seus lábios.

— Diga-me o que está pensando, Key. Conheço este olhar.

— Estou pensando... — Kianthe recuou, sequestrando-a com um sorriso encantador — ... que está na hora de fazer aquele pedido de casamento.

Reyna começou a rir loucamente... depois parou quando viu que Kianthe falava a sério. Elas não voltaram a falar de casamento desde aquele dia na floresta. Não tinham voltado a mencionar o assunto desde o dia do teatrinho na sala do trono, sendo que ali Kianthe estivera ciente de que havia sido só para criar a linha do tempo que a rainha Tilaine esperava.

Não havia razão para não o fazerem agora.

Kianthe recuou, enfiou a mão no bolso e sacou uma semente.

Reyna semicerrou os olhos para ela.

— Achei que eu fosse ganhar uma joia.

— Você não gosta de joias. Preciso pedir que use a pedra da lua toda vez que você sai, então não vou me atrever a sobrecarregar seu corpo com mais objetos. — Kianthe sorriu, oferecendo a semente. — Esta é uma semente-eterna. Coloquei nela o mesmo feitiço das minhas plantas; vai crescer enquanto houver magia na terra.

— Que tipo de planta é esta? — Reyna pegou a semente com reverência, examinando-a. Não conseguia ver a magia presente naquela coisica, mas era linda; quase tão linda quanto a própria Reyna.

Um presente de noivado, o presente perfeito de uma maga elemental, raciocinou Kianthe. Frio varreu o ar, e Kianthe se arrependeu de ter largado a manta no celeiro.

Contudo, mais uma vez, o artefato teria deixado o momento menos romântico.

— É um pinhão-do-colorado. Uma semente da árvore onde ficamos aninhadas depois de fugirmos da capital, na noite em que você tornou meus sonhos realidade. — Kianthe fez uma pausa. — Desculpe. Isso foi brega pra carvalho.

— Por acaso você fez um trocadilho com plantas? — O tom de Reyna foi curto e grosso.

— Talvez. Mas não se preocupe, a partir de agora vou ficar mudinha.

Reyna quase engasgou com uma risada.

Estava indo tão bem quanto o esperado. O coração de Kianthe acelerou quando ela pegou as mãos de Reyna e sentiu o poder da semente pulsando entre ambas.

— Reyna, Estrela da minha Joia, raiz da minha árvore, nuvem do meu céu...

— Ai, minha Deusa — zombou Reyna, mas estava sorrindo até não poder mais.

— Isso também. Quer se casar comigo?

Reyna saltitou como uma criança em uma doceria. Seus olhos eram pura luz quando ela jogou os braços em volta do pescoço de Kianthe e a beijou apaixonadamente.

— É claro que sim, sua maga ridícula. Você demorou demais para pedir.

— Você me disse para esperar!

— Bem, eu fiquei impaciente.

À mesa, Ponder guinchou e começou a sacudir as penas, como se estivesse chateada por Reyna estar recebendo toda a atenção. Mas a bichinha podia esperar; Kianthe só tinha olhos para a namorada. Não, não. *Noiva,* sua noiva. Que sensação gostosa, e a magia salpicou no ar ao redor delas, deixando tudo sarapintado como o céu noturno.

Dessa vez, Reyna não dispensou os brilhos. Em vez disso, arquejou:

— Temos que contar pra todo mundo.

— Eles podem esperar. Vamos oficializar primeiro. — Kianthe levou Reyna para o fundo do pátio, bem entre os dois pinheiros imponentes. Ajoelharam-se juntas e a maga remexeu no solo com um aceno mágico. A terra recuou, deixando um buraquinho. O solo tinha flocos de granizo, que logo derreteram ao comando de um pensamento.

— Pode fazer as honras, Rain?

Prendendo a respiração, Reyna tateou o solo macio e pousou a semente com delicadeza. Juntas, ela e Kianthe cobriram o buraco de novo, dando tapinhas resolutos no local. Seus dedos se tocaram e elas compartilharam um sorriso muito íntimo.

— Agora você está praticamente fadada a ficar comigo — disse Kianthe.

— A ideia é essa — brincou Reyna, puxando-a para mais um beijo. Os dedos de ambas estavam sujos de terra, mas ninguém se importou. Juntas, elas riram, sussurraram e se beijaram à sombra dos pinheiros.

Na mesa de metal, Ponder estava encolhida, prontinha para tirar uma soneca.

Estava tudo ótimo.

EPÍLOGO

No fim do outono, longe da pacata cidade de Tawney, um barco pelejava em um rio de corredeiras. Naquele barco estava uma jovem chamada Serina, só ela e mais ninguém, cercada por caixotes lacrados, tentando desesperadamente recuperar o controle da embarcação.

A única coisa em que ela conseguia pensar, desgostosa, era: *o rio devia ser mais seguro do que o mar aberto.* Era nítido que aquele trecho do rio Nacean não dava a mínima para sua angústia. Serina danou a gritar quando seu barquinho tombou para a esquerda. A chuva caía torrencialmente, deixando o convés escorregadio, mas aquilo era uma bobeira quando comparado à força das corredeiras. Aquele trecho do rio estava escuro: musgo e sujeira rebocados do leito, especialmente para dificultar mais ainda a sua batalha.

— Acabei de limpar o convééés — berrou ela para a água.

As corredeiras se enfureceram ainda mais, e ela deu um grito quando o barco despencou em uma pequena queda d'água. Ao que parecia, as Estrelas não davam a mínima para seu orgulho de ser uma pessoa asseada e organizada. Ela também se orgulhava de sua resiliência, mas as Estrelas tampouco davam a mínima para isso.

— Serina! — chamou uma voz em pânico de muito, muito longe.

Ela ergueu a cabeça e viu Bobbie ao longo da margem do rio, o focinho do cavalo da xerife bufando fumacinha sob a chuva gélida. Era perigoso botar o cavalo para galopar com aquele clima, mas Serina estava mais indignada com o fato de Bobbie, sabe-se lá como, ter conseguido alcançá-la.

De novo.

— Dá pra me deixar em paz? — Serina agarrou o leme. O barco pegou o embalo de outra corredeira, e a força do aperto de Serina despedaçou a madeira velha. Ela ganhou um corte fundo na mão, e o sangue quente começou a jorrar. A moça sibilou de dor e levantou a voz. — Pirata também é gente! Só porque faço pilhagem, não significa que estou infringindo a lei!

Bobbie inclinou-se sobre o cavalo e, mesmo àquela distância, sua irritação era evidente.

— Isso é exatamente a definição de... — Então ela se calou, seu gemido frustrado misturando-se ao estrondo de um trovão. — Deixa para lá. Serina, você precisa chegar à costa.

— Boa tentativa.

— Você está chegando em uma cachoeira!

Serina semicerrou os olhos para analisar o rio abaixo e percebeu, apavorada, que o trovão não tinha sido um trovão.

Ah, merda.

Ela girou o leme e sentiu o barco dar uma guinada para a esquerda, inclinando-se perigosamente, e jatos d'água violentos cortaram o ar. Sua carga. Não. Ela havia acabado de roubá-la, um carregamento de trigo que ajudaria as pessoas em Lathe para que sobrevivessem ao inverno. Serina xingou e girou o leme para o outro lado a fim de tentar salvar as caixas remanescentes.

Isso significava que ela não conseguiria corrigir o ângulo do barco, e, assim, a correnteza começou a arrastá-la para o centro caudaloso do rio.

Tudo depois aconteceu em rápida sucessão.

O barco tombou para o lado e enfim virou.

A água inundou tudo e Serina ouviu o grito arrasado de Bobbie pouco antes de ela ser arrastada para as profundezas.

Seu peito doía, mas ela não podia tentar pegar ar ou poderia se afogar e, pela graça das Estrelas, como poderia se afogar com a costa ali tão pertinho?

E em meio àquele tumulto vertiginoso do rio turbulento e gelado, ela se viu na beirada da cachoeira...

... quando sentiu garras brutas cravando em suas roupas, e logo ela estava voando. Serina perdeu o rumo de tudo, e logo o vento parou de uivar em seus ouvidos, e ela danou a tossir, apagou e, quando acordou com um arquejo assustado, estava em terra firme. O ribombar da cachoeira estava muito distante, o que podia ser um bom ou péssimo sinal. Uma figura pairava ao seu lado, e a mente dispersa de Serina sugeriu: Bobbie.

Ela não sabia se ficava aliviada ou fula da vida.

— Você não pode me prender — murmurou ela, mas as palavras saíram emboladas.

A mulher parada ao lado dela era loira e de pele clara. Então não era Bobbie. Ainda chovia, mas a chuva parecia não chegar até elas, sabe-se lá por qual motivo.

Serina piscou para desanuviar a visão embaçada.

— Quem...

— Só uma vez... — disse uma voz seca ali perto, e uma maga apareceu em seu campo de visão. Serina sabia que era uma maga porque *as mãos dela estavam em chamas.* — Eu gostaria de tirar férias sem ter que enfrentar um perigo mortal. Não acho que seja pedir muito.

— Querida, isto não são férias. — A loira soava afetuosa, mas seu olhar foi ríspido ao virar Serina de lado. — E você, mocinha, provavelmente precisa aprender a navegar.

Serina não conseguia raciocinar. Seu cérebro tinha ficado lá no leito do rio, despedaçado pela correnteza, junto ao seu precioso barquinho. Sem o barco, a pirataria ficaria muito mais complicada. E seu trigo...

Bem. O trigo já era. E isso significava que ela teria de fazer uma nova pilhagem. Quando fosse possível.

Agora, sua visão estava embaçada.

— O-obrigada — murmurou Serina. — Se virem uma xerife malvada, digam a ela para ir se foder.

E o mundo escureceu.

MEET AND GREET

UMA CORTESIA DO LIVROS E CHÁS

A rainha Tilaine sorriu, e Kianthe imaginou como seria meter um socão na cara de um membro da realeza.

Tá. Isso era um pouco demais. A Arcandor não se autodenominaria uma pessoa violenta, por si só... mas sabia brigar quando necessário. E considerando que sua magia tinha como objetivo reprimir tsunamis, cultivar colheitas para um território inteiro, enfrentar feras mágicas de todos os tipos... dificilmente seria ético utilizá-la em uma única pessoa.

Apesar disso, se tivesse de haver uma exceção para a regra, com certeza ela seria aplicável à soberana do Reino.

— É de fato um prazer recebê-la, Arcandor — cantarolou a rainha Tilaine. Ela estava sentada em um trono ridiculamente grande e elevado em relação ao restante do piso. Tinha escolhido detalhes em vermelho e dourado, e uma temática especial de dragões, o que era um tanto irônico, já que os dragões viviam no extremo norte do Reino e não se preocupavam com assuntos humanos. — Eu estava na expectativa da sua chegada.

Kianthe fungou com altivez e quase respondeu: *Já eu, não.*

Mas, o Magicário daria um chilique caso ela destruísse as relações globais com uma frase daquelas.

Sendo assim, Kianthe mimetizou o sorrisinho de Tilaine, bem como o subtom malicioso.

— Concordo plenamente. Este encontro já não era sem tempo... ainda mais com os tumultos recentes.

Atrás de Tilaine, sua Guarda Real — oito homens no total, como se oito soldados treinados fossem capazes deter a Maga das Eras — se eriçou com a ameaça implícita de Kianthe. Que gracinha. A maga os encarou com firmeza, um por um.

Boa sorte para me impedir se eu decidir botar pra quebrar, prometeram seus olhos escuros.

Cada um dos guardas retribuiu o olhar com rigor... até que Kianthe encarou a soldado empoleirada no enorme painel de janelas de vidro.

E o tempo pareceu parar.

Porra. Kianthe não tinha se dado conta de que a mulher era tão linda.

Alheia ao pânico repentino da Arcandor, a guarda bonita limitou-se a olhar para além dela — vendo sem ver. Tudo nela exalava um profissionalismo bacanudo. A postura era serena, a mão elegantemente apoiada na espada embainhada junto ao quadril. Seus olhos castanho-acinzentados eram deslumbrantes, e a cor contrastava de modo perfeito com a pele clara e o cabelo loiro-claro.

Uma vida inteira lampejou entre elas. Kianthe viu tudo com uma clareza tão vívida que parecia que a própria Joia da Visão tinha feito o caminho das duas se cruzar.

O que poderia rolar entre elas se Kianthe tivesse coragem suficiente para se apresentar? Não ali, obviamente, mas talvez ela pudesse permanecer no palácio depois da reunião. Talvez inventar um encontro fortuito ou...

— ... comigo. Arcandor?

Ah, merda. A reunião. Certo.

A rainha estava falando, é claro que estava. Tilaine era apaixonada pela própria voz.

Reconhecendo a breve distração, a rainha lançou um olhar sombrio para o que quer que estivesse roubando a atenção da Arcandor.

— Algum problema?

A guarda perto das janelas olhava fixamente para frente, tão alheia que Kianthe quase bufou escarnecendo.

Era melhor se fazer presente na conversa — qualquer outra coisa poderia colocar a linda guarda em perigo. Tilaine era conhecida por ser uma soberana brutal. Se começasse a achar que um membro de sua Guarda Real estava intervindo no andamento da reunião, ela poderia simplesmente mandar que a moça fosse... decapitada, ou alguma merda dessas.

Sendo assim, Kianthe encarou a questão.

— Ah, definitivamente tem um problema. Na verdade, eu tumulto indignada.

Ela prendeu a respiração.

Em vez de rir, a rainha ergueu uma sobrancelha delicada.

— Um trocadilho com os tumultos que estão acontecendo no Reino? — arriscou Kianthe, gesticulando. — Ah. Foi engraçado, admita.

Junto às janelas, a guarda sorriu. Foi um movimento tão breve, que desapareceu em um piscar de olhos, mas deixou o coração da Arcandor feito um sol escaldante.

A guarda a achara engraçada.

Ela tinha *rido.*

Bem, meio que rido.

Argh. Maga safada. Foco, foco.

Kianthe prosseguiu:

— Ok, ouça. Nem mesmo a sua rede de espiões pode conter o fato de que os seus cidadãos andam se rebelando. Lamento pela partida da sua mãe, mas os meses após sua coroação não têm sido nada tranquilos. As pessoas estão atentas.

De sua altivez no trono, os lábios pintados da rainha Tilaine se contorceram. Sua pele era empoada para esconder o tom rosado, a maquiagem dos olhos sugeria elegância e domínio ao mesmo tempo.

— Você está enganada, Arcandor. Esta pretensa revolta é só um grupo de cidadãos insatisfeitos, sendo que a maioria deles já aceitou o novo regime. — Tilaine se levantou do trono paramentado e pavonou até as janelas.

A guarda da rainha saiu do caminho, firme, assumindo uma posição respeitosa nas sombras.

Pelas Estrelas e pela Joia, ela era tão profissional.

Tilaine apontou para além das vidraças, para sua cidade lá embaixo.

— Você chegou aqui voando em um grifo, não foi? Certamente viu a cidade de cima, notou a falta de... como é que o conselho de Shepara chamaria? "Sangue nas ruas"? — Sua voz era cadenciada, quase divertida. — Entendo que a Maga das Eras tem o dever de intervir quando uma injustiça ocorre, mas sua espada está apontando para a direção errada.

Kianthe nem usava espada, e não estava gostando daquela manipulação. Ali de sua posição, no centro do imenso salão, ela moveu os dedos, invocando uma bola de fogo que ardeu alegremente na palma de sua mão.

— Ah, não faço questão de armas.

Tilaine olhou para a chama, quase com avidez. Juntou as camadas do vestido em torno de si, ombros erguidos e queixo empinado.

— Entendo. Depois de me estabelecer em minha posição, eu adoraria discutir como os magos são formados. Parece-me injusto que os únicos magos do meu Reino sejam estrangeiros de Shepara e Leonol.

— Todos os magos são cidadãos do Magicário, independentemente de onde tenham nascido.

Kianthe não mencionou que o Reino adorava um panteão de Deuses, que não contemplava a Joia da Visão nem as Estrelas adjacentes. Também não mencionou que, mesmo que os magos nascessem ali no Reino, jamais chegariam muito longe sem treinamento — e Tilaine muito provavelmente não permitiria que eles fossem estudar fora.

O olhar da rainha foi penetrante.

— E por que nenhum dos meus súditos é usuário de magia? Está começando a parecer uma conspiração.

Kianthe deu de ombros, quase rindo.

— Só é possível alinhar-se à magia por meio da adoração às entidades certas. Mas eu ficaria feliz em lhe dar um panfleto sobre nossa venerada Joia da Visão, se estiver interessada em se converter.

Ali no cantinho, os ombros da guarda tremelicaram por causa de sua risada. Foi quase imperceptível e totalmente silencioso, mas as ombreiras douradas — no formato de um ridículo crânio de dragão para fazer parzinho com o trono da rainha — sacolejaram um pouco.

Fazendo cena para a mulher, Kianthe extinguiu sua bola de fogo e abriu bem os braços.

— Escute, Tilaine. Seu tempo é valioso. Quanto mais cedo concluirmos nossos negócios, melhor para nós duas, certo?

Vamos terminar logo para que eu possa conhecer a sua guarda bonitona.

— Nossa reunião já era para ter acontecido há tempos, como você mesma disse. — A rainha Tilaine voltou ao seu trono, acomodando-se na almofada de veludo vermelho. As estátuas de dragão que compunham a decoração do assento eram absurdas; grandes demais para acomodar um humano, pequenas demais para representar verdadeiramente os dragões.

Tilaine provavelmente nunca tinha visto um dragão. Só de pensar, Kianthe riu.

A rainha disse, convicta:

— Cancelei meus compromissos para lhe dar a devida atenção, Arcandor. Espero a mesma cortesia.

Suas palavras escondiam veneno, muito semelhante ao veneno que encharcava as lâminas portadas pelos guardas do palácio. Gostasse ou não, a Arcandor era a maga mais poderosa do Reino, e Kianthe se importava muito menos com política do que seu antecessor. A rainha Tilaine não era a única governante competindo pelo seu tempo.

O fato de a soberana real precisar se curvar a alguém provavelmente a estava matando aos pouquinhos por dentro.

Kianthe sorriu, esquecendo por um momento a guarda gatinha. Ela avançou, aproximando-se do trono o suficiente para deixar alvoroçados os guardas mais próximos de Tilaine.

— Infelizmente, não estendo essa cortesia a muitos. Mas, como eu disse, nossos negócios são breves. Pare de massacrar seus cidadãos. — Kianthe fez uma pausa, como se tivesse acabado de ter uma revelação. — É simples, não?

Tilaine tamborilou no falso crânio de dragão à esquerda.

— Hum. Simples para você, talvez, envolta em magia e intocada pela realidade. Mas um verdadeiro soberano não permite que focos de desordem infectem uma nação que, de outro modo, seria saudável.

— Muito bem. Talvez a ideia vá soar louca, mas me escute: que tal você ouvir seu povo... e reagir às suas queixas realizando mudanças de verdade? — A voz de Kianthe estava baixa agora, perigosa. A temperatura ao redor caiu drasticamente. Era a magia seguindo sua deixa, e Kianthe tinha talento dramático.

— Você está ultrapassando os limites, Arcandor. — Tilaine semicerrou os olhos.

Kianthe oscilou um pouco sobre os calcanhares.

— Ah, duvido muito. Eu não respondo ao seu Reino, nem a Shepara, nem a Leonol... mas garanto que *você* responderá a *mim* se tivermos algum problema. Está claro?

Silêncio.

A rainha suspirou.

— Eu esperava que pudéssemos ser civilizadas, mas começo a achar que você já tem uma opinião formulada a meu respeito.

Kianthe riu, gélida e impassível.

— Eu formo opinião sobre qualquer pessoa que tenha o hábito de tratar a vida humana com insensibilidade. — Sem conceder à rainha uma oportunidade de responder, Kianthe deu meia-volta, ficando de costas para a soberana. Em uma olhadela para trás, ela alertou: — Vocês têm uma semana para acabar com as rebeliões, de modo *pacífico*, ou eu voltarei com mais poder de fogo. Literalmente.

E com um aceno, Kianthe passou pelas portas duplas da sala do trono. Ninguém a impediu.

⫸⫷

Reyna não tinha certeza do que esperar da Arcandor, a Maga das Eras, a usuária de magia mais poderosa do território, mas decerto não imaginava ver uma jovem deslumbrante com um temperamento explosivo e um senso de humor ácido.

A guarda agora voltava para seus aposentos após uma dispensa antecipada. A rainha Tilaine estava tiririca por causa das ameaças da Arcandor, de sua postura, de sua falta de respeito. E quando Sua Excelência estava azeda, o palácio inteiro ficava em alerta.

Depois da conversa com a Arcandor, a rainha Tilaine convocou imediatamente seus conselheiros, e o encontro terminou sob os berros dela:

— Fora. Todos vocês, *fora*! — Para quase todos, exceto para seus guardas de maior confiança.

Reyna não era um deles, apesar de seu histórico familiar, apesar do fato de a mãe ter servido à rainha Eren antes mesmo de Reyna sequer pensar em nascer. Junto aos colegas, Reyna fez uma reverência e não perdeu tempo, saiu obedientemente.

Enquanto retornava para seus aposentos, Reyna contemplou tudo o que tinha acabado de acontecer.

A Arcandor era poderosa, mas a extensão de seu poder no cerne do Reino era chocante. A mulher exalava uma confiança descarada ao pintar matizes de traição e palavras fatais. Qualquer outra pessoa teria acabado acorrentada ou sangrando em função de um ferimento envenenado.

Ao que parecia, nem mesmo a rainha Tilaine estava disposta a testar o temperamento da Arcandor.

Um espectro de sorriso assolou os lábios de Reyna. O Reino já era um lugar sangrento por natureza: a mãe, a avó e as ancestrais da rainha Tilaine não eram conhecidas por sua compaixão. Pior: o próprio Deus da Misericórdia havia abençoado Tilaine no dia de sua coroação — fato este que a própria manipulava sob seus conceitos vis e totalmente distorcidos.

Sua Excelência teria muita dificuldade para obedecer à ordem da Arcandor e, ao mesmo tempo, manter o temor que cultivava entre seus súditos e cidadãos.

Que dilema lindamente curioso.

De qualquer modo, toda aquela contenda acabou resultando em um dia de folga para Reyna, e dias assim eram muito raros. Enquanto caminhava, desatou a pesada capa vermelha, pendurando-a meio dobrada no braço. Sua armadura folheada a ouro era mais estética do que funcional, e Reyna queria tirá-la logo também, talvez passar um tempinho na banheira. Uma xícara de chá em sua pequena varanda parecia o final perfeito para uma tarde já interessante.

E então ela virou no corredor, e trombou em uma jovem.

Reyna deu um salto para trás, silenciosa, porém ágil, uma das mãos na espada. Mas relaxou tão logo identificou a pessoa contra quem quase se estatelara.

A Arcandor.

A *Maga das Eras.*

E, caramba, ela era ainda mais linda de perto. Sua pele era da cor da areia molhada de uma praia ao pôr do sol, contrastando com os olhos escuros e questionadores. O cabelo castanho-escuro caía em uma trança longa e bagunçada e, em um reflexo, Reyna ansiou por penteá-la e refazê-lo com mais cuidado.

Mas é óbvio que ela se conteve.

Em vez disso, apenas se curvou em uma reverência, o pescoço queimando e o coração martelando.

— Minhas sinceras desculpas, Arcandor. — Sem saber mais o que dizer, ela se recostou na parede, dura feito uma árvore, para que a Maga das Eras pudesse passar.

Para onde ela estaria indo? Reyna cerrou o queixo, olhando para frente. Não importava para onde a Arcandor estava indo — se por acaso Reyna ofendesse a lendária maga, se interferisse naquela tempestade política, Sua Excelência certamente consideraria seus atos uma transgressão gravíssima.

A masmorra ia ser pouco. Reyna ia ser morta na hora, seus anos de lealdade em serviço não iam valer de nada.

Já estava avaliando a miríade de possíveis problemas, mapeando as áreas de risco. Aquele corredor tinha duas entradas: aquela pela qual ela acabara de passar e outra na ponta oposta. Seis portas ladeavam o corredor de pedra. Uma delas dava para o quarto da própria Reyna. Duas pertenciam aos guardas pessoais de Sua Excelência, aqueles que permaneceram na sala do trono durante a conferência com os conselheiros. Outro quarto pertencia a Venne — mas ele também estava de folga e tinha saído para caçar com o primo.

Assim, restavam duas portas, as quais provavelmente estariam abrigando o restante da Guarda Real. Colegas que poderiam ficar curiosos caso a Maga das Eras causasse algum tipo de comoção.

Camaradas que poderiam tornar-se testemunhas, informantes, caso achassem que isso lhes renderia algum tipo de benefício aos olhos da rainha Tilaine.

O suor escorria pelo pescoço de Reyna.

Precisava sair dali, e rápido.

Infelizmente, a Arcandor não se mexeu. Em vez disso, abriu um largo sorriso largo.

— Por favor, não se desculpe. Você é linda, sabia?

Dizer que Reyna ficou surpresa era um eufemismo.

— Ah... obrigada, Arcandor. Que gentil da sua parte.

— Hum. Você não deve receber elogios com frequência. Parece até que te peguei de *guarda* baixa. — Ela enfatizou a palavra, aquela deusa humana, depois abriu os braços como se esperasse que Reyna risse de sua piada.

Não, não tinha sido uma piada.

Era um trocadilho.

E Reyna riu. Não porque tinha sido engraçado, mas porque era bizarro que a *Maga das Eras* estivesse ali fazendo trocadilhos em vez de estar negociando a paz no Reino e mantendo a magia e todas as criaturas mágicas em harmonia. Se Reyna fosse criar uma lista com as expectativas em relação àquela mulher, sem dúvida não incluiria nenhum tipo de propensão a gracejos.

E olha que as listas de Reyna eram bem meticulosas.

Mas sua risada de surpresa aparentemente foi uma isca para a Arcandor, porque a maga ficou na ponta dos pés e continuou:

— Imaginei que eu poderia usar o humor que tenho guardado. Você me pareceu meio tensa... Sacou? Guardado, porque você é da guarda? Bem, minha intenção era só aliviar o clima. — Com isso, a maga evocou outra bola de fogo, a chama dançando sobre os nós dos dedos como um truque de salão.

Reyna esqueceu os perigos.

E riu, exultante e solta.

A Arcandor arregalou os olhos, seu sorriso brilhando como se ela tivesse sido consagrada por uma divindade. De repente, no corredor, uma maçaneta girou. Reyna notou as movimentações em sucessão imediata e então fez algo raríssimo: tomou uma decisão precipitada.

Destrancou a porta de seus aposentos com uma chave pesada, agarrou o punho da Arcandor e a arrastou lá para dentro.

Reyna fechou a porta e só ali, em seu quarto, enfim respirou aliviada.

E então a compreensão se instalou.

Reyna prendeu a respiração e balbuciou uma explicação:

— Sinto muito, poderosa Arcandor. Eu não queria... aqui, você está livre para sair... claro que está...

— Uau. Já viemos para sua casa. Eu devo ser ótima de flerte. — A Arcandor assobiou, rodopiando pelo espaço. Os aposentos de Reyna eram compostos por três cômodos: uma área de estar, um quarto e um lavatório. A sala não tinha muita decoração, apenas uma única janela e uma porta de madeira que dava para uma varandinha ao longo da parede dos fundos, mas pelo menos era um cantinho só dela, e de repente pareceu muito íntimo dividir o ambiente com aquela mulher.

A Arcandor, no entanto, não percebeu seu pânico. Simplesmente abriu um sorriso, um sorriso inadequadamente maravilhoso.

— Ou você apenas gosta de trocadilhos. Confesse.

— Eu não... — Reyna respirou fundo, lutando para se recompor.

— Hum, já deixei você sem fôlego? — A Arcandor oscilou nos calcanhares, era nítido que estava satisfeita.

Qualquer resposta negativa poderia ofendê-la. Reyna pensou bem nas suas palavras à medida que colocava a capa vermelha sobre uma cadeira e começava a retirar as peças pesadas da armadura, bem como sua espada envenenada. Metade dela queria dizer algo engraçadinho, entrar na brincadeira — e a outra metade tinha ciência de que aquela era a *Maga das Eras,* e que ninguém simplesmente entrava *na brincadeira* com ela.

Mas o silêncio da outra foi igualmente revelador. A Arcandor levantou a mão.

— Espere. Você está gostando disso, certo?

— É um prazer ser agraciada pela sua presença, Arcandor. — Reyna voltou ao seu antigo estado, fazendo uma reverência, a um átimo de se ajoelhar diante daquela maga importante como uma verdadeira cavaleira. — Mas eu jamais devia ter arrastado a senhora para cá. Por favor, desculpe meu grave delito...

— Grave delito?

Pela primeira vez, a Maga das Eras pareceu alarmada.

Reyna hesitou, mantendo os olhos abaixados e o tom neutro.

— Sua Majestade esperava ter um pouco do seu tempo. Se ela descobrir que estou roubando-o, ainda mais depois de... bem, depois do desfecho da reunião de vocês, ela não vai ficar nem um pouco satisfeita.

— E você vai se machucar. — A Arcandor ficou de costas para ela, os dedos percorrendo a trança em um cacoete. Não era à toa que estava tão bagunçada. — Merda. *Merda.* Eu devia ter pensado direito... Mas é claro que não pensei, isso é a minha cara. Sinto muito. Achei você muito fofa e agora sei que sua risada é fantástica, mas isso não é motivo para persegui-la pelo palácio. Vou embora. — E virou-se em direção à varanda.

Seria uma queda de sete andares, mas isso não pareceu perturbá-la. Ela abriu a porta e saiu para a varandinha, levando os dedos aos lábios como se fosse dar um assobio.

A Arcandor costumava viajar em seu grifo — a maioria dos magos fazia daquele jeito. Ela devia estar prestes a convocar sua montaria e voar para longe. O pânico tomou conta do peito de Reyna. Ela teria apenas um segundo para intervir, ou perderia aquela mulher para sempre.

Mas ela sequer deveria estar perturbada. Sua vida no Grande Palácio era estável, predeterminada décadas antes de ela vir ao mundo. Passara a vida sendo treinada para aquela carreira, e estava bem adaptada.

E mesmo assim... Lá estava uma mulher não apenas corajosa o suficiente para enfrentar a rainha Tilaine, mas também poderosa o bastante para sustentar suas palavras. A Arcandor viajava pelo mundo. Tinha visto de tudo, coisas com que Reyna só poderia sonhar, muito além dos muros do palácio, coisas muito mais interessantes do que visitas diplomáticas cuidadosamente organizadas... e, por um breve momento, Reyna perguntou-se como seria aquela vida.

Testar limites.

Tornar-se alguém novo.

Talvez Reyna pudesse ser daquele jeito também. Alguém que assumia riscos. Que aceitava conexões perigosas só porque elas se apresentavam com um sorriso e alguns trocadilhos. Reyna nunca desejou tanto uma coisa como naquele momento.

E então agarrou a oportunidade.

— Ninguém sabe que você está aqui. Não precisa ir embora. — Seus dedos tocaram o braço de Kianthe, mas recolheram-se no último minuto. Seria absurdo esperar que a maga mais poderosa do Reino concordasse com o pedido de uma humilde guarda.

A Arcandor parou à porta, baixando devagar os dedos que ainda tocavam os lábios. Parecia extremamente conflituosa.

— Não quero te colocar em perigo. Foi egoísmo de minha parte.

— Talvez todos nós mereçamos ser egoístas de vez em quando. — Reyna sentiu-se ousada ao proferir aquelas palavras, mas não se arrependeu nem um pouco.

A Arcandor então relaxou, abriu um sorriso largo e voltou para a sala. Ela fechou a porta da varanda com firmeza e depois as cortinas da janela. Privacidade total. Aquilo tudo deveria ter deixado Reyna tensa, mas a única coisa que sentia era empolgação — em especial quando a Arcandor lhe estendeu a mão para um cumprimento.

— Me chame de Kianthe. É o meu nome verdadeiro.

Reyna nunca tinha pensado que a Arcandor teria um nome próprio... mas é claro que tinha. O Mago das Eras só recebia seu poder depois que o Arcandor anterior morria ou era morto, o que significava que ela havia tido uma vida antes de ganhar sua magia.

Tudo aquilo parecia tão especial. Reyna supunha que mais ninguém soubesse o nome da Arcandor. Pelo menos ali no Reino, ela nunca tinha ouvido.

Kianthe. Key-an-th. Deslizava fácil na mente, como uma gota de orvalho em uma folha, nítida e linda. Tudo então lhe pareceu desimportante, pequeno diante da promessa que parecia estar na iminência de acontecer. Reyna apertou a mão da jovem, atordoada. Elas pareciam ter a mesma idade.

— Eu sou Reyna.

A Arcandor — não, Kianthe — repetiu seu nome, saboreando cada sílaba.

— Reyna. Parecido com "rain", a palavra que usam para chuva. Que lindo. — Ela era uma maga elemental, então aquilo estava no roteiro. Reyna corou. Kianthe percebeu, sorriu com conhecimento de causa e mudou de assunto. — Você sempre foi da Guarda Real?

Eu formo opinião sobre qualquer pessoa que tenha o hábito de tratar a vida humana com insensibilidade, dissera Kianthe.

A culpa e a dúvida agitaram o peito de Reyna. "Insensível" não era a palavra que Reyna usaria para descrever a si ou a seus talentos — ela só matava quando era absolutamente necessário. Mas o "necessário" no caso era definido pelos parâmetros de sua função: proteger a rainha Tilaine.

E isso significava que a contagem de corpos era bem maior do que a Arcandor acharia coerente.

Reyna odiou aquela sensação de, pela primeira vez, duvidar das próprias atitudes. Odiou que uma conversa com aquela mulher fosse o suficiente para virar seu mundo de cabeça para baixo. Então deu sua resposta padrão de sempre, pois soaria menos complicado:

— Minha mãe serviu à rainha Eren, e tenho orgulho de servir à rainha Tilaine.

Ela ficou aguardando o julgamento.

Kianthe não disse nada. Simplesmente perguntou, ansiosa:

— Você gosta de ler?

Atordoada, Reyna respondeu:

— Ah, um pouco. Prefiro inventar coisas na confeitaria, acho. — Aquilo era tão esquisito. Estavam paradas na sala de estar dela. Reyna, então, apontou para as cadeiras perto da lareira, hesitante. Não eram nem um pouco luxuosas, mas esperava que a Arcandor não fosse se importar. — Gostaria de se sentar?

Kianthe pensou um pouco e depois lançou um olhar cauteloso para a porta.

— Ah... sim. Demais. Mas agora estou paranoica com a possibilidade de alguém aparecer e você se meter em problemas. — Ela esfregou os braços, de súbito tensa. A mudança de comportamento, em especial por estar diretamente atrelada a preocupações com a segurança de Reyna, foi cativante. Reyna foi tomada por uma onda de afeto.

— Posso dar uma escapadinha do palácio esta noite, depois que a maior parte da Guarda Real estiver dormindo... Tem um lugar bem agradável na floresta a oeste daqui. Acho que você iria gostar. — Reyna ficou tensa, na expectativa da resposta.

Para sua surpresa, a Arcandor deu um gritinho de alegria.

Sério, ela deu um *gritinho*.

— Sim! Ahhh, vou preparar um piquenique. Comprei um pouco de queijo em Wellia... posso dividir. Você tem alguma alergia? Ou... ou preferências alimentares? Ai, merda, um piquenique à meia-noite na floresta é muito romântico. Isso é um encontro? Você gosta assim ou prefere ir mais devagar? Espera aí, você está solteira? Porque você parece fantástica e eu adoraria sair com você, mas, se estiver em um relacionamento, vai ser muito estranho...

Reyna começou a gargalhar. Foi tão libertador, o afeto brotando com tanta força em seu peito que ela até se assustou. A guarda esfregou o rosto. Um dos Deuses devia estar pregando uma peça nela, porque aquilo era absurdo demais.

— Estou solteira. Mas não precisa ter essa pompa toda. A gente pode só... comer. Tá bom?

Simples.

Kianthe semicerrou os olhos para ela.

— Quero que saiba, Reyna Rain, que você é muito especial. E faz tanto tempo que estou sozinha, que sei identificar muito bem quando me deparo com algo especial. — Houve uma pausa e um sorriso travesso. — Se depois desta noite você me achar legal, pode ser que nunca mais consiga se livrar de mim.

Aquilo causou outro arrepio em Reyna.

O que raios estava acontecendo?

Claro, antes que ela pudesse responder, alguém bateu à porta.

— Ei, Rey — gritou Venne, do outro lado da madeira. — Ouvi dizer que a Arcandor esteve aqui e que a coisa toda não foi bem. Vou precisar de todos os detalhes. — Ele baixou a voz, petulante: — É por isso que eu não deveria ter topado sair para caçar. Que idiotice.

— Ahhh, um momentinho só — respondeu Reyna, arregalando os olhos.

— Te vejo hoje à noite — sussurrou Kianthe, e com um movimento esvoaçante da capa, seguiu para a varanda e fechou a porta atrás de si. Quando Reyna espiou, um segundo depois, ela já havia sumido.

Com o coração batendo forte de expectativa — e pela emoção de quase ter sido flagrada —, Reyna ajeitou a camisa e deixou Venne entrar.

Ela só queria que a noite chegasse logo.

⇝⤜

Kianthe estava vestida para impressionar.

Claro, do ponto de vista dela, era um belo traje, com camisa de colarinho alto e gravata-borboleta. Ela sugou uma camada de gelo do riacho perto de onde estava se trocando, admirou seu reflexo, depois fez careta e afrouxou o laço da gravata-borboleta.

— Está exagerado — disse ao grifo.

Visk chilreou, muito mais interessado na lebre escondida nas proximidades do que em qualquer coisa que Kianthe estivesse fazendo. Ele se abaixou perto de um arbusto macio, as ancas arqueadas, a cauda de leão balançando. Era fofo, mas Kianthe não tinha tempo para isso.

A lua já começava a nascer e as estrelas haviam surgido. Reyna estaria saindo da capital a qualquer momento — e, se Kianthe já não estivesse pronta, Reyna poderia ficar entediada e voltar para casa. Seria um fiasco.

Ela deixou a gravata-borboleta pendurada em torno do pescoço, beliscou as bochechas para ficar coradinha e ajeitou a trança desgrenhada até deixá-la mais ou menos decente. Então, derreteu o gelo para não congelar o riacho e deu um tapinha no flanco de Visk.

— Vamos, amigo. Temos que ir.

O grifo guinchou indignado, mas um olhar severo da maga o fez se aprumar. Ela, então, montou nele, que deu uma última olhadinha para o arbusto antes de abrir as asas e saltar no ar.

Reyna chegou no horário marcado — Kianthe acrescentou *pontualidade* à paulatina lista de características da mulher. Havia guardas vigiando o portão e arqueiros empoleirados nos parapeitos.

Todos no Reino pareciam sempre prontos para um ataque, o que parecia ridículo. Kianthe circulava bem lá no alto enquanto Reyna caminhava, confiante, até os arredores da floresta, uma figura solitária em uma trilha.

Quando ela chegou perto das árvores, a Arcandor pousou nas proximidades e desmontou de Visk.

— Reyna! Aqui.

A guarda não pareceu assustada. No entanto, mostrou-se muito preocupada com a presença do grifo.

— Oh... ele é amistoso?

— Amistoso com meus amigos — respondeu Kianthe com leveza, acariciando as penas ao longo da cabeça de Visk. Ele se envaideceu sob o carinho. — Mas ele pode se ocupar por aí esta noite, caso te deixe desconfortável. — Com uma breve dispensa, Visk alçou voo; sem dúvida indo capturar o próprio jantar.

Kianthe ficou parada na clareira, sem jeito, esperançosa de que sua imagem estivesse sendo favorecida pela penumbra noturna.

Reyna vestia camisa de seda e calça preta. Casual o bastante para parecer normal para um membro da Guarda Real, mas os tecidos definitivamente eram um avanço em relação ao uniforme.

Um rubor tomou conta do rosto de Kianthe ao notar a camisa coladinha nos músculos tonificados de Reyna.

— Você é linda.

Reyna ficou sem graça.

— Pare... por favor, pare de dizer essas coisas.

Merda. Kianthe recuou, apressada.

— Ah, quero dizer. Você está... bonita.

Agora Reyna a encarava quase em pânico.

— Obrigada.

— D-de nada. — Kianthe ajeitou o colarinho. Por que inventara de escolher um que fosse tão alto? E agora a gravata-borboleta pendia inutilmente lá. Será que era melhor amarrá-la de novo? Toda aquela confusão mental lhe causou um ataque de riso, autodepreciativo. — Acho que não sou muito boa nisso.

A confissão pareceu dar coragem a Reyna. Ela sorriu calorosamente.

— Se você fosse boa nisso, Kianthe, eu ficaria preocupada com a possibilidade de você estar flertando com toda pessoa atraente que cruzasse seu caminho.

— Não — protestou Kianthe. — Pelas Estrelas e pela Joia, é só você. Eu não... Para ser sincera, nem sei o que deu em mim hoje. Você estava tão majestosa parada perto das janelas. Como se você mesma fosse a rainha, e não Tilaine.

Aquilo fez Reyna estremecer. Logo em seguida, ela decidiu guiar Kianthe para o interior da floresta. Ela carregava uma cesta de piquenique, e encaixada no braço.

— Eu jamais teria a pretensão de ofuscar Sua Excelência, nossa abençoada soberana.

Pareceu uma resposta perfeitamente regurgitada. Algo aperfeiçoado ao longo dos anos para afagar o ego de Tilaine.

A dúvida cintilou na mente de Kianthe. Talvez tudo aquilo tivesse sido má ideia. O Reino não era lá muito conhecido por permitir a individualidade, e se, no fim das contas, Reyna fosse igual aos outros membros da Guarda Real? Uma criação artificial estúpida de profissionalismo e puxa-saquismo.

Kianthe tinha tomado a iniciativa de falar com ela, mas... Por um instante, sua consciência voltou ao lugar. Pois se Reyna era tão dedicada assim à rainha Tilaine, talvez ela estivesse só tentando se aproveitar para ganhar mais prestígio junto à rainha. Talvez todo aquele cenário fosse orquestrado, e Kianthe tivesse caído feito uma pata.

O suor escorria pelo seu pescoço.

Só que ali Reyna acrescentou outra característica à lista cada vez maior de Kianthe: observação aguçada. Ela parou, franzindo a testa.

— Está preocupada?

— Não — mentiu Kianthe. — De jeito nenhum.

Reyna ensimesmou-se, abraçando a cesta de piquenique junto ao peito.

— Não quero ser grossa nem nada, Arcandor, mas seu corpo inteirinho enrijeceu quando falei isso. — Ela baixou o olhar, como se estivesse envergonhada. — Acho que vir foi má ideia. Se Sua Excelência souber que estamos aqui...

— Ela não vai te machucar — jurou Kianthe, com ferocidade.

Ela não conseguia tolerar a ideia de colocar aquela mulher em perigo.

Mas Reyna resignou-se a um mero suspiro.

— Não creio que você seja capaz de controlar isso. Hoje foi um impulso... Mas tudo bem se mudou de ideia. Pode ir embora, se quiser.

Kianthe não queria ir embora. A simples sugestão de largar Reyna ali, naquele momento, e passar a noite toda sentada com Visk e pela manhã aventurar-se em mais uma jornada solitária, a fez estremecer. Todas aquelas estações de pura solidão, desejando que alguém se interessasse por ela.

A maga enfim desabrochara e tomara coragem para iniciar uma conversa. Tinha valido totalmente a pena, e agora ali estava a oportunidade de ter um possível encontro com uma mulher intrigante.

Ou ela poderia nunca sair daquela rotina e passar a vida com medo de ver sua magia sendo mal utilizada por uma tirana.

Parecia uma escolha simples.

— Eu quero ficar. — Kianthe fez uma pausa. — E você?

— Esta é a coisa mais interessante a acontecer comigo em anos. — Reyna estava ofegante. — Mas... podemos tentar uma coisa? Podemos fingir que você... não é... a maga mais poderosa do Reino? Só por esta noite?

Bendita Joia da Visão. Kianthe deu um suspiro, relaxando os ombros.

— Com certeza.

Reyna pareceu igualmente satisfeita. E então voltou a caminhar pela trilha da floresta com seu tom provocador:

— O que você gostaria de fazer, Kianthe, agora que está desempregada?

A lua estava bastante reluzente lá no alto, mas Kianthe queria arrancar um sorriso de Reyna. Então ela criou uma chama-eterna, segurando-a casualmente na palma da mão.

— Para ser sincera? Eu sempre quis abrir uma livraria. Algo com uma lareira aconchegante, muitas poltronas e boas companhias.

Em sua mente, o local nunca ficaria vazio. As pessoas saberiam seu nome verdadeiro, não seu título, e ela teria amigos genuínos e sinceros de novo.

— Uma livraria? — Reyna ficou intrigada. — Poderia ter um cantinho para as pessoas bebericarem chá? Todas as melhores livrarias têm comida e bebida, acho.

Kianthe sorriu.

— Ou chá e birita.

— Pensei que os magos não bebessem.

— Não tenho como saber. Esta noite, não sou maga. — Kianthe deu uma piscadela.

Reyna sorriu.

— Bem. Isso é muito preocupante, considerando que sua mão está pegando fogo.

Involuntariamente, Kianthe deu risada e se engasgou com saliva, dando um ataque de tosse que se multiplicou quando veio mais um gorgolão de risada junto. Reyna começou a rir também, dando tapinhas nas costas de Kianthe, quase com dó, e assim que Kianthe recuperou a compostura, elas continuaram o passeio.

⇶⫸⫷⇷

Quando chegaram ao destino, Reyna mordeu o lábio, na expectativa de que o lugar fosse bom o bastante para agradar um mago elemental. O espaço era cercado por rochas em três lados, com uma pequena cachoeira desaguando em um riacho borbulhante. Alguns pinheiros bloqueavam umas estrelas aqui e ali, mas de modo geral o céu se oferecia receptivo para elas.

— Minha mãe costumava me trazer aqui — confessou Reyna. — É meu lugar favorito no Reino.

— Costumava trazer? — Kianthe inclinou a cabeça.

Reyna deu um sorriso afetuoso e triste.

— Ela foi morta quando eu era jovem. Evitando uma tentativa de assassinato.

Kianthe estremeceu.

— Que merda. Sinto muito, Reyna.

— Foi uma morte honrosa. — Reyna pegou a manta fina que cobria a cesta de piquenique, desdobrando-a. Ela a estendeu sobre a terra, e o tecido ficou aplainado magicamente rápido. Ao mesmo tempo, um brilho se espalhou ao redor, tremeluzindo como dezenas de pequenas velas.

Reyna admirou o truque, e arregalou os olhos.

Kianthe estava de braços abertos, conduzindo todos os feitiços que considerava necessários, mas parou quando notou a expressão de Reyna.

— Ih. Exagerei? Achei que poderia ser romântico, mas a lua provavelmente é o suficiente...

— Não, isso está... lindo de verdade. — Reyna não escondeu a admiração na voz. Quando Kianthe sorriu, ela continuou, divertida: — Chocante para alguém que não é maga.

Kianthe revirou os olhos, sorrindo.

— Tá bom, tá bom.

Elas então se acomodaram para comer. Kianthe ofereceu queijo e frutas, e Reyna tinha contrabandeado alce defumado da cozinha. A Arcandor não era vegetariana, fato que surpreendeu Reyna, embora a maga tenha citado secamente:

— Tenho mais ligação com plantas. Alguns magos tentam o contrário; nada de frutas ou vegetais. — Ela inclinou a cabeça para trás, sarcástica: — Não dá muito certo.

— Imagino. — Reyna esperou Kianthe servir-se de outra fatia de maçã antes de voltar à cesta de piquenique para pegar o último item lá dentro. — Isso provavelmente é bobagem, e tenho certeza de que você nem precisa de nada assim. Mas lá no meu quarto você mencionou seu gosto pela leitura. Achei que você iria gostar de uma cópia do meu livro favorito.

Ela, então, o sacou da cesta com o rosto quente de vergonha. Não era um livro popular, nem mesmo voltado para adultos. Não, era só um conto, pouco mais grosso que um dedo mindinho, com uma capa de couro rígida. A caligrafia estava borrada, quase ilegível em alguns trechos.

Kianthe ficou boquiaberta.

— Você me trouxe um livro?

— É meu conto favorito para ler na hora de dormir. — Reyna abaixou a cabeça. — Tenho dois exemplares, então não vou ficar sem. Mas eu mesma fiz esta cópia de próprio punho, quando meu melhor amigo quis meu exemplar emprestado. — Ela revirou os olhos. — Ele achou a história "chata", então eu o desafiei para um duelo para honrar a reputação do personagem principal.

Kianthe arquejou, animadinha.

— Me diz que que você venceu.

Reyna tomou um gole recatado de seu cantil d'água.

— Ele sempre foi o segundo melhor espadachim. — Agora ela batia o dedo na capa, apontando o título em dourado. — Ele pagou a aposta e usei a moeda para encadernar o livro. Achei que você poderia gostar.

— Eu *amei*. — Kianthe parecia estar a um segundo de correr para abraçá-la.

Ou de beijá-la.

E, naquele segundo cheio de significado, seus olhares se encontraram, e Reyna prendeu a respiração, cheia de expectativa. Ela não ia tomar a iniciativa, não no primeiro encontro, afinal a ideia era "só comer", mas seu corpo estava fervilhando, mesmo assim.

Kianthe quebrou o feitiço, pigarreando ao abrir o livro.

— É sobre o quê?

Foi preciso uma série de respirações caprichadas para Reyna recuperar a compostura. Por um segundo intrigante, ela percebeu que o peso em seu peito era de *decepção*. Que interessante.

— Ah, uma princesa... que decide que prefere ser plebeia. Um dia ela foge do palácio.

— Deixe-me adivinhar. Dá tudo errado?

Reyna inclinou a cabeça.

— Não, na verdade, acaba sendo tudo o que ela queria. — Ela deixou por isso mesmo, pois não queria dar spoilers. — Essa história era muito reconfortante para mim quando eu era criança. A ideia de largar uma vida predeterminada para encontrar a felicidade em outro lugar.

— Eis aí o sonho. — Kianthe acariciou a capa, admirando o livro. — Obrigada, Reyna. Por isso e... bem, por tudo.

— Não fiz nada de mais, Kianthe.

— Você está sentada aqui comigo. Isso é muito bom.

Reyna odiou o tom derrotado.

— É bom ter uma rara noite de folga em excelente companhia e com boa comida? Concordo completamente. — Ela não deixou espaço para discussões.

Kianthe não discutiu. Agora, o sorriso dela era genuíno e ela guardava o livro em seu alforje.

— Sim. Isso. Então... você mencionou sua mãe. E seu pai? Irmãos?

— Nunca conheci meu pai, mas isso não é lá muito incomum no Grande Palácio. — Reyna deu de ombros. — Irmãos, nenhum. Meu melhor amigo, Venne, é o mais próximo que tenho disso... mas sempre achei que ele fosse virar um namorado. — Ela descartara a ideia há tempos, e o dia atual só servia para confirmar o que ela já desconfiava. — Estou bem mais feliz por estar sentada aqui, com você.

Kianthe sorriu abertamente.

— Ah, caramba. Agora eu me sinto especial.

Reyna deu um empurrãozinho no braço dela, e mordiscou a carne de alce.

— E você?

— Pais, em Jallin. Um velho amigo, mas tem anos que não falo com ele. Afora isso, mais ninguém, na verdade. Muitos diplomatas, diarnos e outros líderes disputando minha atenção. Não tenho muito tempo para esse tipo de coisa. — Kianthe gesticulou para o piquenique.

O riacho ao lado delas borbulhava e Reyna ficou em silêncio por um momento.

— Parece solitário.

— E é.

Elas ficaram ali, pensando no assunto por um minuto.

Por fim, Kianthe bateu palmas.

— Você já teve vontade de voar? Visk é um amor, juro.

— Só acredito vendo — respondeu Reyna, meio brincando. Mas algo na emoção de voar parecia promissor, e expectativa iluminou seu olhar, e o seu tom.

Kianthe estava exultante.

— Vou chamá-lo. Vai ser rapidinho, não se preocupe!

O encontro evoluiu noite adentro, e Reyna se viu aproveitando cada minuto. Ao fim da noite, ela havia feito amizade com a Arcandor, a Maga das Eras. Em poucos dias, elas viriam a se tornar confidentes. Seis meses depois, estariam namorando... em segredo, sempre em segredo.

Reyna jamais se arrependeu de ter arriscado.

≫≫≪≪

Anos depois, Reyna entrava em seu novo quarto no Folha Nova Livros e Chás, flagrando Kianthe curvada no parapeito da janela. Para além da vidraça, o pátio brilhava à luz da manhã. O orvalho cintilava na mesa e nas cadeiras de metal, e uma névoa suave pairava.

Estava frio, então Reyna foi até o guarda-roupa para pegar um suéter de tricô.

— Hum, querida? O que está fazendo?

— Bem, nós precisamos de uma estante — disse Kianthe de maneira resoluta, recuando para mostrar sua ideia. Ela havia empilhado vários livros e os posicionado entre a parede do parapeito da janela e... algo que parecia uma esfera de vidro pesada.

Reyna semicerrou os olhos para a segunda peça.

— Foi um presente de um membro do conselho de Wellia. — Kianthe deu de ombros. — Algum artefato que estava na família dele há gerações. Meio antiquado. Mas tem esses detalhes legais em dourado, então pensei que a gente podia deixar exposto.

— Ah. — Reyna examinou suas opções de suéteres, escolhendo um que tinha laceado ao longo dos anos. Era azul-escuro e ia até os quadris, era tipo usar um abraço caloroso. — E quais livros entraram na nossa coleção particular?

Kianthe sorriu.

— Alguns picantes, com certeza. Pode ser que a gente precise de uma inspiração para nossas noites.

— Querida. — Reyna revirou os olhos.

— E alguns bem legais! — Kianthe sacou dois, exibindo-os. — Olha, estes são de não ficção. Matild me deu este aqui sobre comportamento humano.

Reyna vestiu o suéter, o ajeitou para que ficasse confortável e arrumou as mechas de cabelo que haviam se soltado do coque.

— Separe este aí para mim. Vai ser minha próxima leitura. — Ela se virou para a porta, parou meio pensativa e então voltou-se para Kianthe, que tinha acabado de colocar o livro na mesa de cabeceira e tomou um sustinho quando Reyna envolveu sua cintura por trás, apoiando o queixo em seu ombro.

— Estou muito feliz por estar aqui com você, Key. Estou feliz que você tenha conseguido sua livraria.

Kianthe virou-se para que elas ficassem frente a frente. Em seguida, colocou os braços nos ombros de Reyna, envolvendo-a afetuosamente.

— Vá ver o livro no topo da pilha ali no parapeito.

Reyna obedeceu.

Era uma edição muito familiar, escrita à mão pela própria Reyna e encadernada por um artesão de couro com a moeda perdida por Venne na aposta. Ela abriu um sorriso terno.

— Você guardou. Depois de todos esses anos, eu nem sabia.

— Ficou guardado no Magicário, em um cofre.

— Não é possível.

Kianthe ergueu uma sobrancelha.

— Rain. Você escreveu isto à mão. É claro que guardei.

Um rubor percorreu as bochechas de Reyna.

— Bem. Isso é... impressionante.

— Depois do incidente com os unicórnios, achei que era hora de recuperá-lo e colocá-lo em exposição. E talvez lê-lo mais uma vez. — Ela se inclinou, dando um beijo nos lábios de Reyna. — Sempre achei que todas as histórias carecessem de muita ação, aquela coisa de tirar o fôlego, mas esta provou que eu estava errada. Você tem razão; a princesa só vive da melhor forma depois que abandona tudo.

— Hum. Dizem que as histórias que amamos sempre trazem um pouco de nós mesmos — murmurou Reyna, sentindo-se aconchegada de todos os melhores jeitos possíveis.

— É verdade. — Kianthe se afastou um pouco. — Preparada para abrir a loja?

Reyna a seguiu para fora do quarto, dando uma última olhadinha no livro que ela dera de presente a Kianthe no primeiro encontro. O carinho a encharcou feito uma onda, e ela fechou suavemente a porta.

— Sempre.

AGRADECIMENTOS

VERSÃO ATUALIZADA

Quando autopubliquei este livro, em 2022, eu só queria uma renda extra e uma experiência bacana como autora independente. Em vez disso, essa jornada me permitiu virar autora em tempo integral. (O que tá rolando? Sério.)

Este livro não é perfeito, mas a história, os personagens, são tudo para mim. Ao ajudar Kianthe e Reyna a perseguirem a vida de seus sonhos, de algum modo tropecei na minha, e hoje sou muito, muito grata por isso.

Todos os agradecimentos a seguir ainda são válidos, mas tenho alguns novos para acrescentar.

Muito obrigada à minha agente literária, Taryn Fagerness, por do nada ter topado ser minha representante. Ainda não sei bem como isso aconteceu, mas sei reconhecer um sinal do universo quando ele dá as caras. Sua determinação incansável na venda deste livro, seu entusiasmo pelos meus projetos futuros, seus conselhos enquanto navegávamos pelo ramo editorial... Tenho muita sorte por ter você ao meu lado. (Um agradecimento especial à Rebecca no Reino Unido e a todos os outros agentes pelo mundo que ajudaram a tornar isso realidade!)

Meu maior e mais sincero agradecimento ao pessoal da Tor, a editora dos meus sonhos, por terem se arriscado comigo. Bella, você lutou pelo meu livro desde o início, e tenho muita sorte por ter conhecido uma pessoa com tantos poderes neste ramo. Além disso, ainda tive Monique (e Mal!) dando seu apoio incrível na divisão dos Estados Unidos... Sensacional. A todos os outros membros da equipe da Tor que trabalharam arduamente para tornar este livro realidade: Holly, Lydia, Grace, Sarah, Christina e tantos outros, obrigada demais.

Para Jessica Threet, por ter oferecido sua voz a estes personagens, jamais vou conseguir expressar minha gratidão pela sua paixão (e paciência)!

Agora, de volta à programação normal.

VERSÃO ORIGINAL (2022)

Eu estaria mentindo se dissesse que este livro não foi diretamente inspirado na incrível fantasia de Travis Baldree, *Cafés e lendas*. Travis, obrigada por toda sua gentileza e seu incentivo maravilhoso. E obrigada por ter dado um nome a este gênero — cozy fantasy — para que autores como eu possam fazer uso dele.

Deixo meus agradecimentos à Irene Huang (nome artístico: Illulinchi) por dar vida a esta capa incrível. Também à Amphi, por ter cedido as fontes e pelo belo desenho de Visk. Tenho quase certeza de que a capa original deste livro é o motivo pelo qual tantas pessoas desejam lê-lo.

Deixo também um superobrigada à Audrey, que leu cada capítulo enquanto este livro ainda estava sendo escrito, e que me ajudou a debater a progressão do enredo e o desenvolvimento dos personagens, e então, como se não bastasse, deu a ideia para este título original incrível e, tipo, metade dos trocadilhos de Kianthe. Obrigada por me aturar!

Eu também não estaria em lugar nenhum sem minha família: meus pais (que estavam sempre com um livro pra lá e pra cá), minha irmã (a melhor amiga que alguém poderia desejar), meus avós (que ainda exibem minha primeira autopublicação na mesinha de centro) e todo o restante da família (que sempre me apoia).

E também agradeço aos meus amigos: as meninas de Breckenridge (e Kayleigh, que está sempre presente espiritualmente), os amigos do NaNo-WriMo, tanto do passado quanto do presente, os escritores do Discord, meus amigos da faculdade e do ensino médio e qualquer outra pessoa que já tenha me apoiado nesta vida. Um agradecimento especial para Krissy (o clássico dos clássicos), Alex (o amigo mais alegre) e, claro, Paige, que merece dois agradecimentos depois da dedicatória em *The Secrets of Star Whales*.

Por fim, gostaria de agradecer ao público do TikTok. Vocês me inspiraram a criar tudo isto. Sem a sua empolgação e o seu apoio, eu jamais teria tido coragem suficiente para tentar algo novo. Obrigada aos meus leitores beta, aos meus leitores do Arc e a qualquer pessoa que tenha feito a gentileza de divulgar este livro nas redes sociais. (Por favor, use a hashtag #tomesandtea se você postar sobre esta série!)

Até a próxima!

Primeira edição (julho/2024)
Papel de miolo Ivory slim 65g
Tipografias Lucida Bright, Crimson e Demonius
Gráfica LIS